DE VERBANNEN KONINGIN

Holly Black bij Boekerij:

De wrede prins
De gevallen koning
De verbannen koningin

boekerij.nl

Holly Black

De verbannen koningin

Deel III
van de Elfhame-serie

Boekerij

Eerste druk april 2021
Vijfde druk juni 2024

ISBN 978-90-225-9469-8
ISBN 978-94-023-1653-7 (e-book)
NUR 334

Oorspronkelijke titel: *The Queen of Nothing*
Vertaling: Anne-Marieke Buijs
Omslagontwerp © Karina Granda, bewerkt door DPS Design & Prepress Studio
Omslagbeeld: © Sean Freeman
Auteursfoto: © Holly Black
Illustraties schutbladen limited edition: © Tamar Vashadze & Mélanie Bourgeouis
Illustraties binnenwerk: Kathleen Jennings
Zetwerk: Pier Post

Voor Leigh Bardugo, die me altijd bij de les houdt

het Grillige Bos
Paleis
Elfhame
Melkwoud
Insmire
Maskerme
landgoed
van
Madoc

Kaart van de
verschuivende eilanden van
Elfhame
ndgoed van Locke
Insmoor
Vergeteltoren
Insear
Insweal
Heulhuis

Boek 1

En de Elfenkoning heeft
gezworen een aardse dochter
te trouwen, wier kind gezegend
zal zijn door kruis en water,
voorgoed veilig zal zijn voor de
kommer der elfen.
Wat als er een noodlottige
dag komt!
Die is ver, ver weg!

Edmund Clarence Stedman
'Elfenlied'

PROLOOG

Baphen, de Koninklijke Astroloog, tuurde naar de sterrenkaart en probeerde geen krimp te geven toen de jongste prins van Elfhame op zijn koninklijke hoofd dreigde te vallen.

Een week na zijn geboorte werd prins Cardan eindelijk aan de opperkoning gepresenteerd. De voorgaande vijf erfgenamen waren onmiddellijk ontvangen, krijsend, hun huid nog rood van nieuwigheid, maar vrouwe Asha had de opperkoning verboden op bezoek te komen voordat ze voldoende hersteld was van het kraambed.

De baby was dun en verschrompeld, stil, staarde Eldred met zwarte ogen aan. Hij zwiepte zo hevig met zijn kleine, zweepachtige staart heen en weer dat zijn luier uit elkaar dreigde te zakken. Vrouwe Asha leek niet te weten hoe ze hem vast hoorde te houden. Het leek zelfs alsof ze hoopte dat iemand die last zeer snel van haar zou overnemen.

'Vertel ons over zijn toekomst,' drong de opperkoning aan.

Er waren slechts een paar leden van het Volk aanwezig om de presentatie van de nieuwe prins bij te wonen: de sterfelijke Val Moren, die zowel hofdichter als -meester was, en twee leden van de Levende Raad: Randalin, de minister der Sleutels, en Baphen. De woorden van de opperkoning weergalmden door de verder verlaten zaal.

Baphen aarzelde, maar er zat niets anders op dan te antwoorden. Eldred was voor de komst van prins Cardan gezegend met vijf kinderen, een ongehoorde mate van vruchtbaarheid voor het Volk, met hun verwaterde bloed en lage geboortecijfer. De sterren hadden verteld over de toekomstige prestaties op het gebied van dichtkunst en zang, politiek, deugdzaamheid en zelfs over de zonden van elke kleine prins en prinses. Dit keer had hij echter iets totaal anders in de sterren gezien. 'Prins Cardan zal uw laatste kind zijn,' sprak de Koninklijke Astroloog. 'Hij zal de verwoesting van de kroon en de vernietiging van de troon betekenen.'

Vrouw Asha hapte naar adem. Voor het eerst hield ze het kronkelende kind beschermend dichter tegen zich aan. 'Ik vraag me af wie uw interpretatie van de voortekenen heeft beïnvloed. Misschien heeft prinses Elowyn daar iets mee te maken gehad. Of prins Dain.'

Het is wellicht beter als ze hem laat vallen, dacht Baphen onvriendelijk.

Opperkoning Eldred streek met zijn hand over zijn kin. 'Kan er niets worden gedaan om dit te voorkomen?'

Het was een gemengde zegening dat de sterren Baphen voorzagen van zo veel raadsels en zo weinig antwoorden. Hij wenste vaak dat hij dingen duidelijker kon zien, maar dit keer niet. Hij boog zijn hoofd zodat hij een excuus had om de opperkoning niet in de ogen te hoeven kijken. 'Enkel uit zijn vergoten bloed kan een geweldige heerser verrijzen, maar niet voordat wat ik u heb verteld werkelijkheid is geworden.'

Eldred keerde zich naar vrouwe Asha toe en naar haar kind, de bode van rampspoed. De baby was muisstil, huilde noch kraaide, al zwiepte zijn staart nog altijd heen en weer.

'Neem de jongen mee,' zei de opperkoning. 'Voed hem op zoals je wilt.'

Vrouwe Asha gaf geen krimp. 'Ik zal hem overeenkomstig zijn stand opvoeden. Hij is tenslotte ook een prins, en uw zoon.'

Er klonk een zekere broosheid door in haar stem waardoor Baphen zich er akelig bewust van werd dat sommige voorspellingen juist werden vervuld door de pogingen om ze te voorkomen.

Heel even bleef iedereen zwijgend staan.

Toen knikte Eldred naar Val Moren, die het podium verliet en terugkeerde met een smalle houten doos met op de deksel een patroon van wortelstelsel.

'Een geschenk,' verkondigde de opperkoning, 'uit erkenning voor je bijdrage aan de Struikwinde-lijn.'

Val Moren maakte de doos open en onthulde een prachtige ketting van smaragden.

Eldred pakte de ketting op en liet hem over het hoofd van vrouwe Asha zakken. Hij streek met de rug van zijn hand over haar wang.

'U bent uiterst gul, hoogheid,' zei ze, ietwat kalmer.

De baby greep met zijn knuistje een steen beet en staarde zijn vader met een peilloze blik aan.

'Rust wat,' sprak Eldred met zachtere stem.

Dit keer luisterde vrouwe Asha. Ze vertrok met geheven hoofd en hield het kind steviger beet.

Er liep een huivering over de rug van Baphen die werd veroorzaakt door een of ander voorgevoel dat niets met de sterren te maken had.

Opperkoning Eldred ging niet meer op bezoek bij vrouwe Asha en liet haar ook niet langer bij hem langskomen. Misschien had hij zijn onvrede opzij moeten zetten en een band met zijn zoon moeten opbouwen, maar als hij naar prins Cardan keek, zag hij een onzekere toekomst en daarom vermeed hij dat.

Vrouwe Asha ontdekte dat ze als de moeder van een prins erg in trek was bij het hof, ook al was dat niet zo bij de opperkoning. Met haar voorliefde voor eigenzinnigheid en frivoliteit wilde ze terugkeren naar het zorgeloze leven van een hoveling. Ze kon niet naar bals gaan met een zuigeling op sleeptouw, dus ze vond een poes waarvan de kittens doodgeboren waren die als zijn zoogster moest dienen.

Dit duurde voort tot prins Cardan kon kruipen. Tegen die tijd had de kat een dikke buik van haar volgende nestje en begon hij aan haar staart te trekken. Ze vluchtte naar de stallen en liet hem ook in de steek.

Zo groeide hij op in het paleis, door niemand gekoesterd en door niemand opgevoed. Wie zou het aandurven om ervoor te zorgen dat een prins geen voedsel meer zou stelen van de uitnodigende dinertafels om zijn buit daaronder hongerig te verslinden? Zijn zussen en broers moesten er alleen maar om lachen, en ze speelden met hem alsof hij een puppy was.

Hij had slechts af en toe kleren aan en droeg in plaats daarvan bloemenkransen en gooide stenen als de wacht bij hem in de buurt probeerde te komen. Alleen zijn moeder had enige invloed op hem, maar zij probeerde zelden zijn uitspattingen een halt toe te roepen. Het tegenovergestelde juist.

'Je bent een prins,' vertelde ze hem kordaat als hij een conflict wilde mijden of iets niet wilde eisen. 'Alles is van jou. Je hoeft het alleen maar te nemen.' En soms: 'Dat wil ik hebben. Haal het voor me.'

Er wordt gezegd dat Faeriekinderen anders zijn dan sterfelijke kinderen. Ze hebben wat liefde betreft weinig nodig. Ze hoeven 's avonds niet te worden ingestopt, maar slapen net zo lief in een koude hoek van een balzaal, opgekruld onder een tafelkleed. Ze hoeven niet van eten te worden voorzien, drinken net zo graag dauwdruppels en pikken brood en room uit de keukens. Ze hoeven niet te worden getroost, aangezien ze zelden huilen.

Maar hoewel Faeriekinderen weinig liefde nodig hebben, hebben Faerieprinsen wel degelijk wat advies nodig.

Doordat Cardan dat niet kreeg, beschikte hij met zijn impulsieve gewoonten en heerszuchtige gedrag niet over het vernuft om te weigeren toen zijn oudere broer voorstelde om een walnoot van het hoofd van een sterveling te schieten.

'Met een uitmuntende schietvaardigheid maak je echt indruk op vader,' merkte prins Dain met een plagerig glimlachje op. 'Maar misschien is dat te hoog gegrepen voor je. In dat geval is het beter om het niet te proberen dan om te falen.'

Voor Cardan, die het maar niet lukte om bij zijn vader in een goed blaadje te komen, maar dat wanhopig graag wilde, was dat een aanlokkelijk vooruitzicht. Hij vroeg zich niet af wie de sterveling was of hoe hij aan het hof was beland, had er geen idee van dat de man de geliefde van Val Moren was en dat de hofmeester gek van verdriet zou worden als de man stierf.

Waardoor Dain de kans kreeg om een belangrijkere rol als rechterhand van de opperkoning in te nemen.

'Te moeilijk? Beter om het niet te proberen? Dat zijn de woorden van een lafaard,' zei Cardan, vol kinderlijke bravoure. De waarheid was dat hij zich geïntimideerd voelde door zijn broer, maar daardoor sprak hij met nog meer minachting.

Prins Dain glimlachte. 'Laten we in ieder geval van pijl ruilen. Als jij dan mist, kun je altijd zeggen dat het míjn pijl was.'

Prins Cardan had achterdochtig moeten worden door dit vriendelijke gebaar, maar hij had zo weinig oprechtheid op dat vlak ervaren dat hij niet het onderscheid kon maken tussen gemeend en gespeeld.

In plaats daarvan plaatste hij Dains pijl in zijn boog, spande die en mikte op de walnoot. Een onheilspellend gevoel maakte zich van hem meester. Misschien zou hij missen. Hij zou die man pijn kunnen doen. Vlak daarop volgde een boze vreugde bij de gedachte dat hij iets zo verschrikkelijks zou doen dat zijn vader hem niet langer zou kunnen negeren. Als hij met iets positiefs niet de aandacht van de opperkoning kon trekken, zou hem dat wellicht lukken met een heel erg slechte daad.

Cardans hand beefde.

De waterige ogen van de sterveling staarden hem bevroren van angst aan. Hij was betoverd. Niemand zou vrijwillig zo blijven staan. Dat was de druppel.

Cardan lachte geforceerd en verminderde de spanning op de boog, waardoor de pijl uit de inkeping viel. 'Onder deze omstandigheden ga ik niet schieten.' Hij voelde zich belachelijk omdat hij terugkrabbelde. 'De wind komt uit het noorden en nu zit mijn haar in de war. Het hangt voor mijn ogen.'

Prins Dain spande echter zijn boog en liet de pijl die Cardan met hem had geruild door de lucht zoeven. Die raakte de sterveling in zijn keel en de man zakte vrijwel geruisloos in elkaar. Zijn ogen waren nog open en hij staarde in het niets.

Het gebeurde zo vlug dat Cardan niet schreeuwde, niet reageerde. Hij staarde zijn broer alleen maar aan terwijl hem langzaam een verschrikkelijk besef bekroop.

'Ah...' Prins Dain glimlachte tevreden. 'Wat jammer. Het heeft er veel van weg dat jóúw pijl de verkeerde kant op is gegaan. Misschien kun je onze vader uitleggen dat je haar voor je ogen was gewaaid.'

Daarna, ook al verweerde prins Cardan zich, wilde niemand zijn kant van het verhaal horen. Daar zorgde Dain wel voor. Hij vertelde het verhaal over de roekeloosheid van de jongste prins, over zijn arrogantie, zijn pijl. De opperkoning gunde Cardan niet eens een audiëntie.

Ondanks het feit dat Val Moren om Cardans executie smeekte, werd de jongen gestraft zoals prinsen gestraft werden. De opperkoning liet vrouwe Asha in plaats van Cardan opsluiten in de Vergeteltoren... al was Eldred blij om daar een reden voor te hebben, aangezien hij haar zowel vermoeiend als lastig vond. De zorg voor Cardan werd overgedragen aan Balekin, de oudste van zijn kinderen, de wreedste, en de enige die bereid was om de jongen onder zijn hoede te nemen.

Zo kwam prins Cardan aan zijn reputatie. Hij kon die alleen maar erger maken.

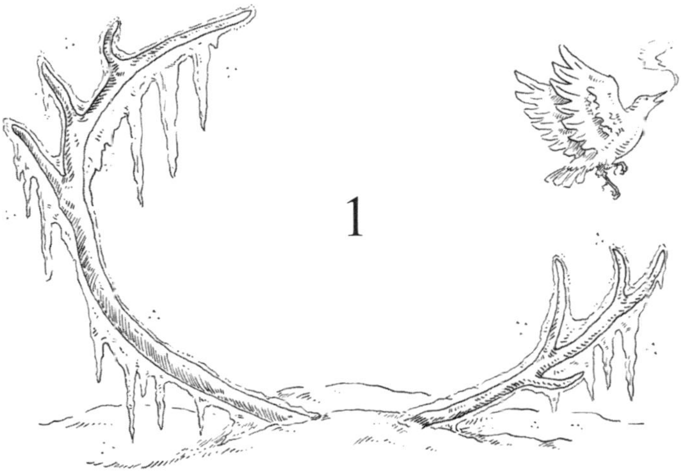

1

Ik, Jude Duarte, de opperkoningin van Elfhame in ballingschap, breng de meeste ochtenden duttend door voor de tv, tussendoor kijk ik naar kookwedstrijden, tekenfilms en herhalingen van een show waarin mensen een uitdaging aangaan door met een mes in dozen en flessen te steken en een hele vis door te snijden. In de middag, als hij het toestaat, train ik mijn broer, Eik. 's Avonds vervul ik opdrachten voor de plaatselijke Faeries.

Ik hou me gedeisd, iets wat ik de hele tijd al beter had kunnen doen, en als ik Cardan vervloek, dan moet ik mezelf ook vervloeken, want ik ben de dwaas die zo in de val is gelopen die hij voor me heeft beraamd.

Als kind had ik gefantaseerd terug te keren naar de sterfelijke wereld. Taryn, Vivi en ik hadden herinneringen opgehaald aan hoe het daar was geweest, we herinnerden ons ons de geuren van pas gemaaid gras en benzine. We hadden het gehad over verstoppertje spelen in de verschillende achtertuinen in de buurt en dobberen in het chloor van de zomerse zwembaden. Ik had gedroomd over ijsthee, gemaakt van poeder opgelost in water, en ijsjes van sinaasappelsap. Ik had naar de alledaagse dingen verlangd, de geur van heet asfalt, de laaghangende kluwen draden tussen lantaarnpalen, de verschillende muziekjes van reclames.

Nu ik voorgoed vastzit in de sterfelijke wereld mis ik Faerie met een rauwe intensiteit. Het is magie waar ik naar verlang, magie die ik mis. Misschien mis ik het zelfs om bang te zijn. Het voelt alsof ik de dagen doorbreng met dromen; rusteloos, nooit helemaal wakker.

Ik trommel met mijn vingertoppen op het geverfde hout van een picknicktafel. De herfst is net begonnen en het is al koel in Maine. De namiddagzon verlicht hier en daar het gras bij het appartementencomplex terwijl ik Eik met andere kinderen zie spelen in het stukje bos dat ons van de snelweg scheidt. Die kinderen wonen in ons gebouw, sommigen zijn jonger en sommigen ouder dan zijn acht jaar, en ze worden allemaal hier afgezet door dezelfde gele schoolbus. Ze spelen een compleet chaotisch potje oorlog, zitten elkaar achterna met stokken. Ze slaan zoals kinderen dat doen, mikken op het wapen in plaats van op de tegenstander, gillen van het lachen als een tak breekt. Onwillekeurig valt me op dat ze precies de verkeerde lessen leren wat betreft zwaardvechten.

Toch blijf ik kijken. Daardoor zie ik dat Eik magie gebruikt. Volgens mij doet hij het onbewust.

Hij sluipt naar de andere kinderen toe, maar dan komt er een stukje open terrein. Hij gaat verder, en ook al is hij in het volle zicht, ze lijken het niet door te hebben.

Steeds dichterbij, de kinderen kijken nog niet zijn kant op. Als hij op ze af springt, zwaaiend met zijn stok, krijsen ze oprecht verrast.

Hij was onzichtbaar. Hij heeft een betovering gebruikt. Vanwege mijn geas tegen bedrog valt dat me pas op als het voorbij is. De andere kinderen geloven dat hij slim was, of geluk had. Ik ben de enige die weet hoe roekeloos hij is geweest.

Ik wacht tot de kinderen naar hun eigen appartement gaan. Een voor een vertrekken ze, tot mijn broer alleen achterblijft. Ik heb geen magie nodig om hem te besluipen, zelfs met de bladeren op de grond. Met een snelle beweging sla ik mijn arm om zijn hals en oefen voldoende druk uit om hem goed bang te maken. Hij gooit zijn hoofd naar achteren en raakt me bijna met zijn hoorns tegen mijn kin. Niet slecht. Hij probeert mijn greep te verbreken, maar het is een halfslachtige poging. Hij weet dat ik het ben en hij is niet bang voor me.

Ik span mijn spieren aan. Als ik lang genoeg druk uitoefen op zijn keel, raakt hij buiten bewustzijn.

Hij probeert iets te zeggen en dan moet hij het effect voelen van zuurstofgebrek. Hij vergeet zijn training en raakt in paniek, slaat wild om zich heen, krabt me op mijn armen en schopt tegen mijn benen. Ik voel me verschrikkelijk. Ik wilde hem een beetje angst aanjagen zodat hij terug zou vechten, niet dat hij doodsbang zou zijn.

Ik laat hem los.

Hij strompelt hijgend bij me vandaan, tranen zwemmen in zijn ogen. 'Waar was dat goed voor?' Hij staart me beschuldigend aan.

'Dat was om je eraan te herinneren dat een gevecht geen spel is.' Het voelt alsof ik met de stem van Madoc spreek in plaats van met die van mij. Ik wil niet dat Eik opgroeit zoals ik, boos en bang, maar ik wil dat hij blijft léven en Madoc heeft me wel degelijk geleerd hoe ik dat moet doen.

Hoe moet ik bepalen wat goed voor hem is als ik alleen mijn eigen gestoorde jeugd als voorbeeld heb? Misschien zijn de dingen die ik eraan waardeer wel verkeerd. 'Wat ga je doen tegen een tegenstander die je daadwerkelijk wil verwonden?'

'Boeien,' zegt Eik. 'Die dingen interesseren me niet. Ik wil geen koning zijn. Ik wil nooit koning worden.'

Even staar ik hem alleen aan. Ik wil geloven dat hij liegt, maar dat kan hij natuurlijk niet. 'We hebben niet altijd iets te zeggen over ons lot.'

'Heers jij dan als het je zo veel kan schelen!' zegt hij. 'Ik doe het niet. Nooit.'

Ik moet mijn kaken op elkaar klemmen om niet te gillen. 'Dat is onmogelijk, want zoals je heel goed weet ben ik verbannen.'

Hij stampt met een hoef. 'Ik ook! En ik ben alleen maar in de mensenwereld omdat pap die stomme kroon wil, net als jij en iedereen. Nou, ik niet. Die kroon is vervloekt.'

'Alle macht is vervloekt. De meest verschrikkelijken onder ons zullen alles doen om die te bemachtigen, en degenen die er het best mee zouden omgaan willen die niet opgedrongen krijgen, maar dat betekent niet dat ze hun verantwoordelijkheden eeuwig kunnen ontlopen.'

'Je kunt me niet dwingen opperkoning te zijn.' Hij draait zich met een ruk om en rent naar het gebouw.

Ik ga op de koude grond zitten, wetend dat ik dit gesprek totaal heb verknald, dat Madoc Taryn en mij beter heeft getraind dan ik Eik train, dat het arrogant en dwaas van me was om te denken dat ik Cardan onder controle kon houden.

In de wetenschap dat ik in het grote spel van prinsen en koninginnen van het bord ben gevaagd.

In het appartement heeft Eik me buitengesloten door zijn deur dicht te doen. Vivienne, mijn Faeriezus, staat in de keuken bij het aanrecht en grijnst naar het scherm van haar telefoon.

Als ze me ziet grijpt ze mijn handen beet en draait ze me in het rond tot ik er duizelig van ben.

'Heather houdt weer van me.' Er klinkt een wilde lach door in haar stem.

Heather was Vivi's menselijke vriendin. Ze had Vivi's ontwijkende gedrag met betrekking tot haar verleden gepikt. Ze had het zelfs gepikt dat Eik bij hen in dit appartement was getrokken. Maar toen ze erachter kwam dat Vivi geen mens was én dat Vivi magie op haar had gebruikt, had ze haar gedumpt en was ze vertrokken. Ik vind het niet fijn om dit te zeggen omdat ik wil dat mijn zus gelukkig is en Heather haar gelukkig maakte, maar Vivi heeft het verdiend.

Ik maak me los en kijk haar vragend aan. 'Wat?'

Vivi zwaait met haar telefoon. 'Ze heeft me een berichtje gestuurd. Ze wil terugkomen. Alles wordt weer zoals eerst.'

Gevallen bladeren groeien niet meer aan een rank vast, walnoten passen niet meer terug in hun dop, en vriendinnen die betoverd zijn geweest worden niet op een dag wakker en beslissen dan dat ze het hun angstaanjagende ex allemaal vergeven.

'Laat eens zien?' Ik steek mijn hand uit.

Ze staat haar telefoon af.

Ik scrol terug door de berichtjes, waarvan de meeste afkomstig zijn van Vivi, vol verontschuldigingen, slecht overwogen beloften en steeds wanhopigere smeekbeden. Van Heathers kant is er veel stilte en een paar keer: 'Ik heb meer tijd nodig om na te denken.'

Dan dit:

> *Ik wil Faerie vergeten. Ik wil vergeten dat jij en Eik geen mensen zijn. Ik wil me niet meer zo voelen. Als ik je vroeg om het me te laten vergeten, zou je dat dan doen?*

Ik staar lange tijd naar de woorden en zuig lucht in mijn longen. Ik begrijp waarom Vivi de boodschap zo heeft opgevat, maar volgens mij heeft ze hem verkeerd gelezen. Als ik die tekst had geschreven, dan was het laatste wat ik zou willen dat Vivi ermee akkoord ging. Ik zou willen dat ze me hielp in te zien dat zelfs al zijn Vivi en Eik niet menselijk, ze nog steeds van me houden. Ik zou willen dat Vivi volhield dat doen alsof Faerie niet bestaat niet zou helpen. Ik zou willen dat Vivi me vertelde dat ze een fout had gemaakt en dat ze dat nooit meer zou doen, wat er ook gebeurde. Als ik dat berichtje had gestuurd, dan zou het een test zijn.

Ik geef Vivi haar telefoon terug. 'Wat ga je haar vertellen?'

'Dat ik alles doe wat ze maar wil,' zegt mijn zus, een buitensporige belofte voor een sterveling en een regelrecht dodenge belofte van iemand die daartoe verplicht zal zijn.

'Misschien weet ze niet wat ze wil.' Ik ben trouweloos wat ik ook doe. Vivi is mijn zus, maar Heather is een mens. Ik ben ze allebei iets verschuldigd.

Op het moment is Vivi alleen maar geïnteresseerd in de gedachte dat alles in orde komt. Ze schenkt me een brede, ontspannen glimlach, pakt een appel van de fruitschaal, gooit die omhoog en vangt hem weer op. 'Wat is er met Eik? Hij kwam binnengestormd en sloeg de deur van zijn kamer achter zich dicht. Doen tieners altijd zo dramatisch?'

'Hij wil geen opperkoning worden.'

'O. Dat.' Vivi werpt een blik op zijn slaapkamer. 'Ik dacht dat het om iets belangrijks ging.'

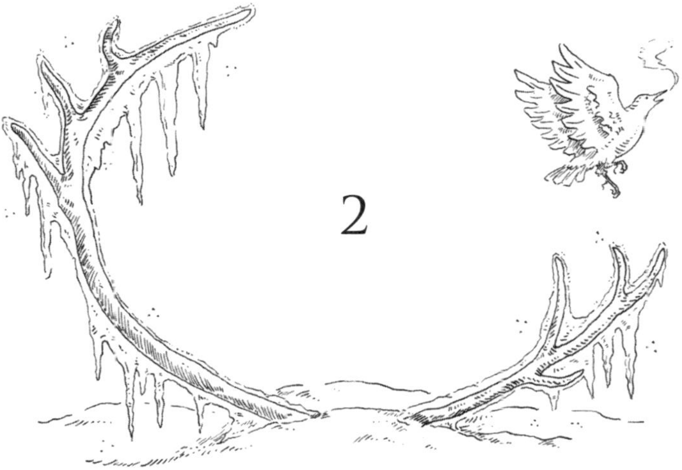

2

Het is een opluchting om vanavond te gaan werken.

Faeries in de sterfelijke wereld hebben andere behoeften dan die in Elfhame. De wilde fey, die aan de grenzen van Faerie leven, maken zich niet druk om fuiven en samenzweringen aan het hof.

Ze blijken zat klusjes te hebben voor iemand als ik, een sterveling die hun manieren kent en niet bang is om af en toe een robbertje te vechten. Ik heb Bryern een week na mijn vertrek uit Elfhame ontmoet. Hij dook op bij het appartementencomplex, een Faerie met de kop van een geit, een zwarte vacht en hoeven en een bolhoed in de hand, die zei dat hij een oude vriend van de Kakkerlak was.

'Ik begrijp dat jij in een unieke situatie verkeert,' zei hij, terwijl hij me aankeek met die vreemde goudkleurige geitenogen. Zijn zwarte pupillen waren horizontale balkjes. 'Dood gewaand, toch? Geen burgerservicenummer. Geen sterfelijke opleiding.'

'En op zoek naar werk,' deelde ik hem mee, terwijl ik me afvroeg waar dit heen ging. 'Zwart.'

'Zwarter dan voor mij werken wordt het niet,' verzekerde hij me, en hij plaatste een klauw over zijn hart. Sta me toe mezelf voor te stellen. Bryern. Een pooka, voor het geval je dat nog niet had geraden.'

Hij vroeg niet om een eed van trouw of beloften. Ik kon werken zo veel als ik wilde en het loon stond in verhouding tot mijn lef.

Vanavond tref ik hem bij de waterkant. Ik kom daar tot stilstand op mijn tweedehandsfiets. De achterband loopt snel leeg, maar ik heb er niet veel voor betaald. Hij brengt me waar ik wezen moet. Bryern is zoals altijd heel netjes gekleed. Er zit een band om zijn hoed waar een paar felgekleurde eendenveren uit steken en hij draagt er een tweedjasje bij. Als ik dichterbij kom, haalt hij een horloge uit zijn zak waar hij met een overdreven frons naar staart.

'O, ben ik te laat?' vraag ik. 'Sorry. Ik ben eraan gewend de tijd te bepalen aan de hand van de stand van de maan.'

Hij kijkt me gepikeerd aan. 'Je hoeft geen kapsones te krijgen omdat je aan het hof van de opperkoning hebt gewoond. Je stelt nu niet veel meer voor.'

Ik ben de opperkoningin van Elfhame. Die gedachte komt onwillekeurig bij me op en ik bijt op de binnenkant van mijn wang om die belachelijke woorden niet hardop te zeggen. Hij heeft gelijk: ik stel nu niet meer veel voor. 'Wat is de klus?' vraag ik zo onbewogen mogelijk.

'Iemand van het Volk eet in Old Port leden van de plaatselijke bevolking op. Ik heb een klus voor iemand die bereid is om haar een belofte te ontlokken dat ze daarmee ophoudt.'

Het is moeilijk te geloven dat het hem iets kan schelen wat er met mensen gebeurt... of dat hij genoeg om ze geeft dat hij mij betaalt om daar iets aan te doen. 'Plaatselijke stervelingen?'

Hij schudt zijn hoofd. 'Nee. Nee. Ons, het Volk.' Dan lijkt het hem te binnen te schieten tegen wie hij het heeft en hij komt een beetje zenuwachtig over.

Ik probeer zijn verspreking niet als een compliment op te vatten. Het Volk wordt gedood en opgegeten? Niets aan deze beschrijving doet vermoeden dat dit een makkelijke klus wordt. 'Wie is de opdrachtgever?'

Hij lacht nerveus. 'Niemand die zijn naam geassocieerd wil hebben met de daad, maar hij is bereid je te belonen voor een succesvolle afloop.'

Een van de redenen waarom Bryern mij graag inhuurt is dat ik dicht bij het Volk in de buurt kan komen. Zij verwachten niet dat een sterveling degene is die hun zakken rolt of een mes in hun zij zal steken. Ze verwachten niet dat een sterveling ongevoelig is voor betoveringen of dat die hun gewoonten kent of hun vreselijke overeenkomsten doorziet.

Een andere reden is dat ik het geld zo hard nodig heb dat ik bereid ben dit soort klussen aan te nemen, klussen waarvan ik meteen weet dat die klote zullen zijn.

'Adres?' vraag ik.

Hij geeft me een dubbelgevouwen papiertje.

Ik klap het open en lees het. 'Dit kan maar beter goed betalen.'

'Vijfhonderd dollar.' Hij laat het klinken alsof het om een enorm bedrag gaat.

Onze huur bedraagt twaalfhonderd per maand, en dan heb ik het nog niet eens over boodschappen en gas, water en elektriciteit. Nu Heather er niet meer is, bedraagt mijn aandeel zo'n achthonderd. Ik zou ook graag een nieuwe band voor mijn fiets kopen. Vijfhonderd is bij lange na niet voldoende, niet voor zoiets als dit.

'Vijftienhonderd.' Ik trek mijn wenkbrauwen op. 'Contant, gecontroleerd met ijzer. De helft vooraf, en als ik niet terugkom, dan betaal je Vivienne de andere helft als geschenk aan mijn troosteloze nabestaanden.'

Bryern perst zijn lippen op elkaar, maar ik weet dat hij het geld heeft. Hij wil me alleen niet zo veel betalen dat ik kieskeurig word wat betreft de klusjes die ik aanneem.

'Duizend,' belooft hij, terwijl hij een stapeltje biljetten in een zilveren geldklem uit een binnenzak van zijn tweedjasje haalt. 'En kijk, ik heb de helft bij me. Neem maar mee.'

'Prima.' Het is een redelijk bedrag voor wat met een beetje geluk een nachtje werk is.

Hij snuift en overhandigt het geld. 'Laat het me weten wanneer het gelukt is.'

Er zit een ijzeren hanger aan mijn sleutelbos die ik demonstratief langs de randen van het geld haal om te controleren of het echt is. Het kan geen kwaad om Bryern eraan te herinneren dat ik voorzichtig ben.

'En vijftig piek erbij voor onkosten,' zeg ik impulsief.

Hij fronst. Na een korte stilte reikt hij in een andere zak en geeft me het extra geld. 'Regel het gewoon.'

Het feit dat hij niet kibbelt is een slecht teken. Misschien had ik meer vragen moeten stellen alvorens deze klus aan te nemen. Ik had duidelijk harder moeten onderhandelen.

Daar is het nu te laat voor.

Ik stap weer op mijn fiets en peddel na een laatste zwaai naar Bryern in de richting van het centrum. Ooit had ik gefantaseerd dat ik een ridder zou zijn op een ros en dat ik roem zou vergaren bij krachtmetingen waarbij het om vaardigheid en eer draaide. Jammer genoeg blijken mijn talenten op een totaal ander vlak te liggen.

Oké, ik ben vrij goed in het vermoorden van leden van het Volk, maar waar ik echt in uitblink is ze op de kast te jagen. Hopelijk zal ik daarvan kunnen profiteren als ik probeer een kannibalistische Faerie ervan te overtuigen dat ze moet doen wat ik wil.

Voor ik de confrontatie met haar aanga, besluit ik navraag te doen. Als eerste ga ik naar een gnoom genaamd Ekster, die in een boom woont in Deering Oaks Park. Hij vertelt dat hij heeft gehoord dat ze een scharlaakkap is, geen geweldig nieuws, maar omdat ik er bij een ben opgegroeid weet ik in ieder geval veel over hun aard.

Scharlaakkappen hunkeren naar geweld, bloed en moord. Het is zelfs zo dat ze een beetje prikkelbaar worden als ze langere tijd zonder moeten doen. En als ze traditioneel zijn ingesteld, dan hebben ze een kap die ze in het bloed van hun verslagen vijand dopen, naar verluidt omdat ze daardoor een deel van de vitaliteit van de gesneuvelde stelen.

Ik vraag naar een naam, maar die weet Ekster niet. Hij stuurt me naar Ladhar, een klurikaun die achter bars rondsluipt om het schuim van glazen bier te zuigen als er niemand kijkt en stervelingen oplicht bij kansspelletjes.

'Weet je die dan niet?' Ladhar laat zijn stem zakken. 'Grima Mog!'

Ik beschuldig hem er bijna van te liegen, ondanks het feit dat ik beter weet. Dan fantaseer ik kort dat ik Bryern opspoor en hem elke dollar die hij me heeft gegeven door zijn strot duw. 'Wat doet zíj hier, verdomme?'

Grima Mog is de gevreesde generaal van het Hof der Tanden in het noorden. Hetzelfde hof waaraan de Kakkerlak en de Bom zijn ontsnapt. Toen ik klein was las Madoc me voor het slapengaan voor uit de biografie over haar strategieën op het slagveld. Alleen al bij de gedachte de confrontatie met haar aan te gaan breekt het angstzweet me uit.

Ik kan niet tegen haar vechten, en ik schat mijn kansen om haar te misleiden ook niet hoog in.

'Ontslagen, heb ik gehoord,' vertelt Ladhar. 'Misschien heeft ze iemand opgegeten die vrouwe Nore mocht.'

Ik hoef deze klus niet uit te voeren. Ik hoor niet meer bij Dains Schaduwhof. Ik probeer niet langer te regeren vanachter de troon van opperkoning Cardan. Ik hoef geen grote risico's te nemen.

Maar ik ben nieuwsgierig.

Combineer dat met een overdaad aan gekwetste trots en dan sta je rond de ochtendschemer voor het warenhuis van Grima Mog. Ik weet beter dan met lege handen te komen. Ik heb rauw vlees gehaald bij een slager en dat ligt in een koelbox, samen met een paar onhandig in elkaar geflanste boterhammen met honing en een fatsoenlijke fles zuur bier.

Eenmaal binnen dwaal ik door een gang tot ik bij de deur kom van wat zo te zien een appartement is. Ik klop er drie keer op en hoop dat het eten de geur van mijn angst enigszins maskeert.

De deur gaat open en een vrouw in een badjas tuurt naar buiten.

Ze leunt voorovergebogen op een blinkende zwarthouten stok. 'Is er iets, liefje?'

Omdat ik door haar betovering heen kan kijken, zie ik haar groenige huidskleur en grote tanden. Net als die van mijn pleegvader: Madoc. De man die mijn ouders heeft vermoord. De man die me heeft voorgelezen uit haar gevechtsstrategieën. Madoc, ooit de Grootgeneraal van het opperhof, inmiddels vijand van de troon en ongetwijfeld ook niet echt te spreken over mij.

Hopelijk verpesten hij en opperkoning Cardan elkaars leven.

'Ik heb wat geschenken voor u meegenomen.' Ik hou de koelbox omhoog. 'Mag ik binnenkomen? Ik wil een afspraak met u maken.'

Ze fronst een beetje.

'U kunt niet zomaar leden van het Volk blijven opeten zonder dat er iemand wordt gestuurd om te proberen u ervan te overtuigen om daarmee op te houden.'

'Misschien eet ik jóú wel op, mooi meisje,' kaatst ze terug, en ze kijkt een stuk vrolijker. Ze doet echter een stap naar achteren om me toegang tot haar schuilplaats te geven.

Waarschijnlijk kan ze me niet in de hal verschalken.

Het appartement is een soort loft, met een hoog plafond en muren van baksteen. Mooi. De geboende vloer glanst. Grote ramen laten licht binnen en bieden een best mooi uitzicht op de stad. Het is ingericht met oude spullen. De stof van een aantal stukken is gescheurd en er zijn rijtplekken die afkomstig kunnen zijn van een uithaal met een mes.

Het ruikt hier naar bloed. Er hangt een koperachtige stank met een onaangename zoete boventoon. Ik plaats mijn geschenken op een zware houten tafel. 'Voor u. In de hoop dat u mijn onbeleefdheid over het hoofd ziet dat ik onaangekondigd op bezoek kom.'

Ze ruikt aan het vlees, draait een boterham met honing om en verwijdert met haar vuist de kroonkurk van het flesje bier. Na een flinke teug neemt ze me in zich op. 'Iemand heeft je manieren bijgebracht. Waarom hebben ze die moeite genomen, geitje? Je bent duidelijk het offer dat men heeft gestuurd in de hoop dat mijn honger kan worden gestild met het vlees van een sterveling.' Ze glimlacht haar tanden bloot.

Het is mogelijk dat ze op dat moment haar masker laat zakken, maar omdat ik daar al doorheen kan kijken, weet ik dat niet zeker. Ik knipper met mijn ogen.

Zij knippert met haar ogen, duidelijk in afwachting van een reactie.

Doordat ik niet gillend naar de deur ren ergert ze zich nu aan me. Dat zie ik. Volgens mij had ze zin in een achtervolging.

'U bent Grima Mog. Leider van legers. Verwoester van uw vijanden. Is dit echt hoe u uw pensioen wilt doorbrengen?'

'Pensioen?' Ze herhaalt het woord alsof ik haar dodelijk beledigd heb. 'Hoewel ik ben verbannen zal ik een ander leger vinden om te leiden. Een groter leger dan mijn eerste.'

Soms maak ik mezelf iets wijs wat daar verdacht veel op lijkt. Het is schokkend om het hardop uit de mond van een ander te horen, maar het brengt me op een idee. 'Tja, het plaatselijke Volk wordt liever niet opgegeten terwijl u uw volgende zet plant. Natuurlijk heb ik als mens ook liever niet dat u stervelingen eet... Al betwijfel ik of zij u kunnen bieden waar u naar op zoek bent.'

Ze wacht tot ik verderga.

'Een uitdaging.' Ik overweeg alles wat ik over scharlaakkappen weet. 'Dat is toch waar u naar snakt? Een goed gevecht. Ik durf te wedden dat de leden van het Volk die u hebt gedood ook niet zo speciaal waren. Een verspilling van uw gaven.'

'Wie heeft jou gestuurd?' vraagt ze uiteindelijk.

Ze probeert erachter te komen wat mijn plan is. 'Wat hebt u gedaan om haar kwaad te maken? Uw koningin? Het moet iets groots zijn om uit het Hof der Tanden te worden geschopt.'

'Wie heeft jou gestuurd?' brult ze.

Blijkbaar was dat een gevoelig punt. Mijn beste talent.

Ik probeer niet te glimlachen, maar ik heb de roes van de macht gemist die gepaard gaat met het spelen van een dergelijk spel vol strategie en listigheid. Ik geef het niet graag toe, maar ik heb het gemist mijn leven op het spel te zetten. Er is geen ruimte voor spijt als je druk bezig bent om te winnen. Of om in ieder geval niet te sterven.

'Dat heb ik al gezegd. Het plaatselijke Volk dat niet opgegeten wil worden.'

'Waarom jij? Waarom zouden ze een jonge meid sturen in een poging om me ergens van te overtuigen?'

Ik neem de kamer in me op en zie een ronde doos op de koelkast staan. Een ouderwetse hoedendoos. Die houdt mijn aandacht vast. 'Waarschijnlijk omdat het geen groot gemis voor ze zou zijn als het me niet lukt.'

Daar moet Grima Mog om lachen en ze neemt nog een slok zuur bier. 'Een fatalist. En, hoe ga je me overtuigen?'

Ik loop naar de tafel en pak het eten op, een excuus om dichter bij die hoedendoos te komen. 'Door om te beginnen uw boodschappen op te ruimen.'

Grima Mog kijkt geamuseerd. 'Een oude dame als ik zou misschien wel een jonge blom kunnen gebruiken om wat klusjes in huis te doen. Maar pas op, in mijn voorraadkast zou je meer kunnen tegenkomen dan je had verwacht, geitje.'

Ik trek de deur van de koelkast open. De overblijfselen van de leden van het Volk die ze heeft vermoord begroeten me. Ze heeft armen en hoofden verzameld, die ze op de een of andere manier heeft bereid: gebakken en geroosterd en vervolgens opgeborgen als de kliekjes van een feestdag. Mijn maag speelt op.

Er verschijnt een boosaardige glimlach op haar gezicht. 'Ik neem aan dat je me tot een duel wilt uitdagen? Zodat je kunt opscheppen over hoe hevig je je hebt verzet? Nu zie je wat het inhoudt om van Grima Mog te verliezen.'

Ik adem diep in. Met een sprong veeg ik de hoedendoos van de koelkast en vang die op.

'Afblijven!' schreeuwt ze.

Ze komt overeind als ik de deksel eraf trek.

Daar is hij dan: de kap. Gelakt met bloed, laag na laag.

Ze heeft de afstand tussen ons gehalveerd en heeft haar tanden ontbloot.

Ik haal een aansteker uit mijn zak en klik een vlammetje tevoorschijn met mijn duim.

Ze blijft abrupt staan bij het zien van het vuur.

'Ik weet dat je er jaren en jaren over hebt gedaan om het patina van deze kap op te bouwen.' Ik dwing mezelf niet te beven, bid dat de vlam niet dooft. 'Waarschijnlijk zit het bloed van je eerste en van je meest recente moord erop. Zonder deze kap is er geen souvenir aan je overwinningen uit het verleden, geen trofee, niets. Dus, ik wil dat je een deal met me sluit. Zweer dat er geen moorden meer zullen zijn. Niet van leden van het Volk of van mensen, zolang je in de sterfelijke wereld verblijft.'

'En als ik dat niet doe, dan verbrand je mijn schat?' maakt Grima de boodschap voor me af. 'Daar valt geen enkele eer mee te behalen.'

'Tja, ik zou kunnen aanbieden om met je te vechten,' zeg ik, 'maar de kans is groot dat ik verlies. Op deze manier win ik.'

Grima Mog wijst met de punt van haar zwarte stok naar me. 'Jij bent Madocs mensenkind, toch? En de verbannen hofmeester van onze nieuwe opperkoning. Verstoten, net als ik.'

Ik knik, in verlegenheid gebracht nu ik ben herkend.

Ze glimlacht tevreden. 'Wat heb jíj op je kerfstok? Dat moet wel iets groots zijn geweest.'

'Ik was een dwaas.' Ik kan het net zo goed toegeven. 'Ik ging voor de tien vogels in de lucht in plaats van die ene in mijn hand.'

Ze buldert van het lachen. 'Nou, wij zijn me wel een stel, hè, dochter van de scharlaakkap. Maar moorden zit me in het bloed. Ik ben niet van plan het doden op te geven. Als ik dan toch moet vastzitten in de sterfelijke wereld, dan ben ik van plan wel wat lol te beleven.'

Ik breng de vlam dichter bij de kap. De onderkant ervan verschroeit iets en een verschrikkelijke stank verspreidt zich door de lucht.

'Stop!' schreeuwt ze, met een blik vol pure haat. 'Genoeg. Ik zal jou een aanbod doen, geitje. We sparren. Als jij verliest, krijg ik mijn kap ongeschonden terug en ik jaag onverstoord verder, en dan geef jij me je pink.'

'Zodat je die kunt opeten?' Ik haal de vlam weg bij het hoofddeksel.

'Als ik dat wil... Of om die als een speld te dragen. Wat kan het jou schelen wat ik ermee doe? Het punt is dat die dan van mij is.'

'Waarom zou ik daarmee akkoord gaan?'

'Omdat als jij wint, je je belofte van me krijgt. Daarnaast zal ik je iets belangrijks vertellen over je opperkoning.'

'Ik wil niets over hem weten,' snauw ik, te vlug en te fel. Ik had niet verwacht dat ze Cardan ter sprake zou brengen.

Dit keer is haar lach laag, brommend. 'Kleine leugenaar.'

We staren elkaar lange tijd aan. Grima Mogs blik is vrij gemoedelijk. Ze weet dat ze me te pakken heeft, dat ik akkoord zal gaan met haar voorwaarden. Ik weet het ook, belachelijk genoeg. Ze is een legende. Ik kan met geen mogelijkheid winnen.

Cardans naam dreunt nog door in mijn oren. Heeft hij een nieuwe hofmeester? Een andere minnares? Gaat hij zelf naar raadsvergaderingen? Praat hij over mij? Bespotten hij en Locke me als ze elkaar spreken? Lacht Taryn mee?

'We sparren tot er iemand bloedt,' zeg ik, waarbij ik verder alles uit mijn hoofd zet. Het is een genot om mijn woede op iemand te richten. 'Ik geef je mijn vinger niet. Als jij wint, krijg je je kap, punt, en ik loop hier weer weg. De tegemoetkoming die ik doe is dat ik überhaupt met je vecht.'

'Dat is saai.' Grima Mog leunt waakzaam naar voren. 'Laten we vechten tot een van ons het opgeeft. Laat het ergens eindigen tussen bloedvergieten en afdruipen om op weg naar huis te sterven.' Ze zucht, alsof ze aan iets gelukzaligs denkt. 'Geef me de kans om elk botje in jouw scharminkelige lichaam te breken.'

'Nu reken je op mijn trots.' Ik stop haar kap in een broekzak en de aansteker in de andere.

Ze ontkent het niet. 'En, heb ik goed gegokt?'

Vechten tot het eerste bloed vloeit ís ook saai. Dan draai je alleen maar om elkaar heen, op zoek naar een opening. Dat is geen echt gevecht. Ik flap mijn antwoord eruit: 'Ja.'

'Mooi.' Ze wijst met de punt van haar stok naar het plafond. 'Laten we naar het dak gaan.'

'Nou, dit is allemaal heel beschaafd.'

'Je kunt maar beter een wapen bij je hebben, want ik leen je er geen.' Met een diepe zucht gaat ze naar de deur, alsof ze echt de oude vrouw is die ze door haar betovering lijkt te zijn.

Ik volg haar het appartement uit, door de schemerig verlichte gang, naar een nog donkerder trappenhuis, helemaal alert. Ik hoop dat ik weet waar ik mee bezig ben. Ze gaat enthousiast met twee treden tegelijk de trap op en gooit bovenaan een metalen deur open. Staal klettert als ze een smal zwaard uit haar stok trekt. Door haar gretige glimlach worden haar scherpe tanden ontbloot.

Ik haal het lange mes tevoorschijn dat ik in mijn laars heb verstopt. Het bereik ervan is niet geweldig, maar ik beschik niet over het vermogen om dingen te betoveren. Ik kan natuurlijk niet met Nachtval op mijn rug rondfietsen, al wens ik nu heel erg dat ik een manier had bedacht om dat voor elkaar te krijgen.

Ik stap het asfalt van het dak op. De opkomende zon kleurt de lucht roze en goud. Er staat een kille bries die de geuren van beton en afval met zich meebrengt, samen met die van guldenroede uit het nabijgelegen park.

Mijn hart bonkt door een mengeling van doodsangst en gretigheid. Als Grima Mog op me afkomt, ben ik daar klaar voor. Ik weer haar aanval af en ga aan de kant. Dat doe ik tot haar ergernis keer op keer.

'Je hebt me een dreiging beloofd,' grauwt ze.

Ik heb nu in ieder geval een idee van hoe ze zich beweegt. Ik weet dat ze naar bloed hongert, naar geweld, en ik weet dat ze eraan gewend is om op prooi te jagen. Ik hoop alleen dat ze te zelfverzekerd is. Het is mogelijk dat ze fouten maakt nu ze iemand tegenover zich heeft die terug kan vechten.

Niet waarschijnlijk, maar mogelijk.

Als ze weer op me afkomt, draai ik me om en schop zo hard tegen de achterkant van haar knie dat ze op het asfalt valt. Ze brult, krabbelt overeind en komt in volle vaart op me af. Heel even trekt er door de woede op haar gezicht en die angstaanjagende tanden een verschrikkelijke, verlammende schok door me heen.

Monster! gilt mijn geest.

Ik klem mijn kaken op elkaar en onderdruk de neiging om weg te duiken. Onze lemmeten blinken zo fel als vissenschubben in het nieuwe daglicht. Metaal klettert tegen metaal en dat geluid weergalmt om ons heen. We leveren strijd op het dak, mijn voetenwerk is razendsnel terwijl we heen en weer schuifelen. Zweetdruppels op mijn voorhoofd en onder mijn armen. Mijn hete adem vormt wolkjes in de koele lucht.

Het voelt goed om tegen iemand anders dan mezelf te vechten.

Grima Mog vernauwt haar ogen tot spleetjes. Ze houdt me in de gaten en is op zoek naar zwakke plekken. Ik ben me bewust van elke keer dat Madoc me ooit heeft verbeterd, van elke slechte gewoonte die de Schim ooit eruit heeft proberen te trainen. Ze begint aan een reeks brute slagen, probeert me naar de rand van het dak te dwingen. Ik deins terug in een poging mezelf te verdedigen tegen de aanval, tegen het grotere bereik van haar zwaard. Ze heeft zich tot nu toe ingehouden, maar dat doet ze niet langer.

Keer op keer duwt ze me naar de afgrond toe. Ik vecht vol grimmige vastberadenheid terug. Zweet parelt over mijn lichaam.

Dan stoot mijn voet tegen een metalen pijp die uit het asfalt steekt. Ik struikel en zij haalt uit. Ik moet mijn uiterste best doen om niet gespietst te worden en dat kost me mijn mes, dat van het dak af schiet. Ik hoor het met een doffe bons beneden op straat terechtkomen.

Ik had deze opdracht nooit moeten accepteren. Ik had nooit akkoord moeten gaan met dit gevecht. Ik had nooit Cardans huwelijksaanzoek moeten aannemen en nooit verbannen moeten worden naar de sterfelijke wereld.

Woede schenkt me hernieuwde energie, en die gebruik ik om aan Grima Mog te ontsnappen. Door de vaart van haar aanval zoeft haar lemmet langs me heen. Dan geef ik haar met mijn elleboog een harde stoot tegen haar arm en grijp naar het gevest van haar zwaard.

Het is geen eervolle techniek, maar het is dan ook lang geleden dat ik eervol was. Grima Mog is erg sterk, maar ze is ook verrast. Heel even aarzelt ze, maar dan geeft ze me een kopstoot, haar voorhoofd tegen het mijne. Ik zie sterretjes, maar ik had haar wapen bijna te pakken.

Bijna.

Mijn hoofd bonst, en ik ben een beetje duizelig.

'Dat is valsspelen, meisje,' zegt ze.

We hijgen allebei. Het voelt alsof mijn longen van lood zijn.

'Ik ben geen ridder.' Als om dat punt te benadrukken raap ik het enige wapen binnen handbereik op: een metalen staaf. Die is zwaar en zo stomp als wat, maar meer is er niet. In ieder geval is hij langer dan het mes.

Ze lacht. 'Je zou het moeten opgeven, maar ik ben blij dat je dat niet hebt gedaan.'

'Ik ben een optimist,' antwoord ik.

Ze rent op volle snelheid op me af.

Mijn bereik is echter groter.

We cirkelen om elkaar heen. Ik pareer haar aanvallen met iets wat ik hanteer als een soort honkbalknuppel. Ik wens veel dingen, maar vooral dat ik straks veilig dit dak verlaat.

Mijn energie neemt af. Ik ben niet gewend aan het gewicht van de staaf en ze is lastig te hanteren.

Geef het op, dringt mijn overbelaste brein aan. Geef het op nu je nog staat. Geef haar de kap, vergeet dat geld en ga naar huis. Vivi kan blaadjes tot extra geld omtoveren. Dat is niet zo erg voor een keertje. Je vecht niet om een koninkrijk. Die strijd heb je al verloren.

Grima Mog nadert alsof ze mijn wanhoop kan ruiken. Ik moet alles uit de kast halen. Ze komt met een paar snelle, agressieve uithalen in de hoop dat mijn aandacht verslapt.

Zweet stroomt langs mijn voorhoofd, prikt in mijn ogen.

Madoc beschreef vechten als veel dingen, als een strategisch spel dat op snelheid gespeeld wordt, als een dans, maar op het moment voelt het als een discussie. Een discussie waarbij zij mij zodanig in de verdediging dwingt dat ik geen punten kan scoren.

Ondanks de belasting op mijn spieren neem ik de staaf in mijn andere hand en trek ik haar kap uit mijn zak.

'Wat doe je? Je hebt beloofd...'

Ik gooi haar de kap in het gezicht.

Afgeleid grijpt ze ernaar.

Op dat moment zwaai ik uit alle macht van opzij met de staaf naar haar. Ik raak haar tegen haar schouder en ze zakt met een kreet van pijn in elkaar. Ik sla haar nog een keer, breng de metalen staaf in een boog neer op haar uitgestrekte arm, waardoor haar zwaard weg tolt over het dak.

Ik hef de staaf om nog een keer toe te slaan.

'Genoeg!' Grima Mog kijkt met bloed op haar puntige tanden vanaf het asfalt naar me op en de verrassing is van haar gezicht te lezen. 'Ik geef me over.'

'Echt?' Ik laat de staaf zakken.

'Ja, valsspeler die je d'r bent,' bijt ze me toe, en ze duwt zich omhoog tot ze zit. 'Je hebt me verslagen. Help me nu maar overeind.'

Ik laat de staaf vallen en loop naar haar toe, terwijl ik half verwacht dat ze een mes tevoorschijn tovert om me daarmee in mijn zij te steken.

Ze steekt echter alleen haar hand uit en laat zich door mij overeind trekken. Ze zet haar kap op en houdt de arm die ik heb geraakt met haar andere arm tegen haar borst.

'Het Hof der Tanden heeft zijn lot verbonden aan dat van de

voormalige Grootgeneraal... jouw vader... en een hele groep andere verraders. Ik heb uit betrouwbare bron vernomen dat jouw opperkoning voor de volgende volle maan van de troon wordt gestoten. Wat zeg je daarvan?'

'Ben je daarom vertrokken? Omdat jij geen verrader bent?'

'Ik ben vanwege een ander geitje vertrokken. En ga nu maar weg. Dit was leuker dan ik had verwacht, maar ik denk dat ons spel tot een eind is gekomen.'

Haar woorden suizen in mijn oren. *Jouw opperkoning. Van de troon wordt gestoten.* 'Je bent me nog een belofte schuldig.' Ik klink als een kwakende kikker.

Tot mijn verrassing geeft Grima me die. Ze zweert niet langer op sterfelijk terrein te jagen.

'Kom nog een keertje met me vechten,' roept ze me na als ik naar de trap loop. 'Ik bezit voldoende geheimen. Er zijn zo veel dingen die jij niet weet, dochter van Madoc, en volgens mij hunker jij ook naar wat geweld.'

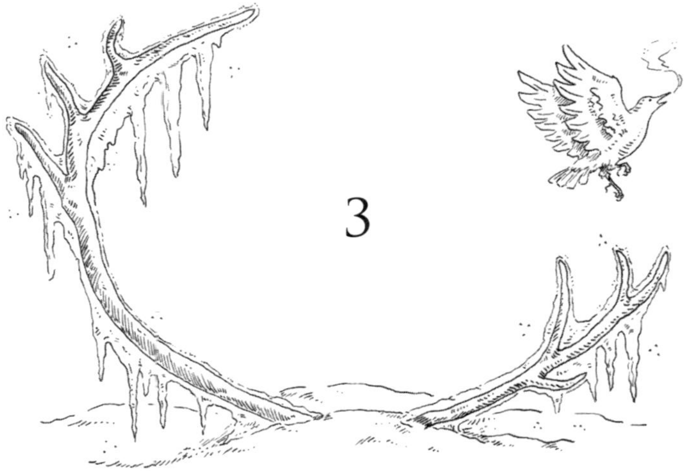

3

Mijn spieren worden vrijwel onmiddellijk stijf, en bij het idee naar huis te fietsen word ik zo moe dat ik liever op de stoep wil gaan liggen, dus pak ik de bus. Ik krijg veel vuile blikken van ongeduldige forenzen terwijl ik mijn fiets voor op het rek bevestig, maar als ze zien dat ik bloed besluiten ze me verder te negeren.

Mijn ervaring van hoe een dag in elkaar zit past niet bij de menselijke wereld. In Faerie is bij de ochtendschemer naar huis strompelen het equivalent van stervelingen die om middernacht naar huis strompelen. In de mensenwereld hoort het heldere ochtendlicht de schaduwen echter te verbannen. Het is een deugdzame tijd, een tijd voor vroege vogels, niet voor nietsnutten. Een oudere vrouw met een parmantig roze hoedje op geeft me zonder iets te zeggen een paar tissues, wat ik waardeer. Ik kalefater me er zo goed mogelijk mee op. De rest van de rit staar ik door het raam naar de blauwe lucht. Alles doet pijn en ik heb medelijden met mezelf. Een zoektocht door mijn zakken levert vier aspirines op. Ze zijn bitter, maar ik slik ze in één keer door.

Jouw opperkoning wordt voor de volgende volle maan van de troon gestoten. Wat zeg je daarvan?

Ik probeer mezelf wijs te maken dat het me niets kan schelen, dat ik blij zou moeten zijn als Elfhame wordt veroverd. Cardan heeft zat anderen om zich heen om hem te waarschuwen voor wat er gaat komen. Het Schaduwhof en de helft van zijn leger. De heersers van de lagere hoven, die hem allemaal trouw hebben gezworen. De gehele Levende Raad. Zelfs een nieuwe hofmeester, als hij de moeite neemt om er een te benoemen.

Ik wil er niet aan denken dat iemand anders mijn plek naast Cardan heeft ingenomen, maar in gedachten loop ik onwillekeurig toch al de ergste mogelijkheden na. Hij kan niet voor Nicasia kiezen, omdat zij al ambassadrice van de Onderzee is. Hij zal Locke niet nemen, omdat hij al meester der festiviteiten is en omdat hij onuitstaanbaar is. Vrouwe Asha gaat het niet worden omdat zij... verschrikkelijk zou zijn. Zij zou de taak saai vinden, en ze zou zijn invloed inruilen voor wat haar het beste van pas zou komen. Hij is toch zeker wel wijzer dan om voor haar te kiezen? Misschien ook niet. Cardan kan roekeloos zijn. Misschien zullen hij en zijn verdorven, onverschillige moeder een aanfluiting maken van de Struikwinde-lijn en de Bloedkroon. Dat hoop ik. Ik hoop dat het iedereen zal berouwen en hem het meest.

En dan valt Madoc binnen en neemt hij de boel over.

Ik druk mijn voorhoofd tegen het koele glas en herinner mezelf eraan dat dit niet langer mijn probleem is. In plaats van vergeefs te proberen niet aan Cardan te denken, probeer ik helemaal niet te denken.

Ik word wakker doordat iemand me bij mijn schouder vastpakt en eraan schudt.

'Hé, meisje,' zegt de buschauffeur met een bezorgde uitdrukking op zijn gezicht. 'Meisje?'

Er was een tijd dat ik mijn mes had gepakt en dat tegen zijn keel had gedrukt voor hij was uitgesproken. Slaapdronken besef ik dat ik mijn mes niet eens meer heb. Ik ben vergeten dat op te halen voor het gebouw van Grima Mog.

'Ik ben wakker,' zeg ik weinig overtuigend, terwijl ik met mijn hand over mijn gezicht wrijf.

'Heel even dacht ik dat je dood was.' Hij fronst zijn wenkbrauwen. 'Dat is veel bloed. Moet ik iemand voor je bellen?'

'Er is niets aan de hand.' Dan dringt het tot me door dat de bus grotendeels leeg is. 'Heb ik mijn halte gemist?'

'Daar zijn we nu.' Hij lijkt erop te willen staan om hulp voor me te halen, maar schudt dan met een zucht zijn hoofd. 'Vergeet je fiets niet.'

Als ik eerder al stram was, dan is dat niets vergeleken met nu. Ik strompel door het gangpad als een wortelvrouw die voor het eerst haar takken uit de grond heeft getrokken. Ik friemel aan de gespen om mijn fiets los te krijgen en zie dan de roestkleurige vlekjes op mijn vingers. Heb ik net in het bijzijn van de chauffeur bloed over mijn gezicht gesmeerd? Ik raak zelfbewust mijn wang aan. Geen idee.

Dan is mijn fiets los en ik schuifel over het gras naar het appartementengebouw. Het plan is om de fiets in de struiken te laten zakken en het risico te nemen dat die wordt gestolen. Met die belofte aan mezelf leg ik het grootste stuk van de afstand naar huis af, maar dan zie ik iemand op het trapje zitten. Het stralende zonlicht valt op roze haar. Ze heft ter begroeting een koffiebekertje van karton.

Ik blijf op afstand staan. 'Heather?' Na hoe de chauffeur naar me keek lijkt het me een slecht idee om haar mijn verwondingen en blauwe plekken te laten zien.

'Ik probeer mijn moed bij elkaar te rapen en aan te kloppen.'

'Ah...' Ik leg mijn fiets op het gras. Die struiken zijn te ver weg. 'Nou, je kunt gewoon samen met mij naar binnen gaan en...'

'Nee!' Als ze beseft hoe luid ze dat zei, laat ze haar stem zakken. 'Ik weet niet of ik vandaag naar binnen ga.'

Ik kijk nog eens goed naar haar en dan valt me op hoe vermoeid ze eruitziet, hoe vaal het roze in haar haar is, alsof ze niet de moeite heeft genomen om het opnieuw te kleuren. 'Hoelang zit je hier al?'

'Niet lang.' Ze kijkt weg en haalt haar schouders op. 'Ik kom hier soms om te peilen wat ik voel.'

Met een zucht geef ik het idee op dat het me gaat lukken te verbergen dat ik gewond ben. Ik loop naar de trap en laat me zwaar op een tree zakken, te moe om te blijven staan.

Heather springt overeind. 'Jude? O nee, godsamme... Wat de... Wat is er met jou gebeurd?'

Ik krimp ineen. Haar stem klinkt veel te hard. 'Sst. Ik dacht dat je niet wilde dat Vivi weet dat je hier bent. Trouwens, het ziet er erger uit dan het is. Ik heb alleen een warme douche nodig en wat pleisters. En flink wat slaap.'

'Oké.'

Ze zegt het op een manier waardoor ik denk dat ze me niet gelooft. 'Laat me je naar binnen helpen. Wees niet bang dat ik uit mijn plaat ga als ik je zus zie of zo. Je bent echt gewond. Je had daar niet moeten blijven staan om met mij te praten!'

Ik schud mijn hoofd en hou mijn hand op om haar aanbod af te weren. 'Het komt wel goed. Laat me hier nog heel even zitten.'

Ze staart me aan, haar bezorgdheid levert strijd met haar verlangen om de onvermijdelijke confrontatie met Vivi iets langer uit te stellen. 'Ik dacht dat je nog op die andere plek was. Ben je daar gewond geraakt?'

'In Faerie?' Ik mag Heather, maar ik ga niet doen alsof de plek waar ik ben opgegroeid niet bestaat omdat zij het idee ervan ondraaglijk vindt. 'Nee. Dit is hier gebeurd. Ik logeer bij Vivi en probeer alles op een rijtje te zetten. Maar als jij terugkomt, kan ik zo mijn spullen pakken.'

Ze kijkt naar haar knieën, bijt een hoekje van een nagel, schudt haar hoofd. 'Liefde is stom. We breken alleen maar elkaars hart.'

'Ja,' zeg ik, terwijl ik opnieuw aan Cardan denk en aan hoe ik zo in zijn val ben gelopen, als een of andere sukkel die nooit eerder een ballade heeft gehoord. Hoeveel geluk ik Vivi ook toewens, ik wil niet dat Heather net zo'n sukkel wordt. 'Ja, nee! Liefde mag dan stom zijn, maar jij bent dat niet. Ik weet van de boodschap die je naar Vivi hebt gestuurd. Daar kun je niet mee doorgaan.'

Heather neemt een flinke slok uit haar bekertje. 'Ik heb last van nachtmerries. Over die plek. Over Faerie. Ik kan niet slapen. Ik kijk naar de mensen op straat, en ik vraag me af of ze betoverd zijn. Er zijn al genoeg monsters in deze wereld, genoeg mensen die misbruik van me willen maken, me pijn willen doen of me mijn rechten willen ontnemen. Ik wil niet weten dat er nog een compleet andere wereld is vol monsters.'

'Dus niet weten is beter?' vraag ik.

Ze fronst haar wenkbrauwen en zwijgt. Dan kijkt ze langs me heen, alsof ze naar het parkeerterrein staart. 'Ik kan niet eens aan mijn ouders uitleggen waar Vee en ik ruzie over hebben. Ze blijven maar vragen of ze is vreemdgegaan of dat de aanwezigheid van Eik te veel was, alsof ik hem als kind niet zou trekken, in plaats van wat hij dan ook is.'

'Hij is nog steeds een kind,' merk ik op.

'Ik háát het dat ik bang ben voor Eik. Ik weet dat ik hem daarmee kwets. Maar ik haat het ook dat hij en Vee over magie beschikken, magie die ze zou kunnen gebruiken om elke ruzie die we ooit hebben te winnen. Magie waarmee Vee mij geobsedeerd kan maken of waarmee ze me in een eend kan veranderen. Dan heb ik het nog niet eens over waarom ik me überhaupt tot haar aangetrokken voel.'

Ik frons. 'Wacht eens even, wat?'

Heather keert zich naar me toe. 'Weet jij wat ervoor zorgt dat mensen van elkaar houden? Nou, dat weet niemand. Maar wetenschappers bestuderen het, en er is allemaal van dat bizarre gedoe over feromonen en symmetrie van het gezicht en de omstandigheden waaronder je elkaar voor het eerst ontmoet. Mensen zijn raar. Onze lichamen zijn raar. Misschien kan ik er niets aan doen dat ik me tot haar aangetrokken voel, net zoals vliegen er niets aan kunnen doen dat ze worden aangetrokken door vleesetende planten.'

Ik maak een ongelovig geluid, maar de woorden van Balekin

weerklinken in mijn oren. *Ik heb gehoord dat voor stervelingen verliefd worden veel wegheeft van angst.* Misschien had hij meer gelijk dan ik wilde geloven. Vooral als ik aan mijn gevoelens voor Cardan denk, want er is geen enkele goede reden om ook maar iets voor hem te voelen.

'Oké,' zegt Heather. 'Ik weet dat ik belachelijk klink, ik vóél me belachelijk, maar ik ben ook bang. En ik vind nog steeds dat we naar binnen moeten gaan zodat we jou kunnen opkalefateren.'

'Laat Vivi beloven dat ze geen magie op je gebruikt,' adviseer ik. 'Ik kan je helpen om precies de juiste woorden te kiezen om haar daartoe te verplichten en dan...' Ik hou mijn mond als ik zie dat Heather me bedroefd aankijkt, misschien omdat het kinderachtig klinkt om in beloften te geloven. Of misschien komt het doordat het idee om Vivi met een belofte tot iets te verplichten zo magisch klinkt dat ze daar nog meer van schrikt.

Heather ademt diep in. 'Vee heeft me verteld dat ze hier is opgegroeid, voordat jullie ouders werden vermoord. Ik vind het vervelend om het zelfs maar ter sprake te brengen, maar ik weet dat ze daardoor verknipt is. Ik bedoel, natuurlijk is dat zo. Dat zou iedereen zijn.' Ze wacht gespannen mijn reactie af.

Ik zit op het trapje en denk na over haar woorden, terwijl blauwe plekken opkomen bij de nog bloedende snijwonden. *Dat zou iedereen zijn.* Neuh, ik niet, ik ben helemaal niet verknipt.

Ik herinner me een veel jongere Vivi, die altijd razend was, die gilde en alles kapotmaakte wat ze aanraakte, die me elke keer dat ik Madoc zijn arm om me heen liet slaan sloeg, die eruitzag alsof ze zijn hele vesting zou laten afbranden met haar woede. Maar dat was zo lang geleden. We hebben allemaal ons nieuwe leven geaccepteerd; dat was slechts een kwestie van tijd.

Dit hou ik allemaal voor mezelf.

Heather ademt beverig in. 'Het punt is dat ik me afvraag of ze, je weet wel... of ze vadertje en moedertje met me speelt, of dat ze doet alsof haar leven zo is verlopen zoals ze graag had gewild. Of ze doet alsof ze nooit heeft ontdekt wie ze is en waar ze vandaan komt.'

Ik pak Heathers hand vast. 'Vivi is zo lang in Faerie gebleven vanwege mij en Taryn. Ze wilde daar niet zijn. De reden dat ze uiteindelijk is weggegaan ben jij. Omdat ze van jou houdt. Dus, ja, Vivi heeft de weg van de minste weerstand gekozen door niets uit te leggen. Ze had je de waarheid over Faerie moeten vertellen en ze had nooit, maar dan ook nooit magie op je mogen gebruiken, ook al deed ze dat uit paniek. Maar nu weet je het. Volgens mij moet je beslissen of je het haar kunt vergeven.'

Ze wil iets zeggen, maar houdt haar mond. 'Zou jij dat doen?' vraagt ze in plaats daarvan.

'Ik weet het niet.' Ik staar naar mijn knieën. 'Ik ben tegenwoordig niet bijzonder vergevingsgezind.'

Heather gaat staan. 'Oké. Je hebt gerust. Nu moet je opstaan, naar binnen gaan en een bad nemen in jodium. Je kunt waarschijnlijk beter naar een dokter gaan, maar ik weet al wat je daarop zult zeggen.'

'Je hebt gelijk. Over alles. Geen dokter.' Ik rol op mijn zij in een poging zo overeind te komen en als Heather naar me toe komt om me te helpen, sta ik dat toe. Ik leun zelfs op haar als we samen naar de deur strompelen. Ik heb mijn trots laten varen. Zoals Bryern zei, ik ben niet speciaal.

Heather en ik lopen samen door de keuken, langs de tafel waar Eiks kom voor zijn ontbijtgranen staat, nog voor de helft gevuld met roze melk. Twee lege koffiemokken staan naast een doos Froot-loops. Dat aantal valt me op vlak voor mijn brein betekenis geeft aan dat detail. Op het moment dat Heather me naar de woonkamer helpt, besef ik dat we bezoek moeten hebben.

Vivi zit op de bank. Haar hele gezicht straalt als ze Heather ziet. Ze kijkt naar haar als iemand die net de schitterende pratende harp van een reus heeft gestolen en daar de consequenties van weet, maar daar niets om geeft. Mijn blik gaat naar de persoon die naast haar zit, keurig gekleed in een speelse ragfijne hofjurk uit Elfhame van onder andere gesponnen glas. Mijn tweelingzus, Taryn.

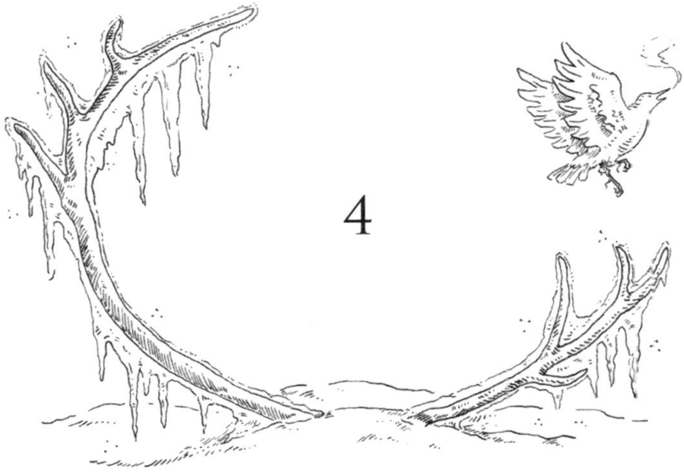

4

Adrenaline giert door mijn lichaam, ondanks mijn pijn, stramheid en blauwe plekken. Ik zou graag mijn handen om Taryns keel sluiten en knijpen tot haar hoofd eraf springt.

Vivi gaat staan, misschien vanwege mijn moordzuchtige blik, maar waarschijnlijk omdat Heather naast me staat.

'Jij,' zeg ik tegen mijn tweelingzus, 'eruit.'

'Wacht,' zegt Taryn. Zij komt ook overeind. 'Toe.'

In de kleine woonkamer kijken we elkaar allemaal aan alsof er ieder moment een gevecht kan uitbreken.

'Er kan niets uit jouw leugenachtige mond komen wat ik wil horen.' Ik ben blij dat ik een doelwit heb voor alle gevoelens die Grima Mog en Heather hebben opgerakeld, een doelwit dat het verdient. 'Ga, of ik góói je eruit.'

'Dit is Vivi's appartement,' kaatst Taryn terug.

'Dit is míjn appartement,' deelt Heather vastberaden mee. 'En jij bent gewond, Jude.'

'Dat kan me niets schelen! Als jullie haar hier willen hebben, dan vertrek ik!' Ik draai me om en dwing mezelf om terug naar de voordeur te lopen, de trap af.

De hordeur slaat achter me dicht. Taryn haast zich om me tegen te houden, de rok van haar jurk staat bol door de ochtendbries. Als ik niet wist hoe een echte Faerieprinses eruitziet, dan had ik misschien gedacht dat zij er een is. Heel even komt het me onmogelijk voor dat wij familie van elkaar zijn, laat staan identieke zussen.

'Wat is er met jou gebeurd?' vraagt ze. 'Zo te zien heb je gevochten.'

Ik loop zwijgend verder, al heb ik eigenlijk geen idee waarheen, zo sloom en stram en gekneusd als ik ben. Misschien naar Bryern. Hij vindt wel een plekje voor me waar ik kan slapen, ook al zal de prijs die ik daarvoor moet betalen me niet bevallen. Zelfs een logeerpartijtje bij Grima Mog is beter dan dit.

'Ik heb je hulp nodig,' zegt Taryn.

'Nee,' antwoord ik. 'Nee. Absoluut niet. Nooit. Als je daarom hier bent, heb je nu je antwoord en kun je vertrekken.'

'Jude, laat me uitpraten.'

Ze weet van geen wijken, wat me dwingt naar haar te kijken. Ik loop om haar opbollende rokken heen. 'Nogmaals nee. Nee, ik ga je niet helpen. Nee, ik wil niet naar jouw uitleg luisteren waarom ik dat wel zou moeten doen. Het is echt een magisch woord: nee! Je kunt zo veel onzin verkopen als je wilt, en dan zeg ik gewoon nee.'

'Locke is dood,' flapt ze eruit.

Ik draai me met een ruk om. De lucht is helderblauw. Vogels roepen naar elkaar vanuit de bomen in de buurt. In de verte klinkt het geluid van bouwwerkzaamheden en verkeer. Op dit moment is de tegenstelling van in de sterfelijke wereld staan en het nieuws aanhoren van het overlijden van een onsterfelijk wezen – iemand die ik kende, iemand die ik heb gekust – bijzonder onwerkelijk.

'Dood?' Dat komt me onmogelijk voor, zelfs na alles wat ik heb gezien. 'Weet je dat zeker?'

De nacht voor zijn huwelijk hebben Locke en zijn vrienden te paard geprobeerd me op te jagen alsof ik een vos was. Ik had beloofd hem daarvoor terug te pakken. Als hij dood is, kan ik dat nooit meer doen.

Hij zal ook nooit meer een andere fuif kunnen plannen om Cardan te vernederen. Hij zal niet met Nicasia lachen of Taryn en mij tegen elkaar uitspelen. Misschien moet ik opgelucht zijn vanwege alle problemen die hij heeft veroorzaakt, maar tot mijn verrassing ben ik in plaats daarvan verdrietig.

Taryn ademt diep in, alsof ze zich schrap zet. 'Hij is dood omdat ik hem heb vermoord.'

Ik schud mijn hoofd, alsof ik daardoor zal begrijpen wat ze zegt. 'Wat?'

Ze lijkt zich meer te schamen dan iets anders, alsof ze een of ander dom voorval opbiecht in plaats van de móórd van haar mán. Dit herinnert me ook onaangenaam aan Madoc, die met een verraste uitdrukking op zijn gezicht bij drie gillende kinderen stond vlak nadat hij hun ouders had neergesabeld. Alsof het niet zijn bedoeling was geweest om de situatie zo uit de klauwen te laten lopen. Zou Taryn zich zo voelen?

Ik weet dat ik door de jaren heen veel meer op Madoc ben gaan lijken dan me lief is, maar ik had nooit verwacht dat zij en hij op elkaar zouden kunnen gaan lijken.

'En jij moet doen alsof je mij bent,' gaat ze verder, blijkbaar zonder zich druk te maken over het feit dat het van slechte smaak getuigt om de truc voor te stellen waardoor Madoc er met de helft van Cardans leger vandoor kon gaan en waardoor ik akkoord ben gegaan met het plan dat tot mijn verbanning heeft geleid. 'Maar voor een paar uur.'

'Waarom?' vraag ik, maar dan dringt het tot me door dat ik niet duidelijk ben. 'Niet dat gedoe over doen alsof. Waarom heb je hem vermoord?'

Ze ademt diep in en kijkt dan over haar schouder naar het appartement. 'Ga mee naar binnen en dan vertel ik het je. Ik vertel je alles. Toe, Jude.'

Ik kijk naar het gebouw en geef onwillekeurig toe dat ik nergens anders heen kan. Ik wil niet naar Bryern gaan. Ik wil weer naar binnen gaan en in mijn eigen bed rusten. En ondanks het feit dat ik uitgeput ben, kan ik niet ontkennen dat het vooruitzicht Elfhame binnen te sluipen als Taryn een verontrustende aantrekkingskracht heeft. Alleen al bij de gedachte daar te zijn, Cardan te zien, gaat mijn hart sneller slaan.

In ieder geval kan niemand mijn gedachten lezen. Die zijn zo dom dat ik ze liever voor me hou.

Binnen staan Heather en Vivi in een hoekje van de keuken bij de koffiepot een intens gesprek te voeren dat ik niet wil verstoren. Ze praten in ieder geval met elkaar. Dat is positief. Ik ga naar de kamer van Eik, waar ik de paar kleren die ik heb in de onderste la van zijn ladekast heb gepropt.

Taryn volgt, fronsend.

'Ik ga douchen,' vertel ik haar. 'Daarna smeer ik me in met wat zalf. Jij zet in de keuken wat magische, helende duizendbladthee voor me en dan zal ik je biecht aanhoren.'

'Laat me je helpen bij het uitkleden.' Taryn schudt geërgerd haar hoofd als ik iets wil zeggen. 'Je hebt geen schildknaap.'

'Ik heb ook geen harnas dat hij of zij kan oppoetsen.' Ik verzet me echter niet als ze mijn shirt langs mijn zere ledematen trekt. Het materiaal is stijf van het bloed, en ik krimp ineen bij het laatste stukje. Voor het eerst inspecteer ik mijn verwondingen, die rauw, rood en opgezet zijn. Ik vermoed dat Grima Mog haar wapen niet zo schoonhoudt als ik zou willen.

Taryn zet de douche aan, past de warmte aan en helpt me dan over de rand van het bad te stappen zodat ik onder de warme straal kan gaan staan. We zijn zussen, dus we hebben elkaar door de jaren heen talloze keren naakt gezien, maar als haar blik naar het lelijke litteken op mijn been gaat, herinner ik me dat ze dat nooit eerder heeft gezien.

'Vivi heeft me iets verteld,' zegt Taryn langzaam. 'Over de nacht voor mijn bruiloft. Jij was aan de late kant, en toen je kwam, was je stil en zag je bleek. Je was ziek. Ik was bang dat dat kwam doordat je nog steeds van hem hield, maar Vivi houdt vol dat dat niet waar is. Zij zegt dat je gewond was.'

Ik knik. 'Ik herinner me die nacht.'

'Heeft Locke iets... gedaan?' Nu ontwijkt ze mijn blik. Ze staart eerst naar de tegels, dan naar een ingelijste tekening die Eik van Heather heeft gemaakt met een bruin krijtje voor haar huid die overgaat in het roze voor haar haar.

Ik grijp de douchegel die Vivi bij de biologische winkel haalt, die op natuurlijke wijze antibacterieel hoort te zijn, en smeer er een flinke hoeveelheid van over het gedroogde bloed. Hij ruikt naar bleek en prikt verschrikkelijk. 'Of hij heeft geprobeerd me te vermoorden, bedoel je?'

Taryn knikt.

Ik kijk haar aan. Ze weet het antwoord al.

'Waarom heb je niets gezegd? Waarom heb je me met hem laten trouwen?'

'Ik wist het niet,' geef ik toe. 'Ik besefte pas dat Locke degene was die de jacht op mij had geleid toen ik jou de oorbellen zag dragen die ik die nacht was verloren en toen werd ik ontvoerd door de Onderzee. Vlak na mijn terugkeer heb jíj mij verraden, dus toen dacht ik dat het niet belangrijk was.'

Taryn fronst, duidelijk verscheurd door de neiging in discussie te gaan en de moeite die het haar kost om te zwijgen om mij voor zich te winnen. Dan wint het in discussie gaan het. We zijn toch ook een tweeling. 'Ik heb alleen gedaan wat pap vroeg! Ik dacht niet dat het veel voorstelde. Jij bezat al die macht en wilde die niet gebruiken. Maar ik heb je nooit willen kwetsen.'

'Ik denk dat ik liever had dat Locke en zijn vrienden me door het bos achternazaten dan dat jij me in de rug stak. Alweer.' Ik zie haar zichtbaar moeite doen om haar mond te houden. Ze ademt in en perst haar lippen op elkaar.

'Het spijt me,' zegt ze, en ze glipt de badkamer uit zodat ik mijn douche alleen kan afronden.

Ik draai de kraan van het warme water verder open en blijf er nog lang onder staan.

Als ik klaar ben is Heather vertrokken en heeft Taryn de koelkast doorzocht en van de zenuwen een soort theekransje bereid met onze kliekjes. Een grote pot thee staat midden op tafel, samen met een kleinere pot gevuld met duizendbladthee. Ze heeft het laatste halve pak kletskoppen op een dienblaadje uitgestald. Ons brood is omgetoverd tot twee soorten broodjes: ham en selderij, pindakaas met Cheerios.

Vivi zet koffie en houdt Taryn met een bezorgde blik in de gaten. Ik schenk een mok van de helende thee voor mezelf in, drink die in één keer leeg en schenk die opnieuw vol. Schoon, met mijn wonden verbonden en met frisse kleren aan voelt mijn hoofd een stuk helderder en ben ik er klaar voor om het nieuws te verwerken dat Locke dood is en dat mijn tweelingzus hem heeft vermoord.

Ik pak een broodje ham en neem een hap. De selderij is knapperig en een beetje vreemd, maar het is niet vies. Opeens word ik me ervan bewust hoeveel trek ik heb. Ik prop de rest van het broodje in mijn mond en leg er nog twee op een bord.

Taryn wringt haar handen, drukt ze tegen elkaar en dan tegen haar jurk. 'Er knapte iets,' zegt ze.

Vivi en ik zwijgen. Ik probeer iets minder luid op mijn selderij te kauwen.

'Hij had me beloofd dat hij tot zijn dood van me zou houden, maar zijn liefde beschermde me niet tegen zijn onvriendelijkheid. Hij waarschuwde me dat het Volk niet liefheeft zoals wij. Ik begreep dat pas toen hij me wekenlang alleen achterliet in zijn enorme, verschrikkelijke huis. Ik teelde hybriderozen in de tuin, liet nieuwe gordijnen maken en organiseerde maandlange fuiven voor zijn vrienden. Het deed er niet toe. Ik was soms kwaadaardig, soms zedig. Ik heb hem álles gegeven, maar hij zei dat het verhaal me had verlaten.'

Ik trek mijn wenkbrauwen op. Dat was een lullige opmerking, maar niet noodzakelijkerwijs wat ik van zijn laatste woorden had verwacht. 'Nou, dan heb je hem flink op zijn nummer gezet.'

Vivi lacht onwillekeurig en kijkt mij vervolgens kwaad aan omdat ik haar heb laten lachen.

Onvergoten tranen schitteren aan Taryns wimpers. 'Dat zal dan wel.'

Ze zegt het met een vlakke, monotone stem die ik maar lastig kan interpreteren.

'Ik probeerde hem uit te leggen waarom alles moest veranderen... dat móést... maar hij deed alsof ik me belachelijk gedroeg. Hij bleef maar praten, alsof hij me van mening kon laten veranderen over mijn eigen gevoelens. Er lag een met juwelen bezette briefopener op het bureau en... Herinner je je nog al die lessen van Madoc? Voor ik het wist zat het lemmet ervan in Lockes keel en hield hij eindelijk zijn mond, maar toen ik dat eruit trok kwam er zo veel bloed mee...'

'Dus het was niet je bedoeling om hem te doden?' vraagt Vivi.

Taryn zwijgt.

Ik begrijp hoe het voelt om alles zo lang te verdringen tot het er toch allemaal uit komt. Ik weet ook hoe het is om een mes in iemand te planten. 'Het is oké,' zeg ik, ook al weet ik niet zeker of dat waar is.

Ze keert zich naar mij toe. 'Ik dacht dat we totaal niet op elkaar leken, jij en ik, maar nu blijkt dat we precies hetzelfde zijn.'

Volgens mij is dat in haar ogen niet iets positiefs. 'Waar is zijn lichaam nu?' Ik richt me maar op het praktische. 'We moeten ervan af zien te komen en...'

Taryn schudt haar hoofd. 'Het is al ontdekt.'

'Hoe? Wat heb je gedaan?' Eerst was ik gefrustreerd omdat ze om hulp kwam vragen, maar nu juist omdat ze niet eerder is gekomen, toen ik dit had kunnen oplossen.

'Ik heb zijn lichaam naar de zee gesleept. Ik dacht dat het getij hem wel weg zou voeren, maar hij spoelde gewoon weer aan op een ander strand. Nou ja, er was hier en daar aan hem geknabbeld, waardoor het moeilijker voor ze is om vast te stellen hoe hij is gestorven.' Ze kijkt me hulpeloos aan, alsof ze nog altijd niet kan bevatten hoe dit haar is overkomen. 'Ik ben geen slecht mens.'

Ik neem een slokje duizendbladthee. 'Dat heb ik ook niet gezegd.'

'Er komt een onderzoek,' gaat Taryn verder. 'Ze gaan me betoveren en vragen stellen. Ik kan dan niet liegen. Maar als jij in mijn plaats antwoordt, kun jij eerlijk zeggen dat je hem niet hebt vermoord.'

'Jude is verbannen,' merkt Vivi op. 'Verbannen tot de kroon haar vergeeft of zoiets arrogants. Als zij wordt betrapt, zullen ze haar vermoorden.'

'Het is maar voor een paar uur,' zegt Taryn, die tussen ons heen en weer kijkt. 'Niemand zal het weten. Alsjeblieft.'

Vivi kreunt. 'Dat is veel te riskant.'

Ik zeg niets, maar daardoor denkt ze juist dat ik het overweeg.

'Je wilt gaan, hè?' vraagt Vivi, terwijl ze me met een schrandere blik aankijkt. 'Je zoekt een excuus om terug te gaan. Zodra ze je betoveren, zullen ze je naar je naam vragen of je iets vragen wat ze achterdochtig zal maken zodra je niet antwoordt zoals Taryn dat zou doen, en dan kun je het vergeten.'

Ik schud mijn hoofd. 'Er is een geas op me geplaatst die me beschermt tegen betoveringen.' Het is verschrikkelijk hoe aanlokkelijk het idee is naar Elfhame terug te keren, verschrikkelijk hoe ik verlang naar nog een hap van de immerappel, naar nog een kans op macht, nog een kans op hem. Misschien is er ook iets te bedenken om mijn verbanning ongedaan te maken, als ik er maar op kan komen.

Taryn fronst. 'Een geas? Waarom?'

Vivi kijkt me boos aan. 'Zeg het. Vertel haar wat je echt hebt gedaan. Vertel haar wat je bent en waarom je niet terug kunt gaan.'

Er is iets op Taryns gezicht te zien, iets wat op angst lijkt. Madoc moet hebben uitgelegd dat ik een gelofte van gehoorzaamheid uit

Cardan had losgepeuterd... Hoe had ze anders geweten dat ze hem het bevel moest geven om de helft van het leger van zijn gelofte te verlossen? Sinds ik weer in de sterfelijke wereld ben heb ik veel tijd gehad om na te denken over wat er tussen ons is gebeurd. Ik weet zeker dat Taryn boos op me was omdat ik haar niet had verteld dat ik Cardan in mijn macht had. Ik weet zeker dat Taryn zelfs nog kwader was dat ik had gedaan alsof ik Cardan er niet van kon overtuigen om Locke als meester der festiviteiten te ontslaan terwijl ik hem in wezen daartoe had kunnen bevelen. Ze had echter tal van andere redenen om Madoc te helpen. Hij is toch ook onze vader. Misschien wilde zij het 'grote spel' spelen. Misschien had ze gedacht aan alle dingen die hij voor haar kon doen als hij op de troon zat.

'Ik had je alles moeten vertellen, over Dain en het Schaduwhof, maar...'

Vivi onderbreekt me. 'Sla dat stuk maar over. Kom tot de kern van het verhaal. Zeg haar wat je bent!'

'Ik heb van het Schaduwhof gehoord,' zegt Taryn vlug. 'Dat zijn spionnen. Wil je zeggen dat jij een spion bent?'

Ik schud mijn hoofd omdat ik eindelijk begrijp waar Vivi het over heeft. Ze wil dat ik vertel dat Cardan met me is getrouwd en me zo tot opperkoningin van Elfhame heeft gemaakt, maar dat kan ik niet. Telkens als ik daaraan denk, word ik overspoeld door schaamte voor mijn overtuiging dat hij me niet zou belazeren. Ik denk niet dat ik iets daarvan kan verklaren zonder als een sukkel over te komen, en ik ben er niet klaar voor om me zo kwetsbaar op te stellen ten opzichte van Taryn.

Ik moet een eind maken aan dit gesprek, dus zeg ik het enige waarvan ik weet dat het ze allebei om zeer uiteenlopende redenen zal afleiden. 'Ik zal bij het onderzoek Taryn zijn. Over een dag of twee ben ik terug en dan zal ik alles aan haar uitleggen. Beloofd.'

'Kunnen jullie niet gewoon allebei in de sterfelijke wereld blijven?' vraagt Vivi. 'De pot op met Faerie. De pot op met dit alles. We huren wel iets groters.'

'Zelfs als Taryn hier blijft is het beter voor haar om niet het onderzoek van de opperkoning te ontlopen,' zeg ik. 'En ik kan dingen mee terug brengen die we makkelijk kunnen verpatsen. We moeten op de een of andere manier voor dat grotere appartement betalen.'

Vivi kijkt me geërgerd aan. 'We kunnen elk moment ophouden met doen alsof we sterfelijk zijn en dit appartement verlaten. Ik heb dit voor Heather gedaan. Als het alleen om ons gaat, dan kunnen we in een van die verlaten pakhuizen bij het water gaan wonen en dat betoveren zodat er nooit iemand binnenkomt. We kunnen al het geld dat we nodig hebben stelen om wat dan ook te kopen. Je hoeft het maar te zeggen, Jude.'

Ik haal de vijfhonderd dollar waar ik voor heb gevochten uit mijn jasje en leg dat op tafel. 'Bryern brengt de andere helft later vandaag. Aangezien we nog steeds doen alsof we sterfelijk zijn en Heather blijkbaar nog steeds in beeld is. Nu ga ik een dutje doen. Als ik weer wakker ben ga ik naar Faerie.'

Taryn kijkt met enige verwarring naar het geld op tafel. 'Als jullie iets nodig...'

'Als je wordt gesnapt, word je geëxecuteerd, Jude,' herinnert Vivi me, waarbij ze Taryns aanbod onderbreekt.

Daar ben ik blij om. Ik ben misschien bereid om dit te doen, maar dat betekent zeker niet dat ik het haar vergeef of dat onze band weer hecht is. Ik wil ook niet dat zij doet alsof dat wel zo is. 'Dan word ik niet gesnapt,' vertel ik ze allebei.

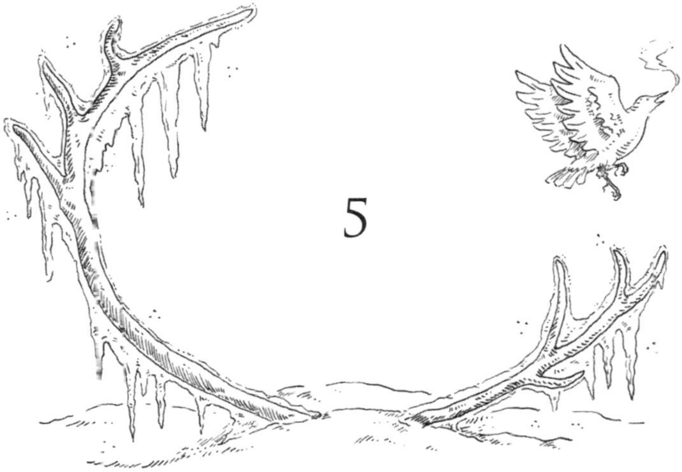

5

Eik is nog op school, dus ik ga lekker in zijn bed liggen. Ik ben zo toegetakeld dat ik snel in slaap val, wegzak in het duister en in dromen.

Ik volg lessen op een open plek tussen een groepje bomen bij het paleis, zit in de lange schaduwen van de namiddag. De maan staat al aan de hemel, een scherpe sikkel in de wolkeloze blauwe lucht. Ik teken een sterrenkaart uit mijn hoofd, mijn donkerrode inkt stolt op het papier. Het is bloed, besef ik opeens. Ik doop mijn ganzenveer in een inktpot vol bloed.

Aan de andere kant van de open plek zie ik prins Cardan bij zijn gebruikelijke metgezellen zitten. Valerian en Locke zien er vreemd uit: hun kleding is aangevreten door motten, hun huid is bleek en waar hun ogen zouden moeten zitten, zitten nu zwarte vegen. Het lijkt Nicasia niet op te vallen. Haar zeekleurige haar hangt in dikke golven op haar rug. Ze heeft haar lippen verwrongen tot een spottende glimlach, alsof er niets aan de hand is. Cardan heeft een met bloed besmeurde kroon ietsjes schuin op zijn hoofd en de scherpe lijnen van zijn gezicht zijn even adembenemend mooi als altijd.

'Weet je nog wat ik zei voor ik stierf?' roept Valerian me treiterend toe. '"Ik vervloek je. Drie keer vervloek ik je. Mijn moordenaar, dat jouw handen altijd onder het bloed mogen zitten. Dat de dood jouw metgezel mag zijn. Dat je..." Toen ben ik gestorven, dus ik heb de rest niet kunnen zeggen. Wil je die nu horen? Dat je leven kort mag zijn en overheerst wordt door verdriet, en dat als je sterft niemand om je zal rouwen.'

Ik huiver. 'Ja, het venijn zit hem echt in de staart.'

Cardan komt naar me toe, gaat op mijn sterrenkaart staan en schopt de inktpot om met zijn laars met zilveren neus, waardoor het bloed over het papier stroomt en mijn symbolen worden gewist. 'Kom mee,' zegt hij dwingend.

'Ik wist wel dat je haar leuk vond,' deelt Locke mee. 'Daarom moest ik haar eerst hebben. Weet je nog het feest in mijn tuindoolhof? Dat ik haar zoende terwijl jij toekeek?'

'Ik herinner me dat jij haar aanraakte, maar dat ze mij aankeek,' kaatst Cardan terug.

'Dat is niet waar!' zeg ik nadrukkelijk, maar ik herinner me dat Cardan op een deken lag met het Faeriemeisje met het narcisgele haar. Zij drukte haar lippen tegen de rand van zijn laars, terwijl een ander meisje zijn keel kuste. Hij had zijn blik op mij gericht toen een van hen hem op zijn mond zoende. Zijn ogen waren zo zwart als teer geweest, maar hadden gebrand als kooltjes.

Die herinnering gaat gepaard met de aai van Lockes hand langs mijn rug, mijn gloeiende wangen en het gevoel dat mijn huid te strak gespannen was, dat alles te veel was.

'Kom met me mee,' herhaalt Cardan, en hij trekt me weg bij de met bloed doordrenkte sterrenkaart en de anderen die de les volgen. 'Ik ben een prins van Faerie en je moet doen wat ik zeg.'

Hij brengt me naar de gestippelde schaduwen van een eikenboom en tilt me op, zodat ik op een lage tak zit. Hij laat zijn handen om mijn middel rusten en komt dichterbij, zodat hij tussen mijn dijen staat.

'Is dit niet veel beter?' Hij kijkt me aan.

Ik weet niet zeker wat hij bedoelt, maar ik knik.

'Je bent zo mooi.' Hij tekent patroontjes op mijn armen en laat zijn handen langs mijn taille glijden. 'Zo ontzettend mooi.'

Zijn stem klinkt zacht, en ik bega de vergissing in zijn zwarte ogen te kijken, naar zijn verleidelijke, glimlachende mond.

'Maar jouw schoonheid zal vervagen,' gaat hij net zo zacht verder, sprekend als een minnaar. Hij laat zijn handen hier en daar rusten, waardoor mijn buikspieren zich aanspannen en ik het vanbinnen warm krijg. 'Deze gladde huid zal rimpelen en gevlekt worden. Die wordt zo dun als een spinnenrag. Deze borsten zullen gaan hangen. Je haar wordt dof en dun. Je tanden zullen vergelen. Alles wat je hebt en bent zal wegrotten. Jij zult niets zijn. Jij bént niets.'

'Ik ben niets,' herhaal ik, hulpeloos na het aanhoren van zijn woorden.

'Jij komt van niets en je verwordt weer tot niets,' fluistert hij tegen mijn hals.

Een plotse paniek slaat over me heen. Ik moet bij hem weg zien te komen. Ik zet me af van de tak, maar ik kom niet op de grond terecht. Ik val en tuimel door de lucht, als Alice door het konijnenhol.

Dan verandert de droom. Ik lig op een stenen plaat, ben in stof gewikkeld. Ik probeer overeind te komen, maar ik kan me niet bewegen. Het is alsof ik een uit hout gesneden pop ben. Mijn ogen zijn open, maar ik kan mijn hoofd niet verschuiven, kan niet met mijn ogen knipperen, kan helemaal niets. Het enige wat ik kan is naar dezelfde wolkeloze lucht staren, naar diezelfde scherpe sikkel van een maan.

Madoc buigt zich opeens over me heen en kijkt me aan met zijn kattenogen. 'Wat zonde,' zegt hij, alsof ik ook niets meer kan horen. 'Had ze zich nu maar niet zo tegen me verzet, dan had ik haar alles gegeven wat ze ooit had willen hebben.'

'Het was nooit een gehoorzaam meisje,' merkt Oriana naast hem op. 'Niet zoals haar zus.'

Taryn is er ook en er biggelt heel elegant een traan over haar wang. 'Ze zouden altijd maar een van ons laten leven en dat ben ik. Jij bent de zus die padden en slangen uitbraakt. Ik ben de zus bij wie er robijnen en diamanten uit de mond rollen.'

Ze vertrekken met zijn drieën.

Vivi komt naast me staan en drukt haar lange vingers tegen mijn schouder. 'Ik had je moeten redden. Dat is altijd mijn taak geweest.'

'Mijn begrafenis volgt zo,' fluistert Eik even later.

Nicasia's stem klinkt alsof die van ver komt. 'Er wordt gezegd dat Faeries huilen op bruiloften en lachen op begrafenissen, maar ik vond jouw bruiloft en begrafenis even grappig.'

Dan doemt Cardan op met een tedere glimlach om zijn lippen. Als hij spreekt, doet hij dat met een samenzweerderige fluistering. 'Toen ik klein was speelden we begrafenisje, alsof het toneelstukjes waren. De stervelingen waren natuurlijk dood, of dat waren ze in ieder geval tegen het eind.'

Op dat moment kan ik eindelijk spreken. 'Je liegt.'

'Natuurlijk lieg ik,' reageert hij. 'Dit is jouw droom. Ik zal het je bewijzen.' Hij drukt een warme hand tegen mijn wang. 'Ik hou van je, Jude. Ik hou al heel lang van je en dat zal ik ook altijd blijven doen.'

'Hou op!' zeg ik.

Dan buigt Locke zich over me heen. Er sijpelt water uit zijn mond. 'Laten we ervoor zorgen dat ze écht dood is.' Even later stoot hij een mes in mijn borst. Steeds weer.

Dan schrik ik wakker, met een gil in mijn keel en mijn wangen nat van tranen.

Ik schop de lakens van me af. Het is buiten donker, wat betekent dat ik de hele dag heb geslapen. Ik knip het licht aan, adem een paar keer diep in en uit en leg mijn hand op mijn voorhoofd om te controleren of ik koorts heb. Dan wacht ik tot mijn zenuwen tot bedaren zijn gekomen. Hoe langer ik over de droom nadenk, hoe meer ik van streek raak.

Ik ga naar de woonkamer, waar ik een openstaande pizzadoos aantref op de salontafel. Iemand heeft op een paar punten paardenbloemkopjes naast de plakjes pepperoni gelegd. Eik probeert *Rocket League* uit te leggen aan Taryn.

Ze kijken me allebei behoedzaam aan.

'Hé,' zeg ik tegen mijn tweelingzus. 'Kan ik je even spreken?'

'Ja, hoor.' Taryn staat op van de bank.

Ik ga terug naar Eiks slaapkamer en neem op de rand van zijn bed plaats. 'Ik moet weten of iemand je de opdracht heeft gegeven om hierheen te komen. Ik moet weten of dit een valstrik is van de opperkoning, om ervoor te zorgen dat ik de voorwaarden van mijn verbanning schend.'

Taryn kijkt verrast, maar ze vraagt me gelukkig niet hoe ik zoiets kan denken. Ze legt een hand op haar buik en spreidt haar vingers. 'Nee, maar ik heb jullie niet alles verteld.'

Ik wacht af, heb geen idee waar ze het over heeft.

'Ik heb de laatste tijd veel aan mam gedacht,' zegt ze uiteindelijk. 'Ik dacht altijd dat ze Elfhame had verlaten omdat ze verliefd was geworden op onze sterfelijke vader, maar nu ben ik daar niet meer zo zeker van.'

'Ik begrijp het niet.'

'Ik ben in verwachting,' fluistert ze.

Eeuwenlang zijn stervelingen gewaardeerd voor hun vermogen om Faeriekinderen te dragen. Ons bloed is minder sloom dan dat van het Volk. Faerievrouwen mogen van geluk spreken als ze gedurende hun lange leven een kind krijgen. De meesten lukt dat nooit. Maar met een sterfelijke vrouw is dat een ander verhaal. Dat weet ik allemaal, en toch is het nooit bij me opgekomen dat Taryn en Locke een kind zouden verwekken.

'Wow.' Mijn blik gaat naar de hand die ze beschermend op haar buik heeft gelegd. 'O.'

'Niemand zou de jeugd moeten hebben die wij hebben gehad,' zegt ze.

Had ze zich voorgesteld een kind op te voeden in dat huishouden, terwijl Locke ze allebei manipuleerde? Of kwam het doordat ze zich had voorgesteld dat als ze vertrok, hij haar zou opjagen zoals Madoc bij onze moeder had gedaan? Ik weet het niet, en ik weet ook niet zeker of ik haar nog verder onder druk moet zetten. Nu ik beter ben uitgerust herken ik de tekenen van uitputting in haar die ik eerder over het hoofd heb gezien. De roodomrande ogen. Een zekere scherpte in haar gelaatstrekken die aangeeft dat ze niet goed heeft gegeten.

Het dringt tot me door dat ze naar ons toe is gekomen omdat ze nergens anders heen kan... en ze moet hebben gedacht dat de kans dat ik haar zou helpen heel klein was. 'Wist hij het?' vraag ik uiteindelijk.

'Ja.' Ze aarzelt even, alsof ze zich het gesprek herinnert... en mogelijk de moord. 'Maar ik heb het verder niemand verteld. Alleen jou. Toen ik het Locke vertelde ging dat niet... Nou, je weet hoe dat is gelopen.'

Ik weet niet hoe ik daarop moet reageren, maar als ze een hulpeloos gebaar naar me maakt, sla ik mijn armen om haar heen en leg ik mijn hoofd op haar schouder. Ik weet dat er veel dingen zijn die ik haar had moeten vertellen en zij mij. Ik weet dat we niet op goede voet met elkaar staan. Ik weet dat ze me heeft gekwetst, meer dan ze kan weten. Ondanks dat alles is ze nog altijd mijn zus. Mijn zus, weduwe, moordenares, verwacht een kindje.

Een uur later heb ik mijn spullen gepakt en ben ik klaar voor vertrek. Taryn heeft me de details van haar dag ingeprent, me verteld over de leden van het Volk die ze regelmatig spreekt, over het runnen van Lockes landgoed. Ze heeft me een paar handschoenen gegeven om mijn ontbrekende vingertop te verbergen. Zij heeft haar elegante ragfijne jurk van gesponnen glas uitgetrokken en die draag ik inmiddels. Mijn kapsel is ongeveer hetzelfde als dat van haar. Zij draagt nu mijn zwarte legging en trui.

'Dank je,' zegt ze, iets wat iemand van het Volk nooit zal zeggen. Een bedankje wordt als onbeleefd gezien, iets wat de ingewikkelde dans van schuld en aflossing bagatelliseert. Maar dat is niet de insteek als stervelingen elkaar bedanken. Dat is helemaal niet wat ze bedoelen.

Toch laat ik haar woorden van me af glijden. 'Geen probleem.'

Eik komt naar me toe en wil opgetild worden, ook al is hij op achtjarige leeftijd een slungel met lange armen en benen. 'Knijpknuffel,' kondigt hij aan, wat inhoudt dat hij op je af springt en zijn armen om je nek slaat en je daarbij half wurgt. Ik onderga het en knijp hem op mijn beurt ook half fijn, enigszins buiten adem.

Daarna zet ik hem met zijn voeten op de vloer en haal ik mijn robijnen ring van mijn vinger, die ene die Cardan van me had gestolen en me daarna teruggaf toen we onze geloften uitwisselden. Die kan ik zeker niet bij me houden als ik doe alsof ik Taryn ben. 'Bewaar jij die voor me tot ik terug ben?'

'Dat doe ik,' belooft Eik plechtig. 'Kom snel weer terug. Ik ga je missen.'

Ik ben geraakt door hoe lief hij is, vooral gezien wat er eerder is gebeurd. 'Zo snel als ik kan,' beloof ik, en ik druk een kus op zijn voorhoofd. Dan ga ik naar de keuken, waar Vivi op me wacht. We lopen samen naar buiten, het gras op, waar ze wat jakobskruiskruid teelt.

Taryn is ons gevolgd en trekt aan de mouw van haar trui.

'Weet je het zeker?' vraagt Vivi, terwijl ze een plantje bij de wortels uit de grond trekt.

Ik kijk haar aan. Ze is in schaduwen gehuld, maar de gloed van de straatlantaarn valt op haar haar. Dat ziet er normaal gesproken bruin uit, net als dat van mij, maar onder het juiste licht zitten er goudkleurige plukjes in die haast groen lijken.

Vivi heeft nooit zoals ik naar Faerie gehunkerd. Dat is toch ook niet mogelijk? Zij draagt het overal waar ze gaat met zich mee.

'Dat weet je,' zeg ik. 'Zo, ga je me vertellen wat er met Heather is gebeurd?'

Ze schudt haar hoofd. 'Zorg maar dat je blijft leven als je dat te weten wilt komen.' Ze blaast op het jakobskruiskruid. 'Ros, verschijn en breng mijn zus naar de bestemming van haar keus.' Tegen de tijd dat de bloeiende stengel op de grond valt, verandert die al in een uitgemergelde gele pony met smaragdgroene ogen en manen van kantachtige varens.

Het dier gooit zijn hoofd naar achteren, snuift en stampt met de hoeven op de grond, is bijna net zo gretig om te vliegen als ik.

Lockes landhuis ziet er nog precies zo uit als in mijn herinneringen: hoge torens en met mos begroeide tegels, bedekt met een dik gordijn van kamperfoelie en klimop. Een heggendoolhof slingert in een duizelingwekkend patroon over het terrein. Het lijkt allemaal zo uit een sprookje te komen, zo een waarin liefde iets simpels is en nooit de oorzaak van verdriet.

De mensenwereld lijkt 's nachts bezaaid te zijn met gevallen sterren. Die woorden komen opeens bij me op, iets wat Locke tegen me zei toen we samen op zijn hoogste toren stonden.

Ik laat het kruidros landen en stijg af, laat hem hoefschrapend achter terwijl ik naar de indrukwekkende voordeuren ga die openzwaaien als ik er bijna ben. Vlak voorbij de ingang staan twee bedienden. Hun champignonkleurige huid is zo bleek dat hun aderen zichtbaar zijn, waardoor ze net een setje oude marmeren beelden lijken. Kleine, bepoederde vleugels hangen af van hun schouders. Ze nemen mijn komst in zich op met hun kille, inktzwarte ronde ogen, wat me onmiddellijk aan de onmenselijkheid van het Volk herinnert.

Ik adem diep in, richt me op tot mijn volle lengte en ga naar binnen.

'Welkom terug, vrouwe,' zegt de vrouw.

Het zijn broer en zus, zo heeft Taryn me verteld. Nera en Neve. Hun schuld was aan de vader van Locke, maar hij had ze achtergelaten zodat ze de rest ervan konden inlossen door voor zijn zoon te zorgen. Eerder slopen ze ongezien rond door het huis, maar nadat Taryn er haar intrek had genomen heeft ze hun dat verboden.

In de sterfelijke wereld ben ik eraan gewend geraakt anderen te bedanken voor kleine diensten en nu moet ik me inhouden. 'Het is goed om thuis te zijn,' zeg ik in plaats daarvan, en ik loop langs ze heen.

Het is veranderd. Eerst waren de ruimtes grotendeels leeg en waar dat niet het geval was, was het meubilair oud en zwaar, de antieke bekleding helemaal stijf. De lange eettafel was kaal geweest, net als de vloer. Maar dat is niet langer het geval.

Kussens en kleden, roemers en dienbladen en halfvolle karaffen zijn op elk oppervlak te vinden... een ware storm aan kleuren: vermiljoen en omber, pauwblauw en flesgroen, goud en pruimenpaars. De sprei op een chaise is besmeurd met een dun laagje goudkleurig poeder, misschien achtergelaten door een recente gast. Ik frons iets te lang, mijn weerspiegeling wordt teruggekaatst door een opgepoetste zilveren urn.

De bedienden kijken toe en er is geen reden om kamers te bestuderen die vertrouwd voor me zouden moeten zijn. Daarom probeer ik mijn gezicht glad te strijken, om te verbergen dat ik probeer de stukjes van Taryns leven uit te vogelen waar ze me niets over heeft verteld.

Zij heeft deze ruimtes ingericht, daar ben ik zeker van. Op haar bed in de vesting van Madoc had altijd een berg felgekleurde kussens gelegen. Zij houdt van mooie dingen. Toch ontgaat het me niet dat deze plek is gemaakt voor bacchanalen, voor decadentie. Ze had het over het geven van maandlange fuiven, maar nu zie ik alleen maar haar voor me, liggend op die kussens, dronken en lachend en misschien wel zoenend. Misschien heeft ze zelfs wel meer gedaan dan anderen zoenen.

Mijn tweelingzus was altijd al meer Leeuwerik dan Troepiaal, meer verlegen dan sensualist. Of dat had ik in ieder geval gedacht. Terwijl ik het pad van dolken en vergif beliep, beliep zij het niet minder gevaarlijke pad van verlangen.

Ik keer me om naar de trap, onzeker of me dit allemaal wel gaat lukken. Ik denk terug aan wat ik weet, aan de verklaring die Taryn en ik samen hebben bedacht voor de laatste keer dat zij/ik Locke zag. Hij was van plan geweest af te spreken met een selkie, zo zal ik zeggen, met wie hij een affaire had. Dat klinkt heel plausibel. En er is zo recent nog sprake geweest van onmin tussen de Onderzee en het vasteland dat ik hoop dat het Volk ze niet gunstig gestemd is.

'Eet u in de grote hal?' vraagt Neve, die me volgt.

'Breng me maar een dienblad in mijn kamer.' Ik wil niet alleen aan die lange tafel eten en in een drukkende stilte worden bediend.

Naar boven. Ik ben er vrij zeker van dat ik me de weg nog herinner. Ik doe voorzichtig een deur open. Heel even denk ik dat ik verkeerd gekozen heb, maar dat komt alleen door het feit dat Lockes kamer ook is veranderd. Om het bed hangen gordijnen die geborduurd zijn met vossen die tussen hoge bomen door sluipen. Er staat een lage bank voor het voeteneind met daarop een aantal jurken. Een bureautje ligt vol vellen papier en pennen.

Ik ga naar Taryns kleedkamer en kijk naar haar jurken... Het is een verzameling die minder onstuimig is wat betreft kleur dan de stoffen die ze voor de inrichting heeft gekozen, maar niet minder mooi. Ik kies een nachthemd en een kamerjas van zwaar satijn voor eroverheen, en trek dan haar prachtige jurk uit.

De stof strijkt licht langs mijn huid. Ik ga voor de spiegel in haar slaapkamer staan en borstel mijn haar. Ik staar naar mezelf, probeer te zien wat me zou kunnen verraden. Ik ben gespierder, maar dat kunnen kleren verbergen. Mijn haar is bijna even lang als het hare. Dan is er natuurlijk nog mijn temperament.

'Gegroet, majesteit,' zeg ik, waarbij ik me probeer voor te stellen dat ik weer aan het opperhof sta. Wat zou Taryn doen? Ik maak een diepe knicks. 'Het is te lang geleden.'

Natuurlijk heeft Taryn hem nog niet zo lang geleden gezien. Voor haar is het heel recent. Mijn hart bonkt uit pure paniek sneller. Ik zal bij het onderzoek meer moeten doen dan vragen beantwoorden. Ik zal in het bijzijn van opperkoning Cardan moeten doen alsof ik een goede kennis ben.

Ik werp mezelf een strenge blik toe via de spiegel, probeer de juiste respectvolle uitdrukking op mijn gezicht te toveren en niet boos te kijken. 'Gegroet, majesteit, jij verraderlijke pad.'

Nee, dat werkt niet, hoe goed het ook voelt.

'Gegroet, majesteit,' probeer ik opnieuw. 'Ik heb mijn man niet vermoord, ook al had hij dat verdiend.'

Er wordt op de deur geklopt.

Ik schrik.

Nera komt binnen met een groot houten dienblad dat hij op het bed zet, maakt een buiging en vertrekt. Hij maakt nauwelijks geluid.

Op het blad staan toast en marmelade met een zware, vreemde geur die me het water in de mond laat lopen. Het duurt langer dan zou mogen voor het tot me doordringt dat het Faeriefruit is. Dat werd geserveerd alsof het niets bijzonders is voor Taryn, alsof ze dat regelmatig eet. Heeft Locke het aan haar gegeven zonder dat zij dat wist? Of heeft ze dat opzettelijk genomen, als een soort recreatieve verdoving van de zintuigen? Weer weet ik het antwoord niet.

In ieder geval zijn er ook een pot brandnetelthee, zachte kaas en drie hardgekookte eendeneieren. Het is een eenvoudig avondmaal, op de vreemde aanwezigheid van het Faeriefruit na.

Ik drink de thee en eet de eieren en de toast. De marmelade verstop ik in een servet dat ik helemaal achter in de kast duw. Als Taryn dat over weken beschimmeld en al terugvindt, tja, dat is dan een kleine opoffering voor de gunst die ik haar bewijs.

Ik kijk opnieuw naar de jurken, probeer er een te kiezen voor de dag die gaat komen. Niet te vrolijk. Mijn man is dood en ik hoor verdrietig te zijn. Hoewel Taryn voor mij vrijwel alleen maar zwarte kleding heeft laten maken, is die kleur helaas niet terug te vinden in haar kast. Ik duw zijde en satijn aan de kant, brokaat met het patroon van bossen met dieren die tussen bladeren door gluren, en geborduurd saliegroen en hemelsblauw fluweel. Uiteindelijk valt de keus op een donkere bronskleurige japon en die sleep ik mee naar de bank, samen met een paar donkerblauwe handschoenen. Ik rommel door haar sieradendoos en pak daar de oorbellen uit die ik haar heb gegeven. Een maan en een ster, gemaakt door de meestersmid Grimsen, betoverd om de draagster mooier te maken.

Ik kan niet wachten om Lockes domein te verlaten en heimelijk terug te keren naar het Schaduwhof. Ik wil niets liever dan de Kakkerlak en de Bom opzoeken, om de roddels over het hof te horen, om in die vertrouwde ondergrondse vertrekken te zijn. Maar die vertrekken zijn er niet meer, die zijn vernietigd door de Schim toen hij ons aan de Onderzee had verraden. Ik weet niet waar nu de zetel van het Schaduwhof is.

Dat risico kan ik niet nemen.

Ik doe het raam open en ga aan Taryns bureau zitten. Ik drink brandnetelthee, snuif de scherpe zilte geur op van de zee en de wilde kamperfoelie en de bries die door dennenbomen blaast. Ik adem diep in, ervaar tegelijk een gevoel van thuiskomen en heimwee.

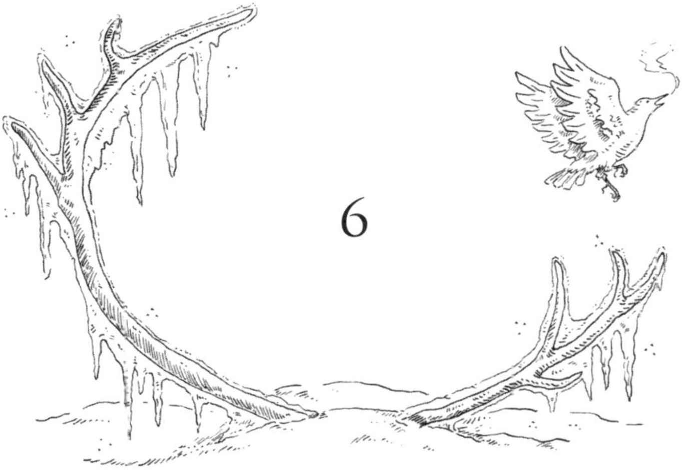

6

Het koninklijk onderzoek staat gepland voor als de eerste sterren aan de hemel verschijnen. Ik arriveer bij het opperhof in Taryns bronskleurige jurk met een omslagdoek over mijn schouders gedrapeerd, handschoenen aan en mijn haar in een losse knot. Mijn hart bonkt in mijn keel en ik hoop dat niemand het angstzweet ruikt dat zich onder mijn oksels verzamelt.

Als hofmeester van de opperkoning werd ik met een bepaalde mate van respect behandeld. Hoewel ik daarvoor acht jaar zonder dat respect in Elfhame heb gewoond, ben ik er heel snel aan gewend geraakt.

Als Taryn word ik met achterdocht in de gaten gehouden terwijl ik me door een menigte beweeg die niet langer automatisch uit elkaar wijkt. Zij is de dochter van een verrader, de zus van een verschoppeling en de vermeende moordenares van haar eigen man. Hun blikken zijn gretig, alsof ze zich verheugen op het spektakel van haar schuld en straf. Toch zijn ze nog steeds niet bang voor haar. Zelfs met haar vermeende misdaad zien ze haar nog altijd als sterfelijk en zwak.

Dat is goed, denk ik dan maar. Hoe zwakker ze overkomt, hoe geloofwaardiger haar onschuld.

Mijn blik schiet weg van het podium, ook al loop ik die kant op. De aanwezigheid van de opperkoning lijkt zelfs de lucht om me heen te infecteren. Gedurende een kort, uitzinnig moment overweeg ik me om te draaien en te maken dat ik wegkom voordat hij me ziet.

Ik weet niet of ik dit kan.

Ik ben een beetje duizelig.

Ik weet niet of ik naar hem kan kijken zonder dat mijn gezicht mijn gevoelens verraadt.

Ik adem diep in en blaas de lucht uit, waarbij ik mezelf eraan herinner dat hij niet weet dat ik degene ben die voor hem staat. Hij herkende Taryn niet toen zij mijn kleren droeg, en hij zal mij nu ook niet herkennen.

Daar komt nog eens bij, zeg ik tegen mezelf, dat als dit je niet lukt, jij en Taryn zwaar in de penarie zitten.

Ik moet opeens denken aan alle redenen die Vivi me heeft gegeven waarom dit een slecht idee is. Ze heeft gelijk. Dit is belachelijk. Ik ben verbannen totdat de kroon me gratie verleent, op straffe van de dood.

Misschien heeft hij een vergissing gemaakt door het zo te zeggen, misschien kan ik mezelf gratie verlenen. Maar dan herinner ik me het moment dat ik verkondigde de koningin van Faerie te zijn en dat de wachters lachten. Cardan hoefde niets te ontkennen. Hij hoefde helemaal niets te zeggen. Als ik mezelf gratie verleen, hoeft hij alleen maar opnieuw te zwijgen.

Nee, als hij me herkent dan moet ik vluchten en me verstoppen en hopen dat mijn training in het Schaduwhof het wint van de training van de wachters. Maar in dat geval weet het hof dat Taryn schuldig is... want waarom zou ik anders doen alsof ik haar was? En als het mij niet lukt om te ontsnappen...

Lijdzaam vraag ik me af wat voor executie Cardan zou kunnen bevelen. Misschien laat hij me vastbinden aan een rots om de zee verder het werk te laten doen. Dat zou Nicasia wel wat vinden. Als hij daar niet voor in de stemming is, zijn er ook andere mogelijkheden: onthoofden, ophangen, dood laten bloeden, vierendelen, in mijn geheel aan een rijpad worden gevoerd...

'Taryn Duarte,' zegt een ridder, waarmee hij mijn sombere gedachten onderbreekt. Zijn stem klinkt kil, zijn gehamerde zilveren harnas geeft aan dat hij lid is van Cardans persoonlijke lijfwacht. 'Echtgenote van Locke. Ga op de plek van de klager staan.'

Dat doe ik, gedesoriënteerd door de gedachte ergens te zijn waar ik zo veel anderen heb zien staan toen ik hofmeester was. Dan kom ik weer bij mijn positieven en maak ik de diepe knicks van iemand voor wie het geen probleem is om zich aan de wil van de opperkoning te onderwerpen. Omdat me dat niet lukt terwijl ik naar zijn gezicht kijk, staar ik naar de vloer.

'Taryn?' vraagt Cardan.

Het geluid van zijn stem, de vertrouwdheid ervan, komt als een schok.

Nu mijn uitvluchten op zijn hef ik mijn blik.

Hij is zelfs nog afschuwelijk veel knapper dan ik me herinnerde. Ze zijn allemaal mooi, tenzij ze afzichtelijk zijn. Zo zit dat met het Volk. Onze sterfelijke geest kan ze niet bevatten. Ons geheugen stompt hun macht af.

Aan elke vinger schittert een ring. Er hangt een gegraveerde en met juwelen bezette borstplaat aan zijn schouders, dat een met ruches versierd wit hemd bedekt. Zijn laarzen komen tot hoog boven zijn knieën en de punten ervan krullen omhoog. Zijn staart is zichtbaar, die heeft hij langs een been opgekruld. Hij is vast tot de conclusie gekomen dat hij die niet langer hoeft te verbergen. Op zijn hoofd rust, natuurlijk, de Bloedkroon.

Hij houdt me met goudomrande ogen in de gaten en er speelt een spottend lachje om zijn mond. Zijn zwarte haar golft wat rommelig los langs zijn gezicht, alsof hij net uit iemands bed is gestapt.

Ik sta er nog steeds van versteld dat ik ooit macht over hem heb gehad, over de opperkoning van Faerie! Dat ik ooit arrogant genoeg was om te denken dat ik die kon behouden.

Ik herinner me het gevoel van zijn lippen die langs de mijne streken. Ik herinner me hoe hij me heeft misleid.

'Majesteit,' zeg ik, want ik moet iets zeggen en alles waar ik op heb geoefend begon hiermee.

'We weten van je verdriet.' Hij klinkt irritant koninklijk. 'We zouden je rouw niet verstoren als er geen vragen waren over de oorzaak van de dood van je man.'

'Denk je echt dat zij verdriet heeft?' vraagt Nicasia. Ze staat naast een vrouw die ik in eerste instantie niet kan plaatsen.

Het is Cardans moeder, vrouwe Asha, gekleed in een zilverkleurige jurk, met juwelen bezette kokertjes over de punten van haar hoorns. Haar jukbeenderen en glanzende lippen zijn ook met zilver geaccentueerd.

Nicasia is daarentegen gehuld in de kleuren van de zee. Haar jurk is het diepe, rijke groen van zeewier. Haar helderblauwe haar is gevlochten en getooid met een vernuftig gemaakte kroon van vissengraatjes en -kaken.

In ieder geval bevindt geen van beiden zich naast de opperkoning op het podium. De positie van hofmeester lijkt nog niet te zijn vergeven.

Ik wil mijn antwoord naar Nicasia snauwen, maar dat zou Taryn niet doen, dus daarom doe ik dat ook niet. Ik zwijg, vervloek mezelf omdat ik weet wat Taryn níét zou doen, maar ik minder zeker ben van wat ze wél zou doen.

Nicasia komt een stap dichterbij.

Tot mijn verrassing zie ik verdriet op haar gezicht. Locke was ooit haar vriend én haar geliefde. Volgens mij was hij op beide vlakken niet bijzonder getalenteerd, maar dat betekent blijkbaar niet dat ze hem dood wilde hebben.

'Heb je Locke zelf vermoord?' vraagt ze. 'Of heb je dat door je zus laten doen?'

'Jude is in ballingschap.' Mijn woorden klinken gevaarlijk zacht in plaats van met de gematigde toon die ik voor ogen had. 'En ik heb Locke nooit iets aangedaan.'

'Nee?' vraagt Cardan, die naar voren leunt op zijn troon. Ranken huiveren achter hem. Zijn staart trekt.

'Ik hou...' Ik krijg die woorden niet helemaal mijn mond uit, maar ze zitten op me te wachten. Ik pers ze eruit met een halve snik. 'Ik hield van hem.'

'Soms geloofde ik dat ook, ja,' zegt Cardan afwezig. 'Maar het is heel goed mogelijk dat je liegt. Ik ga je betoveren. Het enige wat dat doet is jou dwingen ons de waarheid te vertellen.' Hij kromt zijn hand en magie schittert in de lucht.

Ik voel niets. Het effect van Dains geas, neem ik aan. Niet eens een betovering van de opperkoning krijgt grip op mij.

'Zo,' zegt Cardan, 'vertel me enkel de waarheid. Hoe heet jij?'

'Taryn Duarte,' antwoord ik met een knicks, dankbaar voor hoe makkelijk die leugen over mijn lippen rolt. 'Dochter van Madoc, vrouw van Locke, onderdaan van de opperkoning van Elfhame.'

Zijn mondhoeken krullen op. 'Wat een beschaafde, elegante manieren.'

'Ik ben goed onderwezen.' Dat zou hij moeten weten. We hebben die lessen samen gevolgd.

'Heb jij Locke vermoord?' vraagt hij.

Om me heen valt het geroezemoes even weg. Er klinken geen liederen, er wordt nauwelijks gelachen en slechts hier en daar wordt met bekers geklonken. Het Volk luistert aandachtig en men vraagt zich af of ik op het punt sta te bekennen.

'Nee.' Ik kijk nadrukkelijk naar Nicasia. 'En ik heb zijn dood ook niet beraamd. Misschien moeten we daarvoor onze aandacht op de zee richten, waar hij is aangetroffen.'

Nicasia werpt een blik op Cardan. 'We weten dat Jude Balekin heeft vermoord. Dat heeft ze toegegeven. Daar komt nog eens bij dat ik haar er lang van heb verdacht dat ze Valerian heeft gedood.

Als Taryn niet de schuldige is, dan moet Jude dat zijn. Koningin Orlagh, mijn moeder, heeft een wapenstilstand met je gesloten. Wat zou zij in vredesnaam te winnen hebben bij de moord op jouw meester der festiviteiten? Ze wist dat hij jouw vriend was... en de mijne.' Haar stem breekt, hoewel ze dat probeert te verbergen. Haar verdriet is overduidelijk.

Ik probeer tranen op te roepen. Het zou handig zijn om nu te huilen, maar dat lukt me niet in het bijzijn van Cardan.

Hij staart me aan en fronst zijn zwarte wenkbrauwen. 'Wat denk jij? Heeft je zus het gedaan? En vertel me niet wat ik al weet. Ja, ik heb Jude verbannen. Dat kan haar ervan hebben weerhouden, of niet.'

Kon ik hem maar een stomp tegen zijn arrogante kop geven om hem te laten weten dat zijn verbanning me nergens van weerhoudt. 'Ze had geen reden om Locke te haten,' lieg ik. 'Volgens mij droeg ze hem geen kwaad hart toe.'

'Is dat zo?' vraagt Cardan.

'Misschien zijn het alleen maar hofroddels, maar er doet een populair verhaal de ronde over jou, je zus en Locke,' merkt vrouwe Asha op. 'Zij hield van hem, maar hij koos voor jou. Sommige zussen zouden het niet kunnen verdragen de ander gelukkig te zien.'

Cardan werpt een blik op zijn moeder.

Ik vraag me af waarom ze toenadering tot Nicasia heeft gezocht, tenzij het enkel door het feit komt dat ze allebei verschrikkelijk zijn. Ik vraag me ook af wat Nicasia van haar vindt. Orlagh mag dan een meedogenloze en angstaanjagende koningin van de Onderzee zijn en ik wil nooit meer ook maar een moment in haar aanwezigheid doorbrengen, maar ik geloof dat Nicasia haar oogappel is. Nicasia zou toch meer van Cardans moeder moeten verwachten dan de dunne brij aan emotie die ze aan haar zoon heeft opgediend.

'Jude heeft nooit van Locke gehouden.' Mijn gezicht voelt warm aan, maar mijn schaamte is een uitstekende dekmantel. 'Zij hield van een ander. Hij is degene die zij dood wil zien.' Tot mijn genoegen krimpt Cardan ineen, maar voor ik verder kan gaan...

'Genoeg,' zegt hij. 'Meer hoef ik niet te horen over dit onderwerp...'

'Nee!' onderbreekt Nicasia hem, waardoor iedereen onder de heuvel weer bij de les is.

Het is vreselijk aanmatigend om de opperkoning te onderbreken, zelfs voor een prinses, maar vooral voor een ambassadrice.

Vlak nadat ze dat heeft gezegd lijkt dat tot haar door te dringen, maar ze gaat toch verder. 'Taryn kan een amulet bij zich dragen, iets wat ervoor zorgt dat ze beschermd is tegen betoveringen.'

Cardan kijkt Nicasia vernietigend aan. Het bevalt hem helemaal niet dat ze zijn autoriteit ondermijnt. Toch maakt zijn boosheid even later plaats voor iets anders. Hij schenkt me een van zijn meest afschuwelijke glimlachjes. 'Dan zal ze gefouilleerd moeten worden.'

Er verschijnt een soortgelijk lachje om Nicasia's mond.

Het voelt alsof ik weer lessen volg op het paleisterrein, in het bijzijn van adellijke kinderen die tegen mij samenzweren. Ik herinner me de meer recente vernedering waarin ik tot koningin der vreugde werd gekroond en me in het bijzijn van feestvierders heb ontkleed. Als ze me nu mijn jurk afnemen, zien ze het verband om mijn armen, de nieuwe verwondingen op mijn huid waarvoor ik geen goede verklaring heb. Ze zullen weten dat ik Taryn niet ben.

Dat kan ik niet laten gebeuren. Ik vergaar alle waardigheid waar ik over beschik en probeer mijn stiefmoeder Oriana te imiteren en de manier waarop zij autoriteit uitstraalt. 'Mijn man is vermoord,' zeg ik. 'En of jullie me geloven of niet, ik rouw wel degelijk om hem. Ik ga me niet te kijk zetten voor het vermaak van het hof terwijl zijn lichaam nauwelijks koud is.'

Helaas wordt de glimlach van de opperkoning alleen maar breder. 'Zoals je wenst. Dan zal ik je hoogstpersoonlijk alleen moeten onderzoeken in mijn vertrekken.'

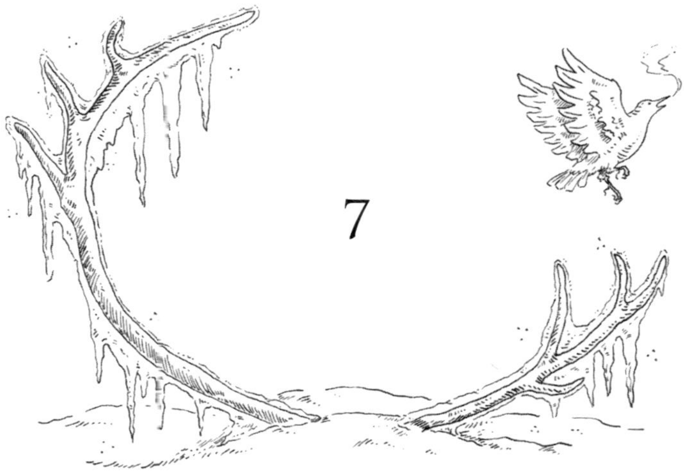

7

Razend volg ik Cardan door de gangen van het paleis, op de hielen gezeten door zijn wachters die moeten voorkomen dat ik ontsnap.

Ik heb niet veel keuzes op het moment.

Hij neemt me mee naar zijn enorme vertrek en wat dan? Zal hij een wachter dwingen om me vast te houden en me van alles ontdoen wat me tegen een betovering zou kunnen beschermen, juwelen, kleding... tot ik naakt ben? Als dat het geval is, dan zal hij mijn littekens opmerken, littekens die hij eerder heeft gezien. En als hij mijn handschoenen uittrekt, kan er geen enkele twijfel meer bestaan. De ontbrekende vingertop zal me verraden.

Als ik naakt ben, zal hij me herkennen.

Ik zal moeten vluchten. Er is een geheime gang in een van zijn kamers. Daarvandaan kan ik door een van de kristallen ramen naar buiten komen.

Ik werp een blik op de wachters. Als zij nu worden weggestuurd, kom ik wel langs Cardan heen, de geheime gang in, weg van hier. Maar hoe kom ik van ze af?

Ik denk aan Cardans glimlach toen hij op het podium aankondigde wat hij met me ging doen. Misschien wil hij Taryn naakt zien. Hij heeft mij toch begeerd, en Taryn en ik zijn identiek. Misschien gaat hij ermee akkoord om zijn wachters weg te sturen als ik aanbied om me uit te kleden. Hij heeft gezegd dat hij me alleen zou fouilleren.

Dat brengt me op een nog gewaagdere gedachte. Misschien kan ik hem zodanig afleiden dat hij me helemaal niet herkent. Misschien kan ik de kaarsen uitblazen en dan naakt zijn in het schemerlicht...

Die gedachten houden me zo bezig dat me een bediende met hoeven die een dienblad met daarop een karaf vol selderijgroene wijn en een verzameling mondgeblazen kelken nauwelijks opvalt die uit de tegenovergestelde richting komt. In het voorbijgaan prikt het dienblad in mijn zij. Ze slaakt een gilletje, ik voel een duw en we vallen op de vloer. Glas spat om ons heen uit elkaar.

De wachters blijven staan. Cardan draait zich om.

Ik kijk verrast en verbaasd naar het meisje. Mijn jurk is doorweekt door de wijn. Het Volk is zelden onhandig en dit voelt niet als een ongelukje. Dan strijken de vingers van het meisje langs een van mijn gehandschoende handen. Ik voel leer en staal tegen de binnenkant van mijn pols drukken. Ze duwt een mes in een schede onder mijn mouw, terwijl ze drukdoende de ravage om ons heen opruimt. Ze brengt haar gezicht dicht bij het mijne als ze glasscherfjes uit mijn haar veegt.

'Je vader komt je halen,' fluistert ze. 'Wacht op een signaal. Steek dan de wachter neer die het dichtst bij de deur staat en vlucht.'

'Welk signaal?' fluister ik terug, terwijl ik doe alsof ik haar help.

'O nee, vrouwe, mijn excuses,' zegt ze met normale stem. Ze knikt. 'U moet zich niet zo verlagen.'

Een van de wachters van de opperkoning pakt mijn arm vast. 'Kom mee.' Hij trekt me overeind.

Ik druk mijn handen tegen mijn hart om te voorkomen dat het mes onder mijn mouw vandaan glijdt en loop verder naar Cardans vertrekken. Nu weet ik helemaal niet meer wat ik moet denken.

Madoc komt Taryn redden. Het is een herinnering aan het feit dat ik niet langer bij hem in een goed blaadje sta, maar dat zij hem heeft geholpen onder zijn geloften van dienstbaarheid aan de opperkoning uit te komen. Zij heeft hem een half leger gegeven. Wat voor plannen zou hij voor haar hebben? Wat voor beloningen heeft hij haar beloofd? Ik stel me zo voor dat hij blij is dat ze Locke niet langer als een molensteen om haar nek heeft hangen.

Maar als Madoc komt, wat is dan zijn plan? Tegen wie verwacht hij te vechten? En wat zal hij doen als hij voor haar komt, maar in plaats daarvan mij hier aantreft?

Twee bedienden duwen de zware dubbele deuren open naar de kamers van de opperkoning. Cardan gaat naar binnen en ploft neer op een lage bank. Ik volg hem, maar blijf ongemakkelijk in het midden van de ruimte op een kleed staan. Niet een van de wachters komt binnen. Zodra ik over de drempel stap gaan de deuren met een grimmige klik achter me dicht. Ik hoef me niet druk te maken over hoe ik Cardan ervan kan overtuigen de wachters weg te sturen; zij hebben geen moment getreuzeld.

Ik heb in ieder geval een mes.

De zitkamer is zoals ik me die herinner van raadsvergaderingen. Er hangt nog een geur van rook, verbena en klaver. Cardan hangt ontspannen onderuit, heeft zijn gelaarsde voeten op een stenen tafeltje gelegd dat in de vorm van een griffioen is gehouwen die de klauwen heeft geheven om aan te vallen. Hij schenkt me een snelle, samenzweerderige grijns die totaal in tegenspraak lijkt met de manier waarop hij me vanaf zijn troon toesprak.

'Zo...' Hij klopt naast zich op de zitting van de bank. 'Heb je mijn brieven niet gekregen?'

'Wat?' Ik ben zodanig in de war dat het woord er benepen uit komt.

'Je hebt niet één keer geantwoord,' gaat hij verder. 'Ik vroeg me al af of je je ambitie was verloren in de sterfelijke wereld.'

Dit moet een test zijn, een valstrik.

'Majesteit,' zeg ik stijfjes, 'ik dacht dat u me hierheen hebt gebracht om te controleren dat ik geen amulet of andere bescherming bij me heb.'

Hij trekt een wenkbrauw op en zijn glimlach wordt breder. 'Als jij dat wilt. Zal ik je bevelen je kleren uit te trekken? Dat vind ik niet erg.'

'Waar ben jij mee bezig?' zeg ik uiteindelijk wanhopig. 'Wat voor spelletje is dit?'

Hij kijkt me aan alsof ik degene ben die zich vreemd gedraagt. 'Jude, je denkt toch niet echt dat ik niet weet dat jij het bent? Ik herkende je zodra je binnenkwam.'

Ik schud mijn hoofd. Het duizelt me. 'Dat is onmogelijk.' Als hij dat wist, zou ik hier niet zijn. Ik zou opgesloten zitten in de Vergeteltoren. Ik zou me voorbereiden op mijn executie.

Maar misschien vindt hij het juist fijn dat ik de voorwaarden van mijn verbanning heb geschonden. Misschien is hij blij dat hij me daardoor in zijn macht heeft. Misschien is dát zijn spel.

Hij gaat staan met een intense blik in zijn ogen. 'Kom dichterbij.'

Ik doe een stap naar achteren.

Hij fronst. 'Mijn adviseurs hebben me verteld dat je een ambassadeur van het Hof der Tanden hebt gesproken, dat je nu met Madoc samenwerkt. Dat wilde ik niet geloven, maar nu ik zie hoe je naar me kijkt, moet ik dat misschien toch doen. Zeg me dat het niet zo is.'

Heel even begrijp ik niet waar hij het over heeft, maar dan dringt het tot me door. Grima Mog. 'Ik ben hier niet de verrader.' Opeens ben ik me heel erg bewust van het mes onder mijn mouw.

'Ben je boos omdat...' Hij valt stil en bestudeert mijn gezicht nauwkeuriger. 'Nee, je bent báng. Maar waarom zou je bang voor mij zijn?'

Ik beef door een emotie die ik nauwelijks begrijp. 'Dat ben ik niet,' lieg ik. 'Ik haat je. Jij hebt me verbannen. Alles wat je tegen me zegt, alles wat jij belooft, is een truc en ik was ooit stom genoeg om je te geloven.' Het mes in de schede glijdt makkelijk in mijn hand.

'Natuurlijk was het een truc...' Hij ziet het wapen en houdt abrupt zijn mond.

Alles schudt. Een explosie, vlakbij, zo intens dat we allebei wankelen. Boeken vallen en komen her en der op de vloer terecht. Kristallen bollen glijden van hun standaard en rollen over de planken. Cardan en ik kijken elkaar verrast aan.

Dan vernauwt hij zijn ogen beschuldigend.

Dit is het moment dat ik hem zou moeten neersteken en zou moeten vluchten. Een tel later klinkt ergens in de buurt het onmiskenbare geluid van metaal op metaal.

'Blijf hier,' zeg ik, terwijl ik het mes uit de schede trek en die wegsmijt.

'Jude, ga niet...' roept hij me na.

Ik glip de gang op.

Een van zijn wachters ligt dood op de vloer, een houten steel van een lans steekt tussen haar ribben uit. Anderen vechten tegen door Madoc geselecteerde soldaten, geharde en dodelijke veteranen. Ik ken ze, weet dat ze strijden zonder mededogen, zonder genade, en dat als ze al zo dicht in de buurt van de opperkoning zijn, Cardan in groot gevaar verkeert.

Opnieuw denk ik aan de geheime gang waardoor ik had willen ontsnappen. Ik kan hem op die manier hier wegkrijgen, in ruil voor gratie. Cardan kan mijn verbanning beëindigen of hopen dat zijn wachters het van Madocs soldaten winnen. Ik sta op het punt terug te gaan om dat aan hem voor te stellen als een van de gehelmde soldaten me vastpakt.

'Ik heb Taryn,' bromt ze.

Ik herken haar: Silja. Deels huldra en honderd procent angstaanjagend. Ik heb haar een patrijs zien ontleden op een manier die haar genoegen in het slachten heel duidelijk overbracht.

Ik haal uit naar haar hand, maar het dikke leer van haar handschoen weert mijn mes af. Een met staal bedekte arm wordt om mijn middel geslagen.

'Dochter,' zegt Madoc met zijn diepe stem. 'Dochter, wees niet bang...' Hij brengt zijn hand omhoog en bedekt mijn neus en mond met een misselijkmakend zoet ruikende doek.

Mijn ledematen ontspannen zich en even later voel ik helemaal niets meer.

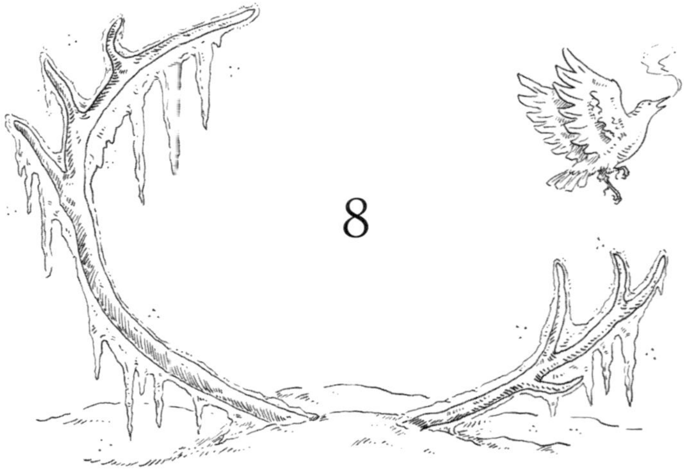

8

Als ik wakker word, bevind ik me in een onbekend bos. De normaal alom aanwezige zilte geur van de zee ontbreekt, net als het geluid van de branding. Overal groeien varens, zijn er beschimmelde bergen bladeren. Ik hoor het knapperen van een vuur en in de verte het geroezemoes van stemmen. Ik ga rechtop zitten. Ik lig op zware dekens en er liggen er nog meer op me: paardendekens, al zijn ze best elegant. Er staat een degelijk gebouwd rijtuig in de buurt, waarvan de deur openstaat.

Ik draag nog steeds Taryns jurk, heb nog altijd haar handschoenen aan.

'Die duizeligheid gaat zo voorbij,' zegt een vriendelijke stem.

Oriana. Ze zit vlakbij in een jurk met een bovenlaag van wolvilt en een aantal onderrokken. Haar opgestoken haar gaat schuil onder een groen mutsje. Ze lijkt totaal niet op de etherische hoveling die ik altijd heb gekend.

Ik ga met een hand door mijn haar dat nu los hangt, met de speldjes er nog in. 'Waar zijn we? Wat is er gebeurd?'

'Je vader vond het om te beginnen al geen fijn idee dat jij op de eilanden verbleef, maar zonder de bescherming van Locke was het slechts een kwestie van tijd voor de opperkoning een excuus zou verzinnen om je tot zijn gijzelaar te maken.'

Ik wrijf met een hand over mijn gezicht.

Bij het vuur roert een spichtige, insectachtige Faerie in een grote ketel. 'Wil je soep, sterveling?'

Ik schud mijn hoofd.

'Wil je soep worden?' vraagt hij hoopvol.

Oriana wuift hem weg en pakt een keteltje van de grond naast het vuur. Ze giet de stomende inhoud ervan in een houten kom. De vloeistof riekt naar boomschors en champignons.

Ik neem een slokje en voel me meteen minder duizelig. 'Is de opperkoning gevangengenomen?' vraag ik, als ik me herinner wanneer ik ben meegenomen. 'Leeft hij nog?'

'Madoc heeft hem niet te pakken kunnen krijgen,' zegt ze, alsof het feit dat hij leeft een teleurstelling is.

Het is erg hoe groot mijn opluchting is. 'Maar...' Eigenlijk wil ik vragen hoe de strijd is afgelopen, maar ik hou op tijd mijn mond. Door de jaren heen zijn Taryn en ik thuis af en toe van plaats verwisseld. Dat verliep meestal probleemloos, wanneer het niet te lang duurde en we niet te overdreven handelden. Als ik niets stoms doe is de kans groot dat ik dit vol kan houden tot ik kan ontsnappen.

En wat dan?

Cardan had zich zo ontwapenend nonchalant gedragen, alsof mij tot mijn dood veroordelen een privégrap tussen ons was. Hij had het ook over brieven gehad, boodschappen die ik nooit heb ontvangen. Wat zou daarin hebben gestaan? Was hij van plan geweest om me gratie te verlenen? Had hij me een soort deal aangeboden?

Ik kan me geen voorstelling maken van een brief van Cardan. Zou die kort en formeel zijn geweest? Vol roddels? Hadden er wijnvlekken op gezeten? Weer een truc?

Natuurlijk was het een truc.

Wat zijn bedoeling ook was, hij denkt nu ongetwijfeld dat ik samenwerk met Madoc. Dat zou me niets moeten doen, maar het raakt me.

'De prioriteit van je vader was om jou daar weg te krijgen,' zegt Oriana ter herinnering.

'Maar er speelt meer, toch? Hij heeft niet enkel en alleen voor mij het paleis van Elfhame aangevallen.' Mijn gedachten schieten alle kanten op. Ik ben nergens meer zeker van.

'Ik zet geen vraagtekens bij Madocs plannen,' merkt ze heel neutraal op. 'Dat zou jij ook niet moeten doen.'

Ik was vergeten hoe het voelde om de les te worden gelezen door Oriana, om altijd te worden behandeld alsof mijn nieuwsgierigheid onmiddellijk een of ander schandaal zou creëren voor onze familie. Dat is nu bijzonder zuur, terwijl haar echtgenoot de helft van het leger van de opperkoning heeft gestolen en een coup tegen hem aan het plannen is.

De woorden van Grima Mog spoken door mijn hoofd. *Het Hof der Tanden heeft zijn lot verbonden aan dat van de voormalige Grootgeneraal... jouw vader... en een hele groep andere verraders. Ik heb uit betrouwbare bron vernomen dat jouw opperkoning voor de volgende volle maan van de troon wordt gestoten.*

Dat komt me nu een stuk nijpender voor.

Aangezien ik Taryn hoor te zijn, reageer ik niet.

Na een paar tellen kijkt ze me berouwvol aan. 'Het belangrijkste is dat jij uitrust. Het is vast veel om te verwerken dat je hierheen bent gesleept nadat je Locke zo kort geleden hebt verloren.'

'Ja, het is ook veel. Ik wil inderdaad een tijdje uitrusten, als dat goed is.'

Oriana strijkt mijn haar van mijn voorhoofd, een teder gebaar waarvan ik zeker weet dat ze het niet had gemaakt als ze wist dat ik het was, Jude, die haar aanraakte. Taryn bewondert haar, en terwijl Oriana en ik zo onze problemen hebben zijn die twee hecht. Daar zijn veel redenen voor, zoals dat ik heb geholpen om Eik in de sterfelijke wereld te verbergen voor de Kroon. Sindsdien is Oriana zowel dankbaar als wrokkig. Volgens mij ziet Oriana Taryn echter als iemand die ze begrijpt. En misschien is Taryn ook wel als Oriana, al trek ik dat en al het andere wat ik over mijn tweelingzus dacht te weten nu in twijfel door de moord op Locke.

Ik doe mijn ogen dicht. Hoewel ik een plan wil bedenken om hier weg te komen, val ik in slaap.

De volgende keer dat ik wakker word, bevind ik me in een bewegend rijtuig. Madoc en Oriana zitten op het bankje tegenover me. De gordijnen zijn dicht, maar ik hoor de geluiden van een kamp in beweging, van rijdieren en soldaten. Ik hoor het kenmerkende grauwen van kobolden die naar elkaar roepen.

Ik kijk naar de scharlaakkap die me heeft opgevoed, mijn vader, maar ook de moordenaar van mijn biologische vader, zie de stoppels op zijn wangen omdat hij zich een paar dagen niet heeft geschoren, zijn vertrouwde, onmenselijke gezicht. Hij ziet er uitgeput uit.

'Eindelijk wakker?' zegt hij met een glimlach die te veel tanden ontbloot.

Dat doet me akelig genoeg aan Grima Mog denken.

Ik probeer terug te glimlachen terwijl ik recht ga zitten. Ik weet niet of ik bewusteloos ben geraakt door iets in de soep of dat het doodzoet dat Madoc me heeft laten inademen nog in mijn systeem zit, maar ik herinner me niet dat ik in het rijtuig ben gezet. 'Hoelang heb ik geslapen?'

Madoc haalt nonchalant zijn schouders op. 'Die poppenkast van het onderzoek van de opperkoning is drie dagen geleden.'

Het voelt alsof ik watten in mijn hoofd heb en ik ben bang dat ik iets verkeerds zal zeggen, waardoor ze ontdekken wie ik ben. In ieder geval zal mijn moeiteloze overgang naar bewusteloosheid de indruk hebben gewekt dat ik mijn zus ben. Voor ik gevangene van de Onderzee werd had ik mijn lichaam erop getraind immuun te zijn voor vergif, maar nu ben ik net zo kwetsbaar als Taryn.

Als ik mijn gezonde verstand gebruik, kan ik ontsnappen zonder dat een van hen iets doorheeft. Ik overweeg op welk deel van Madocs verhaal Taryn zich zou concentreren. Waarschijnlijk op de kwestie van Locke. Ik adem diep in. 'Ik heb ze gezegd dat ik het niet heb gedaan. Zelfs onder betovering hield ik dat vol.'

Madoc lijkt niet door mijn vermomming heen te kijken, maar zo te zien denkt hij dat ik me als een idioot gedraag. 'Ik betwijfel of die jonge koning ooit van plan was om jou levend Paleis Elfhame te laten verlaten. Hij heeft hevig gevochten om je te behouden.'

'Cardan?' Dat is niets voor hem.

'De helft van mijn ridders is omgekomen,' deelt hij grimmig mee. 'We kwamen makkelijk genoeg binnen, maar de burcht sloot zich om ons heen. Deuropeningen barstten en krompen. Ranken, wortelen en bladeren versperden ons de weg, sloten zich als klemmen om onze hals, verstikten en verpletterden ons.'

Ik staar hem lange tijd aan. 'En de opperkoning heeft dat veroorzaakt?' Dat wil er bij mij niet in, dat de Cardan die ik in zijn vertrekken achterliet en eruitzag alsof hij bescherming nodig had, dat had gedaan.

'Zijn wachters waren goed getraind en goed geselecteerd, en hij kent zijn macht. Ik ben blij dat ik hem op de proef heb gesteld alvorens serieus tegen hem ten strijde te trekken.'

'Is het wel verstandig om tegen hem ten strijde te trekken?' vraag ik voorzichtig. Het is misschien niet precies hoe Taryn zou reageren, maar het is ook niet helemaal iets wat ik zou zeggen.

'Wijsheid is voor de zwakkeren,' kaatst hij terug. 'Het helpt ze trouwens zelden zo veel als zij willen geloven. Jij bent heel verstandig, maar je bent toch met Locke getrouwd. Al ben je misschien wel wijzer dan dat... Misschien ben je zelfs zo wijs dat je jezelf ook tot weduwe hebt gemaakt.'

Oriana legt waarschuwend haar hand op zijn knie.

Hij lacht hartelijk. 'Wat? Ik heb er geen geheim van gemaakt dat ik die jongen niet mocht. Je kunt niet van me verwachten dat ik om hem rouw.'

Zou hij ook zo hard lachen als hij wist dat Taryn dat daadwerkelijk heeft gedaan? Wie hou ik voor de gek? Hij zou waarschijnlijk zelfs nog harder lachen. Hij zou dubbelliggen.

Uiteindelijk komt het rijtuig tot stilstand. Madoc springt eruit en roept naar zijn soldaten. Ik laat me eruit glijden en kijk om me heen, in eerste instantie gedesoriënteerd door het onbekende landschap en dan door de aanblik van het leger voor me.

Sneeuw bedekt de grond, hier en daar onderbroken door enorme kampvuren en een doolhof aan tenten. Sommige zijn gemaakt van dierenhuiden, andere zijn gedetailleerde constructies van beschilderd tentzeil en wol en zijde, maar het meest opzienbarende is de omvang van het kamp, vol gewapende soldaten die klaar zijn om het tegen de opperkoning op te nemen. Achter het kampement, iets in westelijke richting, bevindt zich een berg omringd door een dichte begroeiing van dennenbomen. Daarnaast is nog een piepkleine buitenpost te ontwaren bestaande uit één enkele tent en een paar soldaten.

De afstand tot de sterfelijke wereld voelt onoverkomelijk.

'Waar zijn we?' vraag ik aan Oriana, die achter mij het rijtuig verlaat, met een mantel in haar handen die ze om mijn schouders slaat.

'Vlak bij het Hof der Tanden,' vertelt ze. 'Zo noordelijk tref je vrijwel alleen trollen en huldra aan.'

Het Hof der Tanden is het Onseeliehof dat de Kakkerlak en de Bom gevangen had gehouden en dat ook Grima Mog had verbannen. Dit is wel de laatste plek waar ik zou willen zijn... en er is geen duidelijke manier om te ontsnappen.

'Kom,' zegt Oriana. 'Laten we een plekje voor je zoeken.'

Ze leidt me door het kamp, voorbij een groep trollen die een eland vilt, langs elfen en kobolden die oorlogsliederen zingen, een kleermaker die bij een vuur een stapel leren harnassen repareert. In de verte hoor ik het gekletter van staal, luide stemmen en geluiden van dieren. Dikke rook vult de lucht en de grond is modderig door smeltende sneeuw en de vele voetgangers. Verward concentreer ik me op Oriana om haar niet uit het oog te verliezen in de drukte. Uiteindelijk komen we bij een grote, maar praktisch ogende tent, waar een paar degelijke houten stoelen bedekt met schapenvacht voor de ingang staan.

Mijn blik gaat naar een nabijgelegen extravagant paviljoen. Dat staat op gouden klauwen boven de grond verheven en ziet eruit alsof het op bevel van zijn eigenaar zo weg zou kunnen rennen. Op dat moment komt Grimsen naar buiten. Grimsen de smid, die de Bloedkroon en vele andere artefacten van Faerie heeft gecreëerd en toch naar steeds grotere roem hunkert. Hij draagt zulke mooie kleren dat hij zelf een prins zou kunnen zijn. Als hij me ziet schenkt hij me een sluwe blik. Ik wend mijn blik af.

Het interieur van de tent van Madoc en Oriana doet me akelig aan thuis denken. Een hoek ervan dient als geïmproviseerde keuken, waar gedroogde kruiden als slingers naast gedroogde worsten en boter en kaas hangen.

'Neem een bad,' stelt Oriana voor, met een gebaar naar een grote koperen tobbe die voor de helft is gevuld met sneeuw. 'We verhitten een metalen staaf in het vuur en steken die er dan in zodat het smelt. Alles wordt vrij snel warm.'

Ik schud mijn hoofd. Ik moet mijn handen blijven verbergen. Met deze kou zal niemand ervan opkijken dat ik mijn handschoenen aanhoud. 'Ik wil alleen mijn gezicht wassen en misschien warmere kleren aantrekken.'

'Natuurlijk.' Ze haalt onmiddellijk een dikke blauwe jurk, kousen en laarzen, waarna ze kort de tent verlaat en terugkeert. Een paar minuten later arriveert een bediende met stomend water in een kom. Hij zet die op een tafel en legt er een doek naast. Het water geurt naar de jeneverbessen en -bladeren die erin drijven.

'Ik laat je met rust zodat je je kunt opfrissen.' Oriana slaat een mantel om. 'Vanavond dineren we met het Hof der Tanden.'

'Ik wil jullie niet tot last zijn.' Ik voel me slecht op mijn gemak door haar vriendelijkheid, omdat ik weet dat die niet voor mij is bedoeld.

Met een glimlach raakt ze mijn wang aan. 'Je bent een lieve meid.'

Mijn wangen gloeien van schaamte. Dat ben ik nooit geweest.

Ik ben blij dat ik alleen ben na haar vertrek. Ik snuffel wat rond in de tent, maar tref er geen landkaarten of strijdplannen aan. Ik eet wat kaas, was mijn gezicht, oksels en alle andere plekken waar ik bij kan, waarna ik mijn mond spoel met wat pepermuntolie en mijn tong schoonschraap.

Daarna trek ik de nieuwe, warmere kleren aan en vlecht mijn haar tot twee eenvoudige strakke vlechten. Ik vervang mijn fluwelen handschoenen door wollen exemplaren, waarbij ik controleer of de vulling bij mijn vingertop er overtuigend uitziet.

Tegen de tijd dat ik klaar ben, is Oriana terug, samen met een aantal soldaten die een vracht aan pelzen en dekens hebben meegenomen. Ze laat ze die neerleggen als bed voor mij, afgeschermd met een scherm.

'Zo redden we ons wel voor nu.' Ze kijkt mij aan voor bevestiging.

Ik onderdruk de neiging om haar te bedanken. 'Beter dan waar ik om had kunnen vragen.'

Als de soldaten vertrekken, volg ik ze door de tentopening. Eenmaal buiten bepaal ik waar ik ben aan de stand van de zon die op het punt staat onder te gaan en kijk opnieuw uit over de zee van tenten. Nu lukt het me groeperingen te ontwaren. Madocs mensen voeren zijn zegel, een wassende maan op zijn kant, als een kom. De tenten van het Hof der Tanden zijn gemarkeerd met een teken dat op een dreigende bergketen lijkt. Dan zijn er nog twee of drie andere Hoven, die kleiner zijn of minder soldaten hebben gestuurd. *Een hele groep andere verraders.* Dat had Grima Mog gezegd.

Onwillekeurig denk ik als de spion die ik was en kom tot de conclusie dat ik in de perfecte positie verkeer om Madocs plan te achterhalen. Ik bevind me in zijn kamp, zelfs in zijn tent. Ik zou alles te weten kunnen komen.

Maar dat is totale waanzin. Hoelang duurt het voor Oriana of Madoc beseft dat ik Jude ben en niet Taryn? Ik herinner me de eed die Madoc me heeft gezworen. *En als ik jou versla, zal ik ervoor zorgen dat ik dat net zo grondig doe als bij welke andere tegenstander dan ook die heeft bewezen mijn gelijke te zijn.* Dat was een dubbelzinnig compliment, maar ook een regelrecht dreigement. Ik weet precies wat Madoc met zijn vijanden doet: hij doodt ze en doopt dan zijn kap in hun bloed.

Trouwens, wat doet het ertoe? Ik ben verbannen, verstoten.

Maar als ik de plannen van Madoc ken, kan ik die inruilen tegen gratie. Daar zou Cardan toch zeker akkoord mee gaan, als ik hem de middelen geef om Elfhame te redden. Tenzij hij natuurlijk denkt dat ik lieg.

Vivi zou zeggen dat ik moet ophouden met piekeren over koningen en oorlogen en me in plaats daarvan druk moet maken over hoe ik thuiskom. Na mijn gevecht met Grima Mog zou ik betere klussen van Bryern kunnen eisen. Vivi heeft gelijk dat als we de schijn opgeven dat we net zo leven als andere mensen, we een veel groter huis zouden kunnen hebben. En gezien de resultaten van het onderzoek ziet het ernaar uit dat Taryn niet kan terugkeren naar Faerie.

In ieder geval niet tot Madoc hier de boel overneemt.

Misschien moet ik dat gewoon laten gebeuren.

Dat brengt me echter bij het punt dat me niet loslaat. Ook al is het belachelijk, ik kan de woede die in me opborrelt en een vuur in mijn hart laat ontsteken niet onderdrukken.

Ik ben de koningin van Elfhame!

Ook al ben ik de koningin in ballingschap, ik ben en blijf de koningin.

Dat houdt in dat Madoc niet alleen Cardans troon probeert te bemachtigen. Hij probeert ook die van mij af te pakken.

9

We dineren in de tent van het Hof der Tanden, die zeker drie keer zo groot is als die van Madoc en net zo grandioos is ingericht als een paleis. De vloer is bedekt met kleden en bont. Er hangen lampen aan het plafond en dikke stompkaarsen branden op tafels tussen karaffen gevuld met een lichte soort drank en schalen vol met mij onbekende met vorst bedekte witte bessen. Een harpist speelt in een hoek, de noten van haar muziek weven zich door het geroezemoes heen.

In het midden van de tent staan drie tronen: twee grote en een kleinere. Het lijken net ijssculpturen vol ingevroren bloemen en bladeren. De grote zijn leeg, maar een meisje met blauwe huid zit op de kleinste. Ze draagt een kroon van ijspegels en heeft een gouden hoofdstel dat rond haar mond en keel zit. Ze lijkt maar een jaar of twee ouder dan Eik en is gekleed in een rechte jurk van grijze zijde. Haar blik rust op haar vingers die rusteloos tegen elkaar bewegen. Haar nagels zijn kort gebeten en worden omringd door een dun randje bloed.

Als zij de prinses is, dan is het niet moeilijk om de koning en koningin te vinden. Zij dragen zelfs nog meer gedetailleerde ijspegelkronen. Hun huid is grijs, de kleur van steen of die van lijken. Hun ogen zijn heldergeel, als wijn. Hun kleding is zo blauw als haar huid. Een goed bij elkaar passend drietal.

'Dat zijn vrouwe Nore, heer Jarel en hun dochter, koningin Suren,' vertelt Oriana me zachtjes.

Dus dat kleine meisje is de heerser?

Helaas ziet vrouwe Nore dat ik naar ze staar. 'Een sterveling,' zegt ze met een vertrouwde minachting. 'Waarom is die hier?'

Madoc werpt me een verontschuldigende blik toe. 'Sta me toe een van mijn pleegdochters voor te stellen: Taryn. Ik weet zeker dat ik het over haar heb gehad.'

'Wellicht,' zegt heer Jarel, die bij ons komt staan. Zijn blik is intens, zoals een uil naar een muis staart die onbekommerd zijn nest in klimt.

Ik maak mijn beste knicks. 'Ik ben blij vanavond een plekje bij uw haard te hebben.'

Hij richt zijn kille blik op Madoc. 'Interessant. Het spreekt alsof het denkt dat het een van ons is.'

Ik was vergeten hoe het voelde, al die jaren van totale machteloosheid, om alleen Madoc als bescherming te hebben. Nu is die bescherming afhankelijk van het feit dat Madoc niet raadt welke dochter naast hem staat. Ik kijk heer Jarel aan met angst in mijn ogen, angst die ik niet hoef voor te wenden, en ik haat het dat hem dat overduidelijk plezier doet.

Ik denk aan wat de Bom heeft verteld over wat het Hof der Tanden haar en de Kakkerlak heeft aangedaan. *Het hof heeft ons flink te grazen genomen en allerlei vloeken en bezweringen over ons uitgesproken. Ze hebben ons veranderd, ons gedwongen hen te dienen.*

Ik herinner mezelf eraan dat ik niet langer dat meisje van vroeger ben. Ik word dan misschien door hen omringd, maar dat betekent niet dat ik machteloos ben. Ik zweer dat heer Jarel op een dag degene zal zijn die bang is.

Voor nu schuifel ik naar een hoek waar ik op een met leer bedekt krukje ga zitten en de ruimte in me opneem. Ik denk aan de waarschuwing van de Levende Raad dat er hoven zijn die het hebben vermeden trouw te zweren door hun kinderen als wisselkinderen in de sterfelijke wereld te verbergen, om ze daarna tot heersers te verheffen. Zou dat hier het geval zijn? Als dat zo is, dan moeten heer Jarel en vrouwe Nore het verschrikkelijk vinden dat ze hun titel hebben moeten opgeven... en het maakt ze nerveus genoeg om hun dochter op deze manier te beteugelen.

Het is interessant om dit uiterlijk vertoon te zien, hun kronen, tronen en luxueuze tenten, terwijl ze Madocs kandidatuur voor koning steunen, wat hem ver boven hen zou verheffen. Ik geloof er niets van. Ze mogen nu dan aan zijn kant staan, maar ik durf te wedden dat ze hem later willen uitschakelen.

Op dat moment komt Grimsen de tent binnen met een bloedrode mantel om met daarop een enorme speld van metaal en glas in de vorm van een hart dat lijkt te kloppen.

Vrouwe Nore en heer Jarel richtten hun aandacht op hem. Er verschijnen kille glimlachjes op hun strakke gezichten.

Ik kijk naar Madoc. Hij is niet blij om de smid te zien.

Na nog een aantal beleefdheden gebaren vrouwe Nore en heer Jarel ons aan tafel te gaan. Vrouwe Nore voert koningin Suren mee aan haar leidsel. Terwijl de kindkoningin naar de tafel wordt geleid, valt het me op dat de bandjes vreemd op haar huid liggen, alsof ze er deels in verzonken zijn. Iets aan de schittering van het leer doet me aan een betovering denken.

Ik vraag me af of dat verschrikkelijke ding het werk van Grimsen is. Haar zo gebonden te zien doet me aan Eik denken. Ik werp een schuine blik op Oriana. Zou zij ook aan hem denken? De uitdrukking op haar gezicht is echter zo kalm en afstandelijk als het oppervlak van een bevroren meer.

We gaan naar de tafel. Ik krijg een plek naast Oriana, tegenover Grimsen.

Hij ziet de ster- en maanoorbellen die ik nog altijd draag en gebaart ernaar. 'Ik was er niet zeker van of je zus er afstand van zou kunnen doen.'

Ik leun naar voren en raak met mijn gehandschoende vingertoppen mijn oorlellen aan. 'Je werk is schitterend,' vertel ik hem, in de wetenschap dat hij dol is op vleierij.

Hij schenkt me een bewonderende blik waarvan ik vermoed dat die voortkomt uit trots op zijn eigen kunde. Als hij me mooi vindt, dan is dat een compliment voor zijn vakmanschap.

Het is ook in mijn eigen voordeel om hem aan de praat te houden. Er is verder niemand die me veel zal vertellen. Ik probeer te bedenken wat Taryn zou zeggen, maar het enige wat ik kan bedenken is meer van wat ik denk dat Grimsen wil horen. 'Ik kan het eigenlijk niet verdragen om ze uit te doen, zelfs 's nachts niet,' fluister ik hem toe.

Hij straalt. 'Het zijn maar prulletjes.'

'Je vindt me vast heel onnozel. Ik weet dat je veel belangrijkere dingen hebt gemaakt, maar ik ben er heel blij mee.'

Oriana kijkt me vreemd aan.

Heb ik een vergissing gemaakt? Verdenkt ze me? Mijn hart gaat sneller slaan.

'Breng eens een bezoekje aan mijn smidse,' zegt Grimsen. 'Sta me toe je te laten zien hoe sterke magie eruitziet.'

'Dat zou ik heel erg prijs stellen,' lukt het me te zeggen, maar ik word afgeleid door mijn zorgen dat ik betrapt word. Die uitnodiging van de smid is frustrerend. Was hij nu maar bereid geweest om híér op te scheppen, vanavond, in plaats van een of andere rendez-vous te regelen! Ik wil niet naar zijn smidse. Ik wil weg uit dit kamp. Het is een kwestie van tijd voor ik word betrapt. Als ik iets te weten wil komen, moet dat snel gebeuren.

Mijn frustratie neemt toe als verdere conversatie onmogelijk wordt gemaakt door de komst van bedienden die het eten brengen, wat een enorme homp geroosterd berenvlees blijkt te zijn, opgediend met wolkbessen. Een van de soldaten gaat met Grimsen een gesprek aan over zijn speld. Naast me heeft Oriana het met een hoveling van het Hof der Tanden over een gedicht dat ik niet ken. Ik moet mezelf vermaken, dus concentreer ik me op de stemmen van Madoc en vrouwe Nore. Zij bespreken welke hoven ze aan hun kant kunnen krijgen.

'Heb je het Hof der Termieten gesproken?'

Madoc knikt. 'Heer Roiben is wrokkig ten opzichte van de Onderzee, en het zal hem niet bevallen dat de opperkoning hem zijn wraak heeft ontzegd.'

Ik klem mijn vingers om mijn mes. Ik heb een deal gesloten met heer Roiben. Ik heb Balekin vermoord om me daaraan te houden. Dat was Cardans excuus om mij te verbannen! Het is een bitter besef dat heer Roiben zich na dat alles toch liever bij Madoc aansluit.

Maar wat Roiben ook wil, hij heeft trouw gezworen aan de Bloedkroon. En hoewel sommige hoven, zoals het Hof der Tanden, zich met listen onder de beloften van hun voorouders uit hebben gewurmd, worden de meeste er nog door gebonden. Inclusief Roiben. Dus hoe denkt Madoc die banden te verbreken? Als hem dat niet lukt, doet het er niet toe aan wie de hoven de voorkeur geven. Zij moeten de enige leider volgen die de Bloedkroon op zijn hoofd draagt: opperkoning Cardan.

Maar omdat Taryn niets van dat alles zou zeggen, hou ik mijn kaken op elkaar terwijl het om me heen gonst van de gesprekken.

Later, als we weer terug zijn in onze tent, breng ik kannen honingwijn rond en hou de bekers van Madocs generaals gevuld. Ik val niet op, ben slechts Madocs menselijke dochter, iemand die de meesten van hen wel eens in de wandelgangen hebben ontmoet, maar aan wie ze niet of nauwelijks denken.

Oriana kijkt me niet langer vreemd aan. Als ze mijn gedrag ten opzichte van Grimsen raar vond, dan denk ik niet dat ik haar verder aanleiding heb gegeven om aan me te twijfelen.

Ik voel mijn oude rol aan me trekken, het gemak daarvan, klaar om me als een zware deken te omhullen.

Vanavond komt het me onmogelijk voor dat ik ooit iemand anders ben geweest dan dit plichtsgetrouwe kind.

Als ik naar bed ga, is dat met een bittere smaak in mijn mond, een die ik in geen tijden heb geproefd en die wordt veroorzaakt door mijn onvermogen om wat belangrijk is te kunnen beïnvloeden, ook al speelt het zich recht voor mijn neus af.

Ik word wakker op het veldbed vol dekens en pelzen. Ik drink sterke thee bij het vuur, loop wat rond om mijn ledematen losser te maken. Gelukkig is Madoc al vertrokken.

Vandaag, denk ik bij mezelf, vandaag moet ik hier weg zien te komen.

Ik heb paarden zien staan toen we door het kamp liepen. Daar zou ik er waarschijnlijk een van kunnen stelen, maar ik ben geen goede ruiter en ik zou zonder landkaart binnen de kortste keren verdwalen. Die worden vast allemaal in een oorlogstent bewaard. Misschien kan ik een reden verzinnen om een bezoekje aan mijn vader te brengen.

'Denk je dat Madoc thee wil?' vraag ik hoopvol aan Oriana.

'Als dat zo is, kan hij een bediende sturen om die te bereiden,' deelt ze vriendelijk mee. 'Maar er zijn veel nuttige taken om de tijd mee door te komen. Wij hofdames verzamelen en herstellen banieren, als je daar de puf voor hebt.'

Niets zal mijn identiteit sneller verraden dan mijn naaivaardigheid. Om te zeggen dat die slecht is, is nog vleiend. 'Ik denk niet dat ik er klaar voor ben om vragen over Locke te beantwoorden,' waarschuw ik haar.

Ze knikt meelevend.

Bij zulke bijeenkomsten komt men de tijd door met roddelen en het is niet onvoorstelbaar om aan te nemen dat een dode echtgenoot opmerkingen zou uitlokken.

'Neem een mandje en ga foerageren,' stelt ze voor. 'Zorg ervoor dat je in het bos blijft, weg bij het kamp. Als je wachters ziet, laat ze dan Madocs zegel zien.'

Ik probeer mijn gretigheid te onderdrukken en sla een geleende mantel om. 'Dat lukt me wel.'

Oriana legt haar hand op mijn arm. 'Ik heb je gisteren met Grimsen horen praten. Wees voorzichtig met hem.'

Ik herinner me haar vele waarschuwingen op fuiven door de jaren heen. Ze liet ons beloven niet te dansen, niets te eten, niets te doen wat Madoc in verlegenheid zou kunnen brengen. Ze heeft daar zo haar redenen voor. Voor ze met Madoc trouwde, was ze minnares van opperkoning Eldred en heeft ze meegemaakt dat een van zijn andere geliefden, een goede vriendin van haar, vergiftigd werd. Toch is het nog steeds irritant.

'Dat doe ik. Ik zal goed oppassen,' zeg ik.

Oriana kijkt me recht aan. 'Grimsen wil vele dingen. Als je te vriendelijk bent, kan hij besluiten dat hij jou ook wil. Hij zou je kunnen begeren vanwege je schoonheid, zoals iemand naar een zeldzaam juweel smacht. Of hij zou je kunnen begeren enkel en alleen om te kijken of Madoc je zou afstaan.'

'Ik begrijp het.' Ik probeer uit te stralen dat ze zich over mij geen zorgen hoeft te maken.

Ze laat me met een mager glimlachje gaan, schijnbaar opgelucht door haar indruk dat we elkaar begrijpen.

Buiten loop ik met mijn mandje naar het bos. Eenmaal voorbij de boomgrens blijf ik staan, overweldigd door de opluchting dat ik niet langer hoef te acteren. Ik kan me hier, heel even maar, ontspannen. Ik adem een paar keer diep in en uit en denk na over mijn mogelijkheden. Keer op keer kom ik uit bij Grimsen. Ondanks Oriana's waarschuwing is hij de beste manier om hier weg te komen. Misschien heeft hij tussen al zijn magische spullen een paar metalen vleugels die me naar huis kunnen brengen of een magische slee, getrokken door leeuwen van obsidiaan. Ook als dat niet het geval is, kent hij Taryn in ieder geval niet goed genoeg om aan haar identiteit te twijfelen.

En als hij iets wil wat ik hem niet wil geven, tja... hij heeft de slechte gewoonte om overal messen te laten slingeren.

Ik loop door het bos naar hogergelegen terrein waarvandaan ik het kamp en alle paviljoens zie liggen, maar ook de geïmproviseerde smederij. Die staat een eind bij al het andere vandaan. Dikke rookwolken walmen op uit de drie schoorstenen. Mijn blik wordt getrokken naar een deel van het kamp waar een grote, ronde tent het middelpunt van de bedrijvigheid is. Misschien is dat waar Madoc is en waar de kaarten worden bewaard.

Dan zie ik iets anders. Toen ik de eerste keer het kampement bestudeerde, was me een kleine buitenpost opgevallen aan de voet van de berg, ver van de andere tenten. Hiervandaan zie ik echter dat daar ook een grot is. Afhankelijk van wat zich daarbinnen bevindt is dat misschien juist de bedoeling. De afstand is zo groot dat zelfs de luidste gillen worden gedempt.

Met een huivering sla ik de richting van de smidse in.

Een paar kobolden, krekels en andere leden van het Volk met scherpe tanden en bepoederde vleugels kijken naar me als ik langs de buitenste rand van het kamp loop. Ik hoor een zacht gesis in het voorbijgaan en een van de boemannen likt langs zijn lippen, iets wat totaal niet als een versierpoging is bedoeld, maar niemand houdt me tegen.

De deur naar Grimsens smederij wordt opengehouden en ik zie de smid binnen staan zonder shirt. Hij heeft zijn pezige, harige bovenlijf over het wapen gebogen dat hij aan het hameren is. Het is gloeiendheet, de lucht zindert en stinkt naar creosoot. Om hem heen ligt een verscheidenheid aan wapens en prulletjes die veel meer zijn dan ze lijken: kleine metalen bootjes, broches, zilveren hakken voor laarzen, een sleutel die eruitziet alsof die uit kristal gehakt is.

Ik denk aan het aanbod dat ik van Grimsen had moeten overbrengen aan Cardan voor hij besloot dat er meer roem te behalen viel met verraad: 'Ik zal een harnas van ijs voor hem maken dat elk wapen versplintert dat het raakt en zijn hart te koud zal maken om medelijden te voelen. Zeg hem dat ik drie zwaarden voor hem zal maken die, als ze tegelijk in dezelfde slag worden gebruikt, met de macht van dertig soldaten zullen vechten.'

Het idee dat Madoc daarover beschikt bevalt me niet. Ik verman me en klop op het deurkozijn.

Grimsen ziet me staan en legt zijn hamer neer. 'Het meisje met de oorbellen.'

'Je had me uitgenodigd,' zeg ik ter herinnering. 'Ik hoop dat dit niet te snel is, maar ik ben nieuwsgierig. Mag ik vragen wat je aan het maken bent of is het een geheim?'

Dat lijkt hem te bevallen. Hij gebaart met een glimlach naar de enorme staaf metaal die hij aan het bewerken is. 'Ik maak een zwaard dat het firmament van de eilanden zal doen breken. Wat vind je daarvan, sterfelijk meisje?'

Aan de ene kant heeft Grimsen een aantal van de meest geweldige wapens ooit gemaakt, maar kan het werkelijk Madocs plan zijn om de legers van Elfhame te vernietigen? Ik denk aan Cardan, die de zee deed koken, stormen opriep en bomen liet verdorren. Cardan, aan wie tientallen heersers van lagere hoven trouw hebben gezworen en die het bevel voert over al hun legers. Kan een enkel zwaard machtig genoeg zijn om dat te weerstaan, ook al is het het beste zwaard dat Grimsen ooit heeft gesmeed?

'Madoc zal dankbaar zijn dat jij aan zijn kant staat en dat hij op zo'n wapen kan rekenen,' merk ik op neutrale toon op.

'Hm.' Hij kijkt me met een listige blik aan. 'Dat zou hij moeten zijn, maar is hij dat ook? Dat zou je hem zelf moeten vragen, aangezien hij het niet over dankbaarheid heeft. En als er toevallig liederen over mij worden gemaakt, tja, toont hij daar dan interesse in? Nee. Hij heeft geen tijd voor liedjes, zegt hij. Ik vraag me af of hij daar anders over zou denken als er liedjes waren die over hem gingen.'

Blijkbaar krijg je hem niet aan de praat door zijn opschepperij aan te moedigen, maar door zijn rancune aan te wakkeren.

'Als hij de volgende opperkoning wordt, zullen er genoeg liederen over hem worden gemaakt,' zeg ik, om het er bij hem in te wrijven.

Grimsens gezicht betrekt en hij perst met lichte walging zijn lippen op elkaar.

'Maar jij, die meestersmid bent geweest gedurende de heerschappij van Mab en van degenen die haar hebben opgevolgd, jouw verhaal moet veel interessanter zijn dan het zijne... Dat moet beter materiaal bieden voor balladen.' Ik ben bang dat ik het er te dik bovenop leg, maar hij straalt.

'Ah, Mab...' mijmert hij. 'Toen zij me bezocht om de Bloedkroon te laten maken, vertrouwde ze me een grote eer toe. Ik heb de kroon daarnaast nog vervloekt om hem voor eeuwig te beschermen.'

Ik glimlach bemoedigend. Dit deel ken ik. 'De moord van de drager leidt tot de dood van de dader.'

Hij snuift. 'Ik wil dat mijn werk voortleeft net zoals koningin Mab wilde dat haar lijn zou voortleven. Maar zelfs mijn kleinste creatie is me dierbaar.' Hij steekt zijn met roet besmeurde hand uit om met zijn vingertoppen de oorbellen aan te raken en strijkt met zijn vingertoppen langs mijn oorlel. Zijn huid voelt warm en ruw aan.

Ik ontwijk hem met wat hopelijk als een ingetogen lachje klinkt en niet als een grauw.

'Neem deze, bijvoorbeeld. Als je de steentjes eruit zou wippen, zou je schoonheid vervagen... en niet alleen dat beetje extra dat ze je geven, maar al je schoonheid, tot je zo afzichtelijk bent dat zelfs het Volk van jouw aanblik zou gillen.'

Ik onderdruk de neiging om de sieraden uit mijn oren te rukken. 'Heb je die ook vervloekt?'

Zijn grijns is sluw. 'Niet iedereen toont het gepaste respect voor een vakman zoals jij, Taryn, dochter van Madoc. Niet iedereen verdient mijn geschenken.'

Daar denk ik lange tijd over na, terwijl ik aan de verscheidenheid aan creaties denk die zijn smidse heeft verlaten. Hoeveel ervan waren vervloekt? 'Ben je daarom verbannen?'

'De opperkoningin stelde het niet op prijs dat ik zo veel artistieke vrijheid nam, dus ik was niet zo gewild toen ik de Elzenkoning in zijn ballingschap volgde.'

Dat zie ik dan maar als een ja.

'Zij was zelf graag de sluwe.'

Ik knik, alsof er totaal niets verontrustends aan dat verhaal is. Allerlei gedachten schieten door mijn hoofd terwijl ik probeer me alles te herinneren wat hij heeft gemaakt. 'Jij hebt toch een oorbel aan Cardan gegeven toen je net in Elfhame was?'

'Je hebt een goed geheugen,' zegt hij.

Hopelijk is mijn geheugen beter dan dat van hem, want Taryn was niet aanwezig op het bloedmaanfeest.

'Daarmee kon hij mensen verstaan die net buiten gehoorbereik aan het praten waren. Een prachtige manier om af te luisteren.'

Ik kijk hem verwachtingsvol aan.

Hij lacht. 'Dat is niet wat je wilt weten, hè? Ja, die was vervloekt. Met één woord zou ik die in een robijnen spin kunnen veranderen die hem dood zou bijten.'

'Heb je die gebruikt?' Ik denk aan de bol die ik in Cardans studeerkamer heb gezien, waarin een glinsterende rode spin rusteloos aan het glas kraste. IJskoude afschuw vervult me bij het besef dat er al een tragedie is afgewend... maar die wordt vervangen door een blinde woede.

Grimsen haalt zijn schouders op. 'Hij leeft nog, toch?'

Typisch Faerie, dat antwoord. Het klinkt als nee, maar de waarheid is dat de smid het heeft geprobeerd en dat het niet heeft gewerkt.

Ik moet proberen meer uit hem los te krijgen, moet hem vragen of er een manier is waarop ik uit het kamp kan ontsnappen, maar ik trek het niet ook nog maar een minuut langer met hem te praten zonder hem met een van zijn eigen wapens neer te steken. 'Kan ik nog eens op bezoek komen?' pers ik er tussen op elkaar geklemde kaken uit. De ongemeende glimlach op mijn gezicht voelt meer aan als een grimas. De blik die hij me schenkt bevalt me niet, alsof ik een edelsteen ben die hij in metaal wil zetten.

'Dat zou ik leuk vinden.' Hij gebaart om zich heen, naar alle objecten in de smidse. 'Zoals je ziet, hou ik van mooie dingen.'

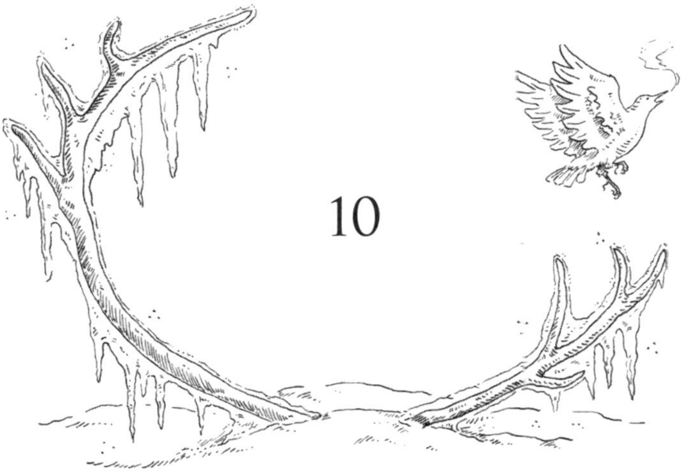

10

Na mijn bezoek aan Grimsen keer ik terug naar het bos om met een tevreden stellende agressiviteit zoals beloofd naar voedsel te zoeken. Ik verzamel lijsterbessen, klaverzuring, brandnetels, een beetje doodzoet en enorme exemplaren eekhoorntjesbrood. Ik schop tegen een steen. Er zijn veel stenen voor nodig voor ik me ook maar een beetje beter voel.

Ik ben nog geen stap dichter bij het vinden van een manier om hier weg te komen en ben verder niets te weten gekomen over de plannen van mijn vader. Het enige wat dichterbij is gekomen is betrapt worden.

Met die grimmige gedachte tref ik Madoc bij het vuur voor de tent aan, waar hij de set dolken die hij altijd bij zich draagt schoonmaakt en slijpt. Uit gewoonte wil ik hem bij die taak helpen, en ik moet mezelf eraan herinneren dat Taryn dat niet zou doen.

'Kom zitten.' Hij klopt naast zich op de boomstam. 'Je bent niet gewend aan campaigning en je bent er zomaar in een beland.'

Verdenkt hij me? Ik ga zitten en zet mijn overvolle mandje bij het vuur neer, stel mezelf gerust met de gedachte dat hij lang niet zo vriendelijk zou klinken als hij dacht dat hij het tegen mij, Jude, had. Ik weet echter dat ik niet lang heb, dus ik waag de sprong en vraag hem wat ik wil weten. 'Denk je echt dat je hem kunt verslaan?'

Hij lacht alsof het de vraag van een klein kind betreft: als je je hand ver genoeg uitsteekt, kun je dan de maan uit de lucht plukken? 'Ik zou het spel niet spelen als ik niet kon winnen.'

Vreemd genoeg voel ik me gesterkt door zijn reactie. Hij gelooft echt dat ik Taryn ben en dat ik niets van oorlog begrijp. 'Maar hoe dan?'

'Ik zal je de hele strategie besparen,' zegt hij, 'maar ik daag hem uit tot een duel... en nadat ik heb gewonnen, zal ik zijn hoofd als een meloen opensplijten.'

'Een duel?' Ik zit even met mijn mond vol tanden. 'Waarom zou híj tegen jóú vechten?' Cardan is de opperkoning. Hij beschikt over legers die hij kan inzetten.

Madoc grijnst. 'Vanwege de liefde én uit plichtsgevoel.'

'Liefde? Voor wie?' Ik kan me niet voorstellen dat Taryn minder verward zou zijn dan ik me nu voel.

'Geen banket is te overdadig voor een uitgehongerde man.'

Ik heb geen idee hoe ik daarop moet reageren.

Na een korte stilte krijgt hij medelijden met me. 'Ik weet dat je niet om tactieklessen geeft, maar ik denk dat deze zelfs jou zal aanspreken. We zijn bereid tot bijna elk risico voor wat we het liefste willen. Er is voorspeld dat hij een slechte koning zal zijn. Die hangt hem boven zijn hoofd, maar hij denkt dat hij zich met charme aan zijn lot kan ontworstelen. Laten we hem dat maar eens zien proberen. Ik ga hem een kans geven om te bewijzen dat hij een goede heerser is.'

'En dan?' dring ik aan.

Hij lacht alleen maar. 'Dan zal het Volk jou prinses Taryn noemen.'

Mijn hele leven heb ik over de grootse overwinningen van Faerie gehoord. Zoals te verwachten valt van een onsterfelijk volk met een laag geboortecijfer verlopen de meeste veldslagen uiterst formeel, net als de erfopvolging. Het Volk vermijdt graag totale oorlog, wat betekent dat het niet ongebruikelijk is om een kwestie te regelen met een wedstrijd waar de betrokken partijen het over eens zijn. Maar toch, Cardan heeft nooit veel om zwaardvechten gegeven en hij is er ook niet bijzonder goed in. Waarom zou hij akkoord gaan met een duel?

Ik ben doodsbang dat als ik Madoc dat vraag, hij zal beseffen dat ik het ben, maar ik moet iets zeggen. Ik kan hier niet met open mond naar hem blijven zitten staren. ‘Jude heeft Cardan op de een of andere manier in haar macht gekregen,’ stel ik. ‘Misschien kun jij hetzelfde doen en…’

Hij schudt zijn hoofd. ‘Kijk naar wat er van je zus terecht is gekomen. Welke macht ze ook had, hij heeft die weten terug te pakken. Nee, ik ben niet van plan om zelfs nog maar te doen alsof ik dien. Ik wil nu heersen.’ Hij houdt op met het slijpen van zijn dolk en kijkt me aan met een gevaarlijke glans in zijn ogen. ‘Ik heb Jude de ene na de andere kans gegeven om de familie te helpen, elke mogelijkheid om me te vertellen welk spel ze speelde. Had ze dat gedaan, dan was alles heel anders verlopen.’

Er loopt een rilling langs mijn rug. Heeft hij door dat ik degene ben die naast hem zit? ‘Jude zit er behoorlijk doorheen,’ zeg ik op een hopelijk neutrale toon. ‘Volgens Vivi dan.’

‘En je wilt niet dat ik haar nog meer straf als ik opperkoning ben, is dat het?’ vraagt hij. ‘Het is niet alsof ik niet trots ben. Het is een hele prestatie wat zij heeft bereikt. Van al mijn kinderen lijkt zij misschien wel het meest op mij. Zoals kinderen over de gehele wereld was ze opstandig, en ze had te veel hooi op haar vork genomen. Maar jíj…’

‘Ik?’ Mijn blik gaat naar het vuur. Het is schokkend om hem over mij te horen praten, maar het idee om iets te horen wat alleen voor Taryns oren is bedoeld is erger. Dat voelt alsof ik haar iets afneem.

Ik kan niets bedenken om het tegen te houden, niet zonder mezelf te verraden.

Hij pakt mijn schouder vast. Dat zou geruststellend zijn, ware het niet dat de druk iets te hard is, zijn klauwen iets te scherp. Dit is het moment dat hij me bij de strot grijpt en zegt dat ik betrapt ben. Mijn hart bonkt in mijn keel.

'Het moet hebben gevoeld alsof zij mijn favoriet was, ondanks haar ondankbaarheid,' vertelt hij, 'maar dat kwam alleen doordat ik haar beter begreep. En toch, jij en ik hebben iets gemeen... We hebben allebei een slecht huwelijk gesloten.'

Ik werp hem een schuine blik toe. Opluchting en ongeloof vechten om voorrang. Bedoelt hij nu echt dat zijn huwelijk met onze moeder als dat van Taryn en Locke was?

Hij laat me los om nog een blok hout op het vuur te gooien. 'Die zijn ook allebei tragisch geëindigd.'

Mijn adem stokt. 'Je denkt toch niet echt...' Ik weet echter niet welke leugen ik moet gebruiken, ik weet niet eens of Taryn zou liegen.

'Nee?' zegt Madoc. 'Wie heeft Locke anders gedood?'

Het duurt te lang om een goed antwoord te bedenken.

Hij lacht opgetogen en wijst met een scherp geklauwde vinger naar me. 'Jij hebt het gedaan! Echt, Taryn, ik heb altijd gedacht dat je zacht en gedwee was, maar nu weet ik hoe erg ik ernaast zat.'

'Ben je blij dat ik hem heb gedood?' Hij lijkt trotser op Taryn te zijn omdat ze Locke heeft vermoord dan vanwege al haar andere deugden en vaardigheden bij elkaar... haar vermogen om anderen op hun gemak te stellen, om het juiste kledingstuk te kiezen en om simpelweg de juiste leugen te vertellen om ervoor te zorgen dat anderen dol op haar zijn.

Hij haalt zijn schouders op en glimlacht. 'Levend of dood, ik mocht hem niet. Ik geef alleen om jou. Als jij verdrietig bent omdat hij er niet meer is, dan vind ik dat vervelend. Als jij wenst dat hij weer tot leven zou komen zodat je hem opnieuw kunt vermoorden, dan herken ik dat gevoel. Maar misschien heeft het recht gezegevierd en zit het je alleen maar dwars dat rechtvaardigheid wreed kan zijn.'

'Wat denk je dat hij me heeft aangedaan om dat te verdienen?' vraag ik.

Hij rakelt het vuur op en vonken dwarrelen door de lucht. 'Ik neem aan dat hij je hart heeft gebroken. Oog om oog, hart om hart.'

Ik herinner me het gevoel om een mes tegen Cardans keel te drukken, de paniek bij de gedachte aan hoeveel macht hij over me had, het besef dat er een makkelijke manier was om daar een eind aan te maken. 'Heb je mam daarom vermoord?'

Hij zucht. 'Mijn instincten zijn gescherpt tijdens slagvelden. Soms treden die ook in werking als er geen oorlog meer is.'

Dat laat ik even bezinken en ik vraag me af wat ervoor nodig is om jezelf zo hard te maken dat je kunt vechten en keer op keer kunt doden. Zou een deel van hem koud zijn, zo koud dat het nooit meer warm kan worden, als een ijspriem door het hart? Zou ik ook zo'n ijspriem in me hebben?

Even zitten we rustig naast elkaar naar het knapperen van de vlammen te luisteren. Dan spreekt hij weer. 'Toen ik jullie moeder doodde... jullie moeder én vader... daardoor zijn jullie meiden veranderd. Hun dood was een vuurproef die jullie alle drie heeft gevormd. Steek een verhit zwaard in olie, en elke minuscule zwakke plek wordt een barst. Maar ook al zijn jullie ondergedompeld in bloed, jullie zijn niet gebroken, alleen harder geworden. Wat jou ertoe heeft gebracht om het leven van Locke te beëindigen is misschien meer mijn schuld dan de jouwe. Als het moeilijk voor je is om te verdragen wat je hebt gedaan, plaats die last dan op mijn schouders.'

Ik denk aan Taryns woorden. *Niemand zou de jeugd moeten hebben die wij hebben gehad.*

Toch betrap ik mezelf erop dat ik Madoc gerust wil stellen, ook al kan ik het hem nooit vergeven. Wat zou Taryn zeggen? Geen idee, maar het is niet eerlijk om hem troost te bieden met haar stem. 'Ik kan dit maar beter naar Oriana brengen.' Ik gebaar naar het mandje met eten. Ik maak aanstalten om op te staan, maar hij pakt mijn hand beet.

'Weet dat ik je loyaliteit niet zal vergeten.' Hij kijkt me nadenkend aan. 'Je hebt het belang van je familie boven dat van jezelf gesteld. Als dit allemaal achter de rug is kun je me om elke beloning vragen die je maar wilt en dan zorg ik ervoor dat je die krijgt.'

Het steekt dat ik niet langer de dochter ben tegen wie hij zo praat. Ik ben niet degene die wordt verwelkomd bij zijn haard, voor wie hij wil zorgen en die hij koestert.

Wat zou Taryn voor zichzelf en haar baby vragen? Veiligheid, durf ik te wedden, precies datgene waarvan Madoc denkt dat hij ons dat al heeft gegeven, precies datgene wat hij ons nooit echt kan bieden. Ongeacht de beloften die hij zou doen, is hij te genadeloos om wie dan ook lang te beschermen.

Voor mij is veiligheid niet eens een optie. Hij heeft me nog niet betrapt, maar hoelang kan ik deze maskerade nog volhouden? Hoewel ik niet weet hoe ik het ijs moet oversteken, neem ik me voor vanavond te vluchten.

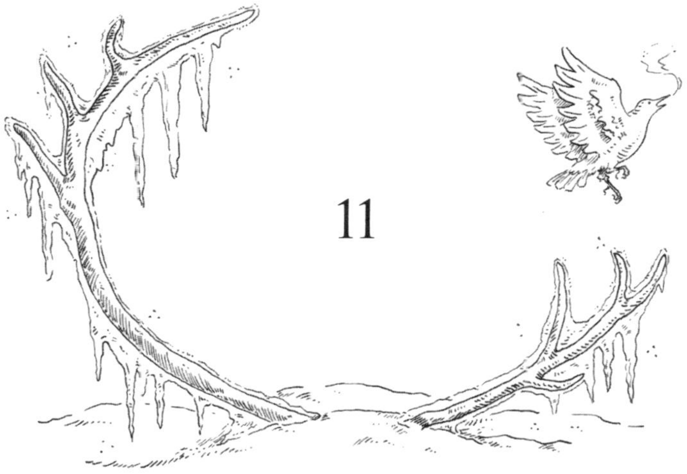

11

Oriana houdt toezicht op de voorbereidingen voor het avondeten voor het gezelschap, en ik blijf bij haar. Ik kijk toe terwijl er brandnetelsoep wordt gemaakt, de netels worden gestoofd met aardappels tot de brand eruit is getrokken, en er worden herten geslacht, waarvan de pas geschoten karkassen dampen in de kou. Hun vet wordt gebruikt om gekookte groenten op smaak te brengen. Ieder lid van het gezelschap heeft zijn eigen beker en kom, die bij wijze van versiering aan zijn riem kletteren en die aan de bedienden worden aangeboden en gevuld met een portie eten en met water aangelengde wijn.

Madoc eet al lachend en pratend samen met zijn generaals. Het Hof der Tanden blijft in de eigen tenten, stuurt een bediende om hun maal te bereiden op een ander vuur. Grimsen zit niet bij de generaals, maar aan een tafel met ridders die gebiologeerd naar zijn verhalen over zijn ballingschap met de Elzenkoning luisteren. Het is onmogelijk om niet op te merken dat het Volk dat hem omringt wellicht meer sieraden draagt dan normaal.

Het gedeelte waar de kookketels en tafels staan bevindt zich aan de andere kant van het kamp, dichter bij de berg. In de verte zie ik twee wachters op hun post staan nabij de grot. Zij verlaten die niet om met ons te eten. Vlakbij neuzen twee rendieren door de sneeuw, op zoek naar verborgen wortels.

Ik eet mijn netelsoep, terwijl zich een idee in mijn hoofd vormt. Tegen de tijd dat Oriana tegen me zegt dat ik terug moet gaan naar onze tent, heb ik een beslissing genomen. Ik ga een van de rijdieren van de soldaten nabij de grot stelen. Dat zal makkelijker zijn dan er een bij het hoofdkamp te ontvreemden, en als er iets verkeerd gaat, zal het lastiger zijn om me te achtervolgen. Ik heb nog steeds geen landkaart, maar ik kan met behulp van de sterren in elk geval in zuidelijke richting navigeren. Hopelijk kom ik een sterfelijke nederzetting tegen.

We delen een kop thee en schudden de sneeuw van ons af. Ik warm mijn vingers ongeduldig om de beker. Ik wil haar niet achterdochtig maken, maar ik moet gaan. Ik moet voedsel verzamelen en alle andere spullen die ik te pakken kan krijgen.

Oriana neemt me in zich op. 'Je zult het wel koud hebben.' Met haar witte haar en spookachtig bleke huid lijkt ze uit sneeuw te bestaan.

'Een sterfelijke zwakte.' Ik glimlach. 'Nog een reden om de eilanden van Elfhame te missen.'

'We zijn snel weer thuis,' verzekert ze me.

Ze kan niet liegen, dus dat moet ze geloven. Ze moet geloven dat Madoc zal winnen, dat hij opperkoning wordt.

Eindelijk lijkt ze er klaar voor om naar bed te gaan. Ik was mijn gezicht, stop dan lucifers in één zak en een mes in de andere. Ik ga op mijn veldbed liggen en wacht tot Oriana in slaap moet zijn gevallen, tel de seconden af tot er een half uur is verstreken en laat me dan zo stilletjes mogelijk onder de dekens vandaan glijden, schuif mijn voeten in laarzen. Ik stop een stuk kaas in een buidel, samen met een homp brood en drie verschrompelde appels. Ik pak het doodzoet dat ik tijdens het foerageren vond en wikkel dat in een stukje papier. Op weg naar de uitgang van de tent gris ik mijn mantel mee. Een eenzame ridder zit bij het vuur en vermaakt zich met het snijden van een fluit. Ik knik naar hem in het voorbijgaan.

Hij komt overeind. 'Vrouwe?'

Ik schenk hem mijn meest vernietigende blik. Ik ben geen gevangene, maar de dochter van de Grootgeneraal. 'Ja?'

'Mocht uw vader u zoeken, waar kan ik dan zeggen dat u heen bent?'

De vraag wordt op een respectvolle manier gesteld, maar het verkeerde antwoord leidt ongetwijfeld tot minder respectvolle vragen. 'Zeg hem dat ik het bos als po gebruik.'

Hij krimpt ineen.

Dat was de reactie waarop ik had gehoopt. Hij stelt geen verdere vragen terwijl ik de mantel om mijn schouders sla. Ik loop verder, ben me ervan bewust dat hoe langer ik hierover doe, hoe achterdochtiger hij zal worden.

Het is geen lange wandeling naar de grot, maar ik struikel regelmatig in het donker en de koude wind wordt met de stap striemender. Muziek en feestgeluiden stijgen op uit het kamp, koboldliederen over verlies, verlangen en geweld, balladen over koninginnen, ridders en dwazen.

Vlak bij de grot zie ik dat er drie wachters om de brede ingang staan, één meer dan waar ik op had gehoopt. De opening is lang en breed, als een glimlach, en de duisternis erachter flakkert van tijd tot tijd, alsof die ergens diep vanbinnen wordt verlicht. Twee lichte rendieren liggen in de buurt als katten in de sneeuw genesteld te dutten. Een derde schraapt met zijn hoorns langs een boom.

Die dan maar. Ik kan verder tussen de bomen door sluipen en hem met een van de appels naar me toe lokken. Als ik dieper het bos in loop komt er een kreet uit de grot. De dichte, koude lucht draagt het geluid naar me toe, en ik draai me weer om.

Madoc houdt iemand gevangen.

Ik probeer mezelf ervan te overtuigen dat dit niet mijn probleem is, maar nog zo'n noodkreet snijdt door al die sluwe gedachten heen. Daar verkeert iemand in pijn. Ik wil zeker weten dat het niet iemand is die ik ken. Mijn spieren worden al stram door de kou, dus ik sluip langzaam om de grot heen en klim op de rotsen daar direct boven.

Ik heb spontaan besloten om me in de grot te laten zakken, aangezien de wachters vooral de andere kant op kijken. Het voordeel is dat ik het grootste deel van de tijd uit het zicht blijf, maar het laatste stukje moet ik heel voorzichtig uitvoeren, anders zal de combinatie van geluid en beweging onmiddellijk hun aandacht trekken.

Ik klem mijn kaken op elkaar en denk aan de lessen van de Schim: langzaamaan, zorg dat elke stap stabiel is en blijf in de schaduw. Natuurlijk gaat dit gepaard met de herinnering aan het verraad dat daarop volgde, maar ik maak mezelf wijs dat dat de lessen niet minder nuttig maakt. Ik laat me behoedzaam van een scherp stuk rots zakken. Ondanks mijn handschoenen voelen mijn vingers bevroren aan.

Terwijl ik daar hang, besef ik dat ik een verschrikkelijke fout heb gemaakt. Zelfs met mijn volle lengte kom ik niet bij de grond. Als ik me laat vallen, gaat dat nooit geruisloos. Ik zal me zo stil en zo snel mogelijk moeten bewegen. Ik adem in en laat me dat korte stukje vallen. Bij het onvermijdelijke knarsen van de sneeuw onder mijn voeten draait een van de wachters zich om. Ik verdwijn in de schaduw.

'Wat is er?' vraagt een van de twee anderen.

De eerste staart de grot in.

Ik weet niet of hij me heeft gezien en blijf stokstijf staan, hou mijn adem in en hoop dat hij me nu niet opmerkt, dat hij me niet ruikt. Door de kou zweet ik in ieder geval niet.

Ik heb mijn mes bij de hand. Ik heb tegen Grima Mog gevochten. Als het moet kan ik hen ook aan.

Een tel later schudt de wachter zijn hoofd en luistert hij weer naar de koboldliederen.

Ik wacht en wacht nog wat langer, voor de zekerheid. Zo krijgen mijn ogen de tijd om aan het schemerige donker te wennen. Er hangt een aardse geur in de lucht die zich vermengt met die van brandende lampolie. Schaduwen dansen aan het eind van een hellende gang die me met hun belofte van licht verleiden om dichterbij te komen.

Ik slalom tussen stalagmieten en stalactieten door, alsof ik zo de scherpe tanden van een reus probeer te ontwijken. Ik ga een nieuwe kamer binnen en knipper met mijn ogen tegen de gloed van het fakkellicht.

'Jude?' zegt iemand zacht.

Die stem ken ik. Dat is de Schim.

Hij ligt op de vloer, is mager, met opkomende blauwe plekken bij zijn sleutelbeenderen. Er zitten boeien om zijn polsen en de kettingen ervan zijn bevestigd aan plaatjes op de grond. Fakkels flakkeren in een cirkel om hem heen. Hij kijkt me met grote lichtbruine ogen aan.

Zo koud als ik het al had, krijg ik het opeens nog kouder. Het laatste wat hij tegen me heeft gezegd was: 'Ik diende prins Dain. Niet jou.' Dat was vlak voor ik werd meegenomen naar de Onderzee en daar wekenlang gevangen werd gehouden. Doodsbang, uitgehongerd en alleen. En toch, ondanks dat, ondanks zijn verraad, ondanks het feit dat hij het Schaduwhof heeft verwoest, spreekt hij mijn naam uit met alle verwondering van iemand die denkt dat ik hem misschien wel kom redden.

Zal ik doen alsof ik Taryn ben? Hij gelooft nooit dat het mijn tweelingzus is gelukt langs die wachters te sluipen. Hij is dan ook degene die me heeft geleerd me zo te bewegen. 'Ik wilde zien wat Madoc hier verborg.' Ik trek mijn mes tevoorschijn. 'Als je de wachters wilt roepen, weet dan dat de enige reden waarom ik je niet hiermee in je keel steek de angst is dat je luidruchtig zou kunnen sterven.'

De Schim schenkt me een wrang glimlachje. 'Dat zou ik ook doen, weet je. Heel luidruchtig. Alleen maar om jou een hak te zetten.'

'Dus dit is het loon voor je diensten.' Ik kijk nadrukkelijk om me heen in de grot. 'Ik hoop dat verraad voldoende beloning was.'

'Verkneukel je maar.' Zijn stem klinkt mild. 'Ik verdien het. Ik weet wat ik heb gedaan, Jude. Ik was een idioot.'

'Waarom heb je het dan gedaan?' De vraag alleen al bezorgt me een akelig kwetsbaar gevoel, maar ik had de Schim vertrouwd en ik wil weten hoe stom ik daadwerkelijk ben geweest. Heeft hij me de hele tijd dat ik dacht dat we vrienden waren gehaat? Hebben hij en Cardan samen gelachen over hoe naïef ik was?

'Weet je nog dat ik je vertelde dat ik de moeder van Eik heb vermoord?'

Ik knik. Liriope was vergiftigd met parelamaniet om te verbergen dat ze terwijl ze de geliefde van de opperkoning was zwanger was van prins Dain. Als Oriana Eik niet uit de baarmoeder van Liriope had gesneden, was de baby ook gestorven. Het is een vreselijk verhaal dat ik niet snel zal vergeten, ook als het niet mijn eigen broer betrof.

'Weet je nog hoe je naar me keek toen je te weten kwam wat ik had gedaan?' vraagt hij.

Dat was een dag of twee na de kroning geweest. Ik had prins Cardan gevangengenomen. Ik verkeerde nog in shock en probeerde Madocs complot te ontdekken. Het was een klap om te horen dat de Schim zoiets verschrikkelijks had gedaan, maar op dat moment was de ene schok op de andere gevolgd. Maar toch, parelamaniet is een bijzonder akelige manier om te sterven en mijn broer is toen ook bijna vermoord. 'Ik was verrast.'

Hij schudt zijn hoofd. 'Zelfs de Kakkerlak was ontsteld. Hij wist het ook niet.'

'En daarom heb je ons verraden? Omdat onze reactie je niet beviel?' vraag ik ongelovig.

'Nee. Luister nog heel even naar me.' De Schim zucht. 'Ik heb Liriope vermoord omdat prins Dain me naar Faerie had gebracht, voor me had gezorgd en me een doel had gegeven. Ik heb het uit loyaliteit gedaan, maar naderhand was ik van mijn stuk door mijn daad. Uit wanhoop ging ik naar de jongen van wie ik dacht dat hij Liriopes enige levende kind was.'

'Locke,' prevel ik verdoofd. Had Locke na Cardans kroning beseft dat Eik zijn halfbroer moest zijn? Had hij het daar ooit met Taryn over gehad?

'Overweldigd door schuldgevoel,' gaat de Schim verder, 'bood ik hem mijn bescherming aan. En mijn naam.'

'Je...'

'Mijn ware naam!'

Bij het Volk zijn ware namen een goed bewaard geheim. Een Faerie kan ermee worden beheerst, zekerder dan met welke eed dan ook. Het is moeilijk te geloven dat de Schim zo'n groot deel van zichzelf weg zou geven.

Ik wind er geen doekjes om. 'Wat heeft hij je laten doen?'

'Jarenlang niets,' zegt de Schim. 'Daarna kleine dingen. Anderen bespioneren. Hun geheimen ontdekken. Maar tot hij me de opdracht gaf om jou naar de Vergeteltoren te brengen om je daar door de Onderzee te laten ontvoeren, dacht ik dat hij enkel kattenkwaad wilde uithalen, niets gevaarlijks.'

Nicasia moet hebben geweten dat ze Locke om een gunst moest vragen. Geen wonder dat hij en zijn vrienden het veilig vonden om de nacht voor zijn bruiloft jacht op me te maken. Hij wist dat ik er de volgende dag niet meer zou zijn.

Toch begrijp ik wat de Schim bedoelt. Ik dacht ook altijd dat Locke uit was op kattenkwaad, zelfs toen het leek dat ik daardoor zou sterven.

Ik schud mijn hoofd. 'Maar dat verklaart niet waarom je hier bent.'

De Schim kijkt alsof het hem moeite kost om zijn stem kalm te houden, om zijn zelfbeheersing niet te verliezen. 'Na de Toren probeerde ik voldoende afstand tussen Locke en mij te bewaren zodat hij me niet langer bevelen zou kunnen geven. Ridders betrapten me toen ik probeerde Insmire te verlaten. Toen ontdekte ik pas de omvang van wat Locke op zijn geweten had. Hij had mijn naam aan jouw vader gegeven. Dat was zijn bruidsschat voor de hand van jouw tweelingzus en voor inspraak als Balekin aan de macht kwam.'

Mijn adem stokt. 'Madoc kent jouw ware naam?'

'Erg, toch?' Hij lacht schamper. 'Dat jij hier toevallig terecht bent gekomen is het eerste beetje geluk dat ik in lange tijd heb gehad. En het ís geluk, al weten we allebei wat er nu moet gebeuren.'

Ik weet nog hoe zorgvuldig ik mijn bevelen aan Cardan formuleerde, bevelen die inhielden dat hij me niet kon vermijden of aan me kon ontsnappen. Madoc heeft ongetwijfeld hetzelfde gedaan en meer, zodat de Schim gelooft dat hij nog maar één uitweg heeft.

'Ik haal je hier vandaan, en dan...'

De Schim onderbreekt me. 'Ik kan je laten zien waar het mij het minst pijn doet. Ik kan je laten zien hoe je het kunt laten lijken alsof ik het zelf heb gedaan.'

'Je zei dat je luidruchtig zou sterven, alleen maar om mij een hak te zetten,' herhaal ik, waarbij ik doe alsof hij niet serieus is.

'Dat had ik ook gedaan,' zegt hij met een glimlachje. 'Ik moest je vertellen... Ik moest iemand de waarheid vertellen voor ik stierf. Dat is nu gebeurd. Laat me je nog een laatste les leren.'

'Wacht!' Ik hou een hand op in een poging tijd te rekken. Ik moet nadenken.

Hij gaat genadeloos door. 'Het is geen leven om altijd door iemand beheerst te worden, om te worden onderworpen aan hun wil en grillen. Ik weet van de geas waar je prins Dain om hebt gevraagd. Ik weet dat jij bereid was daarvoor te doden. Geen enkele betovering heeft effect op je. Weet je nog hoe het daarvoor was? Weet je nog hoe het voelde om machteloos te zijn?'

Natuurlijk. Onwillekeurig denk ik aan Sophie, de sterfelijke bediende in Balekins huishouden, met haar zakken vol stenen. Sophie, verloren aan de Onderzee. Ik huiver voor ik die gedachte van me af kan zetten. 'Doe niet zo dramatisch.' Ik haal de zak eten tevoorschijn die ik bij me heb en ga op de aarde zitten om de kaas, appels en het brood in stukken te snijden. 'Er zijn nog andere mogelijkheden. Je ziet er uitgehongerd uit en ik heb jou levend nodig. Jij kunt een stengel jakobskruiskruid betoveren en ons hier vandaan krijgen... Zo veel hulp ben je me in ieder geval verschuldigd.'

Hij pakt stukken kaas en appel en propt die in zijn mond.

Terwijl hij eet denk ik na over zijn boeien. Zou ik de schakels uit elkaar kunnen krijgen? Er zit een klein gat op de plaat waar een sleutel in lijkt te passen.

'Je bent plannen aan het smeden,' zegt de Schim, die mijn blik ziet. 'Grimsen heeft mijn boeien zo gemaakt dat die alleen door het meest magische zwaard kunnen worden geopend.'

'Ik ben altijd plannen aan het smeden,' kaats ik terug. 'Hoeveel weet jij van Madocs plan?'

'Heel weinig. Ridders brengen me eten en schone kleren. Ik mag me slechts onder zware bewaking wassen. Eén keer is Grimsen naar me komen kijken, maar hij zei niets, zelfs niet toen ik naar hem schreeuwde.'

Het is niets voor de Schim om te schreeuwen. Of te gillen zoals hij dat moet hebben gedaan zodat ik hem kon horen, van ellende, wanhoop en hopeloosheid.

'Madoc heeft me verschillende keren ondervraagd over het Schaduwhof, het paleis, over Cardan en vrouwe Asha en Dain, zelfs over jou. Ik weet dat hij naar zwakke plekken zoekt, naar een manier om iedereen te manipuleren.' De Schim reikt naar nog een stuk appel en aarzelt. Hij kijkt naar het voedsel alsof hij het voor het eerst ziet. 'Waarom heb je dit bij je? Waarom heb je een picknick meegenomen om een grot te verkennen?'

'Ik was van plan ervandoor te gaan,' geef ik toe. 'Vanavond. Voor ze ontdekken dat ik niet de zus ben die ze denken dat ik ben.'

Hij kijkt me vol afschuw aan. 'Dan moet je gaan, Jude. Vlucht. Je kunt hier niet blijven voor mij.'

'Ik ga niet... Jij gaat me helpen hier weg te komen. Ik red me nog wel een dag. Hoe krijg ik je boeien open?'

Iets aan mijn gezicht lijkt hem ervan te overtuigen dat ik het meen en dat het geen nut heeft om verder in discussie te gaan. 'Grimsen heeft de sleutel,' vertelt hij zonder me aan te kijken. 'Maar je bent beter af als je het mes gebruikt.'

Het ergste is dat hij waarschijnlijk gelijk heeft.

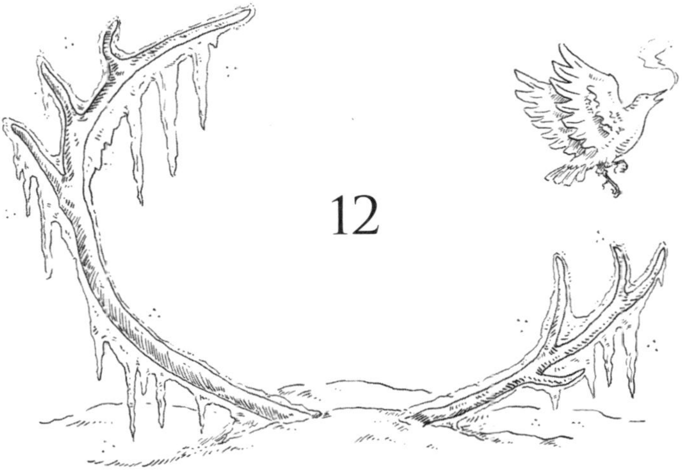

12

Terug bij de tent zie ik dat de wachter er niet is. Dat is een geluk je en ik glip onder de flap door in de hoop dat ik in mijn bed kan kruipen voor Madoc terugkeert van wat hij dan ook met zijn generaals aan het beramen is.

Wat ik niet verwacht is dat er kaarsen branden en dat Oriana aan de tafel zit, klaarwakker. Ik blijf stokstijf staan.

Ze komt overeind en slaat haar armen over elkaar. 'Waar was je?'

'Eh...' Ik denk koortsachtig na over wat ze al zou kunnen weten en wat ze zal geloven. 'Een ridder heeft me gevraagd hem onder de sterren te ontmoeten en...'

Oriana houdt haar hand op. 'Ik heb voor je gelogen. Ik heb de wachter weggestuurd voor hij geruchten kon verspreiden. Beledig me niet met nog meer bedrog. Jij bent Taryn niet.'

De kille afschuw van te zijn ontdekt vult me. Ik wil vluchten via dezelfde route als ik ben gekomen, maar ik denk aan de Schim. Als ik dat nu doe, is de kans om de sleutel te bemachtigen verkeken. Hij zal niet worden gered. Net zoals de kans om mezelf te redden dan bijna verkeken is.

'Zeg het niet tegen Madoc.' Tegen beter weten in probeer ik haar ervan te overtuigen mijn kant te kiezen. 'Alsjeblieft. Het was nooit mijn bedoeling hier te komen. Madoc zorgde ervoor dat ik bewusteloos raakte en heeft me meegenomen naar dit kamp. Ik deed alleen maar alsof ik Taryn was omdat ik dat in Elfhame ook al deed.'

'Hoe weet ik dat je niet liegt?' Ze houdt me argwanend in de gaten met haar roze ogen. 'Hoe weet ik dat jij hier niet bent om hem te vermoorden?'

'Ik had nooit kunnen weten dat Madoc Taryn wilde komen halen,' zeg ik nadrukkelijk. 'De enige reden dat ik hier nog ben is dat ik niet weet hoe ik weg kan komen... Ik heb het vanavond geprobeerd, maar het is me niet gelukt. Help me daarbij. Help me en dan hoef je me nooit meer te zien.'

Ze kijkt alsof dat een bijzonder aantrekkelijke belofte is. 'Als jij weg bent, raadt hij dat ik daar iets mee te maken heb.'

Ik schud mijn hoofd, probeer wanhopig een plan te bedenken. 'Schrijf naar Vivi. Zij kan me komen halen. Ik laat een brief achter dat ik haar en Eik ga bezoeken. Hij hoeft nooit te weten dat Taryn hier niet was.'

Oriana draait zich om, schenkt een diepgroene kruidenlikeur in piepkleine glaasjes. 'Eik. Het bevalt me niet hoe hij is veranderd in de sterfelijke wereld.'

Ik wil gillen van frustratie dat ze zo abrupt van onderwerp verandert, maar ik dwing mezelf kalm te blijven. Ik zie hem zo voor me terwijl hij door zijn felgekleurde ontbijtgranen roert. 'Dat bevalt mij ook niet altijd.'

Ze geeft me een fragiel glaasje. 'Als Madoc zichzelf tot opperkoning kan laten kronen, kan Eik naar huis komen. Hij zal niet tussen Madoc en de kroon staan. Hij zal veilig zijn.'

'Weet je nog, jouw waarschuwing over hoe gevaarlijk het is om je in de buurt van een koning te begeven?' Ik neem pas een slokje als zij dat heeft gedaan. De geur van de vloeistof is bitter, doet denken aan gras en explodeert op mijn tong met smaken van rozemarijn, brandnetel en tijm. Ik krimp ineen, al is het niet vies.

Ze kijkt me geërgerd aan. 'Je hebt je anders niet gedragen alsof jij daar rekening mee hebt gehouden.'

'Daar heb je gelijk in,' geef ik toe. 'Daar heb ik ook de prijs voor betaald.'

'Ik zal je geheim bewaren, Jude, en ik zal Vivi een boodschap sturen. Maar ik werk Madoc niet tegen, en dat zou jij ook niet moeten doen. Dat moet je me beloven.'

Omdat ik de koningin van Elfhame ben, werkt Madoc mij juist tegen. Het zou zo veel genoegdoening geven om Oriana dat te vertellen, want zij heeft niet echt een hoge pet van me op. Dat is een kinderachtige gedachte, die wordt gevolgd door het besef dat als Madoc dat weet, ik er alleen maar nog grotere problemen bij krijg. Hij zou me gebruiken. Hoe bang ik ook ben geweest, hier, aan zijn zij, ik had veel banger moeten zijn.

Ik kijk Oriana aan en lieg zo oprecht mogelijk. 'Dat beloof ik.'

'Mooi,' zegt ze. 'Zo, wat deed je in Elfhame en waarom deed je je voor als Taryn?'

'Dat heeft ze me gevraagd.' Ik trek mijn wenkbrauwen op en wacht tot het kwartje bij haar valt.

'Waarom zou ze...' Oriana houdt abrupt haar mond. Als ze verdergaat, lijkt ze het vooral tegen zichzelf te hebben. 'Vanwege het onderzoek. Ah.'

Ik neem nog een slokje kruidenlikeur.

'Ik heb me zorgen gemaakt om je zus, zo alleen aan het hof,' zegt Oriana, terwijl ze haar lichte wenkbrauwen fronst. 'De reputatie van haar familie is aan flarden en vrouwe Asha is terug. Zij ziet ongetwijfeld een kans om invloed uit te oefenen op de hovelingen nu haar zoon op de troon zit.'

'Vrouwe Asha?' herhaal ik, verbaasd dat Oriana haar als een specifieke bedreiging voor Taryn ziet.

Oriana gaat staan en pakt schrijfgerei. Als ze weer plaatsneemt, krabbelt ze een briefje aan Vivi. Na een paar regels kijkt ze op. 'Ik had nooit verwacht dat zij terug zou keren.'

Dat kreeg je als iemand werd opgesloten in de Vergeteltoren. Hij of zij werd vergeten. 'Ze was hoveling rond dezelfde tijd als jij, toch?'

Duidelijker dan dit kan ik niet zeggen wat ik bedoel, dat Oriana ook de minnares van de opperkoning is geweest. Hoewel zij hem nooit een kind heeft geschonken, kent zij veel van de roddels. Iets heeft ervoor gezorgd dat zij die opmerking heeft gemaakt.

'Je moeder was ooit bevriend met vrouwe Asha, weet je. Eva kon verdorvenheid zeer waarderen. Dat zeg ik niet om je te kwetsen, Jude. Het is een eigenschap die trots noch minachting verdient.'

Ik heb jouw moeder gekend. Dat was het eerste wat vrouwe Asha ooit tegen me heeft gezegd. *Zo veel van haar geheimpjes.*

'Ik wist niet dat jíj mijn moeder hebt gekend.'

'Niet goed, en het is bepaald niet aan mij om het over haar te hebben,' zegt Oriana.

'Dat vraag ik je ook niet,' antwoord ik, al wens ik dat ik dat wel kon doen.

Inkt drupt van de punt van Oriana's pen voor ze die neerlegt en de brief aan Vivienne verzegelt. 'Vrouwe Asha was prachtig en wilde dolgraag de gunst van de opperkoning winnen. Hun verhouding duurde maar kort, en ik weet zeker dat Eldred dacht dat hun vrijage zonder gevolgen zou blijven. Hij had er duidelijk spijt van dat zij hem een kind had geschonken... maar dat kan ook te maken hebben gehad met de voorspelling.'

'Voorspelling?' Madoc heeft vaag iets dergelijks gezegd over Cardans lot toen hij me ervan probeerde te overtuigen dat wij onze krachten moesten bundelen.

Ze haalt bijna onzichtbaar haar schouders op. 'De jongste prins is onder een slecht gesternte geboren, maar hij is nog altijd een prins, en toen Asha hem kreeg, was ze zeker van haar plek aan het hof. Zij had een ontwrichtende invloed. Ze hunkerde naar bewondering en wilde ervaringen beleven, sensaties, overwinningen, dingen die conflict vereisten... en vijanden. Zij zal niet vriendelijk zijn geweest tegen iemand als jouw zus, die geen vrienden heeft.'

Was ze ook ooit gemeen geweest tegen Oriana? 'Ik heb begrepen dat ze niet heel goed voor prins Cardan heeft gezorgd.' Ik denk aan de kristallen bol in Eldreds vertrekken en de herinnering die daarin gevangenzat.

'Het was niet alsof ze hem niet in fluweel of bont kleedde, maar ze liet hem daarin rondlopen tot het vodden werden. Het was ook niet dat ze hem niet de lekkerste stukjes vlees of taart gaf, maar tussendoor vergat ze hem zo lang dat hij zelf restjes eten moest zoeken. Ik denk niet dat ze van hem hield, maar volgens mij hield ze van niemand. Hij werd geaaid en aanbeden en kreeg wijn, maar werd daarna vergeten. Hij gedroeg zich slecht in haar gezelschap, maar nog veel slechter zonder haar. Ze zijn uit hetzelfde hout gesneden.'

Ik huiver als ik me de eenzaamheid van dat leven voorstel, de woede. Dat verlangen naar liefde.

Geen banket is te overdadig voor een uitgehongerde man.

'Als je naar een verklaring zoekt waarom hij je heeft teleurgesteld,' zegt Oriana, 'uit alle verhalen blijkt dat prins Cardan vanaf het begin een teleurstelling was.'

Die nacht laat Oriana een sneeuwwitte uil vrij met een brief aan zijn klauw gebonden. Terwijl de vogel in de koude lucht verdwijnt groeit mijn hoop.

Later, als ik in bed lig, smeed ik plannen zoals ik sinds mijn verbanning niet meer heb gedaan. Morgen steel ik de sleutel van Grimsen, en als ik vertrek, neem ik de Schim met me mee. Met wat ik over Madocs plannen en bondgenoten en de locatie van zijn leger weet, zal ik een deal met Cardan sluiten om mijn verbanning ongedaan te maken en het onderzoek naar Taryn af te sluiten. Ik laat me niet afleiden door brieven die ik nooit heb ontvangen of de manier waarop hij naar me keek toen we alleen waren in zijn vertrekken of door mijn vaders theorieën over zijn zwakke punten.

Helaas wijkt Oriana vanaf het moment dat ik wakker word niet van mijn zij. Hoewel ze me voldoende vertrouwt om mijn geheim te bewaren, vertrouwt ze me niet genoeg om me alleen door het kamp te laten lopen nu ze weet wie ik echt ben.

Ze geeft me natte was om bij het vuur uit te spreiden, bonen om tussen steentjes uit te plukken en dekens om op te vouwen. Ik probeer de taken niet af te raffelen en probeer alleen gepikeerd over te komen omdat er zo veel werk voor me lijkt te zijn, al kreeg ik als Taryn lang niet zo veel werk. Ik wil niet dat ze weet hoe gefrustreerd ik ben naarmate de dag verstrijkt. Mijn vingers jeuken om de sleutel van Grimsen te stelen.

Als de avond valt zit het me eindelijk mee.

'Breng dit naar je vader,' draagt Oriana me op, terwijl ze een dienblad neerzet met daarop een pot netelthee, een in een bundeltje ingepakte zoete broodjes en een potje jam voor erbij. 'Hij is in de generaalstent en heeft speciaal naar jou gevraagd.'

Ik pak mijn mantel, hoop dat ik niet al te gretig overkom, maar dan dringt de tweede helft van wat ze heeft gezegd tot me door. Er wacht buiten een soldaat op me, wat me nog zenuwachtiger maakt. Oriana heeft gezegd dat ze Madoc niets over mij zal vertellen, maar dat betekent niet dat ze me niet op de een of andere manier heeft verraden. Het is trouwens ook mogelijk dat Madoc het zelf heeft ontdekt.

De generaalstent is groot en ligt vol met alle kaarten die in zijn tent ontbraken. Er zijn ook heel veel soldaten, sommige in harnas, die op met geitenhuid bedekte kampkrukjes zitten. Als ik binnenkom kijken er een paar op, waarna hun blikken wegglijden alsof ik een bediende ben.

Ik zet het dienblad neer en schenk een kopje vol, dwing mezelf ertoe niet te geconcentreerd te kijken naar de kaart die voor ze ligt. Het is onmogelijk om niet op te merken dat ze kleine houten bootjes over de zee in de richting van Elfhame verplaatsen.

'Pardon.' Ik zet de neteltthee bij Madoc neer.

Hij schenkt me een toegeeflijke glimlach. 'Taryn. Goed zo. Ik heb zitten denken dat je je eigen tent hoort te hebben. Je bent weduwe, geen kind.'

'D-dat is heel attent,' zeg ik verrast. Dat ís ook attent, en toch vraag ik me af of het als zo'n schaakzet is die er in eerste instantie onschuldig uitziet, maar de uiteindelijke beslissende zet blijkt te zijn voor schaakmat.

Terwijl hij zijn thee drinkt straalt hij de tevredenheid uit van iemand die duidelijk belangrijkere zaken aan zijn hoofd heeft, maar toch blij is met de kans om de liefhebbende vader te spelen. 'Ik heb beloofd dat je loyaliteit zou worden beloond.'

Onwillekeurig ben ik me ervan bewust dat alles wat hij zegt en doet dubbelzinnig kan zijn.

'Kom hier,' roept Madoc naar een van zijn ridders.

Een kobold in een blinkend gouden harnas maakt een elegante buiging.

'Zoek een tent voor mijn dochter en richt die in met alles wat ze nodig heeft.' Tegen mij zegt hij: 'Dit is Alver. Kwel hem niet al te veel.'

Het is niet gebruikelijk om het Volk te bedanken, maar ik geef Madoc een kus op zijn wang. 'Je bent te goed voor me.'

Hij snuift. Zijn glimlachje ontbloot een scherpe hoektand.

Ik werp nog een korte blik op de kaart en op de bootjes die op een zee van papier drijven voor ik Alver naar buiten volg.

Een uur later richt ik een ruime tent in de buurt van die van Madoc in. Oriana is achterdochtig als ik mijn spullen ophaal, maar ze staat het toe. Ze brengt zelfs kaas en brood, die ze op het beschilderde tafeltje zet dat voor me is gevonden.

'Ik begrijp niet waarom je zo veel moeite doet om het in te richten,' zegt ze als Alver eindelijk is vertrokken. 'Morgen ben je weg.'

'Morgen?' herhaal ik.

'Ik heb bericht van Vivi gekregen. Ze komt je rond de dageraad halen. Je treft haar vlak buiten het kamp. Er is een rotspartij waar je zus veilig op je kan wachten. Ik verwacht dat je een overtuigend briefje achterlaat voor je vader.'

'Ik zal mijn best doen.'

Ze perst haar lippen op elkaar.

Misschien zou ik dankbaar moeten zijn, maar ik erger me te veel. Als ze niet het grootste deel van mijn dag had verspild, zou mijn avond een stuk makkelijker zijn.

Ik zal ook de situatie met de wachters van de Schim moeten oplossen. Dit keer zal ik niet langs ze heen kunnen sluipen. 'Mag ik wat van je papier?'

Ze gaat akkoord.

Ik neem ook een wijnzak mee. Alleen in mijn nieuwe tent verpulver ik de doodzoet en voeg er een beetje van toe aan de wijn zodat het zeker een uur kan trekken voor ik de stukjes eruit zeef. De wijn zou dan sterk genoeg moeten zijn om de soldaten zeker een dag en een nacht te laten slapen zonder ze te doden. Ik ben me er echter van bewust dat ik niet veel tijd heb om me voor te bereiden. Mijn vingers beven, mijn zenuwen krijgen even de bovenhand.

'Taryn?' Madoc slaat de opening van mijn tent omhoog.

Ik schrik op.

Hij kijkt om zich heen en bewondert zijn eigen gulheid. Dan keert zijn blik terug naar mij en hij fronst. 'Gaat het wel?'

'Je laat me schrikken.'

'Kom met het gezelschap dineren,' zegt hij.

Heel even probeer ik een smoesje te verzinnen, hem een reden te geven waarom ik hier moet blijven zodat ik naar Grimsens smidse kan sluipen. Ik kan het me echter niet veroorloven hem achterdochtig te maken, niet nu ik bijna kan ontsnappen. Ik neem me voor midden in de nacht op te staan, lang voor de ochtendschemer, en dan te gaan.

Dus eet ik nog een laatste keer samen met Madoc. Ik knijp in mijn wangen voor wat kleur en trek mijn haar naar achteren en vlecht het. En als ik die avond bijzonder attent ben, bijzonder respectvol, als ik bijzonder luid lach, dan komt dat doordat ik weet dat ik dit nooit weer zal doen. Hij zal zich nooit meer zo in mijn bijzijn gedragen. Maar voor één laatste avond is hij de vader die ik me het best herinner, de vader in wiens schaduw ik ten goede of ten kwade ben geworden wie ik ben.

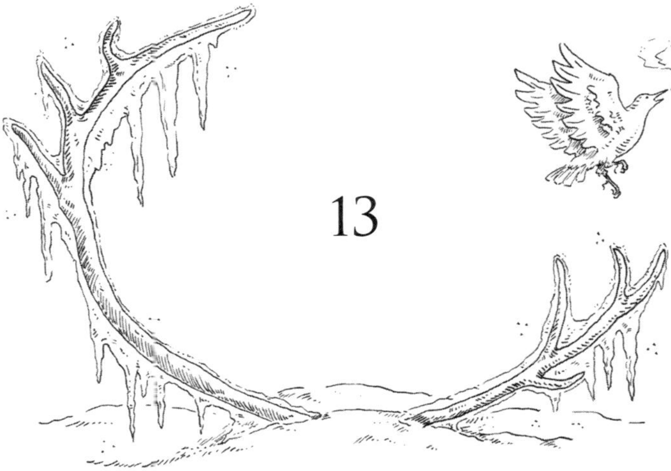

13

Ik word wakker doordat er een hand op mijn mond wordt gedrukt. Ik ram mijn elleboog naar de plek waar ik denk dat daar de persoon die me vasthoudt moet staan en hoor tot mijn tevredenheid iemand naar adem happen, alsof ik een gevoelige plek heb geraakt. Links van me wordt er zacht gelachen. Het gaat dus om twee indringers, en een van hen maakt zich niet al te druk om mij, wat zorgwekkend is. Ik reik onder mijn kussen naar mijn mes.

'Jude,' zegt de Kakkerlak, nog steeds lachend. 'We komen je redden. Als je gilt laat je het plan daarmee behoorlijk in de soep lopen.'

'Je mag van geluk spreken dat ik je niet heb neergestoken!' Mijn stem klinkt ruwer dan de bedoeling was, woede verbergt mijn doodsangst.

'Ik heb hem nog gezegd dat hij voorzichtig moest zijn,' vertelt de Kakkerlak.

Er klinkt een schrapend geluid en licht flakkert op uit een klein doosje. Dat verlicht de scherpe hoeken van het grijnzende koboldgezicht van de Kakkerlak.

'Maar luisteren? Ho maar. Ik had hem een bevel gegeven als hij niet de opperkoning was.'

'Heeft Cardan jullie gestuurd?' vraag ik.

'Niet precies,' zegt de Kakkerlak.

Hij beweegt het licht zodat ik zijn compagnon kan zien, die ik een elleboog heb gegeven. De opperkoning van Elfhame, gekleed in eenvoudig bruin wol. Hij heeft een mantel om die van zo'n donkere stof is gemaakt dat ze licht lijkt te absorberen; de schede die hij bij zijn heup draagt is versierd met de afbeelding van blaadjes. Hij heeft geen kroon op zijn hoofd, geen ringen om zijn vingers, geen goudkleurige verf op zijn jukbeenderen. Hij lijkt zo op en top een spion van het Schaduwhof, tot aan het heimelijke glimlachje om zijn mond toe.

Het wordt me een beetje licht in het hoofd door een combinatie van schok en ongeloof als ik naar hem kijk. 'Jij zou hier niet mogen zijn.'

'Dat heb ik ook gezegd,' gaat de Kakkerlak verder. 'Serieus, ik mis de tijd dat jij de leiding had. Opperkoningen zouden niet als gewone schavuiten aan de boemel mogen gaan.'

Cardan lacht. 'En hoe zit het dan met ongewone schavuiten?'

Ik zwaai mijn benen over de rand van het bed en zijn lach verstomt.

De Kakkerlak richt zijn blik op het plafond.

Ik ben me er opeens van bewust dat ik een nachtjapon draag die ik van Oriana heb geleend, eentje die zo goed als doorzichtig is. Mijn wangen gloeien zodanig van woede dat ik de kou nauwelijks voel. 'Hoe hebben jullie me gevonden?' Ik loop naar de andere kant van de tent en zoek op de tast naar mijn jurk die ik daarna onhandig aantrek, zo over mijn nachtjapon heen. Ik steek mijn mes in een schede.

De Kakkerlak kijkt Cardan schuin aan. 'Je zus Vivienne. Ze is met een boodschap van je stiefmoeder naar de opperkoning gestapt. Ze was bang dat het een val was. Ik was daar ook bang voor, maar dan voor hém. Misschien zelfs voor mij.'

Daarom hebben ze de moeite genomen om me te benaderen toen ik het meest kwetsbaar was. Maar waarom zijn ze überhaupt gekomen? Gezien alle minachtende dingen die mijn oudere zus over Cardan heeft gezegd, waarom zou ze hem hiermee vertrouwen? 'Vivi is naar jou gegaan?'

'We hebben elkaar gesproken nadat Madoc je uit het paleis had ontvoerd,' vertelt Cardan. 'En wie trof ik in haar kleine onderkomen aan? Taryn. We hadden elkaar allemaal veel te vertellen.'

Ik probeer me de opperkoning in de sterfelijke wereld voor te stellen, dat hij voor ons appartementencomplex stond en op onze voordeur klopte. Wat voor iets belachelijks had hij aangehad? Was hij met een kop koffie op de bobbelige bank gaan zitten alsof hij niet alles om zich heen verachtte?

Heeft hij Taryn gratie verleend terwijl hij dat voor mij niet wilde doen?

Ik denk aan Madocs idee dat Cardan ernaar verlangt dat er van hem gehouden wordt. Dat kwam me toen als onzin voor, en nu zelfs nog meer. Hij charmeert iedereen, zelfs mijn eigen zussen. Hij bezit een aantrekkingskracht waardoor alles en iedereen naar hem toe wordt gezogen.

Maar ik laat me nu niet zo makkelijk bedotten. Als hij hier is, dan heeft hij zijn eigen plan. Misschien is het gevaarlijk voor hem om zijn koningin in de handen van zijn vijanden te laten vallen. Dat betekent dat ik macht heb. Ik moet er alleen achter zien te komen wat dat inhoudt en dan een manier bedenken om die tegen hem te gebruiken.

'Ik kan nog niet met jullie meegaan.' Ik trek een stevige broek aan en schuif mijn voet in een zware laars. 'Er is iets wat ik moet doen en jullie moeten me iets geven.'

'Misschien kun je jezelf gewoon laten redden,' stelt Cardan voor. 'Voor een keertje.' Zelfs in zijn eenvoudige kleren, zonder zijn kroon, kan hij niet verbergen hoezeer hij in zijn koninklijke rol is gegroeid. Als een vorst je een geschenk wil geven, hoor je dat niet te weigeren.

'Misschien kun je me gewoon geven wat ik wil.'

'Wat is dat dan?' vraagt de Kakkerlak. 'Laten we open kaart spelen, Jude. Je zussen en hun vriendin wachten bij de paarden. We moeten snel zijn.'

Mijn zussen? Allebei? En een vriendin... Heather? 'Heb je ze mee laten komen?'

'Ze stonden erop, en we hadden geen keus omdat zij wisten waar je was.' De Kakkerlak vindt de hele situatie duidelijk frustrerend. Het is riskant om met anderen samen te werken die niet getraind zijn. Riskant om de opperkoning als je infanterist te hebben. Riskant als degene die je probeert te redden, iemand die een verrader kan zijn, aan jouw plan begint te sleutelen.

Maar dat is zijn probleem, niet het mijne. Ik ga naar hem toe, pak het licht van hem af en gebruik het om mijn wijnzak te zoeken. 'Hier zit een slaapmiddel in. Ik wilde dat naar een stel wachters brengen, een sleutel stelen en een gevangene bevrijden. We zouden samen ontsnappen.'

'Gevangene?' herhaalt de Kakkerlak behoedzaam.

'Ik heb de kaarten in Madocs strategiekamer gezien,' vertel ik. 'Ik weet in welke formatie hij tegen Elfhame in actie wil komen en over hoeveel schepen hij beschikt. Ik weet welke soldaten zich in zijn kamp bevinden en welke hoven aan zijn kant staan. Ik weet wat Grimsen in zijn smederij aan het maken is. Als Cardan me veilige doortocht belooft naar Elfhame en me daar gratie verleent, dan geef ik dat allemaal aan jullie door. Daar komt nog eens bij dat jullie de gevangene krijgen voor hij tegen jullie kan worden gebruikt.'

'Als je de waarheid vertelt en je ons niet in een hinderlaag van Madoc lokt,' merkt de Kakkerlak op.

'Ik sta aan mijn eigen kant,' zeg ik. 'Dat zou juist jij moeten begrijpen.'

De Kakkerlak werpt een blik op Cardan. De opperkoning staart me vreemd aan, alsof hij iets wil zeggen, maar houdt zijn kaken op elkaar.

Uiteindelijk schraapt hij zijn keel. 'Jude, aangezien je sterfelijk bent kan ik je niet aan je beloften houden, maar jij kunt mij wel aan de mijne houden. Ik garandeer je een veilige doortocht. Keer samen met mij terug naar Elfhame en dan vertel ik je hoe jij je verbanning kunt beëindigen.'

'Hoe ik dat kan doen?' Als hij denkt dat ik niet beter weet dan daar akkoord mee te gaan, is hij alles vergeten wat belangrijk is om over mij te weten.

'Keer terug naar Elfhame, vertel me alles wat je kwijt wilt en dan is je verbanning voorbij. Dat beloof ik.'

Een triomfantelijk gevoel overspoelt me, maar dat wordt gevolgd door terughoudendheid. Hij heeft me al eerder misleid. Terwijl ik zo voor hem sta herinner ik me dat ik geloofde dat zijn huwelijksaanzoek oprecht was en daardoor voel ik me klein en smoezelig en heel, heel erg sterfelijk. Ik kan me niet weer laten bedriegen.

Ik knik. 'Madoc houdt de Schim gevangen. Grimsen heeft de sleutel die we nodig hebben...'

De Kakkerlak onderbreekt me. 'Wil je hém bevrijden? Laten we hem slachten als een vis. Dat is sneller en geeft veel meer voldoening.'

'Madoc weet zijn ware naam. Die heeft hij van Locke gekregen,' vertel ik. 'Welke straf de Schim ook verdient, die kun je hem geven als hij terug is in het Schaduwhof... maar het is niet de dood.'

'Locke?' herhaalt Cardan. Hij zucht. 'Ja, goed dan. Wat moeten we doen?'

'Ik was van plan om in te breken in Grimsens smederij en de sleutel voor de boeien van de Schim te stelen,' zeg ik.

'Ik help je.' De Kakkerlak keert zich naar Cardan toe. 'Maar jij, sire, gaat absoluut niet mee. Wacht bij Vivienne en de anderen op ons.'

'Ik ga mee,' houdt Cardan vol. 'Je kunt me niet bevelen iets anders te doen.'

De Kakkerlak schudt zijn hoofd. 'Maar ik kan wel van Judes

voorbeeld leren en om een belofte vragen. Als iemand ons ziet, als we worden aangevallen, beloof me dan onmiddellijk naar Elfhame terug te keren. Je moet al het mogelijke doen om in veiligheid te komen, ongeacht wat er speelt.'

Cardan kijkt me schuin aan, alsof hij hulp zoekt. Als ik blijf zwijgen, fronst hij. Hij is duidelijk niet blij met ons. 'Ook al draag ik de mantel die Moeder Merg voor me heeft gemaakt, die elk wapen zal afweren, toch beloof ik dat ik met de staart tussen de benen zal vluchten. En aangezien ik daadwerkelijk een staart heb zal dat voor iedereen grappig zijn. Nu tevreden?'

De Kakkerlak bromt goedkeurend.

We sluipen de tent uit. De inhoud van een wijnzak vol vergif klotst zacht bij mijn heup heen en weer terwijl we door de schaduwen glippen. Hoewel het laat is, dwalen er een aantal soldaten tussen de tenten door. Anderen zitten in groepjes bij elkaar om te drinken of te dobbelen en gisspelletjes te spelen. Een paar van hen zingen mee met een deuntje dat een in leer gehulde kobold op een luit tokkelt.

De Kakkerlak glipt moeiteloos van de ene naar de andere schaduw. Cardan volgt hem, stiller dan ik had verwacht. Het doet me geen genoegen om toe te geven dat hij beter is geworden in het sluipen dan ik. Ik zou kunnen doen alsof het komt doordat het Volk daar aanleg voor heeft, maar ik vermoed dat hij ook meer heeft geoefend dan ik. Ik heb me op te veel vlakken geprobeerd te bekwamen, al zou ik trouwens graag willen weten hoeveel tijd hij heeft gestoken in het bestuderen van alle dingen die hij als heerser van Elfhame hoort te weten. Nee, dat liet hij aan mij over.

Terwijl die wrokkige gedachten door mijn hoofd gaan naderen we de smidse. Het is daar stil en de kooltjes zijn koud. Er komt geen rook uit de metalen schoorstenen.

'Heb je die sleutel ook gezien?' vraagt de Kakkerlak. Hij gaat naar een raam en veegt daar wat van de aanslag weg om door de ruit te kunnen gluren.

'Die is van kristal en hangt aan de wand.' Ik zie niets door het smoezelige glas. Het is binnen te donker voor mij om iets te kunnen ontwaren. 'En hij is een nieuw zwaard voor Madoc aan het maken.'

'Het zou fijn zijn als we dat kunnen vernietigen voor het tegen mijn keel wordt geplaatst,' merkt Cardan op.

'Het is groot,' vertel ik hem.

De Kakkerlak fronst naar me.

Ik kan er niets aan doen dat ik geen betere beschrijving heb. De laatste keer dat ik het zag, was het nauwelijks meer dan een metalen staaf. 'Heel groot,' voeg ik eraan toe.

Cardan snuift.

'En we moeten voorzichtig zijn,' zeg ik, als ik aan de met juwelen versierde spin denk, aan Grimsens oorbellen die schoonheid kunnen schenken of stelen. 'Er zullen vast vallen zijn.'

'Het wordt erin en eruit,' zegt de Kakkerlak. 'Al zou ik me een stuk beter voelen als jullie allebei buiten blijven en mij naar binnen laten gaan.'

Als wij allebei niet reageren, gaat de kobold op zijn hurken zitten om aan het slot van de deur te priegelen. Nadat hij wat olie op de scharnieren heeft aangebracht, zwaait die geruisloos open.

Ik volg hem naar binnen. Het maanlicht weerkaatst zodanig tegen de sneeuw dat zelfs mijn slechte, sterfelijke ogen in de werkplaats kunnen zien. Er is een allegaartje aan voorwerpen, sommige met juwelen bezet, sommige scherp, allemaal opeengestapeld. Een verzameling zwaarden rust op een kapstok, waarvan er een een gevest heeft in de vorm van een opgekrulde slang. Het wapen voor Madoc is echter niet over het hoofd te zien. Het ligt op een tafel, is nog niet geslepen of gepoetst, ruikt nog naar puur metaal. Bleke botachtige wortelfragmenten liggen ernaast, klaar om te worden bewerkt en in een gevest te worden geplaatst.

Ik haal de kristallen sleutel voorzichtig van de wand. Cardan staat naast me naar een reeks voorwerpen te kijken.

De Kakkerlak doorkruist de ruimte naar het zwaard. Hij is halverwege als er een geluid als het luiden van een klok klinkt. Hoog aan de wand gaan twee ingebouwde deurtjes open en er wordt een rond gat onthuld.

Het enige waar ik tijd voor heb voor er een zwerm pijltjes verschijnt is wijzen en een waarschuwend geluid maken.

Cardan gaat voor me staan en houdt zijn mantel op. De naalden van metaal ketsen af tegen de stof en vallen op de vloer. Heel even staren we elkaar met grote ogen aan. Hij ziet er net zo verrast uit als ik ben dat hij me heeft beschermd.

Dan komt er uit het gat waar de pijlen vandaan kwamen een metalen vogel. Hij opent en sluit zijn bek. 'Dieven!' roept hij. 'Dieven! Dieven!'

Buiten wordt er geschreeuwd.

Ik zie de Kakkerlak aan de andere kant van de kamer staan. Zijn huid is nu bleek. Hij wil iets zeggen, maar dan laat hij zich met een gepijnigde uitdrukking op zijn gezicht op één knie zakken. Hij moet zijn geraakt. Ik ren naar hem toe.

'Wat zat er op die pijltjes?' roept Cardan.

'Doodzoet,' zeg ik. Waarschijnlijk afkomstig van hetzelfde groepje planten dat ik in het bos had gevonden. 'De Bom kan hem helpen. Zij kan een tegengif maken.' Dat hoop ik, in ieder geval. Ik hoop dat daar tijd voor is.

Cardan tilt de Kakkerlak verrassend moeiteloos op. 'Zeg me dat dit niet jouw plan was,' smeekt hij. 'Zeg het.'

'Nee, natuurlijk niet. Dat zweer ik.'

'Kom dan mee. Mijn zak zit vol jakobskruiskruid. We kunnen vliegen.'

Ik schud mijn hoofd.

'Jude,' waarschuwt hij.

Er is geen tijd om te discussiëren. 'Vivi en Taryn wachten nog steeds op me. Zij zullen niet weten wat er is gebeurd. Als ik niet naar ze toe ga, worden ze betrapt.'

Ik zie dat hij niet weet of hij me moet geloven, maar het enige wat hij doet is het gewicht van de Kakkerlak iets verschuiven zodat hij met een hand zijn mantel los kan maken. 'Neem deze mee en blijf in beweging,' beveelt hij met een intense uitdrukking op zijn gezicht. Dan verdwijnt hij de nacht in met de Kakkerlak in zijn armen.

Ik vertrek in de richting van het bos terwijl ik zijn mantel om mijn schouders bind, zonder te rennen of me echt te verbergen, maar ik hou de pas er flink in. Ik werp een blik over mijn schouder en zie de soldaten rond de smidse zwermen... Een aantal van hen gaat Madocs tent binnen.

Ik heb gezegd dat ik rechtstreeks naar Vivi zou gaan, maar dat was gelogen. Ik ga naar de grot. Er is nog tijd, maak ik mezelf wijs. Het voorval bij de smidse is een mooie afleiding. Als ze daar naar indringers zoeken, zullen ze mij hier niet bij de Schim zoeken.

Mijn optimisme groeit naarmate ik dichterbij kom. De wachters staan niet op hun plek. Met een zucht van opluchting ren ik naar binnen.

Maar de Schim is niet langer geboeid. Hij is er helemaal niet. In plaats daarvan staat Madoc daar in zijn volledige harnas.

'Ik ben bang dat je te laat bent,' zegt hij. 'Veel te laat.' Hij trekt zijn zwaard.

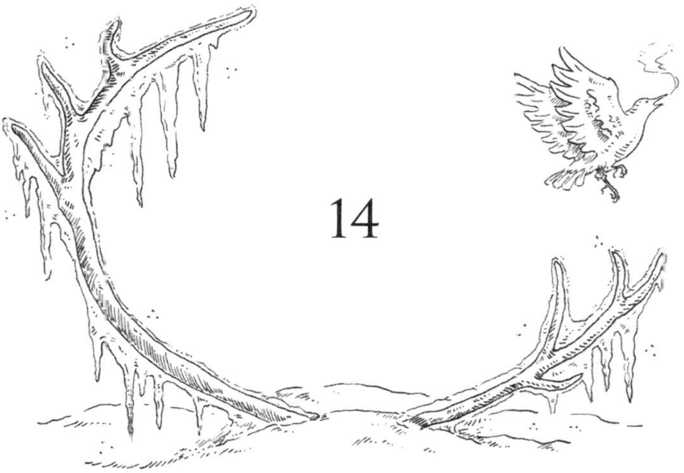

14

Angst beneemt me de adem. Niet alleen heb ik geen wapen met hetzelfde bereik als zijn zwaard, maar het is onvoorstelbaar om bij een gevecht te winnen van de persoon die me nagenoeg alles wat ik weet heeft geleerd. En als ik hem zo zie, weet ik dat hij hier is om te vechten.

Ik trek de mantel strakker om me heen, ongelooflijk blij dat ik die heb. Nu maak ik nog een kans.

'Wanneer wist je dat ik het was en niet Taryn?'

'Later dan zou moeten,' vertelt hij gemoedelijk, terwijl hij een stap dichterbij komt. 'Maar ik was dan ook niet achterdochtig, hè? Nee, het was een detail. De uitdrukking op je gezicht toen je die kaart van de eilanden van Elfhame zag. Daarna kreeg alles wat je had gezegd en gedaan een andere lading en drong het tot me door dat jij het was.'

Ik ben dankbaar dat hij het niet onmiddellijk heeft geraden. Wat hij ook voor me in petto heeft, hij heeft het in ieder geval snel moeten bedenken. 'Waar is de Schim?'

'Garrett,' corrigeert hij me, waarbij hij me bespot met een deel van de ware naam van de Schim, de naam die de Schim mij nooit heeft verteld, zelfs toen ik die had kunnen gebruiken om de bevelen die hij van Madoc had gekregen ongedaan te maken. 'Zelfs als je dit overleeft, zul je hem nooit op tijd tegenhouden.'

'Wie is zijn doelwit?' Mijn stem beeft iets als ik me voorstel dat Cardan uit het kamp van Madoc is ontsnapt om daarna in zijn eigen paleis te worden neergeschoten, zoals hij ooit bijna in zijn eigen bed is vermoord.

Madocs glimlach is een en al scherpe tanden en tevredenheid, alsof hij me een lesje leert. 'Je bent nog steeds loyaal aan die marionet. Waarom, Jude? Is het niet beter dat hij een pijl door het hart krijgt in zijn eigen paleis? Je gelooft toch niet serieus dat hij een betere opperkoning is dan ik zou zijn?'

Ik kijk Madoc recht aan en de woorden rollen over mijn lippen voor ik ze kan tegenhouden. 'Misschien vind ik dat het tijd is dat Elfhame door een koningin wordt geregeerd.'

Daar lacht hij verrast om. 'Denk je dat Cardan zomaar zijn macht uit handen zal geven? Aan jou? Sterfelijk kind, je weet wel beter. Hij heeft je verbannen. Hij walgt van je. Hij zal jou altijd als minderwaardig zien.'

Er zit niets bij wat ik zelf nog niet heb gedacht, maar toch raken zijn woorden me als mokerslagen.

'Die jongen is jouw zwakke plek, maar geen zorgen,' gaat Madoc verder, 'zijn heerschappij zal kort zijn.'

Het voelt goed dat Cardan hier is geweest, onder zijn neus, en dat hij is ontsnapt. De rest is echter verschrikkelijk. De Schim is weg. De Kakkerlak is vergiftigd. Ik heb vergissingen gemaakt. Op dit moment wachten Vivi en Taryn en mogelijk Heather op me aan de andere kant van het sneeuwveld, waar ze zich steeds meer zorgen zullen maken naarmate de dageraad nadert.

'Geef je over, kind.' Madoc kijkt alsof hij een beetje medelijden met me heeft. 'Het is tijd om je straf te ondergaan.'

Ik doe een stap naar achteren. Mijn hand gaat instinctief naar mijn mes, maar het is een slecht idee om tegen hem te vechten terwijl hij zijn harnas draagt én zijn wapen het grootste bereik heeft.

Hij kijkt me ongelovig aan. 'Blijf je me tot aan het eind toe trotseren? Als ik je te pakken krijg, sla ik je in de boeien.'

'Ik heb nooit je vijand willen zijn,' zeg ik, 'maar ik wil ook niet dat jij mij in je macht krijgt.' Met die woorden sprint ik weg door de sneeuw. Ik doe datgene wat ik mezelf heb voorgenomen nooit te doen.

'Ren niet weg!' roept hij, een afschuwelijke echo van zijn laatste woorden tegen mijn moeder.

De herinnering aan haar dood laat me sneller rennen. Rookwolkjes ontsnappen aan mijn mond. Ik hoor hem achter me aan stormen, hoor het grommen van zijn ademhaling.

Tijdens het rennen vervliegt mijn hoop om hem in het bos van me af te schudden. Hoe ik ook zigzag, hij geeft niet op. Mijn hart bonkt in mijn borst, en ik besef boven alles dat ik hem niet naar mijn zussen kan leiden.

Het blijkt dat ik nog lang niet klaar ben met vergissingen maken.

Een ademteug, twee... Ik trek mijn mes. Drie ademteugen. Ik draai me om.

Omdat hij het niet verwacht dendert hij recht op me af. Ik kom achter zijn dekking en steek hem in zijn zij, daar waar de platen van zijn harnas samenkomen. Het metaal vangt het grootste deel van de klap op, maar ik zie hem in elkaar krimpen.

Met de rug van zijn hand slaat hij me in het gezicht, zo tegen de besneeuwde grond.

'Je was altijd al goed.' Hij kijkt me aan. 'Alleen nooit goed genoeg.'

Hij heeft gelijk. Ik heb veel over zwaardvechten geleerd van hem en van de Schim, maar ik heb die kunst niet het grootste deel van een onsterfelijk leven beoefend en het grootste deel van het afgelopen jaar was ik aan het leren hoe ik hofmeester moest zijn. De enige reden waarom ik het bij ons laatste gevecht zo lang heb volgehouden is dat hij vergiftigd was. De enige reden dat ik Grima Mog heb verslagen is omdat ze totaal niet had verwacht dat ik ook maar een beetje goed zou zijn. Madoc weet waartoe ik in staat ben.

In het geval van Grima Mog kwam daar nog eens bij dat ik toen een veel langer mes hanteerde.

'Je hebt toevallig geen zin in een eerlijke strijd?' opper ik, terwijl ik overeind kom. 'Misschien kun je met een hand op je rug vechten om de kansen gelijk te maken.'

Hij grijnst en cirkelt om me heen. Dan haalt hij uit.

Het enige wat ik kan doen is blokkeren. Ik voel de impact door mijn arm trekken. Het is duidelijk waar hij mee bezig is, maar toch is het verwoestend effectief. Hij put me uit, laat me steeds weer pareren en ontwijken, terwijl hij me nooit zo dicht in de buurt laat komen dat ik hem kan raken. Door me te dwingen me op mijn verdediging te concentreren, mat hij me af.

Wanhoop borrelt in me op. Ik zou weer kunnen vluchten, maar dan zou ik in dezelfde situatie verkeren als net, wegrennen zonder een doel. Terwijl ik zijn slagen opvang met mijn zielige dolk, dringt het tot me door hoe weinig keuzes ik heb en hoe snel die verdwijnen.

Het duurt niet lang voor ik haper. Zijn zwaard glijdt langs de mantel waar die mijn schouder bedekt. De stof van Moeder Merg is onbeschadigd.

Hij blijft verbijsterd staan en ik haal uit naar zijn hand. Het is een valse actie, maar ik verwond hem.

Met een brul grijpt hij de mantel beet, wikkelt die om zijn hand en trekt me naar zich toe. De sluiting ervan verstikt me, schiet dan los. Zijn zwaard zinkt in mijn zij, mijn buik.

Ik kijk hem kort met grote ogen aan.

Hij lijkt net zo verrast als ik me voel.

Ergens, ook al wist ik beter, geloofde ik nog steeds dat hij niet voor een dodelijke slag zou gaan.

Madoc, die mijn vader is geweest sinds hij die van mij heeft vermoord. Madoc, die me heeft geleerd hoe ik met een zwaard moet houwen om daadwerkelijk iemand te raken en niet alleen zijn wapen. Madoc, die me op zijn schoot nam en me voorlas en me vertelde dat hij van me hield.

Ik laat me op mijn knieën vallen, mijn benen begeven het. Zijn lemmet komt vrij, glad van mijn bloed. Mijn been is nat van het bloed. Ik bloed dood.

Ik weet wat er nu zal gebeuren. Hij gaat de laatste klap toedienen. Mijn hoofd eraf hakken. Me door mijn hart steken. De slag die eigenlijk genade toont. Want wie wil er langzaam sterven als je snel kunt sterven?

Ik.

Ik wil niet snel sterven. Ik wil helemaal niet sterven.

Hij heft zijn zwaard, aarzelt.

Mijn dierlijke instinct treedt in werking, dwingt me op te staan. Het is wazig voor mijn ogen, maar adrenaline houdt me overeind.

'Jude...' zegt Madoc.

Voor het eerst dat ik me kan herinneren klinkt er angst in zijn stem door. Angst die ik niet begrijp. Dan vliegen er drie zwarte pijlen langs me heen op het ijzige veld.

Twee ervan suizen over hem heen, maar de laatste raakt hem in de schouder van zijn zwaardarm. Hij brult, wisselt van hand en kijkt om zich heen, op zoek naar zijn aanvaller.

Ik ben heel even vergeten.

Er komt nog een pijl uit de duisternis. Deze raakt hem recht in zijn borst en boort zich door zijn harnas. Niet diep genoeg om dodelijk te zijn, maar het zal pijn doen.

Vivi stapt achter een boom vandaan. Naast haar staat Taryn, die Nachtval op haar heup draagt. Ze hebben nog iemand bij zich, die helemaal niet Heather blijkt te zijn.

Grima Mog zit met getrokken zwaard op een kruidros.

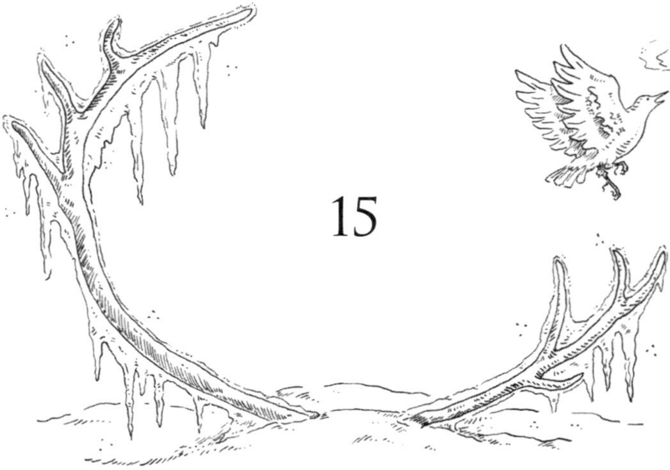

15

Ik dwing mezelf in beweging te komen. Stap na stap, mijn zij gilt van de pijn.

'Pap,' zegt Vivi. 'Verroer je niet. Als je probeert haar tegen te houden dan heb ik nog een mooie voorraad pijlen, en ik wacht er al mijn halve leven op om jou onder de grond te stoppen.'

'Jij,' spot Madoc. 'De enige manier waarop jij mij zou kunnen doden is per ongeluk.' Hij pakt de schacht vast die uit zijn borst steekt en breekt die af. 'Pas maar op. Mijn leger bevindt zich aan de andere kant van die heuvel.'

'Ga ze dan halen!' Vivi klinkt half hysterisch. 'Ga je hele verrekte leger halen.'

Madoc kijkt mijn kant op.

Ik zie er vast niet uit, drijfnat van het bloed en met mijn hand op mijn zij.

Hij aarzelt opnieuw. 'Ze gaat het niet redden. Laat me...'

Nog drie pijlen zijn het antwoord. Ze zijn geen van alle raak, geen geweldig teken van Vivi's vaardigheid. Ik hoop maar dat hij denkt dat ze met opzet mist.

Dan wordt de duizeligheid heviger en laat ik me op een knie zakken.

'Jude.' De stem van mijn zus, vlakbij. Niet Vivi. Taryn. Ze heeft Nachtval getrokken, houdt het zwaard in een hand en steekt haar andere hand naar mij uit. 'Jude, je moet opstaan. Blijf bij me.'

Het lijkt vast alsof ik ga flauwvallen. 'Ik ben er nog.' Ik reik naar haar hand, laat haar mijn gewicht dragen en strompel vooruit.

'Ah, Madoc,' klinkt de scherpe stem van Grima Mog. 'Jouw kind heeft me nog geen week geleden uitgedaagd. Nu weet ik wie ze echt wilde doden.'

'Grima Mog.' Madoc neigt zijn hoofd licht, een blijk van respect. 'Hoe je hier ook terecht bent gekomen, dit heeft niets met jou te maken.'

'O nee?' kaatst ze terug. Ze snuift de lucht op.

Waarschijnlijk ruikt ze de geur van mijn bloed. Ik had Vivi voor haar moeten waarschuwen toen ik daar de kans voor had, maar om welke reden ze er ook is, ik ben er blij om.

'Ik heb geen werk en het heeft er veel van weg dat het opperhof een generaal nodig heeft.'

Madoc kijkt even verward, beseft niet dat ze hier samen met Cardan is, maar dan ziet hij een kans. 'Mijn dochters zijn uit de gratie bij het opperhof, maar ik heb werk voor je, Grima Mog. Ik zal je overladen met beloningen, en jij zult mij helpen een troon te bemachtigen. Breng mijn meiden nu maar naar me toe.'

Dat laatste was een grauw, niet zozeer voor mij alleen bedoeld, maar voor ons allemaal: zijn verraderlijke dochters.

Grima Mog kijkt weemoedig langs hem heen naar waar het grootste deel van zijn leger zich heeft verzameld. Waarschijnlijk denkt ze aan haar eigen troepen.

'Heb je overleg gepleegd met het Hof der Tanden over dat aanbod?' bijt ik hem toe met een blik over mijn schouder.

De uitdrukking op het gezicht van Grima Mog wordt harder.

Madoc kijkt me eerst geërgerd aan, maar dan verschijnt er een droevige blik in zijn ogen. 'Misschien geef je de voorkeur aan wraak in plaats van aan een beloning, maar ik kan je die allebei geven. Je hoeft me alleen maar te helpen.'

Ik wíst dat hij Nore en Jarel niet mocht.

Grima Mog schudt haar hoofd. 'Je dochters hebben me met goud betaald om ze te beschermen en voor ze te vechten. Dat zal ik ook doen, Madoc. Ik heb me lang afgevraagd wie van ons een gevecht zou winnen. Zullen we daarachter komen?'

Hij aarzelt, kijkt naar het zwaard van Grima Mog, naar Vivi's grote zwarte boog, naar Taryn en Nachtval en dan naar mij. 'Laat me je naar het kamp brengen. Je bent stervende.'

Ik schud mijn hoofd. 'Ik blijf hier.'

'Dan is het vaarwel, dochter,' zegt Madoc. 'Je was een goede scharlaakkap geweest.' Met die woorden trekt hij zich terug door de sneeuw, waarbij hij ons nooit zijn rug toekeert.

Ik zie hem gaan, te opgelucht over zijn vertrek om boos te zijn dat hij de oorzaak is van deze afschuwelijke pijn. Ik ben te moe voor woede. De sneeuw om me heen ziet er zacht uit, als opgestapelde donsbedden. Ik stel me voor daarop te gaan liggen en mijn ogen dicht te doen.

'Kom op.' Vivi klinkt een beetje smekend. 'We moeten je terug naar ons kamp brengen, waar de andere paarden staan. Het is niet ver.'

Mijn zij brandt, maar ik moet in beweging komen. 'Naai de wond dicht.' Ik probeer de toenemende lusteloosheid van me af te schudden. 'Naai die hier dicht.'

'Ze bloedt,' zegt Taryn. 'Hevig.'

Het doffe besef dringt tot me door dat als ik nu niets doe, er niets meer te doen valt. Madoc heeft gelijk. Ik zal hier sterven, in de sneeuw, in het bijzijn van mijn zussen. Ik zal hier sterven, en niemand zal weten dat er ooit een sterfelijke koningin van Faerie is geweest.

'Druk aarde en bladeren in de wond en hecht die dan.' Mijn stem klinkt alsof die van ver komt en ik weet niet zeker of ik logisch overkom, maar ik herinner me dat de Bom het erover had dat de opperkoning verbonden is met het land, dat Cardan er beroep op moest doen om zichzelf te helen. Ik weet nog dat ze hem dwong een handje klei in te nemen.

Misschien kan ik mezelf ook helen.

'Dat gaat ontsteken,' zegt Taryn. 'Jude...'

'Ik weet niet zeker of het werkt. Ik ben niet magisch,' vertel ik haar. Ik weet dat ik stukken weglaat. Ik weet dat ik dit niet goed uitleg, maar alles wordt een beetje vaag. 'Zelfs als ik de ware koningin ben kan het zijn dat het land niets met me te maken wil hebben.'

'De ware koningin?' herhaalt Taryn.

'Ze is met Cardan getrouwd,' legt Vivi gefrustreerd uit. 'Daar heeft ze het over.'

'Wat?' vraagt Taryn verbijsterd. 'Nee.'

Dan klinkt de stem van Grima Mog, ruw en schor. 'Aan de slag. Jullie hebben haar gehoord. Al moet ze het meest dwaze kind zijn dat ooit is geboren om zich zo in de nesten te werken.'

'Ik begrijp het niet,' zegt Taryn.

'Het is niet aan ons om vragen te stellen, hè?' merkt Grima Mog op. 'Als de opperkoningin van Elfhame ons een bevel geeft, dan gehoorzamen wij.'

Ik pak moeizaam Taryns hand vast. 'Jij kunt goed naaien,' zeg ik met een kreun. 'Hecht die wond. Alsjeblieft.'

Ze knikt, ook al kijkt ze wat verwilderd uit haar ogen.

Ik kan niets doen dan hopen als Grima Mog haar eigen mantel afdoet en die op de sneeuw spreidt. Ik ga erop liggen en probeer geen krimp te geven als ze mijn jurk kapotscheurt om mijn zij te ontbloten.

Iemand snakt naar adem.

Ik kijk op naar de ochtendschemer en vraag me af of het de Schim is gelukt Paleis Elfhame binnen te dringen. De herinnering aan de smaak van Cardans vingers die hij tegen mijn mond drukte komt bij me op terwijl er opnieuw pijn opbloeit in mijn zij. Ik onderdruk een gil en dan nog een als de naald in de wond prikt. Wolken haasten zich boven me door de lucht.

'Jude?' Taryn klinkt alsof ze tranen probeert te onderdrukken. 'Je gaat het redden, Jude. Volgens mij werkt het.'

Maar waarom klinkt ze zo als het werkt?

'Niet... bezorgd.' Ik pers de woorden eruit en probeer te glimlachen.

'O, Jude...'

Ik voel een hand op mijn voorhoofd. Die voelt zo warm aan dat ik vermoed dat ik het heel koud moet hebben.

'In al mijn dagen heb ik nog nooit zoiets gezien,' zegt Grima Mog met gedempte stem.

'Hé...' Vivi's stem beeft. Dat is niets voor haar. 'De wond is dicht. Hoe voel je je? Want er gebeuren hier heel vreemde dingen.'

Mijn huid voelt alsof ik overal door brandnetels wordt geprikt, maar die acute, hete pijn is weg. Ik kan me bewegen. Ik rol me op mijn goede zij en kom op mijn knieën omhoog. De wol onder me is doorweekt met bloed. Veel meer bloed dan me lief is.

Rondom de randen van de mantel zie ik piepkleine witte bloemetjes door de sneeuw opkomen, de meeste nog in de knop, maar een paar ontvouwen hun blaadjes terwijl ik naar ze kijk. Ik staar er vol ongeloof naar.

Maar zelfs als ik het begrijp, kan ik het niet helemaal bevatten.

Baphens woorden over de opperkoning keren bij me terug: *Als zijn bloed wordt vergoten, dan groeien er dingen.*

Grima Mog laat zich op één knie zakken. 'Mijn koningin. Beveel me.'

Niet te geloven dat ze dat tegen mij zegt. Niet te geloven dat het land mij heeft gekozen.

Ik had mezelf er half van overtuigd dat ik maar deed alsof ik de opperkoningin was, net zoals ik had gedaan alsof ik hofmeester was.

Een tel later komt al het andere met veel geweld terug. Ik krabbel overeind. Als ik nu niet in beweging kom, ben ik te laat. 'Ik moet naar het paleis. Kun jij mijn zussen beschermen?'

Vivi kijkt me streng aan. 'Je kunt nauwelijks staan.'

Ik knik naar het kruidros. 'Ik neem hem mee. Volgen jullie maar op de paarden die jullie bij je kamp hebben staan.'

'Waar is Cardan? Wat is er gebeurd met de kobold met wie hij reisde?' Vivi kan het zo te zien wel uitschreeuwen. 'Het was de bedoeling dat zij jou zouden beschermen.'

'De kobold noemde zichzelf de Kakkerlak,' zegt Taryn tegen haar.

'Hij is vergiftigd.' Ik doe een paar stappen naar achteren. Mijn jurk is open aan de zijkant en de wind blaast sneeuw tegen mijn blote huid. Ik dwing mezelf naar het paard te lopen, om zijn kantachtige manen aan te raken. 'Cardan heeft hem snel weg moeten brengen om het tegengif toe te dienen, maar hij wist niet dat Madoc de Schim achter hem aan heeft gestuurd.'

'De Schim,' herhaalt Taryn.

'Het is belachelijk dat iedereen doet alsof een koning doden iemand anders tot een betere koning zal maken,' merkt Vivi op. 'Stel je eens voor als in de sterfelijke wereld een advocaat-in-spe voor zijn examen slaagt door een andere advocaat te vermoorden.'

Ik heb geen idee waar mijn zus het over heeft.

Grima Mog schenkt me een meelevende blik, reikt in haar jasje en haalt daar een flesje uit. 'Neem hier een slok van,' raadt ze aan. 'Dat houdt je wel op de been.'

Ik vraag haar niet eens wat het is, dat punt ben ik al voorbij, en ik neem een flinke teug. De vloeistof brandt in mijn keel en ik moet hoesten. Als het zijn gloeiende spoor naar mijn buik heeft getrokken hijs ik me op de rug van het paard.

'Jude...' Taryn legt haar hand op mijn been. 'Pas op dat je hechtingen niet kapotgaan.'

Ik knik.

Ze maakt de schede bij haar heup los en geeft het zwaard aan mij. 'Neem Nachtval.'

Ik voel me al beter met een wapen in mijn hand.

'We zien je daar,' waarschuwt Vivi. 'Val niet van het paard.'

'Dank je.' Ik steek mijn handen uit. Vivi pakt de ene beet en Taryn de andere. Ik knijp.

De pony stijgt op in de ijskoude lucht en dan zie ik de bergen onder me, samen met het leger van Madoc. Ik zie mijn zussen zich door de sneeuw haasten. Mijn zussen, die me ondanks alles zijn komen redden.

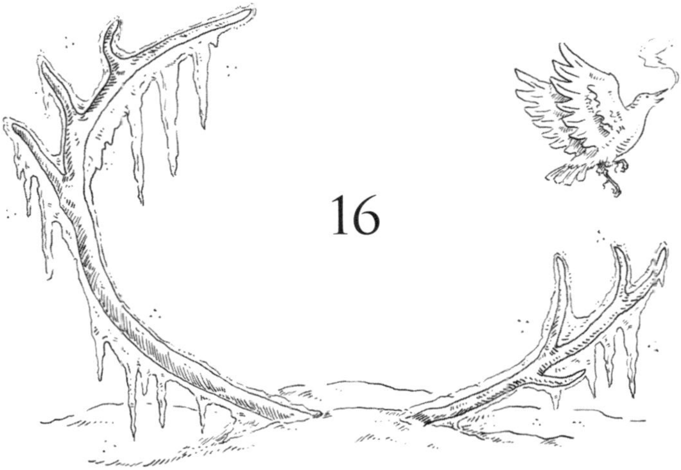

16

Op weg naar Elfhame wordt het warmer. Ik hou me vast aan de manen van het kruidros en zuig mijn longen vol zilte lucht en zie de golven onder me pieken en rollen. Hoewel het land me voor de dood heeft behoed, ben ik niet geheel genezen. Als ik mijn gewicht verplaats doet mijn zij pijn. Ik voel de hechtingen die me bij elkaar houden alsof ik een lappenpop ben waarvan de vulling probeert te ontsnappen.

En hoe dichterbij ik kom, hoe meer ik in paniek raak.

Is het niet beter als hij een pijl door het hart krijgt in zijn eigen paleis?

Het is de gewoonte van de Schim om een moordaanslag te plannen als een valdeurspin, om een plekje te vinden waarvandaan hij kan aanvallen en dan te wachten tot zijn slachtoffer arriveert. Hij heeft me meegenomen naar de spanten van het hof van Elfhame voor mijn eerste moord en heeft me geleerd hoe het moet. Ondanks het succes van die aanslag is er niets aan de binnenkant van die enorme ruimte veranderd... dat weet ik omdat ik kort daarna aan de macht kwam en ik degene ben die daar niets aan heeft gedaan.

Mijn eerste ingeving is om me bij de poort te melden met de eis om naar de opperkoning te worden gebracht. Cardan heeft beloofd mijn ballingschap te beëindigen, en wat hij ook van plan is, ik moet hem in ieder geval waarschuwen voor de Schim. Maar ik ben bang dat een of andere overijverige ridder misschien besluit dat ik mijn leven heb verbeurd en eventueel daarna pas mijn boodschap doorgeeft, als hij dat al doet.

Mijn tweede ingeving is om via de oude kamer van Cardans moeder en de geheime gang het paleis binnen te sluipen om naar de vertrekken van de opperkoning te gaan. Maar als Cardan daar niet is, dan zit ik daar vast en kan ik niet langs de wachters komen die zijn deur in de gaten houden. Het is verspilde moeite om weer helemaal terug te keren en ik heb al niet veel tijd.

Nu het Schaduwhof door die explosie is verdreven en ik niet weet waar hun nieuwe hol is, kan ik ook niet op die manier binnenkomen.

Dus is er nog maar één pad over: zo naar binnen lopen. Een sterveling in de livrei van een bediende zou normaal gesproken wellicht niet opvallen, maar ik ben hier te bekend om die truc te laten werken tenzij ik heel goed vermomd ben. Maar ik heb nauwelijks toegang tot kleding. Mijn vertrekken diep in het paleis zijn onmogelijk te bereiken. Taryns huis, dat eerst van Locke was en waar zijn bedienden nog zijn, is te riskant. Maar Madocs verlaten vesting... daar zijn kasten met kleding die Taryn en Vivi en ik hebben achtergelaten.

Dat zou kunnen werken.

Ik vlieg laag op de boomgrens af, blij dat ik in de late ochtend arriveer, nu het meeste Volk nog op bed ligt. Ik land bij de stallen en stijg van het ros af dat onmiddellijk weer in een bergje stengels jakobskruiskruid verandert, de magie was al tot het uiterste gedreven. Langzaam strompel ik naar het huis.

In gedachten botsen mijn zorgen en hoop op elkaar in een lus van woorden die steeds opnieuw voorbijkomen.

Laat de Kakkerlak alsjeblieft in orde zijn.

Laat Cardan niet zijn neergeschoten. Laat de Schim onhandig zijn.

Laat me makkelijk binnenkomen. Laat me hem tegenhouden.

Ik neem niet de tijd om me af te vragen waarom ik zo in paniek ben om iemand te redden voor wie ik had gedacht niets meer te voelen. Daar ga ik niet over nadenken.

Binnen blijkt het meeste meubilair weg te zijn. Van de stukken die er nog staan is de bekleding opengescheurd, alsof elfjes of eekhoorns zich daarin hebben genesteld. Terwijl ik de vertrouwde trap beklim, hoor ik het geluid van mijn voetstappen door de lege ruimtes. Ik ga niet naar mijn oude kamer, maar naar die van Vivi, waar ik volle kasten aantref. Ik vermoedde al dat ze behoorlijk wat had achtergelaten toen ze onder de mensen ging leven, en die gok pakt goed uit.

Ik vind daar elastische donkergrijze kousen, een broek en een aansluitend jasje. Prima. Terwijl ik me omkleed word ik opeens duizelig, en ik moet me vasthouden aan het deurkozijn tot dat voorbijgaat en ik mijn balans heb herwonnen. Ik schuif mijn hemd omhoog en doe wat ik tot nu toe heb vermeden: naar de wond kijken. Opgedroogde korstjes bloed plakken langs de gerimpelde rode plek waar Madoc me heeft gestoken, nette hechtingen houden de huid bij elkaar. Het is mooi, zorgvuldig werk, en ik ben Taryn er dankbaar voor, maar die korte blik bezorgt me een koud, ongemakkelijk gevoel. Dat komt vooral door de roodste plekjes, waar het er al op lijkt dat de huid te strak bij elkaar is gebracht.

Ik laat mijn kapotte en met bloed doordrenkte jurk in een hoek achter, samen met mijn laarzen. Met bevende vingers trek ik mijn haar in een strak knotje dat ik verberg onder een zwarte sjaal die ik twee keer om mijn hoofd wikkel. Tijdens het klimmen wil ik niet opvallen.

In Oriana's salon tref ik een valse luit aan, samen met potjes make-up. Ik trek dramatische donkere lijntjes rond mijn ogen en maak mijn wenkbrauwen ook donker. Dan pak ik een waterspuwermasker dat ik voor mijn gezicht bevestig.

In de wapenkamer vind ik een kleine boog die ik in onderdelen op mijn lichaam kan verbergen. Met spijt laat ik Nachtval achter, zo goed mogelijk verstopt tussen de andere zwaarden. Ik pak een vel papier van Madocs oude bureau en gebruik zijn ganzenveer om een waarschuwing te schrijven.

Verwacht een aanslag, waarschijnlijk in de grote zaal.
Hou de opperkoning afgezonderd.

Als ik dat door iemand aan Baphen of aan iemand van Cardans persoonlijke wacht laat geven, is de kans om de Schim te vinden voor hij toeslaat misschien groter.

Met de luit in mijn hand vertrek ik te voet naar het paleis. Het is niet ver, maar tegen de tijd dat ik daar kom ligt er een koud filmpje zweet op mijn voorhoofd. Het is lastig in te schatten hoe ver ik fysiek kan gaan. Aan de ene kant heeft het land me genezen, wat me een beetje het gevoel heeft gegeven onkwetsbaar te zijn. Aan de andere kant ben ik bijna gestorven en verkeer ik nog in een slechte toestand... en wat Grima Mog me dan ook heeft gegeven begint uitgewerkt te raken.

Ik kom een groepje muzikanten tegen en blijf dicht bij hen in de buurt terwijl ze door de poort lopen.

'Wat een mooi instrument,' zegt een van de spelers, een jongen met haar zo groen als nieuwe blaadjes. Hij kijkt me raar aan, alsof we elkaar misschien kennen.

'Je mag het van me hebben,' bied ik impulsief aan. 'Als je iets voor me doet.'

Hij fronst. 'Wat dan?'

Ik pak zijn hand vast en druk daar mijn briefje in. 'Breng je dit naar een van de leden van de Levende Raad? Het liefst naar Baphen? Ik beloof je dat je niet in de problemen komt.'

Hij aarzelt.

Precies op dat moment houdt een van de ridders me staande. 'Jij daar. Sterfelijk meisje met het masker. Jij ruikt naar bloed.'

Ik draai me om. Gefrustreerd en wanhopig als ik ben, flap ik er het eerste uit wat er in me opkomt. 'Tja, ik bén dan ook een sterveling én een meisje, meneer. Wij bloeden elke maand, zoals het getij onder invloed van de maan verandert.'

Met een blik van walging in zijn ogen gebaart hij me verder te lopen.

De musicus is zo te zien lichtelijk geschokt.

'Hier,' zeg ik tegen hem. 'Vergeet het briefje niet.' Zonder op antwoord te wachten duw ik hem de luit in zijn handen en verdwijn dan de menigte in. Het duurt niet lang voordat het zo druk is dat ik mijn masker af kan doen. Ik zoek een donkere hoek op en begin aan de klim naar de spanten.

De klim is verschrikkelijk. Ik blijf in de schaduw, beweeg me langzaam, terwijl ik steeds probeer te ontdekken waar de Schim zich zou kunnen verstoppen, aldoor bang dat Cardan de zaal binnen kan komen en het doelwit zal worden. Steeds weer moet ik stoppen om me te oriënteren. Duizeligheid komt en gaat. Halverwege scheurt volgens mij een van mijn hechtingen. Ik raak mijn zij aan en zie een rode veeg op mijn hand. Ik verschuil me in een nest wortels, wikkel de sjaal van mijn hoofd af en sla die om mijn middel, waarbij ik probeer de knoop zo strak te maken als ik kan verdragen.

Eindelijk bereik ik een mooi plekje hoog bij de welving van het plafond waar verschillende wortels samenkomen.

Daar span ik een pees op de boog, leg ik pijlen klaar en kijk ik uit over de holle heuvel. Hij zou hier al kunnen zijn, vlakbij verborgen. Zoals de Schim me had verteld toen hij me leerde op de loer te liggen is de eentonigheid het moeilijkst. Alert blijven, je niet zodanig gaan vervelen dat je je concentratie verliest en niet langer aandacht besteedt aan elke veranderende schaduw. Of, in mijn geval, afgeleid wordt door pijn.

Ik moet de Schim vinden, en als me dat is gelukt moet ik hem neerschieten. Ik mag niet aarzelen. De Schim zelf zou me vertellen dat ik mijn enige kans om hem te doden al heb gemist. Ik mag dit keer niet missen.

Ik denk aan Madoc, die me heeft grootgebracht in een huishouden vol moord. Madoc, die zo gewend was geraakt aan oorlog dat hij zijn vrouw heeft vermoord en mij ook zou hebben gedood.

Steek een verhit zwaard in olie, en elk minuscule zwakke plek wordt een barst. Maar ook al zijn jullie ondergedompeld in bloed, jullie zijn niet gebroken. Jullie zijn alleen harder geworden.

Als ik zo doorga, word ik dan als Madoc? Of zal ik breken?

Onder me dansen een aantal hovelingen in cirkels die bij elkaar komen, elkaar kruisen en dan weer uiteengaan. Omdat ik daar zelf aan heb meegedaan weet ik dat ze uiterst chaotisch kunnen aanvoelen, maar van hierboven zijn het triomfen van geometrie. Ik kijk uit op de bankettafels, afgeladen vol met schalen fruit, met bloemen versierde kazen en karaffen vol klaverwijn. Mijn maag rammelt als de late ochtend overgaat in de vroege middag en meer leden van het Volk naar het hof komt.

Baphen, de Koninklijke Astroloog, arriveert met vrouwe Asha aan zijn arm. Ze gaan naar een plekje bij het podium, vlak bij de lege troon. Zeven cirkeldansen later komt Nicasia de zaal binnen met een aantal metgezellen uit de Onderzee. Dan maakt Cardan zijn entree, omringd door zijn wachters met de Bloedkroon blinkend op zijn inktzwarte krullen.

Als ik naar hem kijk ervaar ik een duizeligmakende wanklank.

Hij lijkt niet op iemand die een vergiftigde spion door de sneeuw heeft gedragen, iemand die een vijandelijk kamp binnen is gedrongen. Iemand die zijn magische mantel in mijn handen heeft geduwd. Hij lijkt op de persoon die me in het water heeft geduwd en lachte toen ik kopje-onder ging, die me heeft misleid.

Die jongen is jouw zwakke plek.

Ik kijk naar toespraken die ik niet kan horen en zie borden hoog opgetast met geroosterde duiven aan het spit, met in bladeren gewikkelde zoetigheden en gevulde pruimen. Ik voel me vreemd, licht in het hoofd, en na een blik op mijn zij zie ik dat de zwarte sjaal nagenoeg doorweekt is met bloed. Ik zoek een betere balans.

En ik wacht, en wacht, en probeer op niemand te bloeden. Mijn zicht wordt wat wazig. Ik moet me concentreren.

Onder me zie ik dat Randalin iets in zijn hand heeft, iets waarmee hij naar Cardan zwaait. Mijn briefje. Die jongen moet hem toch hebben bezorgd. Ik pak de kruisboog steviger beet. Eindelijk zullen ze hem hier weghalen zodat hij niet langer in gevaar verkeert.

Cardan kijkt echter niet naar het papiertje. Hij maakt een afwijzend gebaar, alsof hij het wellicht al heeft gelezen. Maar als hij mijn briefje heeft gehad, wat doet hij hier dan?

Tenzij hij, als de dwaas die hij is, heeft besloten om als aas te dienen.

Precies op dat moment zie ik iets bewegen bij een kluwen wortels. Heel even denk ik dat er maar wat schaduwen bewegen, maar dan zie ik de Bom op hetzelfde moment als zij mij ziet en ze vernauwt haar ogen tot spleetjes. Ze heft haar eigen boog, de pijl heeft ze al paraat.

Ik besef een tel te laat wat er gebeurt.

Het Hof is met een briefje op de hoogte gebracht van een aanslag, en de Bom is op zoek gegaan naar een sluipschutter. Ze trof iemand aan die zich in de schaduw ophield met een wapen. Iemand die alle reden heeft om de koning te willen doden: ik.

Is het niet beter als hij een pijl door het hart krijgt in zijn eigen paleis?

Madoc heeft me erin geluisd. Hij heeft de Schim hier helemaal niet heen gestuurd. Dat heeft hij me alleen laten denken, zodat ik hier op de spanten letterlijk jacht zou maken op een schim, zodat ik mezelf verdacht zou maken. Madoc hoefde helemaal niet de genadeslag te geven. Hij heeft ervoor gezorgd dat ik vrijwillig mijn ondergang tegemoet zou gaan.

De Bom schiet en ik duik weg. Haar pijl suist langs me heen, maar mijn voet glijdt weg over mijn eigen bloed en dan val ik achterwaarts, van het spant af, door de lucht.

Heel even voelt het alsof ik vlieg.

Ik kom keihard op een bankettafel terecht. Granaatappels stuiteren over de vloer, rollen alle kanten op, door plasjes gemorste honingwijn en over scherven kristal. Er zijn ongetwijfeld heel wat hechtingen kapotgesprongen. Alles doet pijn. Ik krijg geen lucht.

Ik doe mijn ogen open en zie dat ik word omringd door raadsleden, wachters... Ik kan me niet herinneren dat ik die dicht heb gedaan, heb geen idee hoelang ik bewusteloos ben geweest.

'Jude Duarte,' zegt iemand. 'Ze heeft haar verbanning geschonden om de opperkoning te vermoorden.'

'Majesteit,' zegt Randalin, 'geef het bevel.'

Cardan beent door de zaal op mij af en ziet eruit als een belachelijk prachtige schurk. De wachters wijken uiteen om hem door te laten, maar als ik me beweeg zullen ze me ongetwijfeld aan hun wapens rijgen.

'Ik ben je mantel verloren,' zeg ik met krakende, ademloze stem.

Hij staart naar me. 'Jij bent een leugenaar.' Woede schittert in zijn ogen. 'Een vuile, sterfelijke leugenaar.'

Ik doe mijn ogen weer dicht als ik die harde woorden hoor, maar hij heeft geen enkele reden om aan te nemen dat ik hier niet ben om hem te doden.

Als hij me naar de Vergeteltoren stuurt, zou hij dan bij me op bezoek komen?

'Sla haar in de boeien,' beveelt Randalin.

Nooit eerder heb ik zo intens gewenst dat er een manier was waarop ik kon bewijzen dat ik de waarheid vertel, maar die is er niet. Geen enkele belofte van mijn kant telt mee.

Een wachter pakt mijn arm beet.

Dan klinkt Cardans stem. 'Raak haar niet aan.'

Er volgt een vreselijke stilte.

Ik verwacht dat hij me zal veroordelen. Wat hij ook beveelt zal gebeuren. Zijn macht is absoluut. Ik beschik niet eens over de kracht om terug te vechten.

'Waar hebt u het over?' vraagt Randalin. 'Ze is...'

'Zij is mijn vrouw.' Cardans stem weerklinkt door de zaal. 'De wettige opperkoningin van Elfhame, en ze is zeker niet verbannen.'

De geschokte brul van de menigte rolt langs me heen, maar niemand is meer geschokt dan ik. Ik probeer mijn ogen te openen, probeer rechtop te zitten, maar het wordt zwart om me heen en dan ben ik me nergens meer van bewust.

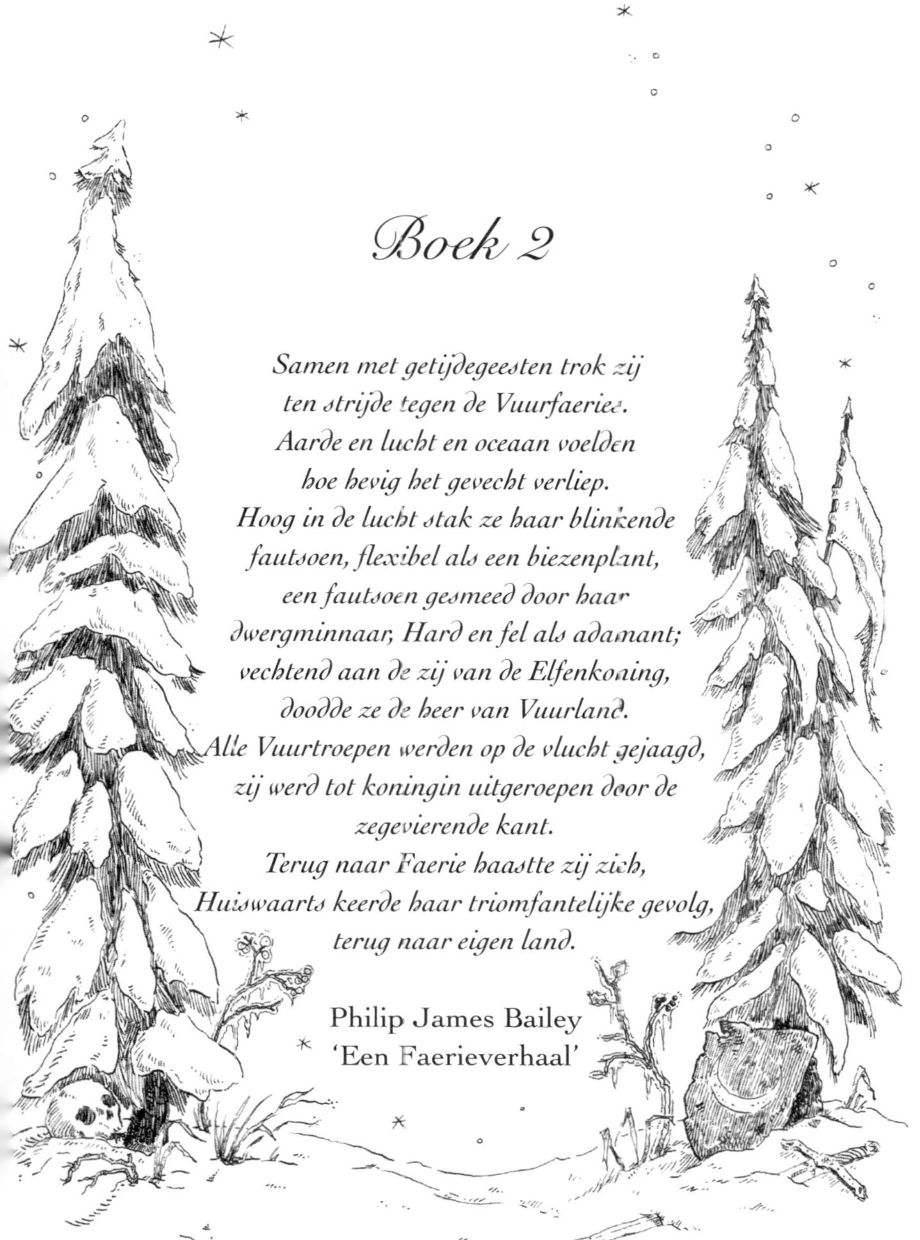

Boek 2

Samen met getijdegeesten trok zij
ten strijde tegen de Vuurfaeries.
Aarde en lucht en oceaan voelden
hoe hevig het gevecht verliep.
Hoog in de lucht stak ze haar blinkende
fautsoen, flexibel als een biezenplant,
een fautsoen gesmeed door haar
dwergminnaar, Hard en fel als adamant;
vechtend aan de zij van de Elfenkoning,
doodde ze de heer van Vuurland.
Alle Vuurtroepen werden op de vlucht gejaagd,
zij werd tot koningin uitgeroepen door de
zegevierende kant.
Terug naar Faerie haastte zij zich,
Huiswaarts keerde haar triomfantelijke gevolg,
terug naar eigen land.

Philip James Bailey
'Een Faerieverhaal'

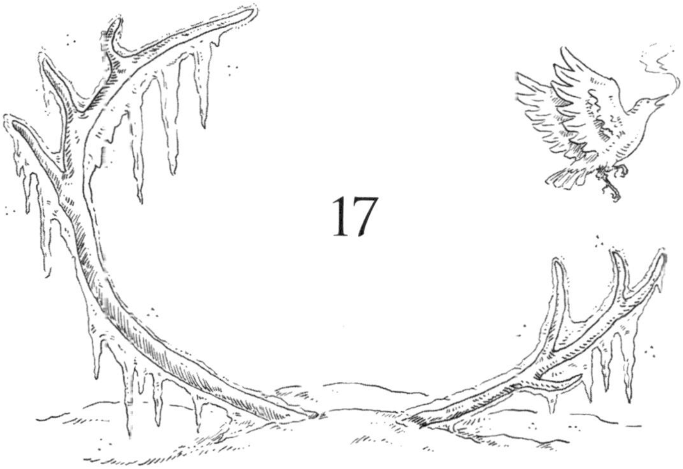

17

Ik lig op het enorme bed van de opperkoning en bloed op zijn majestueuze lakens en dekens. Alles doet zeer. Ik voel een hete, rauwe pijn in mijn buik en mijn hoofd bonkt.

Cardan torent boven me uit. Hij heeft zijn jasje op een stoel in de buurt gegooid, het fluweel nat door een of andere donker goedje. Zijn witte mouwen zijn opgerold en hij wast mijn handen met een vochtige doek. Hij veegt het bloed eraf.

Ik probeer iets te zeggen, maar mijn mond voelt alsof die met honing is gevuld. Ik zink opnieuw weg in de stroperige duisternis.

Ik weet niet hoelang ik slaap. Het enige wat ik weet is dat het lang is. Als ik wakker word, heb ik ongelofelijk veel dorst. Ik rol moeizaam en gedesoriënteerd uit bed. Er branden meerdere kaarsen in de ruimte. Door dat licht kan ik zien dat ik nog steeds in Cardans kamer ben, in zijn bed, en dat ik alleen ben.

Ik vind een karaf water en breng die naar mijn lippen, een glas heb ik niet nodig. Ik drink en drink en drink, tot ik eindelijk voldaan ben. Ik laat me weer op het matras zakken en probeer te bevatten wat er allemaal is gebeurd. Het voelt als een koortsdroom.

Ik kan niet langer in bed blijven liggen. Ik negeer mijn pijn en ga naar de badkamer. De badkuip is gevuld en als ik mijn vingertoppen door het water laat glijden, glinstert het. Er staat ook een po voor me klaar, iets waar ik ontzettend dankbaar voor ben.

Ik trek langzaam mijn kleren uit en stap in het bad, schrob me met mijn nagels zodat het water het vuil en aangekoekte bloed van de afgelopen dagen kan wegwassen. Ik wrijf met mijn handen over mijn gezicht en wring mijn haar uit. Als ik eruit stap voel ik me een stuk beter.

Eenmaal terug in de slaapkamer ga ik naar de kast. Ik zoek door rijen en rijen van Cardans absurde kleding tot ik de conclusie trek dat zelfs als die me zouden passen, ik die met geen mogelijkheid kan dragen. Ik trek een volumineus overhemd aan met wijde mouwen en pak zijn minst belachelijke mantel, een exemplaar van zwarte wol met een rand van hertenbont en een omlijsting van geborduurde bladeren, zodat ik die om me heen kan slaan. Dan ga ik de gang op met als doel mijn oude vertrekken.

De wachters bij zijn deur merken mijn blote voeten en enkels op en de manier waarop ik de mantel vasthoud. Ik weet niet zeker wat er door hun gedachten gaat, maar ik weiger me te schamen. Ik herinner me mijn gloednieuwe status van koningin van Elfhame en kijk ze zo vernietigend aan dat ze hun gezicht afwenden.

Als ik mijn vertrekken binnenkom kijkt Tatterfell, die op de bank Uno zit te spelen met Eik, verschrikt op.

'O,' zeg ik. 'Oepsie.'

'Hoi,' zegt Eik onzeker.

'Wat doe jij hier?'

Hij krimpt ineen.

Ik krijg meteen spijt van hoe hard mijn woorden klonken. 'Sorry...' Ik loop om de bank heen en buk me om hem een knuffel te geven. 'Ik ben blij dat je er bent, maar je hebt me verrast.' Ik voeg er niet aan toe dat ik bezorgd ben. Het Hof van Elfhame is voor iedereen gevaarlijk, maar vooral voor Eik. Toch laat ik mijn hoofd tegen zijn hals rusten en snuif zijn geur op van leem en dennennaalden. Mijn broertje, die me zo stevig omhelst dat het pijn doet. Een van zijn hoorns schraapt zacht langs mijn kaak.

Hij laat me los. 'Vivi en Taryn zijn er, en Heather ook!'

'Serieus?' Even kijken we elkaar veelbetekenend aan. Ik hoopte dat Heather en Vivi weer bij elkaar zouden komen, maar ik ben verbijsterd dat ze bereid is geweest om nog een reis naar Elfhame te maken. Ik had verwacht dat het lang zou duren voordat ze ook maar iets meer over Faerie zou willen weten. 'Waar zijn ze?'

'Bij het diner met de opperkoning,' vertelt Tatterfell. 'Deze jongen hier wilde niet gaan, dus er is een dienblad voor hem gebracht.'

Ze vertelt dit met een vertrouwde afkeuring. Ik weet zeker dat zij het afslaan van de eer van koninklijk gezelschap als een teken ziet dat Eik verwend is.

Ik zie het als een teken dat hij heeft opgelet.

Maar ik ben meer geïnteresseerd in wat er op het dienblad ligt: half verorberde porties van heerlijke dingen op zilveren borden. Mijn maag rammelt. Ik weet niet zeker hoelang het geleden is dat ik een echte maaltijd heb gehad. Zonder om toestemming te vragen ga ik erheen en eet ik koude reepjes eend en stukjes kaas en vijg. Er zit nog wat te sterke thee in een pot en dat drink ik op, recht uit de tuit.

Mijn trek is zo groot dat ik achterdochtig word. 'Hoelang heb ik geslapen?'

'Tja, ze hebben je verdoofd.' Eik haalt zijn schouders op. 'Je bent eerder wakker geweest, maar niet heel lang. Niet zoals nu.'

Dat is verontrustend, deels omdat ik me dat niet herinner en deels omdat ik die hele tijd Cardans bed in beslag moet hebben genomen, maar daar weiger ik te lang over na te denken, zoals ik heb geweigerd na te denken over het verlaten van de vertrekken van de opperkoning in niets meer dan zijn overhemd en mantel. In plaats daarvan kies ik voor een van mijn oude hofmeestersetjes: een lange, rechte zwarte jurk met zilveren details aan de boord en manchetten. Die is wellicht te eenvoudig voor een koningin, maar Cardan is extravagant genoeg voor ons allebei.

Eenmaal aangekleed keer ik terug naar de woonruimte.

'Doe jij alsjeblieft mijn haar?' vraag ik Tatterfell.

Met een zucht komt ze overeind. 'Dat mag ik hopen. Zo kun je je niet vertonen.'

Ik word weer naar de slaapkamer geleid, waar ik aan mijn kaptafel moet gaan zitten. Ze vlecht mijn bruine lokken tot een krans om mijn hoofd en verft mijn oogleden en lippen lichtroze.

'Je haar moet iedereen aan een kroon doen denken,' zegt ze. 'Maar je zult wel een keer een fatsoenlijke kroning krijgen.'

Het duizelt me bij die gedachte en er bekruipt me een onwerkelijk gevoel. Ik begrijp Cardans spel niet en dat baart me zorgen.

Ik denk aan hoe Tatterfell me ooit heeft aangemoedigd om te trouwen. De herinnering daaraan, aan de zekerheid dat ik dat niet zou doen, maakt het nog vreemder dat ze hier is, dat ze mijn haar doet zoals ze dat toen deed. 'Je hebt me er toch koninklijk uit laten zien.' Ik kijk haar via de spiegel in haar inktzwarte ogen.

Ze glimlacht.

'Jude?' zegt een zachte stem.

Taryn.

Ze komt vanuit de andere kamer binnen in een jurk van gesponnen goud. Ze ziet er schitterend uit met een blos op haar wangen en stralende ogen.

'Hé,' zeg ik.

'Je bent wakker!' Ze rent op me af. 'Vivi, ze is wakker!'

Vivi komt binnen in een pak van flesgroen fluweel. 'Je hebt bijna het loodje gelegd, wist je dat? Je was bijna dood, alwéér.'

Heather volgt in een lichtblauwe jurk met biesjes in dezelfde tint roze als in haar strakke krulletjes. Ze schenkt me een meelevende grijns.

Dat stel ik op prijs. Het is fijn dat er één iemand is die me niet goed genoeg kent om kwaad te zijn. 'Ja, dat weet ik.'

'Je blijft je maar in het gevaar storten,' bijt Vivi me toe. 'Hou toch eens op met te doen alsof de hofpolitiek een soort extreme sport is en jaag niet steeds achter een adrenalinekick aan.'

'Ik kan er niets aan doen dat Madoc me had ontvoerd,' zeg ik.

Vivi negeert me. 'Ja, en kort daarna stond de opperkoning bij ons voor de deur. Hij zag eruit alsof hij het hele appartement overhoop zou gooien om jou te vinden. En als we dan eindelijk van je horen via Oriana, is het niet alsof we ook maar iemand kunnen vertrouwen. Dus hebben we een scharlaakkap moeten inhuren om met ons mee te komen, voor het geval dat. En dat is maar goed ook...'

'Jou zo in de sneeuw te zien liggen... Je zag zo bleek, Jude,' onderbreekt Taryn haar. 'En toen begonnen er allerlei dingen op te komen en om je heen te bloeien en wist ik niet meer wat ik moest denken. Bloemen en ranken duwden zich zo door het ijs heen. Je kreeg weer kleur en je stond op. Ik kon het niet geloven.'

'Ja,' zeg ik zachtjes, 'dat verraste mij ook.'

'Betekent dit dat jij magisch bent?' vraagt Heather.

Dat is een goede vraag. Stervelingen horen niet magisch te zijn. 'Dat weet ik niet.'

'Ik kan nog steeds niet geloven dat je met prins Cardan bent getrouwd,' merkt Taryn op.

Ik word me bewust van een vage behoefte om me te verantwoorden. Ik wil ontkennen dat er begeerte bij kwam kijken, wil beweren dat het een puur praktische beslissing was van mijn kant. Wie zou er niet koningin van Faerie willen zijn? Wie zou die overeenkomst niet aangaan?

'Het is gewoon... Je haatte hem!' zegt Taryn. 'En toen kwam ik erachter dat je hem al die tijd in je macht had. Dus ik dacht dat je hem misschien toch nog haatte. Ik bedoel... het is mogelijk dat jij hem nu haat en dat hij jou ook haat, maar het is verwarrend.'

Er wordt op de deur geklopt. Eik rent erheen om open te doen. Alsof ons gesprek hem heeft opgeroepen staat daar de opperkoning, omringd door zijn wachters.

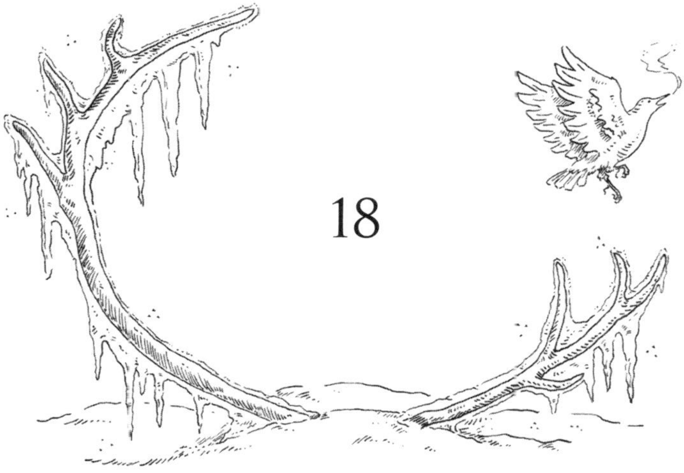

18

Cardan draagt een stijf zwart wambuis met een hoge kraag die met juwelen is bezet. Over de topjes van zijn puntige oren zitten vlijmscherpe kapjes van goud, wat bij het goud op zijn jukbeenderen past. Er ligt een afstandelijke uitdrukking op zijn gezicht.

'Loop een stukje met me mee,' zegt hij.

Dat biedt geen ruimte tot weigeren. 'Natuurlijk.' Mijn hart slaat onwillekeurig sneller. Ik vind het vreselijk dat hij me op mijn kwetsbaarst heeft gezien, dat hij me op zijn spinnenzijden lakens heeft laten bloeden.

Vivi pakt mijn hand. 'Je bent er nog te slecht aan toe.'

Cardan trekt zijn zwarte wenkbrauwen op. 'De Levende Raad wil haar graag spreken.'

'Ongetwijfeld.' Ik kijk naar mijn zussen. Heather en Eik staan daar vlak achter. 'En Vivi kan gerust zijn, want het enige gevaar dat iemand loopt bij een raadsvergadering is sterven van verveling.' Ik laat mijn zus los.

De wachters volgen ons.

Cardan biedt me zijn arm, waardoor ik naast hem moet lopen in plaats van achter hem zoals ik als zijn hofmeester zou hebben gedaan. We begeven ons door de gangen en als we langs hovelingen komen, buigen die. Dat is ontzettend zenuwslopend.

'Is alles goed met de Kakkerlak?' vraag ik zacht zodat verder niemand het kan horen.

'De Bom heeft nog niet ontdekt hoe ze hem bij bewustzijn kan krijgen, maar er is goede hoop dat dat wel gaat lukken,' zegt Cardan.

Hij leeft in ieder geval nog, denk ik bij mezelf, maar als hij honderd jaar slaapt, dan lig ik in mijn graf voor hij zijn ogen weer opendoet.

'Je vader heeft een boodschap gestuurd.' Cardan kijkt me schuin aan. 'Die was bijzonder onvriendelijk. Hij lijkt mij de schuld te geven van de dood van zijn dochter.'

'Ah...'

'En hij heeft soldaten naar de lagere hoven gestuurd met beloften van een nieuw regime. Hij spoort ze aan om niet te aarzelen, maar om naar Elfhame te komen om zijn uitdaging aan de kroon te horen.' Cardan vertelt dit allemaal heel neutraal. 'De Levende Raad wil graag alles horen wat jij weet over het zwaard en zijn kaarten. Ze vonden mijn beschrijvingen van het kamp jammerlijk ontoereikend.'

'Ze kunnen nog wat langer wachten.' Ik pers de woorden eruit. 'Ik moet met je praten.'

Hij kijkt verrast en een beetje onzeker.

'Het duurt niet lang.' Dit gesprek voeren is wel het laatste wat ik wil, maar hoe langer ik het voor me uit schuif, hoe meer ik ertegen op zal zien. Hij heeft mijn ballingschap beëindigd... en hoewel ik hem heb laten beloven dat te doen, was er geen enkele reden voor hem om mij tot koningin te verklaren. 'Wat je plannetje ook is, wat je ook voor me in petto hebt, je kunt het me net zo goed nu vertellen, voor de gehele Levende Raad erbij is. Kom maar op met je dreigementen. Leef je uit.'

'Ja...' Hij slaat een gang in die naar buiten leidt. 'We moeten inderdaad praten.'

Het duurt niet lang voor we bij de koninklijke rozentuin komen. De wachters blijven bij de poort staan en laten ons alleen verdergaan. Terwijl we over een pad van glinsterende treden van kwarts lopen is het stil om ons heen. De wind draagt de geuren van bloemen naar ons toe, een wild parfum dat alleen in Faerie bestaat en me tegelijkertijd aan thuis en aan gevaar herinnert.

'Ik neem aan dat je niet daadwerkelijk probeerde mij neer te schieten,' merkt Cardan op. 'Aangezien het briefje in jouw handschrift was.'

'Madoc heeft de Schim...' Ik val stil en probeer het dan nog eens. 'Ik dacht dat er een aanslag zou worden gepleegd.'

Cardan staart naar een rozenstruik waarvan de bloemblaadjes zo zwart en glimmend zijn dat ze van lakleer lijken. 'Het was doodeng om jou te zien vallen. Ik bedoel, jij bent over het algemeen doodeng, maar ik ben er niet aan gewend om voor jouw welzijn te vrezen en toen werd ik razend. Ik weet niet of ik ooit eerder zo kwaad ben geweest.'

'Stervelingen zijn kwetsbaar.'

'Jij niet.' Zoals hij dat zegt klinkt het een beetje als een klaagzang. 'Jij overleeft alles.'

Dat is belachelijk, gezien mijn huidige toestand. Ik voel me als een sterrenstelsel van wonden dat bij elkaar wordt gehouden door draad en koppigheid. Toch hoor ik dat graag. Alles wat hij zegt bevalt me veel te goed.

Die jongen is jouw zwakke plek.

'Toen ik hier kwam en deed alsof ik Taryn was, vertelde je me dat je me brieven had gestuurd. Je leek verrast dat ik die niet had ontvangen. Wat stond daarin?'

Cardan keert zich naar me toe, met zijn handen op zijn rug. 'Het waren vooral smeekbedes. Ik smeekte of je terug wilde komen. Een aantal indiscrete beloften.'

Die spottende glimlach speelt om zijn mond, die ene waarvan hij zegt dat die van de zenuwen is.

Ik doe mijn ogen dicht want ik ben zo gefrustreerd dat ik wel kan gillen. 'Hou op met die spelletjes. Jij hebt me verbannen.'

'Ja. Dat. Ik blijf maar denken aan wat je tegen me zei, voor Madoc je ontvoerde. Over dat het een truc was. Je bedoelde met jou trouwen, je koningin maken, je naar de sterfelijke wereld sturen, dat allemaal, toch?'

Ik vouw mijn armen beschermend voor mijn borst. '"Natuurlijk was het een truc." Was dat niet wat je zei?'

'Maar dat is wat jij doet,' zegt Cardan. 'Jij misleidt mensen. Nicasia, Madoc, Balekin, Orlagh. Mij. Ik dacht dat je me er een beetje om zou bewonderen dat ik jóú kon misleiden. Ik dacht dat je boos zou zijn, natuurlijk, maar niet zó erg.'

Ik staar hem met open mond aan. 'Wat?'

'Mag ik je eraan herinneren dat ik pas die ochtend te weten kwam dat jij mijn broer, de ambassadeur van de Onderwereld, hebt vermoord? Ik heb die plannen in allerijl bedacht. En misschien was ik een beetje gepikeerd. Ik dacht dat het koningin Orlagh tevreden zou stellen, in ieder geval tot alle beloften waren vastgelegd in het verdrag. Tegen de tijd dat jij het antwoord had achterhaald zouden de onderhandelingen voorbij zijn. Denk na: "Ik verban Jude Duarte naar de sterfelijke wereld. Pas als haar gratie wordt verleend door de kroon mag ze weer voet zetten in Faerie zonder haar leven te verbeuren."' Hij zwijgt even. 'Pas als er gratie wordt verleend door de kroon! Dus door de koning van Faerie. Of door de koningin. Je had terug kunnen komen wanneer je maar wilde.'

O.

O!

Hij had zijn woorden toen dus toch zorgvuldig gekozen en niet zomaar wat gezegd. Dat was opzettelijk gedaan. Een raadsel enkel en alleen voor mij.

Misschien zou ik me dom moeten voelen, maar in plaats daarvan ben ik razend. Ik keer me om en loop snel en compleet zonder doel weg.

Hij rent achter me aan en pakt mijn arm vast.

Ik draai me met een ruk om en sla hem in het gezicht. Het is een harde klap die een rode plek op zijn wang achterlaat. We staren elkaar lange tijd hijgend aan.

Er ligt een felle blik in zijn ogen die niet wordt veroorzaakt door woede.

Dit gaat me boven mijn pet. Ik ga zo kopje-onder.

'Het was niet mijn bedoeling om je te kwetsen.' Hij pakt mijn hand beet, mogelijk om te voorkomen dat ik hem nog eens sla, en en onze vingers raken verstrengeld. 'Nee, dat is het niet, niet precies. Ik had niet verwacht dat ik jou kon kwetsen en ik had nooit verwacht dat je bang voor me zou zijn.'

'En beviel dat?'

Hij wendt zijn blik af.

Dat is mijn antwoord. Misschien wil hij niet toegeven dat hij die impuls heeft, maar die is aanwezig. 'Nou, ik was gekwetst en, ja, jij maakt me bang.' Tijdens het praten wil ik die woorden al terugnemen. Misschien komt het door de uitputting of doordat ik bijna ben gestorven, maar de waarheid komt er in een ongenadige stortvloed uit. 'Jij hebt me altijd angst aangejaagd. Je hebt me alle reden gegeven om bang te zijn voor jouw grilligheid en wreedheid. Ik was zelfs bang voor je toen je in het Schaduwhof vastgebonden op die stoel zat, toen ik een mes tegen je keel hield en ik ben ook nu bang voor je.'

Deze boodschap lijkt een grotere verrassing voor Cardan dan die klap van net.

Hij heeft altijd symbool gestaan voor alles aan Elfhame wat ik niet kon hebben, alles wat mij nooit zou willen, en hem dit vertellen voelt een beetje alsof ik mezelf van een zware last bevrijd, alleen hoort dat gewicht mijn pantser te zijn en ik vrees dat ik zonder totaal kwetsbaar ben. Maar ik blijf praten, alsof ik geen controle heb over mijn tong. 'Jij verachtte me. Toen je zei dat je naar me verlangde, voelde het alsof de wereld op zijn kop stond. Maar dat je me verbande, dat was logisch.'

Ik kijk hem aan. 'Dat was typisch iets voor jou. Ik had de pest aan mezelf omdat ik dat niet had zien aankomen en ik haat mezelf omdat ik niet weet wat je me nu gaat aandoen.'

Hij doet zijn ogen dicht. Als hij die opent, laat hij mijn hand los en keert hij zich van me af zodat ik zijn gezicht niet zie. 'Ik begrijp waarom je dat dacht. Het zal niet makkelijk zijn om mij te vertrouwen en misschien ben ik ook niet betrouwbaar, maar ik vertrouw jou wél.'

Hij ademt diep in. 'Misschien herinner je je nog dat ik niet de opperkoning wilde worden en dat jij zonder mij te raadplegen deze kroon op mijn hoofd hebt laten zetten. Misschien weet je ook nog dat Balekin niet wilde dat ik die titel zou houden en dat de Levende Raad niet bijzonder op me gesteld is.'

'Dat zal wel...' Al lijkt geen van die dingen me bijzonder ongebruikelijk. Balekin wilde de kroon zelf hebben en de Levende Raad wilde dat Cardan bijeenkomsten zou bijwonen, iets wat hij zelden deed.

'Na mijn geboorte werd er een voorspelling gedaan. Baphen is meestal heel vaag, maar in dit geval was hij er duidelijk over dat als ik zou regeren, ik een bijzonder slechte koning zou zijn.' Hij zwijgt even. 'De verwoesting van de kroon, de vernietiging van de troon... heel veel drama.'

Ik herinner me dat Oriana net als Madoc iets heeft gezegd over dat Cardan verdoemd zou zijn, maar dit is meer dan pech. Het doet me denken aan de komende strijd. Het doet me denken aan mijn droom over de sterrenkaarten en de gemorste inktpot vol bloed.

Cardan kijkt me aan, net als in mijn verbeelding. 'Tot jij me dwong aan de slag te gaan voor het Schaduwhof had ik de dingen die ik kon doen, anderen angst aanjagen of charmeren, nooit als talenten beschouwd, laat staan als iets wat waardevol kon zijn.

Maar jíj wel. Jij hebt me laten inzien dat ik daar iets nuttigs mee kan doen. Ik vond het nooit erg om als een onbelangrijke schurk te worden gezien, maar het is mogelijk dat ik was uitgegroeid tot iets anders, een opperkoning die net zo monsterlijk was als Dain zou zijn geweest. Als dat zou gebeuren, als ik die voorspelling vervul, dan moet ik ook worden tegengehouden. En ik vertrouw erop dat jij dat zult doen.'

'Tegenhouden?' herhaal ik. 'Tuurlijk. Als jij een enorme eikel bent en een bedreiging vormt voor Elfhame, dan hak ik je hoofd er zo af.'

'Mooi.' Er ligt een weemoedige blik in zijn ogen. 'Dat is één reden waarom ik niet wilde geloven dat je met Madoc samenwerkte. De andere is omdat ik je hier aan mijn zij wil, als mijn koningin.'

Het is een vreemde toespraak, en er blijkt weinig liefde uit, maar het lijkt me geen valstrik. Al steekt het een beetje dat hij me voornamelijk bewondert om mijn genadeloosheid, ik kan mezelf enigszins troosten met het besef dat hij me überhaupt bewondert. Hij wil me aan zijn zij hebben, en misschien wil hij me ook op andere manieren. Verlangen naar meer zou alleen maar hebberig zijn.

Hij schenkt me een schuin glimlachje. 'Maar nu je opperkoningin bent en weer de leiding hebt, zal ik toch niets belangrijks meer doen. Als ik de kroon verwoest en de troon vernietig, zal dat alleen gebeuren doordat ik alles verwaarloos.'

Er ontsnapt me onwillekeurig een lach. 'Dus dat is jouw smoes om totaal geen werk te verzetten? Je moet je te allen tijde te buiten gaan en decadent zijn omdat als je niet bezig blijft, je misschien een of andere idiote voorspelling zult laten uitkomen?

'Precies.' Hij raakt mijn arm aan en zijn glimlach vervaagt. 'Zal ik de Raad vertellen dat je ze een andere keer te woord zult staan? Het zou een nieuwe ervaring zijn om een smoesje voor jou te bedenken.'

'Nee. Ik ben er klaar voor.' Het duizelt me door alles wat we hebben besproken. Er zit een goudkleurige vlek op mijn handpalm. Als ik hem aankijk, zie ik dat de rest van het poeder over zijn jukbeen is uitgesmeerd door de klap die ik hem heb gegeven. Ik staar ernaar, en denk aan hoe hij naar me keek toen hij mijn hand vastpakte. Dat is het enige excuus dat ik heb om niet op te merken dat hij me terug heeft gebracht naar zijn vertrekken, die neem ik aan ook van mij zijn, aangezien we getrouwd zijn.

'Zijn ze híér?' vraag ik.

'Volgens mij is het als hinderlaag bedoeld,' vertelt hij me geamuseerd. 'Zoals je weet zijn ze ontzettend nieuwsgierig en vinden ze het vreselijk om niet bij alles te worden betrokken wat zij belangrijk achten, inclusief een koninklijk herstelproces.'

Ik stel me voor hoe verschrikkelijk het zou zijn geweest om te worden gewekt door de complete Levende Raad terwijl ik nog vies, verfrommeld en naakt was. Ik doe een beroep op de woede die daarbij opborrelt en hoop dat ik daardoor gebiedend overkom.

Binnen doet Fala de Grote Zot bij het vuur een dutje op de vloer. De rest van de Raad – Randalin met zijn ramshoorns, Baphen die langs zijn blauwe baard strijkt, de sinistere Mikkel van het Onseeliehof en de insectachtige Nihuar van het Seeliehof – zit verspreid door de ruimte, ongetwijfeld gepikeerd vanwege het wachten.

'Koningin Hofmeester!' roept Fala. Hij springt overeind en maakt een uitbundige buiging.

Randalin fronst.

De anderen maken aanstalten om op te staan.

Ik voel me ontzettend slecht op mijn gemak. 'Nee, toe, blijf alsjeblieft zitten.'

De raadsleden en ik hebben geen goede verstandhouding. Als hofmeester van Cardan heb ik ze regelmatig audiënties met de opperkoning geweigerd. Ik denk dat zij vermoedden dat mijn belangrijkste kwalificatie voor de positie was dat ik voor hem kon liegen.

Ik betwijfel of ze geloven dat ik geschikt ben voor mijn nieuwe positie.

Voor ze dat kunnen zeggen steek ik van wal met een beschrijving van Madocs kamp en vertel ze tot in detail over de zeekaarten die ik heb gezien. Ik stel lijsten op van alle groeperingen die aan zijn kant vechten. Ik leg uit wat ik in Grimsens smederij heb gezien. Cardan doet een duit in het zakje met de paar voorwerpen die hij zich herinnert.

Elfhame beschikt over de grootste strijdkracht. En of ik nou wel of niet een beroep kan doen op de kracht van het land, ik weet dat Cardan daar wel toe in staat is. Dan is er natuurlijk nog de kwestie van het zwaard.

'Een duel?' zegt Mikkel. 'Misschien ziet hij de opperkoning aan voor iemand die bloeddorstiger is. Voor jou, wellicht?'

Van hem is dat niet echt een belediging.

'Tja, Jude is wel verstrikt geraakt met Grima Mog!' Randalin heeft me nooit echt gemogen, en ik denk niet dat de recente gebeurtenissen zijn mening over mij hebben veranderd. 'Het is echt iets voor jou om tijdens je ballingschap beruchte slachters te ronselen.'

'Dus je hebt Balekin inderdaad vermoord?' vraagt Nihuar. Het lukt haar duidelijk niet langer haar nieuwsgierigheid te bedwingen.

'Ja,' zeg ik, 'nadat hij de opperkoning had vergiftigd.'

'Vergiftigd?' herhaalt ze verbijsterd, en ze kijkt naar Cardan.

Hij zit onderuitgezakt op een stoel en haalt zijn schouders op, ziet er zoals altijd verveeld uit. 'Jullie kunnen niet van me verwachten dat ik elk detail vermeld.'

Randalin hapt, straalt een en al ergernis uit. 'Majesteit, er is ons wijsgemaakt dat haar verbanning gerechtvaardigd was en dat als u wilde trouwen, u ons zou raadplegen...'

Baphen praat door Randalin heen. 'Als nu in ieder geval een van u ons had...'

Dit is dan blijkbaar waar ze het echt met ons over willen hebben. Of er een manier was waarop ze hadden kunnen voorkomen wat al is gebeurd en en of ze mijn benoeming tot opperkoningin ongedaan kunnen maken.

Cardan houdt zijn hand op. 'Nee, nee, genoeg. Dit is allemaal te saai voor woorden. Deze bijeenkomst is afgelopen.' Hij gebaart naar de deur. 'Ga. Ik ben jullie allemaal beu.'

Dat niveau van schaamteloze arrogantie heb ik nog lang niet bereikt.

Het werkt echter wel. Er wordt gemopperd, maar ze staan op en vertrekken. Fala werpt me nog een kushandje toe.

Heel even zijn we alleen.

Dan wordt er scherp geklopt op de geheime deur naar de vertrekken van de opperkoning. Voor een van ons overeind kan komen, duwt de Bom die open. Ze heeft een dienblad vol theebenodigdheden bij zich. Haar witte haar zit in een knot op haar hoofd en als ze vermoeid of in de rouw is, dan is dat niet aan haar te zien.

'Lang leve Jude,' zegt ze met een knipoog, waarna ze het dienblad met gekletter van de potten en schoteltjes en andere dingen erop neerzet. 'Niet dankzij mij.'

Ik grijns. 'Het is maar goed dat jij niet goed kunt mikken.'

Ze houdt een zakje kruiden op. 'Een kompres. Om elke mogelijke koorts uit het bloed te trekken en de patiënt te helpen sneller te genezen. Helaas helpt het je niet van je scherpe tong af.' Ze haalt wat verband uit haar jaszak en richt zich tot Cardan. 'Jíj kunt beter gaan.'

'Dit is míjn kamer,' zegt hij beledigd. 'En dat is míjn vrouw.'

'Dat zeg je steeds tegen iedereen,' merkt de Bom op. 'Ik ga haar hechtingen verwijderen en ik denk niet dat je daarbij wilt zijn.'

'O, dat weet ik niet,' zeg ik. 'Misschien wil hij me graag horen gillen.'

'Inderdaad.' Cardan gaat staan. 'En misschien gebeurt dat op een dag ook wel.' Op weg naar buiten raakt hij heel licht mijn haar aan en dan is hij weg.

19

Hechtingen verwijderen is langzaam, pijnlijk werk. Mijn zus kan prachtig borduren, en het lijkt erop dat ze dat talent ook op mijn buik en zij heeft toegepast, waardoor de Bom een eindeloze rij piepkleine steekjes stuk voor stuk moet doorknippen, waarna de draadjes voorzichtig uit de huid worden getrokken. Na de laatste wordt er zalf op de helende wond aangebracht

'Au!' zeg ik, voor mijn gevoel voor de miljoenste keer. 'Is dit echt nodig?'

De Bom zucht lijdzaam. 'Dit had dagen geleden al moeten gebeuren.'

Ik klem mijn kaken op elkaar om nog een kreet van pijn te onderdrukken. Als ik weer kan praten, probeer ik mezelf af te leiden door te vragen: 'Cardan zegt dat je goede hoop hebt voor de Kakkerlak.'

Zoals ze over me heen gebukt staat ruikt ze naar bittere kruiden. Er ligt een wrange uitdrukking op haar gezicht. 'Ik koester altijd hoop waar het hem betreft.'

Er wordt zacht op de deur geklopt. De Bom kijkt mij verwachtingsvol aan.

'Binnen?' roep ik, terwijl ik mijn jurk laat zakken om de ravage op mijn buik te verbergen.

Een zenuwachtige boodschapper met kleine mottenvleugels komt binnen, wat me even respijt geeft van de behandeling. Ze maakt een diepe buiging en kijkt alsof ze op het punt staat flauw te vallen. Misschien komt dat door het bergje met bloed bedekte garen.

Ik overweeg de situatie uit te leggen, maar dat is een koningin onwaardig en we zouden ons er allebei ongemakkelijk bij voelen. In plaats daarvan schenk ik haar hopelijk een bemoedigende glimlach. 'Ja?'

'Hoogheid,' zegt ze. 'Vrouwe Asha wenst u te spreken. Ze heeft mij gestuurd om u rechtstreeks naar het vertrek te brengen waar zij wegkwijnt.'

De Bom snuift. 'Verkommert,' zegt ze geluidloos.

'Zeg haar dat ik haar zo snel mogelijk zal bezoeken,' zeg ik heel deftig.

Hoewel het duidelijk niet het antwoord is dat haar meesteres van me verwacht, kan de boodschapper daar niets tegen inbrengen. Ze aarzelt even en dan lijkt dat ook tot haar door te dringen. Beteuterd verdwijnt ze weer na nog een buiging.

'Jij bent de opperkoningin van Elfhame. Gedraag je dan ook zo,' zegt de Bom, terwijl ze me ernstig aankijkt. 'Je moet je door niemand laten bevelen, zelfs niet door mij.'

'Ik heb nee gezegd!' sputter ik tegen.

Ze peutert nog een hechting eruit en dat gebeurt niet bepaald zachtzinnig. 'Vrouwe Asha wordt niet als volgende op jouw agenda geplaatst alleen maar omdat ze daarom vraagt en ze moet de koningin al helemaal niet naar zich toe laten komen. Vooral niet omdat jíj gewond bent. Zij ligt in bed bij te komen van het trauma dat ze jou van de spanten heeft zien vallen.'

'Au!' Ik weet niet zeker of ik reageer op het trekken aan mijn huid, haar totaal gerechtvaardigde veeg uit de pan of op haar vernietigende mening over vrouwe Asha.

Als de Bom eenmaal klaar is met me, negeer ik haar uitstekende raad en ga naar het verblijf van vrouwe Asha. Het is niet dat ik het oneens ben met haar advies, maar ik wil iets tegen Cardans moeder zeggen en dit lijkt me een uitstekend moment om dat te doen.

Ik word op de gang staande gehouden door Val Moren, die met zijn wandelstok mijn pad blokkeert. Er ligt een boosaardige blik in de ogen van de hofmeester van de vorige opperkoning.

'Hoe voelt het om tot zo'n duizelingwekkende hoogte te stijgen?' vraagt hij. 'Ben je bang voor je volgende val?'

Ik kijk hem boos aan. 'Ik durf te wedden dat jij graag zou willen weten hoe het voelt.'

'Wat onaardig, mijn koningin.' Hij bromt. 'Moet je niet attent zijn tegenover de minste van je onderdanen?'

'Jij wilt dat ik attent ben?' Vroeger was ik bang voor hem, voor zijn onheilspellende waarschuwingen, maar nu niet meer. 'Al die jaren had je mij en mijn zus kunnen helpen. Je had ons kunnen leren hoe we hier als stervelingen konden overleven, maar je hebt ons laten stikken, ook al zijn wij hetzelfde.'

Hij tuurt naar me door tot spleetjes vernauwde ogen. 'Hetzelfde? Denk je dat een zaadje dat in koboldengrond wordt geplant tot dezelfde plant uitgroeit als in de sterfelijke wereld? Nee, zaadje. Ik weet niet wat jij bent, maar wij zijn niet hetzelfde. Ik kwam hier volgroeid aan.' Met die woorden loopt hij verder.

Ik kijk hem boos na.

Ik tref vrouwe Asha aan in een hemelbed, rustend tegen een berg kussens. Het lijkt me met die hoorns niet makkelijk om een comfortabele positie te vinden, maar als het je eigen hoorns zijn, zul je daar wel aan gewend zijn.

Twee hovelingen, een in een jurk en de ander in een pantalon en een jas met op de rug een opening voor tere vleugels, zitten op stoelen naast haar. Een van hen leest voor uit een bundel met roddels gevulde sonnetten. De bediende die me de boodschap van vrouwe Asha heeft gebracht steekt kaarsen aan. De geuren van salie, kruidnagel en lavender vullen de lucht.

Als ik binnenkom blijven de hovelingen veel langer zitten dan hoort, en als ze opstaan om te buigen doen ze dat met nadrukkelijke lusteloosheid.

Vrouwe Asha blijft liggen. Ze kijkt me met een glimlachje aan, alsof we allebei een stuitend geheim kennen.

Ik denk aan mijn eigen moeder, iets wat ik in geen tijden heb gedaan. Ik herinner me dat ze haar hoofd naar achteren liet zakken als ze lachte. Dat ze ons in de zomer tot laat liet opblijven en we elkaar in het maanlicht achternazaten in de achtertuin, mijn handen plakkerig door een gesmolten waterijsje, de doordringende stank van paps smederij in de lucht. Ik herinner me dat ik 's middags wakker werd, met tekenfilms op de tv in de woonkamer en mijn lijf onder de muggenbulten. Ik denk aan hoe ze me uit de auto tilde om me naar binnen te brengen na een lange autorit als ik in slaap was gevallen. Ik denk aan het lome, warme gevoel van door de lucht te worden gedragen.

Wie zou ik zonder dat alles zijn?

'Sta vooral niet op,' zeg ik tegen vrouwe Asha.

Ze kijkt verrast en dan beledigd door de insinuatie dat ze dat vanwege mijn nieuwe positie behoort te doen.

De hoveling met de jas aan krijgt een blik in zijn ogen die me doet vermoeden dat hij werkelijk iedereen hierover gaat vertellen. Ik betwijfel ten zeerste dat ik er gunstig vanaf zal komen.

'Wij spreken elkaar later,' zegt vrouwe Asha op kille toon tegen haar vrienden.

Zij lijken het niet vreemd te vinden om zo te worden weggestuurd. Met nog een buiging, dit keer bewust naar ons allebei, vertrekken ze. Voor de deur achter ze in het slot valt wordt er al druk gefluisterd.

'Wat attent, dit bezoek,' zegt Cardans moeder. 'Gezien je recente terugkeer, en omdat je ook zo recentelijk de troon hebt bestegen.'

Ik moet me inhouden om niet te glimlachen. Het onvermogen om te liegen zorgt voor een interessante zinsbouw.

'Toe... kom even bij me zitten.'

Ik ben me ervan bewust dat dit weer zo'n geval is waarvan de Bom zou zeggen dat ik me door haar laat sturen, maar het komt me kinderachtig voor om bezwaar te maken tegen zo'n milde vorm van hooghartigheid.

'Toen ik je vanuit de Vergeteltoren naar mijn spionnenhol liet brengen,' zeg ik, voor het geval ze herinnerd moet worden aan de reden waarom ze mij te vriend wil houden, 'vertelde je me dat je uit de buurt van de opperkoning, jouw zoon, wilde blijven, maar er lijkt een grote verzoening te hebben plaatsgevonden. Wat zul je daar blij mee zijn.'

Ze pruilt. 'Cardan was geen makkelijk kind om van te houden, en hij is met de tijd alleen maar erger geworden. Hij gilde omdat hij vastgehouden wilde worden, maar als hij eenmaal werd opgetild, beet en schopte hij tot hij weer los was. Hij ontdekte een spel en raakte erdoor geobsedeerd tot hij het meester was, om dan alle stukken te verbranden. Zodra jij geen uitdaging meer bent zal hij je verachten.'

Ik staar haar aan. 'En jij waarschuwt me uit de goedheid van je hart?'

Ze glimlacht. 'Ik geef je deze waarschuwing omdat die er niet toe doet. Jij bent reeds verdoemd, koningin van Elfhame. Je houdt al van hem. Dat was al zo toen je me over hem verhoorde in plaats van over je eigen moeder en je zult nog steeds van hem houden, sterfelijk meisje, lang nadat zijn gevoelens zijn verdampt als de ochtenddauw.'

Onwillekeurig denk ik aan Cardans stilte toen ik vroeg of hij het fijn vond dat ik bang was. Een deel van hem zal altijd genieten van wreedheid. Zelfs als hij is veranderd, zou dat opnieuw kunnen gebeuren.

Ik vind het vreselijk om een dwaas te zijn. Ik vind het verschrikkelijk dat mijn emoties me de baas zijn, me zwak maken. Maar mijn angst om een dwaas te zijn heeft me er tot een gemaakt. Ik had het antwoord op Cardans raadsel veel eerder moeten weten. Zelfs toen ik niet begreep dat het een raadsel was, was het nog altijd een achterdeurtje dat verkend had moeten worden, maar ik schaamde me zo erg omdat ik in zijn list was getrapt dat ik niet langer naar een oplossing zocht. Zelfs nadat ik er een had ontdekt, had ik geen plannen gemaakt om die te gebruiken.

Misschien is het niet het ergste om te willen dat er van je gehouden wordt, zelfs als dat niet het geval is, zelfs als het pijn doet. Misschien betekent menselijk zijn niet altijd dat je zwak bent.

Misschien is schaamte juist het probleem.

Maar het is niet alsof mijn eigen angsten de enige reden zijn dat ik zo'n lange tijd in ballingschap heb doorgebracht. 'Is dat waarom je zijn brieven aan mij hebt onderschept? Om mij te beschermen? Of was dat omdat je bang bent dat hij me niet beu zal worden? Ik zal namelijk altijd een uitdaging zijn, vrouwe.'

Oké, het is een gok, de link tussen haar en de brieven. Maar weinig wezens hier beschikken over de toegang en macht om een boodschap van de opperkoning tegen te houden. Geen enkele ambassadeur van een buitenlands koninkrijk. Waarschijnlijk geen enkel lid van de Levende Raad. En volgens mij is vrouwe Asha niet bijzonder op mij gesteld.

Ze kijkt me rustig aan. 'Veel dingen raken kwijt. Of worden vernietigd.'

Aangezien zij niet kan liegen is dat zo goed als een bekentenis.

'Aha...' Ik ga staan. 'In dat geval vat ik je advies letterlijk op.' Bij de deur kijk ik nog een keer om en zeg wat ze volgens mij het minst graag hoort. 'En de volgende keer verwacht ik een knicks van je.'

20

Halverwege de gang komt er een pixieridder haastig naar me toe. Haar harnas is zo opgepoetst dat haar korenbloemblauwe huid erin weerspiegeld wordt. ‘Majesteit, kom snel,’ zegt ze, terwijl ze haar hand op haar hart plaatst.

‘Fand?’ Toen we op de paleisschool zaten droomden we er allebei van ridder te worden. Zo te zien is dat een van ons gelukt.

Ze kijkt me aan alsof het haar verrast dat ik nog weet wie ze is, hoewel het allemaal niet zo lang geleden is. Zij zal ook wel denken dat ik tot duizelingwekkende en misschien herinneringen veranderende hoogtes ben gestegen.

‘Héér Fand,’ corrigeer ik mezelf.

Ze glimlacht.

Ik grijns terug. We waren misschien niet bevriend, maar we gingen wel vriendschappelijk met elkaar om. In mijn ogen is dat een unicum aan het opperhof. ‘Waarom moet ik snel komen?’

Er verschijnt opnieuw een ernstige uitdrukking op haar gezicht. ‘Er is een bataljon van de Onderzee in de troonzaal.’

'Ah.' Ik laat me door de gangen voeren. Sommige leden van het Volk buigen voor me als ik langsloop. Anderen doen dat nadrukkelijk niet. Onzeker over hoe ik me dien te gedragen, negeer ik het allemaal maar.

'U moet uw eigen wacht hebben,' zegt heer Fand, die vlak achter me loopt.

Iedereen lijkt het geweldig te vinden om mij te vertellen hoe ik deze baan moet doen, maar in dit geval is mijn stilte blijkbaar voldoende om haar het zwijgen op te leggen.

Eenmaal bij de zaal blijkt die nagenoeg verlaten te zijn. Randalin wringt zijn verweerde handen terwijl hij de soldaten van de Onderzee bestudeert: selkies en wezens met bleke huid die me doen denken aan degenen die ze de drenkelingen noemen. Nicasia staat voor ze in een harnas van iriserende schubben, met haaientanden in haar haar en ze houdt Cardans handen stevig vast. Hij heeft zijn donkere hoofd naar haar toe gebogen en ik word eraan herinnerd dat ze ooit geliefden waren.

Ze draait zich met een ruk om als ze me ziet, wild van woede. 'Dit is het werk van jouw vader!'

Ik doe verrast een stap terug. 'Wat?'

'Koningin Orlagh,' zegt Cardan overdreven kalm. 'Het heeft er veel van weg dat ze is geraakt met iets als elfenhagel. Die heeft zich diep in haar lichaam genesteld, maar lijkt haar hart niet te hebben bereikt. Bij pogingen deze te verwijderen, verzet het zich tegen magische en non-magische verwijdering. Het beweegt zich alsof het leeft, maar er kan wat ijzer in zitten.'

Ik blijf verbijsterd staan. De Schim. Daar heeft Madoc hem dus naartoe gestuurd, naar de zee. Niet om de koningin te dóden, wat het Zeevolk woedend zou maken en waardoor ze meer Cardans kant zouden kiezen, maar om haar zodanig te verwonden dat hij haar met de dood kan chanteren. Hoe kan haar volk het risico nemen tegen Madoc te vechten als hij niets tegen hen onderneemt zolang Orlagh zich koest houdt?

'Wat erg.' Het is een typisch menselijke uitspraak en totaal nutteloos, maar ik flap hem er toch uit.

Nicasia trekt haar lip op. 'Dit is jouw schuld.' Na een kort moment laat ze met duidelijke tegenzin Cardans handen los.

Ooit wilde ze met hem trouwen. Ik betwijfel serieus of het feit dat ik er nu ben haar van dat idee heeft doen afzien.

'Mijn moeder heeft me nodig. Het Hof van de Onderzee verkeert in chaos.'

'Wij zijn jullie bondgenoten, Nicasia,' herinnert Cardan haar. 'Mocht je ons nodig hebben.'

'Ik vertrouw erop dat je op zijn minst mijn moeder wreekt.' Met een laatste vijandige blik op mij draait ze zich om en verlaat de zaal. De Onderzee-soldaten volgen haar in formatie.

Ik kan me niet eens aan haar ergeren, want ik ben nog ondersteboven van het succes van Madocs gok en de pure ambitie ervan. De dood van Orlagh zou een enorme organisatie vereisen. Zij is een van de oudste en meest gevestigde grootmachten van Faerie, zelfs ouder dan Eldred. Maar om haar op zo'n manier te raken lijkt me nog veel lastiger.

'Nu Orlagh verzwakt is, is het mogelijk dat er uitdagers voor de troon komen,' zegt Randalin ietwat spijtig, alsof hij betwijfelt dat Nicasia opgewassen is tegen wat er van haar wordt vereist. 'De zee is een meedogenloze plek.'

'Hebben ze de vermeende sluipmoordenaar betrapt?' vraag ik.

Randalin kijkt me fronsend aan, wat hij wel vaker doet als ik een vraag stel waar hij het antwoord niet op weet, maar hij dat niet wil toegeven. 'Dat geloof ik niet. Als dat zo was, hadden ze ons dat zeker verteld.'

Dat betekent dat hij alsnog hierheen kan komen. Dat betekent dat Cardan nog steeds in gevaar verkeert en we hebben veel minder bondgenoten dan eerst. Dit is het probleem als je in de verdediging wordt gedrongen... je kunt er nooit zeker van zijn waar je vijand zal toeslaan, dus je zet meer hulpmiddelen in om op alles voorbereid te zijn.

'De generaals zullen hun plannen willen aanpassen,' zegt Randalin met een veelbetekenende blik op Cardan. 'Misschien moeten we ze bijeenroepen.'

'Ja,' antwoordt Cardan, 'ja, dat zal dan wel.'

We trekken ons terug in de strategieruimte en treffen daar een koude maaltijd aan bestaande uit eendeneieren, krentenbrood en flinterdunne plakjes geroosterd wild zwijn. Het hoofd van de bedienden, een grote, spinachtige vrouw, wacht op ons, samen met de generaals. De discussie krijgt al snel een feestelijk tintje doordat die voor de helft gaat over het vermaken van de dames en heren van de lagere hoven die binnenkort arriveren en voor de andere helft over het plannen van een oorlog.

De nieuwe Grootgeneraal blijkt een boeman genaamd Yorn te zijn. Hij is aangesteld tijdens mijn verbanning. Ik weet niets ten nadele van hem, maar hij heeft een zenuwachtige uitstraling. Hij komt met drie van zijn generaals binnen en heeft allerlei vragen over de kaarten en andere informatie die de Levende Raad namens mij heeft doorgegeven. Hij begint voorzichtig onze maritieme strategie te herzien.

Weer probeer ik me voor te stellen wat Madocs volgende zet kan zijn. Het voelt alsof ik zo veel stukjes van de puzzel heb, maar niet zie hoe die in elkaar passen. Wat ik wel weet is dat hij de uitwegen blokkeert, de variabelen terugsnoeit, zodat zijn plannen de grootste kans van slagen hebben.

Ik kan alleen maar hopen dat wij hem op onze beurt kunnen verrassen.

'We moeten gewoon aanvallen zodra zijn schepen aan de horizon verschijnen,' stelt Yorn, 'zonder hem de kans te geven op overleg. Het zal moeilijker zijn zonder de hulp van de Onderzee, maar niet onmogelijk. Wij beschikken nog altijd over de grotere strijdmacht.'

Vanwege de gebruiken van het Volk met betrekking tot gastvrijheid is het zo dat als Madoc overleg aanvraagt, hij en een kleine groep in Elfhame zullen worden verwelkomd om andere alternatieven dan oorlog te bespreken. Zolang hij geen wapen heft, kan hij met ons eten en drinken en praten zolang als hij wil. Als hij klaar is om te vertrekken, gaat het conflict verder waar we waren gebleven.

'Hij zal een vogel vooruitsturen,' zegt Baphen. 'Het is ook goed mogelijk dat zijn schepen in schaduwen of mist gehuld komen. We weten niet welke magie hij tot zijn beschikking heeft.'

'Hij wil een duel,' zeg ik. 'Zodra hij een wapen trekt zal hij de voorwaarden van het overleg schenden. En hij zal geen grote strijdmacht aan land mogen brengen omdat het doel is over vrede te praten.'

'Het is beter als we de eilanden met schepen omringen,' oppert Yorn, waarbij hij opnieuw strategische stukken over de prachtig getekende kaart van Insweal, Insmire, Insmoor en Insear op tafel schuift. 'We kunnen voorkomen dat Madocs soldaten aan land komen, kunnen elke vogel neerhalen die onze kant op komt. Wij kunnen bondgenoten van de lagere hoven aan onze troepen toevoegen.'

'Wat als Madoc hulp vanuit de Onderzee krijgt?' vraag ik.

De anderen kijken me verbijsterd aan.

'Maar we hebben een verdrag,' zegt Randalin. 'Misschien heb je dat niet gehoord, vanwege...'

'Ja, jullie hebben nú een verdrag.' Ik wil niet opnieuw aan mijn verbanning worden herinnerd. 'Maar Orlagh kan de kroon doorgeven aan Nicasia. Als ze dat doet, dan staat het koningin Nicasia vrij om een nieuw bondgenootschap met Madoc aan te gaan, net zoals toen het Hof der Tanden ooit een wisselkind op de troon zette, het hen vrij stond om tegen Elfhame op te rukken. Nicasia zou zich aan Madocs zij kunnen scharen als hij haar moeder beter maakt.'

'Denkt u dat die kans groot is?' vraagt Yorn aan Cardan, terwijl hij zich fronsend over zijn plannen buigt.

De opperkoning maakt een nonchalant gebaar. 'Jude gaat graag van het ergste van zowel haar vijanden als haar bondgenoten uit. Haar beloning is dat ze het soms bij het verkeerde eind heeft over ons.'

'Daar kan ik me anders geen enkel geval van herinneren,' fluister ik hem toe.

Hij trekt een enkele wenkbrauw op.

Op dat moment komt Fand de kamer binnen, zich er duidelijk van bewust dat ze hier niet thuishoort. 'Pardon, maar i-ik heb een boodschap voor de koningin,' stottert ze nerveus. 'Van haar zus.'

'Zoals je ziet is de koning...' begint Randalin.

'Welke zus?' wil ik weten, terwijl ik naar haar toe loop.

'Taryn.' Ze ziet er een stuk kalmer uit nu ze het alleen tegen mij heeft. 'Ze zei dat u naar het oude onderkomen van de opperkoning moet komen.'

'Wanneer?' Mijn hart bonkt opeens. Taryn is altijd heel voorzichtig en houdt rekening met het decorum. Ze houdt niet van cryptische boodschappen of sinistere ontmoetingsplekken. Als zij wil dat ik naar Heulhuis kom, is er iets heel erg mis.

'Zo snel als u kunt,' antwoordt Fand.

'Dan kom ik nu.' Ik richt me tot de raadsleden, de generaals en de opperkoning. 'Het betreft een familieaangelegenheid. Excuseer me.'

Cardan staat op. 'Ik ga met je mee.'

Ik doe mijn mond open om alle redenen uit te leggen waarom hij niet mee kan gaan. Het probleem is dat als ik in zijn met goud omringde ogen kijk en hij daar gemaakt onschuldig mee knippert, ik er niet één kan bedenken die hem daadwerkelijk zou tegenhouden.

'Mooi.' Hij loopt langs me heen. 'We zijn eruit.'

Yorn ziet er opgelucht uit omdat wij vertrekken. Randalin ziet er geheel voorspelbaar gepikeerd uit. Baphen is druk bezig een eendenei te verorberen terwijl een aantal andere generaals diep in gesprek zijn verwikkeld over hoeveel van de lagere hoven schepen zouden kunnen meenemen en wat dat zou betekenen voor hun kaarten.

Op de gang moet ik vlugger lopen om Cardan in te halen. 'Je weet niet eens waar we heen gaan.'

Hij veegt zwarte krullen weg van zijn gezicht. 'Fand, waar gaan we heen?'

De ridder kijkt ongelukkig, maar geeft antwoord. 'Naar Heulhuis.'

'Ah,' zegt hij. 'Dan ben ik nu al van nut. Je zult mij nodig hebben om die deur over te halen om open te gaan.'

Heulhuis was van Balekin, Cardans oudste broer, geweest. Als de meest invloedrijke Troepiaal – een groepering aan het opperhof die het meest geïnteresseerd was in feesten, losbandigheid en overdaad – had Balekin bekendgestaan om de wildheid van zijn fuiven. Hij had stervelingen misleid om hem te dienen, had ze betoverd zodat ze zich alleen herinnerden wat hij wilde. Hij was verschrikkelijk geweest, en dat was voor hij een bloederige coup had gepleegd tegen de rest van zijn familie in een poging om de troon te bemachtigen.

Hij was ook degene die Cardan had opgevoed.

Terwijl ik aan dat alles denk stuurt Cardan Fand op pad om de koninklijke koets te laten voorrijden. Ik wil zeggen dat ik zelf kan rijden, maar ik ben nog niet zodanig genezen dat ik daar zeker van ben. Een paar minuten later stap ik onder begeleiding in een prachtig uitgeruste koninklijke koets waarvan de bekleding van de zittingen is versierd met een patroon van ranken en kevers. Cardan neemt tegenover me plaats en leunt met zijn hoofd tegen het raamkozijn als de paarden in beweging komen.

Als we het paleis achter ons laten besef ik dat het later is dan ik dacht. De ochtendschemer dreigt al aan de horizon. Ik heb zo lang geslapen dat mijn tijdsbesef is veranderd.

Wat had Taryns boodschap te betekenen? Waarom zou ze me in hemelsnaam naar Balekins landgoed laten komen? Kon het iets te maken hebben met de dood van Locke?

Zou dit weer verraad kunnen zijn?

Eindelijk komen de paarden tot stilstand. Ik klim uit de koets terwijl een van de wachters van de bok springt om mij te helpen. Hij kijkt verbijsterd als hij me al naast de paarden ziet staan, maar het is niet bij me opgekomen om te wachten. Ik ben er niet aan gewend koninklijk te zijn en ben bang dat ik daar ook niet aan zal wennen.

Cardan stapt uit. Zijn blik is niet op mij of op de wachter gericht, maar op Heulhuis. Zijn staart zwiept achter hem door de lucht en verraadt zo alle emoties die niet van zijn gezicht te lezen zijn.

Bedekt met een dikke laag klimop, met een scheve toren en bleke, harige wortels die van de balkons bungelen, was dit ooit zijn thuis. Ik heb gezien dat Cardan gegeseld werd door een menselijke bediende, in opdracht van Balekin, en ik weet zeker dat daar nog ergere dingen zijn gebeurd, al heeft Cardan het daar nooit over gehad.

Ik wrijf met mijn duim over het stompje van mijn ontbrekende vingertop, dat eraf is gebeten door een van Madocs wachters, en besef opeens dat als ik Cardan erover zou vertellen hij het misschien zou begrijpen. Misschien zou hij beter dan wie dan ook die vreemde combinatie van angst en schaamte begrijpen die ik voel, zelfs nu, als ik eraan denk. Ondanks al onze conflicten zijn er momenten dat wij elkaar maar al te goed begrijpen.

'Waarom zijn we hier?' vraagt hij.

'Taryn wilde hier afspreken,' zeg ik. 'Ik wist niet eens dat ze deze plek kende.'

'Die kent ze ook niet,' antwoordt Cardan.

De geboende houten deur is nog steeds versierd met een enorm en sinister gezicht, geflankeerd door lantaarns, maar daarin cirkelen niet langer wanhopige elfjes. In plaats daarvan is er een zachte, magische gloed zichtbaar.

'Mijn koning,' zegt de deur met genegenheid als hij zijn ogen heeft geopend.

Cardan glimlacht. 'Mijn deur,' zegt hij met een lichte hapering in zijn stem, alsof het wellicht vreemd voelt om hier weer te zijn.

'Gegroet en welkom.' Hij zwaait open.

'Is er nog zo'n meisje als dit aanwezig?' vraagt hij met een gebaar naar mij.

'Ja,' zegt de deur. 'De gelijkenis is heel groot. Ze is beneden, bij de ander.'

'Beneden?' vraag ik, terwijl we door de galmende hal lopen.

'Daar zijn kerkers,' vertelt Cardan. 'De meeste leden van het Volk dachten dat die slechts voor de sier waren, maar helaas.'

'Waarom zou Taryn daar zijn?' vraag ik.

Daar heeft hij geen antwoord op.

We dalen af, voorafgegaan door de koninklijke wacht. De kelder ruikt sterk naar aarde. De ruimte die we binnengaan is leeg, op ketens en enkele meubelstukken na die ongeschikt lijken om op te zitten. Grote vuurkorven branden zo fel dat ik de warme gloed ervan op mijn wangen voel.

Taryn zit naast een vergeetput. Ze is eenvoudig gekleed en draagt een mantel over haar jurk. Zonder de extravagante kleding en kapsels ziet ze er jong uit. Het is beangstigend om te denken dat ik er misschien net zo jong uitzie.

Als ze Cardan ziet, komt ze overeind en een hand gaat beschermend naar haar buik. Ze maakt een diepe knicks.

'Taryn?' zegt hij.

'Hij was op zoek naar jou,' vertelt ze me. 'Toen hij mij in jouw vertrekken zag, zei hij dat ik hem moest vastbinden omdat Madoc hem meer bevelen had gegeven. Hij vertelde me over de kerkers en ik heb hem hierheen gebracht. Het leek me een plek waar niemand zou zoeken.'

Ik loop naar de put en tuur in de diepte. De Schim zit ongeveer drie meter onder ons met zijn rug tegen de gewelfde wand en hij heeft boeien om zijn polsen en enkels. Hij ziet er bleek en ziek uit en kijkt geplaagd uit zijn ogen.

Ik wil hem vragen of het goed met hem gaat, maar dat is duidelijk niet het geval.

Cardan staart naar mijn zus alsof hij een raadsel probeert te ontwarren. 'Je kent hem, toch?'

Ze knikt en slaat haar armen over elkaar. 'Hij bezocht Locke van tijd tot tijd, maar hij heeft niets met zijn dood te maken, als je dat soms denkt.'

'Nee, dat dacht ik helemaal niet,' zegt Cardan.

Nee, toen moet hij al Madocs gevangene zijn geweest. Maar de richting die dit gesprek op gaat bevalt me niet. Ik ben er nog altijd niet zeker van wat Cardan zou doen als hij de waarheid over Lockes dood weet.

'Kun je ons over koningin Orlagh vertellen?' vraag ik aan de Schim, in een poging het gesprek terug te sturen naar wat het belangrijkst is. 'Wat heb je gedaan?'

'Madoc heeft me een pijl gegeven,' zegt hij. 'Die voelde zwaar aan in mijn hand en bewoog alsof het een levend iets was. Heer Jarel heeft me betoverd zodat ik onder de golven kon ademen, maar daardoor brandde mijn huid alsof die met ijs was bedekt. Madoc gaf me het bevel dat ik Orlagh overal mocht raken, behalve in het hart of het hoofd, en zei dat de pijl de rest zou doen.'

'Hoe ben je ontsnapt?' vraag ik.

'Ik heb een haai gedood die me achternazat en heb me in zijn lijk verborgen tot het gevaar geweken was. Daarna ben ik naar land gezwommen.'

'Heeft Madoc je nog meer bevelen gegeven?' vraagt Cardan met een frons.

'Ja,' zegt de Schim met een vreemde uitdrukking op zijn gezicht.

Dat is de enige waarschuwing die we krijgen voor hij halverwege de vergeetput is geklommen. Ik besef dat hij de boeien waar Taryn hem in heeft geslagen af heeft gekregen, waarschijnlijk al lang geleden. Een ijzige paniek maakt zich van me meester. Ik ben te stram om tegen hem te vechten, heb te veel pijn. Ik grijp de zware deksel bij de put en probeer die over de opening te sleuren in de hoop hem op te sluiten voor hij de rand bereikt. Cardan roept de wachters en trekt tot mijn verrassing een dodelijk uitziend mes uit zijn wambuis. Dat moet aan de invloed van de Kakkerlak te danken zijn.

Mijn zus schraapt haar keel. 'Larkin Gorm Garrett, vergeet alle bevelen op de mijne na.'

Ik hap naar adem. Ik heb nooit eerder gezien dat iemand bij zijn ware naam werd genoemd. In Faerie betekent die kennis dat je totaal in de macht bent van degene die je naam heeft gezegd. Ik heb gehoord van leden van het Volk die hun eigen oren af hebben gesneden om dat te voorkomen... en van leden die een ander de tong af hebben gesneden om te voorkomen dat die wordt uitgesproken.

Taryn ziet er zelf ook een beetje geschokt uit.

De Schim laat zich weer op de bodem van de put glijden. Hij lijkt kleiner te worden van opluchting, ondanks de macht die ze over hem heeft. Het zal wel beter zijn om onder het bevel van mijn zus te staan dan dat van mijn vader.

'Je kent zijn ware naam,' zegt Cardan tegen Taryn, terwijl hij zijn mes wegstopt en zijn jasje eroverheen gladstrijkt. 'Hoe ben je aan dat interessante stukje informatie gekomen?'

'Locke lette niet op wat hij in mijn bijzijn zei,' vertelt ze enigszins defensief.

Ik ben schoorvoetend onder de indruk van haar. En opgelucht. Ze had de ware naam van de Schim voor haar eigen gewin kunnen gebruiken. Ze had hem kunnen verbergen. Misschien houden we er echt mee op tegen elkaar te liegen.

'Kom er maar uit,' zeg ik tegen de Schim.

Dat doet hij, langzaam en behoedzaam dit keer. Een paar minuten later stapt hij op de vloer. Hij slaat Cardans hulp af en staat op zijn eigen benen.

Toch valt het me op hoe zwak hij overkomt. 'Heb je verdere bevelen nodig?' vraag ik. 'Of kun je me beloven dat je niemand in deze ruimte aanvalt?'

Hij krimpt ineen. 'Dat beloof ik.'

Hij zal er niet blij mee zijn dat ik nu zijn ware naam ken. Als ik hem was, zou ik daar ook niet blij mee zijn.

En dan heb ik het nog niet over Cardan.

'Zullen we naar een wat meer comfortabel deel van Heulhuis

gaan om dit gesprek voort te zetten, nu alle drama achter de rug is?' stelt de opperkoning voor.

De Schim zwaait op zijn voeten en Cardan grijpt zijn arm beet, steunt hem bij het beklimmen van de trap. In de zitkamer brengt een van de wachters hem dekens. Ik ga aan de slag met de open haard. Taryn kijkt alsof ze wil zeggen dat ik dat niet moet doen, maar dat ze dat niet helemaal durft.

'Dus ik neem aan dat je het bevel hebt gekregen om... wat? Mij te vermoorden mocht je daar de kans toe krijgen?' Cardan beent rusteloos heen en weer.

De Schim knikt en trekt de dekens strakker om zich heen. Zijn lichtbruine ogen staan dof en zijn donkerblonde haar zit helemaal in de war. 'Ik had gehoopt dat onze paden niet zouden kruisen en was bang voor de gevolgen als dat wel zou gebeuren.'

'Ja, nou, ik neem aan dat we allebei van geluk mogen spreken dat Taryn heel behulpzaam in het paleis rondhing,' zegt Cardan.

'Ik keer pas terug naar het huis van mijn echtgenoot als ik er zeker van ben dat Jude veilig is,' verklaart ze.

'Er was een misverstand tussen Jude en mij,' merkt Cardan behoedzaam op. 'Maar wij zijn geen vijanden en ik ben ook niet jouw vijand, Taryn.'

'Jullie vinden alles een spelletje, jij en Locke.'

'In tegenstelling tot Locke heb ik de liefde nooit als een spel beschouwd,' vertelt hij. 'Je kunt me van veel dingen beschuldigen, maar niet daarvan.'

'Garrett,' onderbreek ik ze wanhopig, omdat ik betwijfel of ik meer wil horen. 'Kun je ons iets over Madocs plannen vertellen? Elk detail komt van pas.'

Hij schudt zijn hoofd. 'De laatste keer dat ik hem zag was hij woedend. Op jou, op zichzelf... Op mij, toen hij eenmaal wist dat jij had ontdekt dat ik daar was. Hij gaf me mijn bevelen en stuurde me op pad, maar volgens mij was dat veel eerder dan gepland.'

Ik knik. 'Juist. Hij heeft zijn plannen naar voren moeten halen.'

Toen ik vertrok was het zwaard nog lang niet af. Dat moet frustrerend zijn geweest, om in actie te moeten komen voor hij daar helemaal klaar voor was.

Volgens mij weet Madoc niet dat ik koningin ben. Volgens mij weet hij niet eens dat ik nog leef. Dat moet iets waard zijn.

'Als de Raad te weten komt dat we Orlaghs aanvaller in hechtenis hebben, loopt dat verkeerd af,' verklaart Cardan opeens vastberaden. 'Ze zullen mij aanmoedigen om je te over te dragen aan de Onderzee zodat Elfhame een wit voetje haalt. Het is dan slechts een kwestie van tijd voor Nicasia weet dat wij jou hier hebben. Wij brengen je naar het paleis en plaatsen je in hechtenis bij de Bom. Zij kan bepalen wat ze met je wil doen.'

'Heel goed,' reageert de Schim met een combinatie van gelatenheid en opluchting.

Cardan laat zijn koets weer komen.

Taryn gaapt terwijl ze erin klimt en naast de Schim gaat zitten.

Ik leun met mijn hoofd tegen het raam en luister maar half als het Cardan lukt mijn zus ervan te overtuigen hem wat meer te vertellen over de sterfelijke wereld. Hij lijkt haar beschrijving van slushmachines met de bijbehorende onnatuurlijk felle kleuren en vreemde suikerzoetheid geweldig te vinden. Ze is halverwege een uitleg over gummywormen als we het paleis bereiken en uitstappen.

'Ik breng de Schim naar zijn verblijfplek,' zegt Cardan tegen mij. 'Jude, jij hebt rust nodig.'

Het komt me onmogelijk voor dat ik pas vandaag wakker ben geworden uit een soort bedwelmde slaap, dat de Bom pas vandaag mijn hechtingen heeft verwijderd.

'Ik loop met je mee,' zegt Taryn wat samenzweerderig, en ze leidt me in de richting van de koninklijke vertrekken.

Ik loop met haar door de gang, op discrete afstand gevolgd door twee leden van de koninklijke wacht.

'Vertrouw je hem?' fluistert ze als Cardan buiten gehoorbereik is.

'Soms,' geef ik toe.

Ze werpt me een meelevende blik toe. 'Hij was aardig in de koets. Ik had er geen idee van dat hij dat in zich had.'

Daar moet ik om lachen.

Bij mijn deur gekomen legt ze haar hand op mijn arm. 'Hij probeerde indruk op jóú te maken, weet je dat? Door met mij te praten.'

Ik frons. 'Volgens mij wilde hij gewoon meer horen over raar snoep.'

Ze schudt haar hoofd. 'Hij wil dat je hem mag. Maar dat hij dat wil, betekent niet dat het ook moet.' Dan laat ze me alleen achter.

Ik ga de enorme koninklijke vertrekken binnen waar ik mijn jurk uittrek en over een scherm hang. Ik leen een van Cardans andere belachelijke overhemden met ruches en schiet die aan, waarna ik in het grote bed klim. Mijn hart bonkt zenuwachtig als ik een sprei met daarop een opgejaagd hert tot aan mijn schouders trek.

Ons huwelijk is een samenwerking, een overeenkomst. Meer dan dat hoeft het niet te zijn. Ik probeer mezelf wijs te maken dat Cardans verlangen naar mij altijd al vermengd is geweest met walging en dat ik beter af ben zonder.

Ik val in slaap terwijl ik lig te wachten op het geluid van de deur die opengaat, zijn voetstappen op de houten vloer.

Maar als ik wakker word, ben ik nog steeds alleen. Er branden geen lampen. De kussens liggen op dezelfde plek. Er is niets veranderd. Ik ga rechtop zitten.

Misschien brengt hij de rest van de ochtend en middag in het Schaduwhof door, is hij aan het darten met de Schim en houdt hij het genezingsproces van de Schim in de gaten. Het is helaas makkelijker om me hem voor te stellen in de grote zaal, waar hij toezicht houdt op het staartje van het feest van afgelopen nacht, waar hij liters wijn drinkt, allemaal om niet naast mij in bed te hoeven liggen.

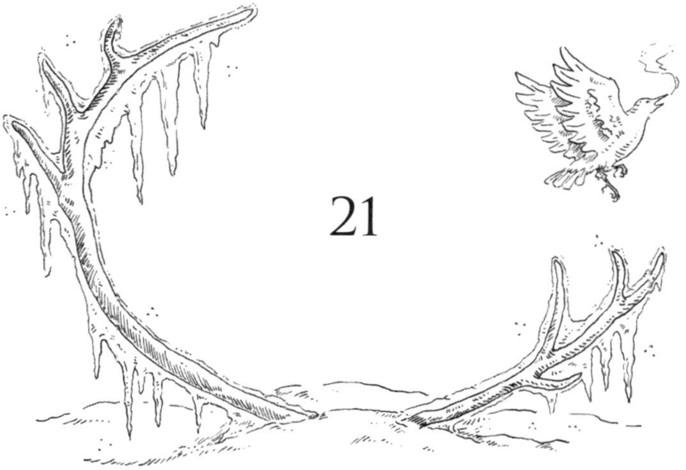

21

Gebonk brengt me ertoe een van Cardans kamerjassen op te snorren en die onhandig aan te trekken over het overhemd waarin ik heb geslapen.

Voor ik bij de deur ben, komt Randalin al binnen.

'Vrouwe.' Er klinkt een broze, beschuldigende klank door in zijn stem. 'Wij hebben veel te bespreken.'

Ik trek de kamerjas strakker om me heen. Het raadslid moet hebben geweten dat Cardan weg is aangezien hij zo binnenkomt, maar ik gun hem niet de genoegdoening hem te vragen waar Cardan is.

Onwillekeurig komen de woorden van de Bom bij me op: *Jij bent de opperkoning van Elfhame. Gedraag je dan ook zo.*

Het is echter moeilijk om me niet te schamen voor mijn schaarse kleding, verwarde haar en stinkende adem. Het is lastig om op dit moment waardigheid uit te stralen. 'Waar moeten wij het in hemelsnaam over hebben?' lukt het me op kille toon te zeggen.

De Bom zou waarschijnlijk zeggen dat ik hem de kamer uit moet laten gooien.

De gnoom richt zich op tot zijn volle lengte en komt opgeblazen over door zijn eigendunk. Hij staart me vanachter zijn draadmontuur streng aan met zijn geitenogen. Zijn ramshoorns zijn met boenmiddel helemaal blinkend gepoetst. Hij loopt naar de lage bank en neemt plaats.

Ik ga naar de deur, doe die open en tref daar twee mij onbekende ridders aan. Het is natuurlijk niet Cardans volledige wacht. De rest is bij hem. Nee, degenen die voor de deur staan zijn waarschijnlijk de minst gewaardeerde ridders die er slecht toe in staat zijn om een woedend lid van de Levende Raad tegen te houden. Aan de andere kant van de gang zie ik Fand echter staan. Ze recht haar rug als ze mij ziet.

'Heb je nog een boodschap voor me?' vraag ik.

Fand schudt haar hoofd.

Ik kijk de koninklijke wacht aan. 'Wie heeft het raadslid zonder mijn toestemming binnengelaten?'

Ze schrikken en een van hen begint een antwoord te stotteren.

Fand bemoeit zich ermee. 'Ik heb gezegd dat ze dat niet moesten toestaan. U hebt iemand nodig die u beschermt, en uw deur. Laat mij uw ridder zijn. U kent me. U weet dat ik bekwaam ben. Ik heb hier staan wachten in de hoop...'

Ik herinner me maar al te goed mijn verlangen naar een eigen plekje in het koninklijke huishouden, om te worden verkozen om deel uit te maken van de persoonlijke wacht van een van de prinsessen. Ik begrijp ook waarom ze daar eerder niet voor uitgekozen is. Ze is jong en gezien wat ik tot op heden van haar heb meegemaakt neemt ze geen blad voor de mond.

'Ja,' zeg ik. 'Dat zou fijn zijn. Fand, jij bent het eerste lid van mijn wacht.' Aangezien ik nooit eerder een eigen wacht heb gehad weet ik nu niet goed wat ik met haar moet beginnen.

'Bij eik en as, doorn en lijsterbes zweer ik dat ik u trouw zal dienen tot aan mijn dood.'

Dat komt me een beetje roekeloos voor.

'Zo, zal ik het raadslid uit uw vertrekken verwijderen?'

Ik schud mijn hoofd, al is het wel een mooie gedachte, en het is maar de vraag of ik de glimlach van mijn gezicht kan houden. 'Dat is niet nodig. Stuur alsjeblieft een boodschapper naar mijn oude vertrekken om te kijken of Tatterfell wat van mijn spullen hierheen kan brengen. In de tussentijd praat ik met Randalin.'

Fand kijkt met een frons langs me heen naar het raadslid. 'Ja, majesteit.' Ze brengt haar vuist naar haar hart.

Met de belofte van andere kleding in de nabije toekomst ga ik weer naar binnen. Ik ga op de armleuning van de bank tegenover het raadslid zitten en neem hem nadenkend in me op. Hij heeft me hier overvallen met de bedoeling me te overrompelen. 'Goed dan,' zeg ik, met die wetenschap in mijn achterhoofd. 'Vertel.'

'Heersers van de lagere hoven druppelen binnen. Ze beweren dat ze hier zijn om de uitdaging van je vader bij te wonen en om de opperkoning te steunen, maar dat is niet de enige reden.' Hij klinkt verbitterd. 'Ze komen om zwakte te ruiken.'

Ik frons. 'Ze hebben trouw gezworen aan de kroon. Hun loyaliteit is aan Cardan gebonden, of ze dat willen of niet.'

'Maar toch,' gaat Randalin verder, 'nu de Onderzee geen troepen kan sturen, zijn we afhankelijker van hen dan ooit. We willen niet dat de lagere hoven ons hun loyaliteit slechts met tegenzin schenken. En als Madoc over enkele dagen arriveert zal hij gebruikmaken van elke onzekerheid. Jij creëert die onzekerheid.'

Ah, nu begrijp ik waar dit over gaat.

Hij praat door. 'Er is nooit eerder een sterfelijke koningin van Elfhame geweest en die zou er nu ook niet moeten zijn.'

'Verwacht je serieus dat ik die enorme macht opgeef omdat jij dat zegt?'

'Je was een goede hofmeester,' zegt Randalin tot mijn verrassing. 'Je geeft om Elfhame. Daarom smeek ik je je titel op te geven.'

Op dat moment zwaaien de deuren open.

'We hebben niet om je gevraagd en hebben je ook niet nodig!'

roept Randalin, duidelijk van plan om een of andere bediende, waarschijnlijk Fand, de veeg uit de pan te geven die hij mij het liefst zou geven. Hij trekt wit weg en komt abrupt overeind.

De opperkoning staat in de deuropening. Hij trekt zijn wenkbrauwen op en er speelt een boosaardige glimlach om zijn mond. ‘Dat denken velen, maar weinigen zijn zo dapper om dat recht in mijn gezicht te zeggen.’

Grima Mog staat achter hem. De scharlaakkap heeft een licht dampende soepterrine in haar handen.

De geur komt naar me toe en mijn maag rammelt.

Randalin sputtert tegen. ‘Majesteit! Wat een enorme flater. Mijn onoplettende opmerkingen waren niet voor u bedoeld. Ik dacht dat u...’ Hij valt stil, maar probeert het dan opnieuw. ‘Dat was dwaas van me. Als u me wilt straffen...’

Cardan onderbreekt hem. ‘Vertel me anders maar waar jullie het over hadden. Je geeft ongetwijfeld de voorkeur aan Judes nuchtere antwoorden boven mijn onzinnige, maar het amuseert me toch om over staatsaangelegenheden te horen.’

‘Ik probeerde haar alleen te laten nadenken over de oorlog die haar vader met zich meebrengt. Iedereen moet opofferingen brengen.’ Randalin werpt een blik op Grima Mog, die haar terrine op een tafel vlakbij zet, en dan weer naar Cardan.

Ik zou Randalin kunnen waarschuwen dat hij bang zou moeten worden door hoe Cardan naar hem kijkt.

Cardan richt zich tot mij en er is nog steeds iets van zijn woede in zijn ogen te zien. ‘Jude, wil je mij en het raadslid even alleen laten? Er zijn een aantal dingen die hij in overweging moet nemen. Grima Mog heeft trouwens soep voor je meegenomen.’

‘Ik heb geen hulp nodig om Randalin duidelijk te maken dat dit mijn thuis en mijn land is en dat ik nergens heen ga en ook niets opgeef.’

‘En toch,’ zegt Cardan, die zijn hand om de nek van het raadslid legt, ‘zijn er een aantal dingen die ik met hem wil bespreken.’

Randalin laat zich door Cardan naar een van de andere koninklijke zitkamers brengen. Cardan laat zijn stem zodanig zakken dat ik de woorden niet versta, maar zijn zachte, dreigende toon is niet te missen.

'Kom, eet wat,' dringt Grima Mog aan, die soep in een kom schept. 'Dan voel je je beter.'

Champignons drijven op de bouillon. Als ik mijn lepel ertussen duw zie ik wat stukjes knol en iets wat vlees zou kunnen zijn. 'Wat zit hier precies in?'

De scharlaakkap snuift. 'Wist je dat je je mes in mijn steeg hebt laten liggen? Ik had me voorgenomen om je dat terug te geven. Ik wilde een goede buur zijn.' Ze grijnst listig. 'Maar je was niet thuis. Je mooie tweelingzus was er wel. Ze had heel goede manieren en nodigde me uit voor thee en cake en vertelde me allerlei interessante dingen. Je had me meer moeten vertellen, misschien hadden we dan eerder tot een overeenkomst kunnen komen.'

'Misschien, maar de soep...'

'Ik ben een fijnproever, maar ik heb een brede smaak. Doe niet zo moeilijk,' zegt ze. 'Drinken. Je hebt energie nodig.'

Ik neem een slokje en probeer niet te denken aan wat ik nu binnenkrijg. Het is een goed op smaak gebrachte bouillon die me onschuldig lijkt. Ik hou de kom ietwat schuin en drink die leeg. De soep is heet en smaakt goed en ik voel me beter dan ik me heb gevoeld sinds ik in Elfhame wakker ben geworden. Ik prik met een vinger in de vaste stukjes op de bodem. Als daar iets verschrikkelijks tussen zit dan kan ik dat beter niet weten.

Terwijl ik de restjes nog doorzoek gaat de deur weer open.

Tatterfell komt binnen met een berg jurken in haar armen. Fand en twee andere ridders volgen met meer van mijn kleding. Daarachter is Heather op teenslippers. Zij brengt een flinke hoeveelheid sieraden mee.

'Taryn zei dat als ik meekwam, ik een glimp zou opvangen van de koninklijke vertrekken.' Als Heather dichterbij komt laat ze haar stem zakken. 'Ik ben blij dat het goed met je gaat. Vee wil dat we gaan voor jullie vader hier komt, dus we vertrekken al snel, maar we wilden niet gaan terwijl jij nog in coma lag.'

'Dat is een goed idee,' zeg ik. 'Ik kijk ervan op dat je bent gekomen.'

'Je zus deed me een aanbod,' legt ze een beetje spijtig uit, 'en dat heb ik aangenomen.'

Voor ze me daar meer over kan vertellen rent Randalin naar de uitgang, waarbij hij in zijn haast bijna tegen Heather botst. Hij knippert verbijsterd met zijn ogen naar haar, duidelijk niet voorbereid op de aanwezigheid van een tweede sterveling. Dan vertrekt hij zonder ook maar mijn kant op te kijken.

'Gróte hoorns,' zegt Heather geluidloos, en ze kijkt hem na. 'Kléín gastje.'

Cardan leunt tegen het deurkozijn en lijkt heel tevreden met zichzelf. 'Er is vanavond een bal om gasten van een aantal van mijn hoven te verwelkomen. Ik hoop dat jij en Vivienne ook komen. De vorige keer dat je hier was, was ik geen goede gastheer, maar we kunnen je vele geneugten bieden.'

'Inclusief een oorlog.' Grima Mog doet ook een duit in het zakje. 'Wat is er nu mooier dan dat?'

Na het vertrek van Heather en Grima Mog blijft Tatterfell achter om me voor te bereiden op de komende nacht. Ze steekt mijn haar op en verft mijn wangen. Ik draag vanavond een lange goudkleurige jurk met een bovenlaag van dunne stof die lijkt op een vergulde maliënkolder. Leren schouderstukken houden gedrapeerde lappen stof op hun plek die meer van mijn decolleté laten zien dan ik gewend ben.

Cardan gaat op een stoel zitten die uit plantenwortels is opgebouwd en strekt zijn benen voor zich uit. Hij draagt donkerblauwe kleren met op de schouders geborduurde kevers van metaaldraad die met juwelen zijn bezet. Op zijn hoofd rust de gouden kroon van Elfhame. De eikenbladeren bovenaan blinken. Hij houdt zijn hoofd ietwat schuin en bestudeert mij. 'Vanavond zul je met alle heersers moeten praten,' merkt hij op.

'Dat weet ik,' zeg ik met een blik op Tatterfell.

Zij lijkt het heel mooi te vinden dat hij me ongevraagd advies geeft.

'Omdat maar een van ons hen kan voorliegen,' gaat hij tot mijn verrassing verder. 'Het is van essentieel belang dat zij geloven dat onze overwinning onvermijdelijk is.'

'Is dat dan niet zo?' vraag ik.

Hij glimlacht. 'Dat mag jij mij vertellen.'

'Madoc maakt geen kans,' lieg ik plichtsgetrouw.

Na de coup van Balekin en Madoc ben ik naar de kampen van de lagere hoven gegaan om te proberen de dames en heren en vazallen van Faerie over te halen een bondgenootschap met mij aan te gaan. Cardan heeft me toen verteld wie ik het best kon benaderen. Hij gaf me voldoende informatie over iedereen om te kunnen bepalen hoe ik hem of haar het best kon benaderen. Als iemand me door de komende nacht heen kan loodsen, dan is hij het wel.

Hij is goed in anderen op hun gemak stellen, zelfs als ze beter zouden moeten weten.

Helaas ben ik goed in het ergeren van anderen, maar ik ben in ieder geval ook goed in liegen.

'Is het Hof der Termieten er al?' vraag ik, zenuwachtig bij het idee de confrontatie met heer Roiben aan te gaan.

'Ik ben bang van wel,' antwoordt Cardan. Hij gaat staan en biedt me zijn arm aan. 'Kom, laten we onze onderdanen charmeren en verwarren.'

Tatterfell steekt nog wat plukjes haar weg, strijkt een vlecht glad en laat me dan met tegenzin gaan.

Samen lopen we de grote zaal binnen, met veel vertoon omringd door Fand en de rest van de wachters.

Als we worden aangekondigd valt er een stilte. Ik hoor de woorden als van grote afstand: 'De opperkoning en opperkoningin van Elfhame.'

Kobolden en krekels, gnomen en elfjes, trollen en kollen, alle prachtige, geweldige en verschrikkelijke wezens van Elfhame kijken onze kant op. Hun zwarte ogen blinken en hun vleugels, staarten en snorharen bewegen. Hun schok door wat ze zien – een sterveling verbonden met hun koning, een sterveling die als hun heerser wordt voorgesteld – trekt als elektriciteit door de lucht.

Dan haasten ze zich naar ons toe om ons te begroeten.

Mijn hand wordt gekust. Ik ontvang zowel extravagante als loze complimenten. Ik probeer me te herinneren wie de verschillende dames en heren en vazallen zijn. Ik probeer ze gerust te stellen dat Madocs nederlaag onvermijdelijk is, dat we ze graag te gast hebben en er blij mee zijn dat ze een deel van hun hof vooruit hebben gestuurd, klaar voor de strijd. Ik vertel ze dat ik denk dat het conflict zo voorbij zal zijn. Ik heb het niet over het verlies van onze bondgenoten uit de Onderzee, over het feit dat het leger van Madoc Grimsens oorlogswapentuig bij zich zal hebben of over het enorme zwaard waarmee Madoc Cardan wil bevechten.

Ik lieg en lieg en lieg.

'Uw vader lijkt me een bijzonder voorkomende vijand, dat hij ons hier zo bijeen laat komen,' merkt heer Roiben van het Hof der Termieten op, met een uiterst kille blik in zijn ogen.

Om mijn schuld aan hem in te lossen heb ik Balekin vermoord, maar dat betekent niet dat hij blij met me is of dat hij alle onzin die ik iedereen verkoop gelooft.

'Mijn vrienden zijn nog niet eens zo attent dat ze mijn bondgenoten voor me bijeenbrengen voor aanvang van de strijd.'

'Het is zeker machtsvertoon,' zeg ik. 'Hij wil ons van ons stuk brengen.'

Roiben denkt na. 'Hij wil jou vernietigen,' werpt hij tegen.

Zijn consort, de pixie Kaye, zet haar hand op haar heup en strekt haar hals om beter om zich heen te kunnen kijken. 'Is Nicasia er?'

'Ik ben bang van niet.' Een gesprek tussen die twee kan onmogelijk tot een positief resultaat leiden. De Onderzee was verantwoordelijk voor een aanval op het Hof der Termieten, waarbij Kaye ernstig gewond raakte. 'Ze moest naar huis.'

'Jammer,' antwoordt Kaye, die haar vuist balt. 'Ik heb nog iets voor haar.'

Aan de andere kant van de ruimte zie ik Heather en Vivi binnenkomen. Heather draagt gebroken wit, wat prachtig bij het mooie, diepe bruin van haar huid past. Haar haar zit in een wrong die met kammetjes op zijn plek wordt gehouden. Naast haar is Vivi in een donkerrood gehuld dat ontzettend lijkt op de kleur van gedroogd bloed, de kleur die Madoc graag draagt.

Er komt een krekel op ons af die ons kleine eikelkelkjes vol gefermenteerde distelmelk aanbiedt. Kaye drinkt er in één keer eentje leeg en krimpt ineen.

Ik sla over. 'Neem me niet kwalijk,' zeg ik, waarna ik naar mijn zus toe loop. Ik kom langs koningin Annet van het Hof der Motten, de Elzenkoning en zijn consort en tientallen anderen.

Fala de Zot komt voor me staan. 'Wat is dansen toch leuk, hè? Laten we dansen tussen de as van traditie.'

Zoals gebruikelijk weet ik niet goed wat ik tegen hem moet zeggen. Levert hij nu kritiek of meent hij wat hij zegt? Ik duik langs hem heen.

Heather schudt haar hoofd als ik ze bereik. 'Jezus, dát is nog eens een jurk.'

'O, mooi. Ik wilde wat te drinken gaan halen,' zegt Vivi. 'Veilige drankjes. Jude, blijf jij hier tot ik terug ben, of word je weer aan je haren bij de diplomatie betrokken?'

'Ik wacht wel.' Ik ben blij met de kans om Heather even alleen te spreken. Zodra mijn zus weg is kijk ik haar aan. 'Waar ben je precies akkoord mee gegaan?'

'Hoezo?' vraagt Heather. 'Je denkt toch niet dat je zus me zou misleiden?'

'Niet expres.' Faerie-overeenkomsten hebben geheel verdiend een slechte reputatie. Ze zijn zelden rechttoe rechtaan. Natuurlijk klinken ze goed. Er wordt je bijvoorbeeld beloofd dat je de rest van je leven gelukkig zult zijn, maar dan heb je één geweldige nacht en ga je de volgende ochtend dood. Of er wordt je beloofd dat je zult afvallen, maar dan komt er iemand voorbij die een van je benen afhakt. Het is niet alsof ik denk dat Vivi Heather zoiets zal aandoen, maar met de les van mijn eigen verbanning nog vers in het geheugen wil ik toch graag de details horen.

'Ze zei dat er iemand bij Eik moest blijven in Elfhame terwijl zij jou ging halen en ze heeft me aangeboden dat we hier in Faerie bij elkaar konden zijn. Als we teruggaan laat ze me Faerie én haar vergeten.'

Mijn adem stokt. Is dat wat Heather wil? Of heeft Vivi het aangeboden en is Heather ermee akkoord gegaan omdat het haar beter leek dan op dezelfde voet verder te gaan? 'Dus wanneer je naar huis gaat...'

'Dan is het voorbij.' Er is kort wanhoop op haar gezicht te lezen. 'Sommige dingen zijn niet voor mensen weggelegd. Dat geldt ook voor magie.'

'Heather, je hoeft niet...'

'Ik hou van Vee,' zegt ze. 'Ik denk dat ik me heb vergist. De vorige keer dat ik hier was, leek deze plek een schitterend gemaakte horrorfilm, en wilde ik alles alleen maar vergeten. Maar ik wil haar niet vergeten.'

'Kun je haar dat niet gewoon vertellen?' Ik kijk naar de andere kant van de zaal, en zie dat mijn zus op de terugweg is. 'Zeg het af.'

Heather schudt haar hoofd. 'Ik heb gevraagd of ze wilde proberen me van gedachten te laten veranderen. Ik denk dat ik eraan twijfelde of ik het wel uit wilde maken. Ik hoopte waarschijnlijk dat ze me gerust zou stellen dat zij ook hoopte dat ik van gedachten zou veranderen. Maar Vee werd heel serieus en zei dat het onderdeel van onze afspraak zou zijn dat ze ermee door zou gaan ongeacht wat ik later zou zeggen.'

'Dat is toch idioot,' flap ik eruit.

'Ik ben de idioot,' zegt Heather. 'Als ik niet zo bang was geweest...' Ze valt stil als Vivi ons bereikt met drie kelken in haar handen.

'Wat is er aan de hand?' vraagt mijn zus, en ze geeft me mijn drankje. 'Jullie kijken vreemd.'

Heather en ik zwijgen allebei.

'Nou?' wil Vivi weten.

'Jude heeft ons gevraagd om nog een paar dagen te blijven,' zegt Heather tot mijn enorme verrassing. 'Ze heeft onze hulp nodig.'

Vivi kijkt me beschuldigend aan.

Ik doe mijn mond open om te protesteren, maar ik kan het niet ontkennen zonder Heather af te vallen. Toen Vivi op Taryns bruiloft magie gebruikte om haar te laten vergeten wat er was gebeurd, was ik woedend op haar. Ik was me er onwillekeurig van bewust dat zij een lid van het Volk was en ik niet. Op dit moment ben ik me onwillekeurig bewust van alle manieren waarop Heather menselijk is.

'Nog een paar daagjes,' beaam ik, er zeker van dat ik een slechte zus ben, maar misschien ook een goede.

Aan de andere kant van de zaal heft Cardan een kelk. 'Welkom op het eiland Insmire. Seelie en Onseelie, Wild Volk en Schuw Volk, ik ben blij dat jullie je onder mijn vlag verenigen, blij met jullie loyaliteit, dankbaar voor jullie eer.' Zijn blik gaat naar mij. 'Jullie bied ik honingwijn en de gastvrijheid van mijn tafel aan. Verraders en eedbrekers bied ik in plaats daarvan de gastvrijheid van mijn koningin aan. De gastvrijheid van messen.'

Er volgt een golf aan geluid, van opgetogen gesis en gejank. Vele ogen richten zich op mij. Vrouwe Asha kijkt boos mijn kant op.

Heel Faerie weet dat ik degene ben die Balekin heeft gedood. Ze weten dat ik daar zelfs een tijdje voor in ballingschap heb gezeten. Ze weten dat ik de pleegdochter van Madoc ben. Ze twijfelen niet aan Cardans woorden.

Nou, hij heeft er zeker voor gezorgd dat ze me als meer dan alleen de sterfelijke koningin zien. Nu ben ik voor hen de moorddadige koningin. Ik weet niet zeker wat ik daarvan vind, maar nu ik de intense interesse in hun ogen zie, moet ik toegeven dat het effectief is.

Ik hef mijn glas hoog en drink er dan uit.

Tegen de tijd dat de festiviteiten wegebben buigen alle hovelingen voor me als ik voorbijkom. Allemaal.

Ik ben uitgeput als we de zaal verlaten, maar ik hou mijn hoofd geheven en mijn schouders recht. Niemand mag weten hoe moe ik ben.

Pas als ik weer in de koninklijke vertrekken ben sta ik mezelf toe een beetje te ontspannen en leun ik tegen het deurkozijn van een van de kamers.

'Je was vanavond formidabel, mijn koningin,' zegt Cardan wanneer hij bij me staat.

'Na die toespraak van jou was daar niet veel voor nodig.' Ondanks mijn vermoeidheid ben ik me uiterst bewust van zijn aanwezigheid, van de warmte van zijn huid en de manier waarop mijn maag ineenkrimpt van verlangen als ik zijn lome, samenzweerderige glimlach zie.

'Dat moet wel de waarheid zijn geweest, anders had ik die woorden niet over mijn lippen kunnen krijgen.'

Mijn blik gaat automatisch naar zijn zachte mond, zijn zwarte ogen en prominente jukbeenderen. 'Je bent vannacht niet naar bed gekomen,' fluister ik.

Het dringt opeens tot me door dat hij zijn nachten misschien elders heeft doorgebracht terwijl ik bewusteloos was en misschien wel met iemand anders. Er is veel tijd verstreken sinds ik voor het laatst aan het hof was. Ik heb geen idee wie er bij hem in de gratie is.

Maar als er een ander is, dan lijkt hij op dit moment totaal niet aan haar te denken. 'Ik ben nu hier,' zegt hij, alsof hij het mogelijk acht dat hij me verkeerd begrijpt.

Het is oké om iets te willen wat pijn gaat doen, denk ik. Ik ga zo dicht bij hem staan dat we elkaar bijna aanraken.

Hij pakt mijn hand vast, vlecht zijn vingers tussen de mijne door en buigt zijn hoofd.

Er is genoeg tijd om de kus te ontwijken, maar dat doe ik niet. Ik wil het juist. Mijn vermoeidheid vervliegt als hij zijn lippen tegen de mijne drukt. Keer op keer, de ene kus gaat over in de andere.

'Je leek vannacht wel een ridder uit een verhaal,' zegt hij zachtjes tegen mijn hals. 'Mogelijk zelfs uit een vunzig verhaal.'

Ik schop hem tegen zijn been en hij kust me opnieuw, dwingender.

We botsen strompelend tegen de wand en ik trek zijn lijf tegen het mijne. Ik duw mijn handen onder zijn overhemd, laat mijn vingertoppen langs zijn ruggengraat omhoogglijden naar waar de vleugels van zijn schouderbladen zitten.

Zijn staart zwiept heen en weer, het toefje bont aan het uiteinde strijkt over mijn kuit.

Hij huivert en drukt zich steviger tegen me aan, verdiept de kus. Hij strijkt mijn haar naar achteren, dat vochtig is van het zweet. Mijn hele lichaam staat strak van begeerte, ik kan niet dicht genoeg bij hem komen. Het voelt alsof ik koorts heb. Elke kus lijkt mijn gedachten meer te bedwelmen, mijn huid meer te laten gloeien. Hij drukt zijn mond, zijn tong tegen mijn hals. Zijn handen gaan naar mijn heupen en hij tilt me op.

Ik voel me oververhit en stuurloos.

Die gedachte dringt door al het andere heen en ik bevries.

Hij laat me onmiddellijk zakken, laat me los en stapt naar achteren alsof hij zich heeft gebrand. 'We hoeven niet...'

Dat is nog erger. Ik wil niet laten doorschemeren hoe kwetsbaar ik me voel. 'Nee, een momentje.' Dan bijt ik op mijn onderlip. Zijn ogen zijn ontzettend donker en zijn pupillen worden groot. Hij is zo mooi, zo perfect, verschrikkelijk, onmenselijk mooi dat ik bijna geen lucht krijg. 'Ik ben zo terug.'

Ik vlucht naar de kast. Ik voel nog steeds het kloppen van mijn hartslag door mijn hele lichaam.

Toen ik een kind was, was seks een mysterie, iets bizars wat mensen deden om baby's te krijgen als ze getrouwd waren. Een vriendinnetje en ik hebben ooit poppen in een hoed gelegd en toen daarmee geschud om aan te geven dat ze hét deden.

Dat veranderde natuurlijk in Faerie. Het Volk verschijnt naakt op fuiven, vrijt soms voor vermaak, vooral later op de avond. Hoewel ik nu begrijp wat seks is en hoe dat verloopt, had ik niet verwacht dat het zou voelen alsof ik mezelf kwijtraakte. Als Cardan me vasthoudt glijd ik weg in genot en dat merkt hij. Hij is ervaren in de liefdeskunst. Hij kan elke reactie die hij maar wil aan me ontlokken. Dat haat ik, en toch wil ik het, allemaal tegelijk.

Maar misschien hoef ik niet de enige te zijn die dat allemaal voelt.

Ik trek mijn jurk uit, schop mijn schoenen uit. Ik laat zelfs mijn haar zakken en langs mijn schouders golven. In de spiegel vang ik een glimp op van mijn rondingen: de spieren van mijn armen en borstkas, gevormd door zwaardvechten, de zwaarte van mijn bleke borsten, de welvingen van mijn heupen. Naakt is mijn sterfelijkheid niet te verbergen.

Naakt keer ik terug naar de slaapkamer.

Cardan staat bij het bed. Als hij zich omdraait, kijkt hij zo verbijsterd dat ik bijna moet lachen. Ik heb hem zelden onzeker gezien, zelfs niet als hij dronken of gewond was. Het is zeldzaam om hem van streek te zien. Er verschijnt een wilde hitte in zijn ogen, een blik die veel wegheeft van angst. Ik voel een golf van macht, zo koppig als wijn.

Dit is een spel dat ik wel wil spelen.

'Kom hier,' zegt hij schor.

Ik loop gehoorzaam naar hem toe. Ik mag dan onervaren zijn in de liefde, maar ik weet veel over provoceren. Ik laat me voor hem op mijn knieën zakken. 'Had jij je me zo voorgesteld, in je vertrekken in Heulhuis, toen je aan me dacht en dat verschrikkelijk vond? Had je je mijn eventuele overgave zo voorgesteld?'

Hij lijkt zich hevig te schamen, maar er verschijnt onmiskenbaar een blos op zijn wangen. Zijn ogen glimmen. 'Ja.' Het klinkt alsof het woord uit hem wordt gesleurd en zijn stem klinkt schor van verlangen.

'Wat deed ik daarna?' vraag ik zacht. Ik leg mijn hand op zijn dij.

Hij kijkt me vurig aan, al ligt er een behoedzame uitdrukking op zijn gezicht.

Ik besef dat hij denkt dat ik hem al deze vragen stel omdat ik boos ben, omdat ik hem wil vernederen, maar hij praat toch verder.

'Ik stelde me voor dat je zei dat ik alles met je kon doen wat ik maar wilde.'

'Serieus?'

Hij kijkt me aan als hij mijn verraste lach hoort. 'En dat je een beetje smeekte en voor me kroop.' Hij schenkt me een gegeneerd lachje. 'Mijn fantasieën waren een en al arrogante ambitie.'

Zo op mijn knieën is het een kleine moeite om achterwaarts met mijn rug op het koude steen te gaan liggen. Ik hef mijn handen als in een smeekbede. 'Doe met me wat je wilt,' zeg ik. 'Alsjeblieft, o, alsjeblieft. Ik wil alleen maar jou.'

Hij hapt naar adem en laat zich dan zakken zodat we ons allebei op de vloer bevinden. Hij op zijn handen en knieën, waardoor hij me met zijn lichaam gevangenhoudt. Hij drukt zijn lippen op het plekje op mijn pols waar mijn bonkende hartslag te voelen is. 'Bespot me maar als je wilt. Waar ik toen ook over fantaseerde, nu ben ik degene die zou smeken en kruipen voor een vriendelijk woord van jou.' Zijn ogen zijn zwart van verlangen. 'Jij bent altijd mijn zwakke plek.'

Het komt me onmogelijk voor dat hij die woorden zegt en dat die waar zijn, maar als hij zich bukt en me opnieuw zoent, maakt die gedachte plaats voor gevoel. Hij welft zich huiverend tegen me aan.

Ik maak de knopen van zijn wambuis los. Hij gooit zijn hemd erachteraan.

'Ik spot niet met je,' fluister ik tegen zijn huid.

Hij kijkt me bezorgd aan. 'Wij hebben zo lang in ons harnas geleefd, jij en ik. Nu weet ik niet zeker of we dat wel uit kunnen trekken.'

'Is dit weer een raadsel?' vraag ik. 'Als ik antwoord geef, kus je me dan nog een keer?'

'Als je dat wilt.' Zijn stem klinkt ruw, onvast. Hij komt naast me liggen.

'Ik heb je verteld wat ik wilde,' zeg ik uitdagend. 'Dat je met me doet wat je...'

'Nee,' onderbreekt hij me, 'wat jíj wilt.'

Ik draai me op mijn zij en ga dan op hem zitten. Ik kijk naar hem en bestudeer zijn borstkas, de weelderige zwarte krullen die vochtig tegen zijn voorhoofd plakken, zijn ietwat van elkaar geweken lippen, de met haar begroeide lengte van zijn staart. 'Ik wil...' Ik ben echter te verlegen om die zin af te maken.

In plaats daarvan kus ik hem, tot hij het begrijpt.

Hij trekt zijn broek uit, waarbij hij me in de gaten houdt alsof hij verwacht dat ik van gedachten zal veranderen. Ik voel zijn staart zacht langs mijn enkel strijken, zich om mijn kuit wikkelen. Dan ga ik onhandig in wat volgens mij de juiste positie moet zijn zitten, hap naar adem als onze lichamen samenkomen. Hij houdt me vast als ik die felle, scherpe scheut pijn voel. Ik bijt in zijn handpalm. Alles gaat snel, is heet, en ik heb de totale controle en ben tegelijkertijd ook de controle totaal kwijt.

De uitdrukking op zijn gezicht is helemaal open.

Naderhand zoent hij me, lief en oprecht.

'Ik heb je gemist,' fluister ik tegen zijn huid. Ik ben duizelig door de intimiteit van die bekentenis, voel me naakter dan toen hij elke centimeter van me kon zien. 'In de sterfelijke wereld, toen ik dacht dat jij mijn vijand was, miste ik je nog steeds.'

'Mijn lieve wraakgodin, wat ben ik blij dat je terug bent.' Hij trekt mijn lichaam tegen het zijne en houdt mijn hoofd tegen zijn borst.

We liggen nog steeds op de vloer, ook al staat er een prima bed vlak naast ons.

Ik denk aan zijn raadsel. Hoe trekken personen als wij ons harnas uit?

Stukje bij beetje.

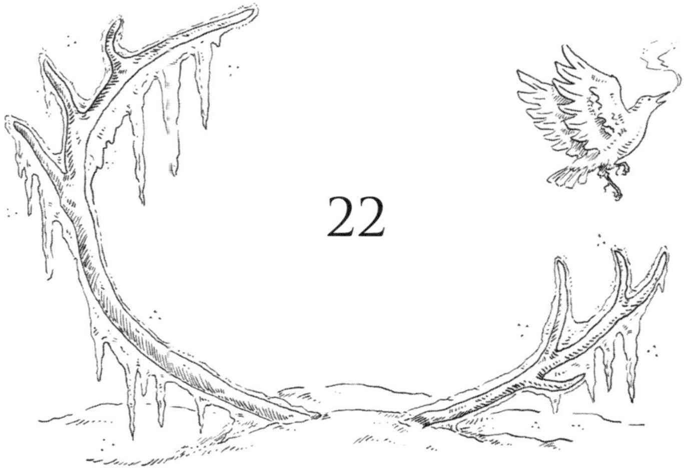

22

De volgende twee dagen brengen we vooral in de strategiekamer door, waar ik Grima Mog vraag om zich bij Cardans generaals en die van de lagere hoven te voegen om strijdplannen te maken. De Bom is er ook bij, haar gezicht gaat schuil achter zwart gaas en verder is ze in een inktzwarte mantel met capuchon gehuld. Leden van de Levende Raad melden hun zorgen. Cardan en ik buigen ons over de tafel terwijl leden van het Volk om beurten kaarten schetsen met mogelijke aanvallen en verdedigingen. Kleine houtsnijwerkjes worden verplaatst. Drie boodschappers worden naar Nicasia gestuurd, maar er komt geen antwoord van de Onderzee.

'Madoc wil de dames en heren en heersers van de lagere hoven een show geven,' zegt Grima Mog. 'Laat mij tegen hem vechten. Het zou me een eer zijn om jullie kampioen te zijn.'

'Daag hem uit tot het vlooienspel en dan ben ik jullie kampioen,' merkt Fala op.

Cardan schudt zijn hoofd. 'Nee, laat Madoc komen en me om overleg vragen. Onze ridders zullen op hun post staan en in het paleis zullen ook de boogschutters in positie zijn. We horen hem aan en geven hem antwoord, maar wij doen niet aan spelletjes. Als Madoc in actie wil komen tegen Elfhame, dan moet hij dat doen, en daarna slaan we terug met al onze macht.' Hij kijkt naar de vloer en dan naar mij.

'Als hij denkt dat hij je kan verlokken tot een duel, dan zal hij het je heel lastig maken om te weigeren,' waarschuw ik hem.

'Vraag hem zijn wapens bij de poort achter te laten,' stelt de Bom voor. 'Als hij dat niet doet, schiet ik hem neer vanuit de schaduw.'

'Dan kom ik over als een lafaard,' zegt Cardan, 'als ik hem niet eens aanhoor.'

De moed zinkt me in de schoenen, want trots is precies wat Madoc hoopt te manipuleren.

'Jij zou in leven zijn, terwijl je vijand dood is,' merkt de Bom op. Omdat haar gezicht bedekt is, is het onmogelijk om iets uit haar uitdrukking op te maken. 'En we zouden schande met schande hebben beantwoord.'

'Ik hoop dat u niet overweegt om akkoord te gaan met een duel,' zegt Randalin. 'Uw vader zou zo'n absurd idee nog geen seconde hebben overwogen.'

'Natuurlijk niet,' antwoordt Cardan. 'Ik ben geen zwaardvechter, maar bovendien geef ik mijn vijanden niet graag wat ze willen. Madoc komt voor een duel en alleen al daarom moet hij dat niet krijgen.'

'Als het overleg eenmaal afgelopen is,' zegt Yorn, die weer naar zijn plannen kijkt, 'treffen we elkaar op het slagveld. We zullen hem laten zien wat de beloning is voor het verraden van Elfhame. Wij hebben een duidelijk pad naar de overwinning.'

Een duidelijk pad, en toch heb ik een enorm onheilspellend gevoel.

Fala vangt mijn blik op en jongleert met voorwerpen van de tafel: een ridder, een zwaard, een kroon.

Dan komt er gehaast een gevleugelde boodschapper de kamer binnen. 'Ze zijn gesignaleerd,' zegt hij. 'De schepen van Madoc naderen.'

Even later landt er een zeevogel, met een verzoek om overleg aan zijn poot gebonden.

De nieuwe Grootgeneraal gaat naar de deur en roept om zijn troepen. 'Ik zal mijn soldaten in positie brengen. We hebben misschien drie uur.'

'Ik zal de mijne verzamelen,' zegt de Bom tegen Cardan en mij. 'De boogschutters zullen toeslaan op jullie signaal.'

Cardan pakt mijn hand vast. 'Het is moeilijk om iemand van wie je houdt tegen te werken.'

Ik vraag me af of hij aan Balekin denkt. Ook al weet ik dat Madoc mijn vijand is, ik kom ergens in de verleiding me te verbeelden dat ik hem om kan praten. Vivi is hier, samen met Taryn, en zelfs Eik. Oriana zou vrede wensen, zou daarop aansturen als er een manier was. Misschien lukt het ons hem ervan te overtuigen een eind aan de oorlog te maken voor die begint. Misschien kunnen we tot overeenstemming komen. Ik ben toch ook de opperkoningin. Misschien kan ik hem een stuk land geven om over te regeren?

Maar dat is onmogelijk. Als ik hem een gunst bewijs omdat hij een verrader is, moedig ik alleen maar groter verraad aan. Madoc zou trouwens toch niet tevreden zijn. Hij stamt af van een familie van krijgers. Zijn moeder heeft hem tijdens een gevecht gebaard en hij is van plan met een zwaard in zijn hand te sterven.

Al denk ik niet dat hij van plan is om vandaag op die manier te sterven.

Ik denk dat hij van plan is te winnen.

De zon gaat bijna onder tegen de tijd dat ik er klaar voor ben om het podium te beklimmen. Ik draag een groen- en goudkleurige japon en er rust een kroontje van vergulde takken op mijn hoofd. Mijn haar is gevlochten en tot iets wat op ramshoorns lijkt gevormd en mijn mond heeft de kleur van bessen in de winter. Het enige aan mijn kleding dat normaal voelt is het gewicht van Nachtval in een nieuwe, schitterende schede.

Cardan staat naast me en neemt de laatste plannen door met de Bom. Hij is gekleed in een mosgroen dat zo donker is dat het bijna het zwart van zijn krullen is.

Ik keer me naar Eik toe, die bij Taryn, Vivi en Heather staat. Ze zullen aanwezig zijn, maar zich verbergen op dezelfde plek waar Taryn en ik ons vroeger verborgen om ongezien de feesten te bestuderen.

'Je hoeft dit niet te doen,' zeg ik tegen Eik.

'Ik wil mijn moeder zien,' zegt hij vastberaden. 'En ik wil zien wat er gebeurt.'

Als hij op een dag de opperkoning moet worden, dan heeft hij het recht om dit bij te wonen, maar ik had liever gezien dat hij een andere manier zou kiezen om ervaring op te doen. Wat er vandaag ook gebeurt, ik betwijfel of er een manier is om te vermijden dat het voor Eik een nachtmerrie wordt.

'Hier heb je je ring terug.' Hij vist hem uit zijn zak en legt hem op mijn hand. 'Die heb ik voor je bewaard, zoals je vroeg.'

'Dat stel ik op prijs,' zeg ik zacht, terwijl ik hem aan mijn vinger schuif. Het metaal voelt warm aan doordat het zo dicht bij zijn lichaam heeft gezeten.

'Wij vertrekken voor het al te erg wordt,' belooft Taryn, maar zij was er niet bij tijdens de kroning van prins Dain. Ze begrijpt niet hoe snel de situatie kan omslaan.

Vivi werpt een blik op Heather. 'En dan keren wij terug naar de sterfelijke wereld, iets wat we al veel eerder hadden moeten doen.'

Ik zie echter ook het verlangen in haar ogen. Nooit eerder heeft ze in Faerie willen blijven, maar het was deze keer makkelijk om haar ervan te overtuigen iets langer hier te vertoeven.

'Dat weet ik,' zeg ik.

Heather vermijdt het ons aan te kijken.

Als zij weg zijn komt de Bom naar me toe en pakt mijn handen vast. 'Wat er ook gebeurt, denk eraan dat ik je vanuit de schaduwen zal beschermen.'

'Dat zal ik nooit vergeten.' Ik denk aan de Kakkerlak, die nog ligt te slapen vanwege mijn vader. Aan de Schim, die zijn gevangene was. Aan mezelf, toen ik bijna doodbloedde in de sneeuw. Er is veel te wreken.

Dan gaat zij ook en zijn Cardan en ik even alleen.

'Madoc zegt dat jij voor de liefde zult duelleren,' zeg ik.

'Wiens liefde?' vraagt hij met een frons.

Geen banket is te overdadig voor een uitgehongerde man.

Ik schud mijn hoofd.

'Ik hou van jou,' zegt hij. 'Ik heb een groot deel van mijn leven mijn hart beschermd. Ik heb het zo goed beschermd dat ik me kon gedragen alsof ik er helemaal geen had. Zelfs nu is het een armoedig, door wormen aangevreten, obsceen ding. Maar het is van jou.' Hij loopt naar de deur van de koninklijke zaal, alsof hij zo het gesprek wil beëindigen. 'Dat had je waarschijnlijk al geraden, maar het is maar dat je het weet.'

Hij doet de deur open om een reactie van mij te voorkomen. Opeens zijn we niet langer alleen. Fand en de rest van onze wacht staan al klaar met naast zich vol ongeduld de Levende Raad.

Niet te geloven dat hij dat net heeft gezegd, daarna zomaar wegloopt en mij hier helemaal van de kaart achterlaat. Ik ga hem wúrgen!

'De verrader en zijn gezelschap bevinden zich in het paleis,' meldt Randalin. 'Ze wachten tot u klaar voor ze bent.'

'Met hoeveel zijn ze?' vraagt Cardan.

'Twaalf,' antwoordt hij. 'Madoc, Oriana, Grimsen, enkele leden van het Hof der Tanden en een aantal van Madocs beste generaals.'

Een kleine groep formidabele krijgers en hovelingen. Ik kan er niets uit opmaken, op het overduidelijke na. Hij wil zowel diplomatie bedrijven als een oorlog beginnen.

Terwijl we door de gangen lopen werp ik een blik op Cardan. Hij schenkt me een afwezige glimlach, alsof hij met zijn gedachten bij Madoc en het naderende conflict is.

Jij houdt ook van hem, denk ik. Je hield al van hem voor je gevangene van de Onderzee was. Je hield van hem toen je ermee akkoord ging met hem te trouwen.

Als dit voorbij is zal ik de moed verzamelen om hem dat te vertellen.

Dan worden we naar de verhoging gebracht, als acteurs op een podium die op het punt staan met het stuk te beginnen.

Ik kijk uit over de heersers van Seelie- en Unseeliehoven en het Wilde Volk die ons trouw hebben gezworen, naar de hovelingen, artiesten en bedienden. Mijn blik blijft op Eik rusten, die zich half verscholen hoog op een stuk rots bevindt. Mijn tweelingzus schenkt me een geruststellende glimlach. Heer Roiben staat met een onverbiddelijke uitstraling aan de kant. Bij de hoofdingang zie ik de menigte uiteen wijken om Madoc en zijn gezelschap door te laten.

Ik strek en buig mijn vingers, die koud zijn omdat ik zo zenuwachtig ben.

Het pas gepoetste harnas van mijn vader blinkt terwijl hij zich door de zaal beweegt, maar is verder onopvallend... Het harnas van iemand die geïnteresseerd is in het betrouwbare in plaats van in het nieuwe en indrukwekkende. De mantel om zijn schouders is van wol en geborduurd met zijn maanzegel in het zilver en omlijnd met rood. Daaroverheen draagt hij schuin op zijn rug het enorme zwaard zodat hij dat in één soepele beweging kan trekken. Op zijn hoofd rust een bekende kap, stijf en donker door gedroogd bloed.

Kijkend naar die kap weet ik dat hij niet alleen is gekomen om te praten.

Achter hem lopen vrouwe Nore en heer Jarel van het Hof der Tanden met de kleine aangelijnde koningin Suren aan hun zij, en Madocs meest gewaardeerde generaals: Calidore, Hellevuur en Vavindra. Aan weerszijden van hem bevinden zich Grimsen en Oriana. Grimsen is overdadig gekleed in een jasje bestaand uit geschakelde plaatjes goud. Oriana ziet zoals altijd bleek en is gehuld in diepblauw dat is afgezet met wit bont. Haar enige versiering is een zilveren hoofdtooi die glimt als ijs.

'Heer Madoc,' zegt Cardan. 'Verrader van de troon, moordenaar van mijn broer, wat brengt jou hier? Ben je gekomen om een beroep te doen op de genade van de kroon? Wellicht hoop je dat de koningin van Elfhame genade toont.'

Madoc lacht en kijkt naar mij. 'Dochter, elke keer als ik denk dat je niet hoger kunt stijgen, bewijs je me het tegendeel. En ik, dwaas die ik ben, vroeg me af of je nog wel in leven was.'

'Ik leef nog,' zeg ik. 'Al is dat niet aan jou te danken.'

Het geeft me enige voldoening om de totale verbijstering op Oriana's gezicht te zien, gevolgd door schok als ze beseft dat mijn aanwezigheid aan de zij van de opperkoning geen uitvoerige grap is en dat ik wel degelijk met Cardan ben getrouwd.

'Dit is je laatste kans om je over te geven. Kniel, vader.'

Hij lacht opnieuw, schudt zijn hoofd. 'Ik heb me in mijn hele leven nog nooit overgegeven. In al die jaren dat ik strijd heb geleverd heb ik dat niemand gegund en dat gun ik ook jou niet.'

'Dan zul je worden herinnerd als een verrader, en als ze liederen over je schrijven, dan zullen die al je dappere daden vergeten maar juist deze verachtelijke daad vermelden.'

'Ah, Jude,' zegt hij. 'Denk je dat ik iets om liederen geef?'

'Je komt voor een overleg en je wilt je niet overgeven,' merkt Cardan op. 'Spreek. Je hebt niet al die troepen meegenomen om ze niet in te zetten.'

Madoc legt zijn hand op het gevest van zijn zwaard. 'Ik ben gekomen om je uit te dagen tot een duel voor de kroon.'

Cardan lacht. 'Dit is de Bloedkroon, gesmeed voor Mab, de eerste van de Struikwince-lijn. Jij kunt die niet dragen.'

'Gesmeed door Grimsen,' zegt Madoc. 'Hij staat hier naast me en hij zal een manier bedenken waardoor ik die kan dragen als ik eenmaal heb gewonnen. Dus wil je mijn uitdaging aanhoren?'

'Nee!' wil ik zeggen. 'Hou op met praten.' Maar dit is het doel van een overleg. Ik kan hier niet zonder reden een eind aan maken.

'Je bent van zo ver gekomen,' zegt Cardan. 'En je hebt zo veel leden van het Volk hierheen laten komen als getuigen. Dan kan ik toch niet weigeren?'

'Na de dood van koningin Mab...' zegt Madoc, terwijl hij het zwaard op zijn rug trekt. Het weerkaatst het kaarslicht. '... werd het paleis op haar grafheuvel gebouwd. Haar overblijfselen zijn er niet meer, maar haar macht leeft voort in de rotsen en de aarde hier. Het zwaard is gekoeld in die aarde, het gevest bezet met haar stenen. Grimsen zegt dat het het firmament van de eilanden kan doen schudden.'

Cardan werpt een blik op de schaduwen, waar de boogschutters zich bevinden. 'Je was mijn gast tot je je ontzettend deftige zwaard trok. Leg het neer en wordt opnieuw mijn gast.'

'Neerleggen?' herhaalt Madoc. 'Prima.' Hij stoot het in de vloer.

Een donderend geluid trekt door het paleis en er lijkt een trilling door de grond onder ons te gaan. Het Volk gilt. Grimsen kakelt, duidelijk verrukt door zijn eigen werk.

Er verschijnt een barst waar het lemmet de samengepakte aarde heeft doorboord. Een tel voor die de troon bereikt besef ik wat er gaat gebeuren en ik sla mijn hand voor mijn mond.

De eeuwenoude troon van Elfhame breekt doormidden, de bloeiende takken veranderen in splinters, de zitting is verwoest. Hars sijpelt uit de scheur als bloed uit een wond.

'Ik ben gekomen om dit zwaard aan jou te geven,' zegt Madoc boven het gegil uit.

Cardan kijkt vol afschuw naar de verwoesting van de troon. 'Waarom?'

'Als jij onze wedstrijd verliest, dan mag jij het tegen mij gebruiken. We zullen een fatsoenlijk duel hebben, maar jouw zwaard zal het beste zijn. En als je wint, dan is het toch van jou, net als mijn overgave.'

Cardan kijkt onwillekeurig geïntrigeerd.

Angst maakt zich van me meester.

'Opperkoning Cardan, zoon van Eldred, kleinzoon van Mab. Hij die geboren is onder een slecht gesternte, wiens moeder hem de kruimels van de koninklijke tafel liet eten alsof hij een van de honden was, hij die genegen is tot luxe en gemak, wiens vader hem verachtte, wiens vrouw hem onder controle heeft... Roep jij loyaliteit op in je volk?'

'Cardan...' Ik hou abrupt mijn mond. Madoc heeft me in de val gelokt. Als ik spreek en Cardan naar me luistert, zal het lijken alsof mijn vader gelijk heeft.

'Niemand heeft mij onder controle,' zegt Cardan. 'En jouw verraad begon met het plannen van de dood van mijn vader, dus ik denk niet dat jij je druk maakt over zijn achting. Keer terug naar je troosteloze bergen. Het Volk hier bestaat uit onderdanen die mij trouw hebben gezworen en jouw beledigingen zijn saai.'

Madoc glimlacht. 'Ja, maar houden die trouwe onderdanen ook van je? Mijn leger is loyaal, opperkoning Cardan, omdat ik hun loyaliteit heb verdiend. Heb jij ook maar iets verdiend van wat je bezit? Ik heb gevochten met degenen die me volgen en heb met ze gebloed. Ik heb mijn leven aan Elfhame gewijd. Was ik opperkoning, dan zou ik iedereen die me volgde heerschappij over de wereld geven. Als ik de Bloedkroon op mijn hoofd droeg in plaats van deze kap, dan zou ik voor onvoorstelbare overwinningen zorgen. Laat ze tussen ons kiezen, en wie er ook verkozen wordt, laat hem over Elfhame heersen. Laat hem de kroon krijgen. Als Elfhame van jou houdt, geef ik me over. Maar hoe kan iemand ervoor kiezen jouw onderdaan te zijn als je hem nooit de kans geeft een andere keus te maken? Laat dat de inzet van de wedstrijd zijn. De harten en geesten van het Hof. Als je een te grote lafaard bent om met een zwaard het duel met me aan te gaan, laat dit dan ons duel zijn.'

Cardan staart naar de troon. Er flakkert iets in zijn ogen, iets fels. 'Een koning is niet zijn kroon.' Zijn stem lijkt van ver te komen, alsof hij het vooral tegen zichzelf heeft.

Madoc klemt zijn kaken op elkaar. Zijn lichaam is gespannen, klaar voor een gevecht. 'Er is nog iets anders: de kwestie van koningin Orlagh.'

'Neergeschoten door jouw sluipmoordenaar,' zeg ik.

Er gaat een geroezemoes door de menigte.

'Ze is jouw bondgenoot.' Madoc ontkent niets. 'Haar dochter is een van jouw kameraden in het paleis.'

Cardan fronst.

'Als je de Bloedkroon niet op het spel wilt zetten, zal de pijlpunt zich in haar hart boren en sterft ze. Het zal zijn alsof jíj haar hebt vermoord, opperkoning van Elfhame, en allemaal omdat jij dacht dat je eigen volk je zou verloochenen.'

Ga hier niet mee akkoord! wil ik schreeuwen, maar als ik dat doe, krijgt Cardan misschien het idee dat hij Madocs belachelijke uitdaging moet aannemen om te bewijzen dat ik geen macht over hem heb. Ik ben woedend, maar ik zie eindelijk in waarom Madoc gelooft dat hij Cardan zodanig kan manipuleren dat hij aan de wedstrijd deelneemt. Te laat begrijp ik het.

Cardan was geen makkelijk kind om van te houden, en hij is met de tijd alleen maar erger geworden. Dat is wat vrouwe Asha me heeft verteld. Eldred vreesde de voorspelling en zorgde niet voor hem. Doordat hij in ongenade was geraakt bij zijn vader, de bron van alle macht, was hij ook in ongenade geraakt bij zijn broers en zussen.

Na te zijn afgewezen door zijn familie kon het toch niet anders dan dat opperkoning worden had gevoeld alsof hij eindelijk ergens thuishoorde? Alsof hij eindelijk werd geaccepteerd?

Geen banket is te overdadig voor een uitgehongerde man.

Iedereen zou toch bewijs willen hebben dat dat gevoel echt is?

Zou Elfhame Cardan als heerser kiezen? Ik kijk uit over het publiek. Daar is koningin Annet, die wellicht Madocs ervaring en genadeloosheid op prijs stelt. Heer Roiben, met zijn voorliefde voor geweld. De Elzenkoning, Severin van Fairfort, die was verbannen door Eldred en misschien zijn zoon niet wil volgen.

Cardan zet zijn kroon af.

De menigte hapt naar adem.

'Wat doe je?' fluister ik.

Hij kijkt niet eens naar me. Zijn blik is op de kroon gericht.

Het lemmet van het zwaard steekt nog altijd diep in grond. Het is stil in de grote zaal.

'Een koning is niet zijn troon of zijn kroon,' zegt hij. 'Je hebt gelijk dat loyaliteit noch liefde moet worden afgedwongen. Maar de heerschappij over Elfhame mag ook niet worden gewonnen of verloren bij een weddenschap, alsof het om weekloon gaat of een wijnzak. Ik ben de opperkoning, en ik geef die titel niet op voor jou, niet voor een zwaard of een show of mijn trots. Die is meer waard dan dat alles.' Cardan kijkt me met een glimlach aan. 'Trouwens, er staan hier twee heersers voor je en zelfs als je mij had gedood, zou er een overblijven.'

Er valt een last van mijn schouders en ik kijk Madoc triomfantelijk aan. Voor het eerst zie ik twijfel op zijn gezicht, de angst dat hij de situatie verkeerd heeft ingeschat.

Maar Cardan is nog niet klaar. 'Jij wilt datgene waartegen jij je afzet... de Bloedkroon. Jij wilt dat mijn onderdanen aan jou gebonden zijn, precies zoals ze nu aan mij gebonden zijn. Dat wil je zo graag dat het in gevaar brengen van de Bloedkroon de prijs is die je op het hoofd van koningin Orlagh plaatst.' Hij glimlacht. 'Na mijn geboorte werd er voorspeld dat als ik aan de macht kwam, ik de "verwoesting van de kroon" en de "vernietiging van de troon" zou veroorzaken.'

Madoc kijkt van Cardan naar mij en dan weer terug naar Cardan. Hij weegt zijn mogelijkheden tegen elkaar af. Die zijn niet goed, maar hij heeft nog steeds een ontzettend groot zwaard.

Mijn hand gaat automatisch naar het gevest van Nachtval.

Cardan steekt een elegante hand uit naar de troon van Elfhame en de grote barst in de vloer. 'Aanschouw, de helft daarvan is uitgekomen.' Hij lacht. 'Ik had nooit gedacht dat dat letterlijk moest worden opgevat en ik had nooit gedacht dat ik naar de vervulling ervan zou verlangen.'

Het bevalt me niets, waar dit heen gaat.

'Koningin Mab heeft deze kroon geschapen om haar afstammelingen aan de macht te houden,' vertelt Cardan. 'Beloften dienen echter nooit aan een kroon te worden gedaan, maar aan een heerser, en ze zouden uit vrije wil moeten worden gedaan. Ik ben jullie koning en naast mij staat mijn koningin, maar het is jullie keus om ons al dan niet te volgen. Jullie wil is precies dat: jullie wil.'

Met zijn blote handen breekt hij de Bloedkroon in tweeën. Die barst als een stuk speelgoed van een kind, alsof die in zijn handen nooit van metaal is geweest, maar zo broos als een botje.

Het is mogelijk dat mijn adem stokt, maar het kan ook zijn dat ik gil. Vele stemmen worden verheven in iets wat een combinatie is van afschuw en vreugde.

Madoc is ontsteld. Hij is gekomen voor die kroon en die is nu niets meer dan een kapot stuk slak. Het is echter het gezicht van Grimsen dat mijn aandacht trekt. Hij schudt heftig zijn hoofd. *Nee nee nee nee.*

'Volk van Elfhame, accepteren jullie mij als opperkoning?' roept Cardan.

Dat zijn de rituele woorden van de kroning. Ik herinner me dat er iets in die trant is gezegd door Eldred, hier, in deze zaal. Een voor een zie ik door de hele ruimte leden van het Volk het hoofd buigen. De beweging voltrekt zich als een uitzinnige golf.

Ze hebben hem gekozen. Ze geven hem hun loyaliteit. Wij hebben gewonnen.

Ik kijk naar Cardan en zie dat zijn ogen helemaal zwart zijn geworden.

'Neeneeneeneeneenee!' schreeuwt Grimsen. 'Mijn werk. Mijn prachtige werk. Dat moest eeuwig meegaan.'

Op de troon worden de overgebleven bloemen net zo inktzwart als Cardans ogen. Dan bloedt het zwart over zijn wangen. Hij keert zich naar me toe, doet zijn mond open, maar zijn kaak verandert. Zijn hele lichaam transformeert... het wordt langer en er ontsnapt hem een jammerend geluid.

Opeens schiet me te binnen dat Grimsen alles wat hij ooit heeft gemaakt heeft vervloekt.

Toen zij me bezocht om de Bloedkroon te laten maken, vertrouwde ze me een grote eer toe. En ik heb hem vervloekt om hem voor eeuwig te beschermen.

Ik wil dat mijn werk voortleeft net zoals koningin Mab wilde dat haar lijn zou voortleven.

Het monsterlijke ding lijkt alles van Cardan te hebben verzwolgen. Zijn mond gaat wijd open, wijder dan mogelijk lijkt terwijl er giftanden tevoorschijn komen. Schubben bedekken zijn huid.

Ik sta door angst als aan de grond genageld.

Gegil klinkt om ons heen. Sommige wezens rennen naar de uitgangen. Ik trek Nachtval. De wachters staren met de wapens in de hand vol afschuw naar Cardan. Grima Mog sprint naar de verhoging.

Op de plek waar net de opperkoning stond is nu een gigantisch serpent te zien met zwarte schubben en gekromde giftanden. Er is een gouden gloed zichtbaar op de lussen van het kolossale lijf. Ik kijk in zijn zwarte ogen in de hoop daar iets van herkenning te zien, maar die zijn kil en leeg.

'Hij zal het land vergiftigen,' roept de smid. 'De kus van zijn ware liefde zal hem niet tegen kunnen houden. Geen raadsel kan dit beter maken. Enkel de dood.'

'De koning van Elfhame is niet meer,' zegt Madoc, die het gevest van zijn enorme zwaard beetpakt, vastbesloten om de overwinning te grijpen nadat hem bijna zeker de nederlaag had gewacht. 'Ik zal het serpent doden en de troon innemen.'

'Niet zo snel!' Mijn stem weergalmt door de zaal. Het Volk blijft staan. De heersers van de lage hoven staren me aan, samen met de Raad en het Volk van Elfhame. Dit lijkt totaal niet op toen ik Cardans hofmeester was. Dit lijkt in niets op aan zijn zij regeren. Dit is verschrikkelijk. Ze zullen nooit naar me luisteren.

De tong van het serpent schiet naar buiten en hij proeft de lucht. Ik beef, maar weiger mijn angst te laten zien. 'Elfhame heeft een koningin en zij staat voor jullie. Wachters, neem Madoc gevangen. Neem iedereen uit zijn gezelschap gevangen. Zij hebben de gastvrijheid van het opperhof op grove wijze geschonden. Ik wil dat ze worden vastgezet. Ik wil ze dood hebben.'

Madoc lacht. 'Is dat zo, Jude? De kroon bestaat niet meer. Waarom zouden ze jou gehoorzamen als ze net zo makkelijk mij kunnen volgen?'

'Omdat ik de koningin van Elfhame ben, de ware koningin, gekozen door de koning en door het land.' Mijn stem breekt bij die laatste woorden. 'En jij bent niets meer dan een verrader.'

Klink ik overtuigend? Ik weet het niet. Waarschijnlijk niet.

Randalin komt naast me staan. 'Jullie hebben haar gehoord,' roept hij tot mijn verrassing op barse toon. 'Grijp ze.'

En dat, meer dan wat ik verder heb gezegd, lijkt de ridders weer bij de les te krijgen. Ze omringen Madocs gezelschap met getrokken zwaard.

Dan komt het serpent sneller in beweging dan ik voor mogelijk had gehouden. Hij glijdt van de verhoging af, de menigte in. De verschillende aanwezige wezens rennen doodsbang alle kanten op. Hij ziet eruit alsof hij opnieuw groter is geworden. De gouden gloed op de schubben is nadrukkelijker geworden. In zijn kielzog barst en verkruimelt de aarde, alsof een of ander essentieel onderdeel ervan eruit wordt gezogen.

De ridders deinzen achteruit en Madoc trekt zijn enorme zwaard uit de grond.

Het serpent glijdt naar hem toe.

'Moeder!' gilt Eik, en hij rent door de zaal naar haar toe.

Vivi probeert hem vast te grijpen. Heather roept zijn naam, maar Eiks hoeven denderen al over de vloer.

Oriana draait zich vol afschuw om als hij in volle vaart het pad van de slang kruist.

Eik blijft abrupt staan als hij de waarschuwing in haar lichaamstaal ziet. Hij trekt het kinderzwaardje uit een schede aan zijn zij. Het zwaard waarmee hij van mij had moeten oefenen tijdens al die lome middagen in de sterfelijke wereld. Hij houdt het hoog in de lucht en gaat tussen zijn moeder en het serpent in staan.

Dit is mijn schuld. Allemaal mijn schuld.

Met een schreeuw spring ik van het podium en ik sprint naar mijn broer toe.

Madoc haalt uit naar het serpent als hij zich verheft. Zijn zwaard raakt de zijkant, schampt af van de schubben. Hij duwt Madoc omver, glijdt over zijn lichaam in zijn haast om achter zijn échte prooi aan te gaan: Grimsen.

Het wezen wikkelt zich om de vluchtende smid heen, zet zijn giftanden in zijn rug. Een dunne, ijle gil doorbreekt het kabaal als Grimsen in een verweerd hoopje in elkaar zakt. Binnen enkele tellen is hij een leeg omhulsel, alsof het gif van het serpent hem van binnenuit heeft verteerd.

Toen Grimsen die vloek bedacht, had hij toen ooit voor zijn eigen leven gevreesd?

Als ik om me heen kijk, zie ik dat het grootste deel van de zaal leeg is. De ridders hebben zich teruggetrokken. De boogschutters van de Bom zijn boven in de ruimte bij de wanden tevoorschijn gekomen en hebben hun boog gespannen. Grima Mog is naast me komen staan en ze heeft haar zwaard paraat.

Madoc komt wankel overeind, maar het been waar het serpent overheen is gegleden lijkt zijn gewicht niet te kunnen dragen.

Ik pak Oriana bij haar schouder, duw haar naar waar Fand staat en ga dan tussen Eik en de slang in staan.

'Ga met haar mee,' schreeuw ik hem toe, terwijl ik naar zijn moeder wijs. 'Breng haar in veiligheid.'

Eik kijkt me aan, tranen zwemmen in zijn ogen. Zijn handen beven om het gevest van zijn zwaard, hij houdt het veel te stevig vast.

'Je bent heel dapper geweest,' vertel ik hem, 'maar je moet nog heel even dapper blijven.'

Hij knikt kort en met een laatste gepijnigde blik op Madoc rent hij naar zijn moeder.

Het serpent draait zich om. Zijn tong flikkert in mijn richting. Het serpent, dat ooit Cardan was.

'Wil jij koningin van Faerie zijn, Jude?' schreeuwt Madoc, terwijl hij zich hinkend voortbeweegt. 'Dood hem dan. Dood het beest. Laat maar eens zien of je de moed hebt om te doen wat er gedaan moet worden.'

'Kom, vrouwe,' smeekt Fand, die me naar een uitgang leidt terwijl het serpent terugkeert naar het podium. Zijn tong flikkert opnieuw naar buiten om de lucht te proeven en ik raak bevangen door een angst en een afschuw die zo groot zijn dat die me dreigen op te slokken.

Als het serpent zich om de restanten van de troon heen wikkelt laat ik me meevoeren naar de deuren, en als de rest van het Volk daar ook door is gekomen geef ik het bevel om die achter ons te sluiten en te barricaderen.

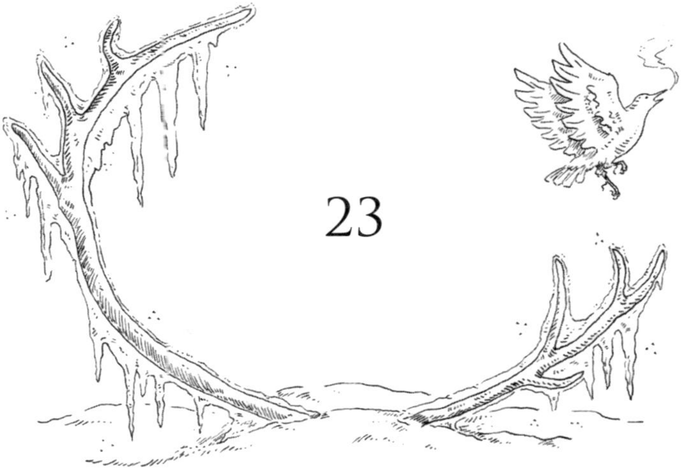

23

In de gang buiten de zaal is iedereen tegelijk aan het schreeuwen. De raadsleden tegen elkaar, generaals en ridders die proberen vast te stellen wie waarheen moet. Iemand huilt. Hovelingen houden elkaars handen vast en proberen te begrijpen wat ze hebben meegemaakt. Zelfs in een land van raadsels en vloeken, waar een eiland kan worden opgeroepen vanuit de zee, is magie van deze omvang zeldzaam.

Mijn hart slaat snel en hard, het verdringt al het andere. De leden van het Volk stellen me vragen, maar ze lijken elders te zijn. Mijn gedachten zijn gevuld met het beeld van Cardans ogen die zwart worden, met het geluid van zijn stem.

Ik heb een groot deel van mijn leven mijn hart beschermd. Ik heb het zo goed beschermd dat ik me kon gedragen alsof ik er helemaal geen had. Zelfs nu is het een armoedig, door wormen aangevreten, obsceen ding. Maar het is van jou.

'Vrouwe,' zegt Grima Mog, terwijl ze een hand op mijn rug plaatst. 'Vrouwe, kom mee.'

Als ze me aanraakt keer ik terug naar het heden, luid en verschrikkelijk als het is. Tot mijn verrassing zie ik de stoere, kannibalistische scharlaakkap recht voor me staan. Ze grijpt mijn arm beet en sleurt me mee een ontvangstzaal in.

'Verman je,' grauwt ze.

Mijn knieën begeven het en ik laat me op de vloer zakken, druk een hand tegen mijn borst alsof ik zo probeer te voorkomen dat mijn hart door mijn ribben barst.

Mijn jurk is te zwaar. Ik krijg geen lucht.

Ik weet niet wat ik moet doen.

Er wordt op de deur gebonkt.

Ik weet dat ik moet opstaan. Ik moet een plan bedenken. Ik moet hun vragen beantwoorden. Ik moet dit oplossen, maar dat kan ik niet.

Dat kan ik niet.

Ik kan niet eens nadenken.

'Ik kom overeind,' beloof ik Grima Mog, die waarschijnlijk een beetje geschrokken is. Als ik haar was, mij zo had gezien en had beseft dat ik de leiding had, dan was ik ook geschrokken. 'Het gaat zo wel weer.'

'Dat weet ik,' zegt ze.

Maar dat is toch onmogelijk als de zwarte vorm van de slang door de zaal glijdt en ik zijn dode ogen en gekromde giftanden blijf zien?

Ik pak de rand van de tafel vast en trek me daaraan op. 'Ik moet de Koninklijke Astroloog vinden.'

'Doe niet zo belachelijk,' zegt Grima Mog. 'Jij bent de koningin. Als jij heer Baphen wilt spreken, dan kan hij naar jou komen. Op het moment ben jij degene die tussen elk willekeurig wezen van de lagere hoven en de heerschappij over Elfhame in staat. Madoc is nu niet meer de enige die de macht wil grijpen. Iedereen kan beslissen dat jou doden een goede manier is om te laten zien dat zij geschikt zijn voor de positie. Je moet je laars op hun keel houden.'

Het duizelt me. Ik moet me vermannen. 'Je hebt gelijk. Ik heb een nieuwe Grootgeneraal nodig. Neem jij die baan aan?'

Grima Mog kijkt me verbaasd aan. 'Ik? Maar hoe zit het dan met Yorn?'

'Hij beschikt niet over de juiste ervaring, en ik mag hem niet.'

'Ik heb geprobeerd je te doden.'

'Dat beschrijft vrijwel elke belangrijke relatie in mijn leven.' Ik haal langzaam en oppervlakkig adem. 'Ik mag jou wel.'

Ze grijnst haar tanden bloot. 'Dan kan ik maar beter aan de slag gaan.'

'Zorg ervoor dat je te allen tijde weet waar het serpent is,' zeg ik. 'Ik wil dat iemand hem in de gaten houdt, en ik wil meteen op de hoogte worden gebracht als hij zich verplaatst. Misschien kunnen we hem opgesloten houden in de grote zaal. De wanden zijn dik, de deuren zijn zwaar en de vloer is van aarde. Ik wil dat je de Bom naar me toe stuurt. Fand. Mijn zus Taryn. En een boodschapper die rechtstreeks verslag uitbrengt aan jou.'

Fand blijkt vlak bij de deur op de gang te staan. Ik geef haar een korte lijst met namen van personen die ze binnen mag laten.

Als Grima Mog eenmaal weg is, sta ik mezelf nog een moment van hulpeloze ellende toe. Dan dwing ik mezelf heen en weer te benen en op een rijtje te zetten wat me allemaal te doen staat. Het leger van Madoc ligt nog steeds voor anker voor de eilanden. Ik moet weten over welke troepen ik nog beschik en of het er genoeg zijn om hem huiverig te maken voor een regelrechte invasie.

Cardan is er niet meer. Na die gedachte komt mijn geest tot stilstand en ik moet mezelf ertoe dwingen om verder te denken. Tot ik Baphen heb gesproken weiger ik te accepteren dat er geen antwoord is op Grimsens boodschap. Er moet een achterdeurtje zijn, een truc. Er moet een manier zijn om de vloek te verbreken... een manier waarop Cardan dit kan overleven.

Dan moet ik het Volk er nog van overtuigen dat ik de rechtmatige koningin van Faerie ben.

Tegen de tijd dat de Bom binnenkomt met haar masker op en

haar lange mantel met capuchon om, heb ik mijn zelfbeheersing herwonnen.

Toch komt ze zodra we elkaar aankijken onmiddellijk naar me toe en slaat ze haar armen om me heen. Ik denk aan de Kakkerlak en aan alle vloeken die niet kunnen worden verbroken en hou haar heel even stevig vast.

'Ik moet weten wie er nog loyaal aan mij is,' vertel ik haar, terwijl ik haar loslaat en weer in beweging kom. 'Wie zijn lot aan dat van Madoc heeft verbonden en wie heeft besloten zelf in actie te komen.'

Ze knikt. 'Ik ga erachteraan.'

'En als een van je spionnen van plannen hoort voor een aanslag op mij, dan hoeven ze me daarvan niet op de hoogte te brengen. Het kan me ook niet schelen hoe vaag de plot is of hoe losjes de spelers erbij betrokken zijn. Ik wil ze allemaal dood hebben.' Dit is misschien niet hoe ik met deze situatie zou moeten omgaan, maar Cardan is er niet om me dit plan uit mijn hoofd te praten. Ik beschik niet over de luxe van tijd of genade.

'Het wordt geregeld. Ik zal je vanavond bijpraten over de stand van zaken.'

Zij vertrekt en Taryn komt binnen. Zij kijkt me aan alsof ze half verwacht dat hierbinnen ook een enorm serpent aanwezig is.

'Hoe gaat het met Eik?' vraag ik.

'Hij is bij Oriana. Zij weet niet zeker of ze een gevangene is of niet.'

'Zij is in het noorden gastvrij geweest en ik wil haar diezelfde gunst bewijzen.' Nu de schok wegebt kom ik tot de ontdekking dat ik kwáád ben... op Madoc, op Oriana, op heel Elfhame. Maar dat is ook een afleiding. 'Ik heb je hulp nodig.'

'Mijn hulp?' vraagt Taryn verrast.

'Jij hebt een hele garderobe voor me samengesteld toen ik hofmeester was zodat ik me daarnaar kon kleden. Ik heb Lockes huis gezien en hoe dat veranderd is. Kun jij een troonkamer voor me inrichten? En misschien kleding vinden voor de komende dagen? Het kan me niet schelen waar die vandaan komt, zolang ik er maar uitzie als de koningin van Faerie.'

Taryn ademt diep in. 'Oké, dat lukt me wel. Ik zal je er goed uit laten zien.'

'Ik zal er echt heel goed uit moeten zien.'

Nu lachte ze gemeend. 'Ik weet niet hoe je het doet, hoe je zo kalm kunt blijven.'

Ik weet niet goed hoe ik daarop moet reageren. Ik ben helemaal niet kalm. Ik ben een draaikolk van emoties. Het enige wat ik wil doen is gillen.

Er wordt weer geklopt. Fand doet de deur open. 'Pardon, maar heer Baphen is er en u zei dat u hem onmiddellijk wilde spreken.'

'Ik zal een betere plek zoeken om mensen te ontvangen,' verzekert Taryn me in het voorbijgaan.

'De Raad wil ook een audiëntie,' vertelt Fand. 'Ze zouden graag met heer Baphen meekomen. Ze beweren dat er niets is wat hij weet dat zij niet mogen horen.'

'Nee, alleen hij.'

Even later komt Baphen binnen. Hij draagt een lang blauw gewaad dat een tint lichter is dan zijn marineblauwe haar. Hij draagt een bronskleurige muts op zijn hoofd. De Koninklijke Astroloog is een van de weinige leden van de Raad die ik mag en van wie ik denk dat hij mij mag, maar op het moment kijk ik hem vol vrees aan.

'Er is werkelijk niets wat ik...' begint hij.

'Ik wil álles weten over de voorspelling die je hebt gedaan na de geboorte van Cardan. Ik wil dat je me die tot in detail vertelt.'

Hij kijkt me met lichte verrassing aan. Als hofmeester van de opperkoning was ik onderdanig ten opzichte van de Raad en als opperkoningin had ik in te grote schok verkeerd om mijn autoriteit te laten gelden.

Heer Baphen trekt een gezicht. 'De opperkoning onfortuinlijk nieuws geven is nooit fijn, maar het was vrouwe Asha die me angst inboezemde. Ze schonk me een blik van zulke haat dat ik die tot in de puntjes van mijn oren voelde. Volgens mij dacht ze dat ik overdreef om mijn eigen plannen te bevorderen.'

'Het lijkt me nu wel duidelijk dat dat niet het geval was,' merk ik droogjes op. 'Vertel.'

Hij schraapt zijn keel. 'Er zijn twee delen. "Hij zal de verwoesting van de kroon en de vernietiging van de troon betekenen. Enkel uit zijn vergoten bloed kan een geweldige heerser verrijzen."'

Het tweede deel is erger dan het eerste. De woorden zingen even door mijn hoofd. 'Heb je de voorspelling aan prins Cardan verteld?' vraag ik. 'Kent Madoc die?'

'De opperkoning heeft die misschien van zijn moeder gehoord,' zegt heer Baphen. 'Ik nam aan... Ik had niet verwacht dat prins Cardan ooit aan de macht zou komen. Toen dat wel gebeurde, tja, ik nam aan dat hij een slechte opperkoning zou zijn en dat hij gedood zou worden. Ik dacht dat het een eenduidig lot zou zijn. Wat Madoc betreft... ik heb geen idee of hij er ooit iets over heeft gehoord.'

'Is er een manier om de vloek te verbreken?' vraag ik met onvaste stem. 'Voor Grimsen stierf, zei hij: "De kus van zijn ware liefde zal hem niet tegen kunnen houden. Geen raadsel kan dit beter maken. Enkel de dood." Maar dat kan niet waar zijn. Ik dacht dat de voorspelling bij zijn geboorte een oplossing zou bieden, maar...' Ik kan de zin niet afmaken. Die biedt een oplossing, alleen is het er niet een die ik wil horen.

'Als er een manier is om de, eh, transformatie ongedaan te maken, dan is die mij onbekend.'

Ik vouw mijn handen, zet mijn nagels in mijn huid. Ik word zodanig overvallen door paniek dat ik er duizelig van word. 'En de sterren hebben verder niets voorspeld? Er is geen detail waar je me nog over moet vertellen?'

'Ik ben bang van niet.'

'Kun je nog eens naar je sterrenkaarten kijken?' vraag ik. 'Bestudeer die nog eens. Misschien is er iets wat je de eerste keer over het hoofd hebt gezien. Kijk naar de hemel of daar een nieuw antwoord is.'

Hij knikt. 'Als u dat wenst, majesteit.'

Zijn toon suggereert dat hij eerder akkoord is gegaan met vele even zinloze bevelen van voorgaande heersers. Het kan me niets schelen dat ik onredelijk ben. 'Ja. Doe dat.'

'Spreekt u eerst met de Raad?' vraagt hij.

Zelfs een kort uitstel zodat Baphen op zoek kan gaan naar een mogelijke oplossing zit me niet lekker, maar als ik geaccepteerd wil worden als de rechtmatige koningin heb ik de steun van de Levende Raad nodig. Ik kan ze niet eeuwig op afstand houden.

Is dit wat het inhoudt om te regeren? Om ver van alle actie verwijderd te zijn, vast te zitten op een troon of in een reeks mooi ingerichte kamers, afhankelijk van informatie die anderen je brengen? Madoc zou dit verschrikkelijk vinden.

'Ja,' zeg ik.

Fand staat bij de deur en vertelt me dat er een kamer klaar is voor me.

Ik ben ervan onder de indruk hoe snel Taryn dit voor elkaar heeft gekregen. 'Is er verder nog iets?'

'Er is een boodschapper van Grima Mog gekomen. De koning... ik bedoel het serpent... bevindt zich niet langer in de troonzaal. Hij lijkt via de barst in de grond te zijn ontsnapt die door het zwaard van Madoc is gecreëerd. En... En ik weet niet zeker wat ik eruit moet opmaken, maar het sneeuwt. In de zaal.'

Een onheilspellend gevoel maakt zich van me meester en mijn hand gaat automatisch naar Nachtval. Ik wil op pad gaan. Ik wil hem vinden, maar als me dat lukt... wat dan? Het antwoord is meer dan ik kan verdragen. Ik knijp mijn ogen dicht. Als ik ze opendoe, voelt het alsof alles om me heen draait. Dan vraag ik om naar mijn nieuwe troonkamer te worden gebracht.

Taryn wacht bij de ingang om me naar binnen te begeleiden. Ze heeft voor een enorme zitkamer gekozen en heeft daar al het meubilair laten weghalen. Een grote, uit hout gesneden stoel staat op een met een kleed bedekte verhoging in de galmende ruimte. Brandende kaarsen staan op de vloer, en ik besef dat de flakkerende schaduwen me intimiderender zullen laten overkomen en misschien de aandacht afleiden van mijn sterfelijkheid.

Twee leden van Cardans oude wacht staan aan weerszijden van de houten stoel en een kleine schildknaap met mottenvleugels knielt op een van de kleden.

'Niet slecht,' zeg ik tegen mijn zus.

Taryn grijnst. 'Ga zitten. Ik wil het totaalplaatje zien.'

Ik neem met rechte rug plaats en kijk uit op de dansende vlammen.

Taryn steekt op typisch sterfelijke wijze haar duimen op.

'Oké,' zeg ik. 'Dan ben ik klaar voor de Levende Raad.'

Fand knikt en gaat ze halen.

Terwijl de deur achter haar dichtzwaait zie ik dat Taryn en zij iets bespreken. Dan moet ik mijn aandacht aan Randalin en de andere raadsleden schenken, die met grimmige gezichten binnenkomen.

Jullie hebben nog nauwelijks gezien van wat ik kan doen, denk ik, en ik probeer het zelf te geloven.

'Majesteit,' zegt Randalin.

Het klinkt een beetje als een vraag. Hij heeft me in de grote zaal gesteund, maar ik weet niet zeker hoelang dat zal duren.

'Ik heb Grima Mog tot Grootgeneraal benoemd,' deel ik mee. 'Zij kan op het moment niet aanwezig zijn, maar we zouden over niet al te lange tijd een verslag van haar moeten ontvangen.'

'Weet u zeker dat dat verstandig is?' vraagt Nihuar, die haar smalle groene lippen op elkaar perst. Haar sprinkhaanachtige lichaam straalt een en al spanning uit. 'Misschien moeten we wachten tot de opperkoning weer zichzelf is voor we een beslissing nemen over zulke belangrijke kwesties.'

'Ja,' zegt Randalin gretig, terwijl hij naar mij kijkt alsof hij een of ander antwoord verwacht over hoe we dat voor elkaar kunnen krijgen.

'Glibberige slangenkoning,' zegt Fala, gekleed in een lila narrenpak. 'Regeert over een Hof van amicale muizen.'

De woorden van de Bom schieten me te binnen en ik geef geen krimp, ik probeer er ook niet tegenin te gaan. Ik wacht, en door mijn stilte voelen ze zich zo slecht op hun gemak dat zij er ook het zwijgen toe doen. Zelfs Fala valt stil.

'Heer Baphen,' zeg ik dwingend, 'heeft nog geen oplossing voor hoe de opperkoning genezen kan worden.'

De anderen keren zich naar hem toe.

Enkel uit zijn vergoten bloed kan een geweldige heerser verrijzen.

Baphen knikt bevestigend. 'Dat is zo, maar ik weet ook niet of dat wel mogelijk is.'

Nihuar ziet er verbijsterd uit. Zelfs Mikkel lijkt te schrikken van dat nieuws.

Randalin kijkt mij beschuldigend aan, alsof alles voorbij is en wij hebben verloren.

Er is een manier, wil ik zeggen. *Er is een manier, ik heb die alleen nog niet gevonden.*

'Ik kom mijn verslag uitbrengen aan de koningin,' klinkt een stem bij de deuropening.

Grim Mog. Ze loopt met een knikje langs de raadslieden. Onzeker nemen ze haar in zich op.

'We willen graag alles horen,' zeg ik, terwijl er onwillekeurig goedkeurend wordt gemompeld.

'Prima. We hebben informatie gekregen dat Madoc van plan is om overmorgen bij de dageraad aan te vallen. Hij hoopt ons onvoorbereid aan te treffen, vooral omdat nog een aantal hoven zich aan zijn kant hebben geschaard. Ons echte probleem is de vraag hoeveel leden van het Volk van plan zijn aan de zijlijn te blijven staan om na de strijd te bepalen uit welke hoek de wind waait.'

'Weet je zeker dat die informatie klopt?' vraagt Randalin achterdochtig. 'Hoe heb je die verkregen?'

Grima Mog knikt naar mij. 'Met behulp van haar spionnen.'

'Háár spionnen?' herhaalt Baphen.

Ik zie dat hij nu bepaalde informatie die ik in het verleden had met elkaar combineert en nieuwe conclusies trekt over hoe ik die heb gekregen. Het is fijn dat ik niet langer hoef te doen alsof ik totaal geen eigen bronnen heb.

'Is ons leger nog groot genoeg om hem terug te dringen?' vraag ik Grima Mog.

'De overwinning is niet zeker,' merkt ze diplomatiek op, 'maar hij kan ons nog niet overweldigen.'

Dat is een groot verschil met waar we een dag geleden waren, al is het beter dan niets.

'En er is een geloof,' gaat Grima Mog verder, 'een geloof dat heel snel is ontstaan... dat de persoon die over Elfhame zal regeren degene is die het serpent doodt. Dat het vergieten van Struikwinde-bloed net zo goed is als dat het door je aderen stroomt.'

'Een heel erg Onseeliegeloof,' merkt Mikkel op.

Ik vraag me af of hij dat ook gelooft. Is dat wat hij van mij verwacht?

'De koning had een mooie kop,' zegt Fala, 'maar kan hij die ook missen?'

'Waar is hij?' vraag ik. 'Waar is de opperkoning?'

'Het serpent is gesignaleerd op de oevers van Insear. Een ridder van het Hof der Naalden heeft geprobeerd het tegen het wezen op te nemen. We hebben een uur geleden wat er van zijn lichaam over is gevonden en hebben het wezen daarvandaan gevolgd. Het laat sporen na waar het ook gaat, zwarte lijnen die in de aarde zijn gebrand. Het lastige ervan is dat die lijnen zich verspreiden, waardoor het spoor onduidelijker wordt, en ze vergiftigen het land. Toch konden we het serpent terug naar het paleis volgen. Het lijkt erop dat het de grote zaal als zijn nest gebruikt.'

'De koning is met het land verbonden,' zegt Baphen. 'De koning vervloeken betekent dat het land zelf vervloekt is. Mijn koningin, er is misschien maar één manier om...'

'Genoeg,' zeg ik tegen Baphen en Randalin en de rest van de Raad. De wachters springen in de houding. Ik ga staan. 'We zijn klaar met dit gesprek.'

'Maar u moet...' Randalin kijkt me aan en lijkt iets op mijn gezicht te zien waardoor hij stilvalt.

'We horen u te adviseren,' merkt Nihuar met haar stroperige stem op. 'Wij worden als heel wijs beschouwd.'

'Is dat zo?' Er klinkt een zachte dreiging door in mijn stem, het is precies de toon die Cardan zou hebben gebruikt. De woorden rollen over mijn lippen alsof ik er zelf geen controle meer over heb. 'Want wijsheid zou jullie moeten laten besluiten niet mijn ongenoegen op te roepen Misschien dat een verblijf in de Vergeteltoren jullie eraan herinnert tegen wie jullie het hebben.'

Ze zwijgen allemaal.

Ik had me voorgesteld dat ik anders zou zijn dan Madoc, maar zodra ik de kans krijg word ik meteen een tiran en dreig ik in plaats van te overtuigen, ben ik een onstabiele invloed in plaats van een kalmerende.

Ik ben geschikt voor de schaduwen, de kunst van messen, bloedvergieten en coups, voor venijnige woorden en bekers vol gif. Ik had nooit verwacht zo hoog als de troon te stijgen en ik ben bang dat ik totaal ongeschikt ben voor deze taak.

* * *

Het voelt meer als drang dan keus als ik de zware grendels van de deuren naar de grote zaal open.

Naast me probeert Fand het me uit mijn hoofd te praten, niet voor het eerst. 'Laten we in ieder geval...'

'Hier blijven,' draag ik haar op. 'Volg me niet.'

'Vrouwe.'

Dat is niet precies een 'ja', maar voor nu is het afdoende. Ik glip de grote zaal binnen en laat de mantel van mijn schouders glijden.

Daar, gewikkeld om de verwoeste troon, ligt het serpent. Hij is gegroeid. Zijn lijf is zo breed dat hij een heel paard kan verzwelgen door enkel zijn kaken te openen. Er branden nog een paar fakkels tussen het gemorste eten en de tafels die op hun kant liggen en die verlichten zijn zwarte schubben. Zijn gouden gloed is wat doffer geworden. Ik weet niet of dat door ziekte komt of door een verdere transformatie. Vers uitziende krassen die afkomstig kunnen zijn van een zwaard of een speer lopen langs een zijde van zijn lichaam. Uit de barst in de vloer van de zaal stijgt stoom op, die zich langzaam door de ruimte verspreidt en de stank van hete steen met zich meebrengt.

'Cardan?' Ik zet een paar stappen naar de verhoging toe.

De enorme kop van het serpent zwaait mijn kant op. Zijn lussen glijden over elkaar terwijl hij zich uitstrekt om te jagen.

Ik blijf staan.

Hij komt niet op mij af, hoewel hij zijn hoofd soepel heen en weer beweegt, zowel alert op gevaar als op een buitenkans.

Ik dwing mezelf door te lopen, de ene na de andere stap te zetten.

Zijn goudkleurige ogen volgen me, het enige, op zijn humeur na, wat nog iets op Cardan lijkt.

Het is mogelijk dat ik was uitgegroeid tot iets anders, een opperkoning die net zo monsterlijk was als Dain zou zijn geweest. Als dat zou gebeuren, als ik die voorspelling vervul, dan moet ik ook worden tegengehouden. En ik vertrouw erop dat jij dat zult doen.

Ik denk aan de hechtingen in mijn zij en de witte bloemen die door de sneeuw omhoogkwamen. Ik concentreer me op die herinnering en probeer een beroep te doen op de kracht van het land. Hij is een afstammeling van Mab en de rechtmatige koning. Ik ben zijn vrouw. Ik heb mezelf geheeld, dan moet ik hem toch ook kunnen helen?

'Toe,' zeg ik tegen de aarden vloer van de grote zaal, tegen de aarde zelf. 'Ik doe alles wat je wilt. Ik zal afstand doen van de kroon. Ik zal elke overeenkomst aangaan, maar maak hem weer normaal. Help me de vloek te verbreken.'

Ik concentreer me uit alle macht, maar de magie komt niet.

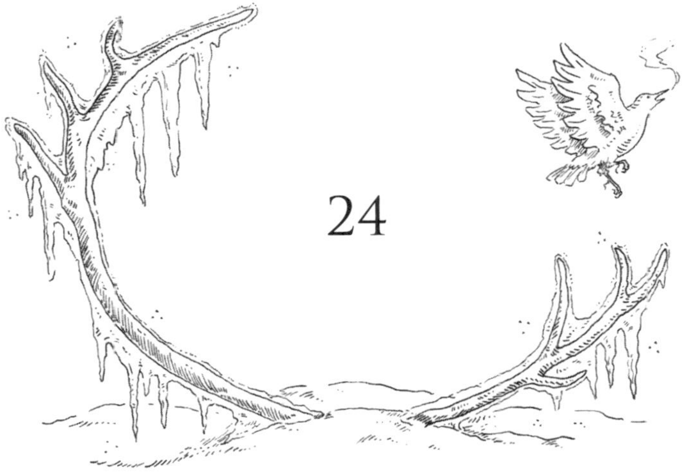

24

De Bom treft me daar aan en ze verlaat met een elegante beweging de schaduwen. Ze heeft haar masker niet op. 'Jude?'

Ik besef hoeveel dichter ik naar het serpent toe ben gekropen. Ik zit op de verhoging, op misschien maar een meter afstand van hem. Hij is zo aan me gewend dat hij zijn goudkleurige ogen heeft gesloten.

'Je zussen maken zich zorgen.' Ze komt zo dichtbij als ze durft.

Het serpent heft zijn kop. Zijn tong verschijnt om de lucht te proeven en ze blijft heel stil staan.

'Het gaat prima,' zeg ik. 'Ik moest gewoon nadenken.'

De kus van zijn ware liefde zal hem niet tegen kunnen houden. Geen raadsel kan dit beter maken. Enkel de dood.

Ze bestudeert de slang. 'Herkent hij je?'

'Geen idee. Hij lijkt het niet erg te vinden dat ik hier ben. Ik heb hem verteld dat hij me niet aan mijn beloften kan houden.'

Het moeilijkste, het onmogelijke, is om voorbij de herinnering te komen van Cardan die me vertelt dat hij van me houdt. Hij heeft die woorden gezegd en ik heb hem geen antwoord gegeven. Ik dacht dat er nog genoeg tijd voor zou zijn en ik was gelukkig... Ondanks alles was ik gelukkig vlak voor alles zo ontzettend verkeerd ging. We hadden gewonnen. Alles zou goed komen. En hij hield van me.

'Er zijn een paar dingen die je moet weten,' zegt de Bom. 'Volgens mij heeft Grima Mog je over de bewegingen van Madoc verteld.'

'Dat klopt.'

'We hebben een paar hovelingen betrapt bij het brainstormen over het vermoorden van de sterfelijke koningin. Hun plannen zijn opgeblazen.' Er speelt een glimlachje om haar mond. 'Net als zij.'

Ik weet niet of ik daar blij om moet zijn. Op het moment word ik er alleen maar moe van.

'De Schim heeft informatie verzameld over de loyaliteit van de individuele heersers. Die kunnen we doornemen. Het interessantst is echter dat er een boodschap van je vader is. Madoc wil de garantie dat hij, vrouwe Nore en heer Jarel naar het paleis mogen komen om jou te spreken.'

'Zij willen hier komen?' Ik stap van de verhoging af. De blik van het serpent volgt me. 'Waarom? Zijn ze niet tevreden met de resultaten van hun vorige overleg?'

'Geen idee.'

Er ligt een wrangheid in haar stem die me eraan herinnert hoezeer ze de heersers van het Hof der Tanden haat en dat ze daar ook alle reden toe heeft.

'Maar Madoc heeft gevraagd jou en je broer en zussen te zien. En zijn vrouw.'

'Goed. Laat hem komen, samen met vrouwe Nore en heer Jarel, maar laat hem weten dat hij geen wapen mee kan nemen naar Elfhame. Hij komt hier niet als mijn gast. Hij heeft alleen mijn woord dat hem niets zal overkomen, niet de gastvrijheid van mijn huis.'

'En wat is jouw woord waard?' De Bom klinkt hoopvol.

'Daar komen we straks achter.' Bij de deur kijk ik om naar de slang. Onder hem is de grond bijna net zo donker geworden als zijn schubben.

Na een aantal berichten heen en weer spreken we af dat Madoc en zijn gezelschap rond zonsondergang zullen arriveren. Ik ben ermee akkoord gegaan ze op het paleisterrein te ontmoeten, omdat ik ze niet meer binnen wil laten. Grima Mog heeft ridders in een halve cirkel om ons heen opgesteld om ons te beschermen en er zitten boogschutters in de boomtoppen verscholen. De Bom heeft spionnen meegenomen die zich op allerlei plekken, hoog en laag, hebben verborgen. Onder hen bevindt zich de Schim. Zijn oren zijn dichtgestopt met zachte was.

Mijn stoel met houtsnijwerk is naar buiten gebracht en op een nieuw, hoger platform geplaatst. Daaromheen liggen kussens voor mijn broer en zussen... en voor Oriana, als ze zich ertoe verwaardigt om bij ons te zitten.

Er zijn geen bankettafels opgesteld en er is geen wijn. De enige toegeving die we hebben gedaan met het oog op hun comfort is een kleed op de modderige grond. Fakkels branden aan weerszijden van me, maar dat is vanwege mijn eigen slechte sterfelijke zicht, niet voor de anderen.

Boven ons trekken stormachtige wolken in snel tempo voorbij, knetterend van de bliksem. Er is gemeld dat er eerder hagelstenen zo groot als appels op Insweal zijn gevallen. Dit soort weer is ongehoord in Elfhame. Ik kan alleen maar aannemen dat Cardan in zijn vervloekte vorm ook het weer beïnvloedt.

Ik ga op de stoel zitten en schik mijn rokken op een hopelijk koninklijke manier om me heen. Ik veeg het stof van de zoom.

'Je hebt wat gemist.' De Bom wijst. 'Majesteit.' Ze staat rechts op het platform.

Ik schud mijn rokken opnieuw uit.

Ze onderdrukt een glimlach als mijn broer samen met mijn zussen arriveert. Als de Bom haar masker voor haar gezicht trekt lijkt ze helemaal in de schaduw op te gaan.

De laatste keer dat ik Eik zag, had hij doodsbang zijn zwaard getrokken. Ik ben blij dat ik die herinnering kan vervangen door deze: hij rent met een grijns op me af.

'Jude!' Hij klimt bij me op schoot, waardoor mijn rokken meteen weer verkreukelen. Zijn hoorns stoten tegen mijn schouder. 'Ik heb skateboarden uitgelegd aan Oriana, en zij vindt niet dat ik dat moet doen.'

Ik kijk op in de verwachting haar te zien, maar daar staan alleen Vivi en Taryn. Vivi draagt een spijkerbroek en een gilet van goudbrokaat over een ruimvallende witte tuniek, een compromis tussen sterfelijke en onsterfelijke stijl. Taryn is gekleed in een jurk die ik in haar kast heb zien hangen, die ene met bosdieren die tussen bladeren door gluren. Eik heeft een donkerblauw jasje aan. Iemand heeft een gouden diadeem op zijn hoofd geplaatst om ons eraan te herinneren dat het goed mogelijk is dat hij de laatste telg van de Struikwinde-lijn is.

'Ik heb je hulp nodig,' leg ik aan Eik uit, 'maar het zal heel moeilijk zijn en heel vervelend.'

Hij kijkt me uiterst achterdochtig aan. 'Wat moet ik doen?'

'Je moet kijken alsof je oplet, maar je mag niets zeggen. Het maakt niet uit wat ik zeg. Het maakt niet uit wat pap zegt. Wat er ook gebeurt.'

'Dat is toch niet helpen?' protesteert hij.

'Het zou mij heel erg helpen.'

Met een dramatische zucht laat hij zich van mijn schoot glijden en hij gaat mokkend op de kussens zitten.

'Waar is Heather?' vraag ik aan Vivi.

'In de bibliotheek,' zegt ze met een schuldige blik.

Ik vraag me af of ze vindt dat Vivi eigenlijk weer in de mensenwereld zou moeten zijn, dat het alleen haar eigen egoïsme is dat haar hier houdt, maar dat ze niet beseft dat ze nu allebei naar hetzelfde doel toewerken.

'Ze zei dat als dit een film was iemand een gedicht zou vinden over vervloekte slangen en dat dat ons de aanwijzing zou geven die we nodig hebben, dus daar is ze naar op zoek. De archivarissen weten niet wat ze met haar moeten doen.'

'Ze past zich echt aan Faerie aan.'

Vivi's enige reactie is een gespannen, droevige glimlach.

Dan komt Oriana. Zij wordt begeleid door Grima Mog, die parallel aan de Bom aan mijn andere kant gaat staan. Net als ik draagt Oriana nog steeds de jurk die ze in de grote zaal aanhad. Kijkend naar de ondergaande zon dringt tot me door dat er een hele dag moet zijn verstreken sinds dat moment. Ik weet niet zeker hoelang ik bij het serpent heb gezeten, alleen dat ik de tijd uit het oog ben verloren zonder dat me dat is opgevallen. Het voelt als een eeuwigheid en toch zo kort geleden dat Cardan werd vervloekt.

'Ze zijn er,' kondigt Fand aan, die zich over het pad haast om naast de Bom te gaan staan.

Achter haar klinkt het donderen van hoeven. Madoc rijdt op een hertenbok. Hij is niet gekleed in zijn gebruikelijke harnas, maar in een wambuis van donkerblauw fluweel. Als hij afstijgt zie ik dat hij opvallend trekt met het been waar het serpent overheen is gegleden.

Achter hem volgt een ijskoets getrokken door Faeriepaarden die zo kristalhelder zijn dat het lijkt alsof ze uit bevroren golven zijn opgeroepen. Terwijl de heersers van het Hof der Tanden uitstappen, smelten de koets en de paarden weg.

Vrouwe Nore en heer Jarel dragen wit bont, ondanks het feit dat het niet bijzonder koud is. Ze worden gevolgd door een enkele bediende die een met zilver bewerkt kistje draagt en koningin Suren. Hoewel zij hun leider is, is ze slechts in een eenvoudige witte jurk gehuld. Een gouden kroontje is aan haar voorhoofd gestikt en een dun gouden kettinkje dat door de huid van haar pols dringt dient als haar nieuwe riem, met een dwarsbalkje aan een uiteinde om te voorkomen dat de ketting afglijdt.

Op haar gezicht zijn verse littekens zichtbaar in de vorm van de breidel die ze droeg toen ik haar de vorige keer zag. Ik probeer mijn blik uitdrukkingsloos te houden, maar die verschrikking is moeilijk te negeren.

Madoc gaat voor de anderen staan, glimlachend alsof wij voor een familieportret poseren waarbij hij zich zal aansluiten.

Eik kijkt op en trekt bleek weg als hij ziet dat de riem van koningin Suren door haar huid steekt. Dan kijkt hij naar Madoc, alsof hij een verklaring verwacht.

Die gaat er niet komen.

'Willen jullie een kussen?' vraag ik aan Madocs kleine groep. 'Ik kan er een paar laten brengen.'

Vrouwe Nore en heer Jarel nemen de tuin, de ridders, de Bom met haar bedekte gelaat, Grima Mog en mijn familie in zich op. Eik mokt lekker verder, gaat languit op zijn buik op een kussen liggen in plaats van te zitten. Ik wil hem een por met mijn voet geven omdat hij onbeleefd is, maar misschien is dit wel een goed moment voor hem om zich zo te gedragen. Het Hof der Tanden mag niet denken dat zij al te belangrijk voor ons zijn. En wat Madoc betreft, hij kent ons te goed om onder de indruk te zijn.

Vrouwe Nore trekt haar bovenlip op. 'Wij blijven wel staan.'

Het is lastig om waardig op een kussen te zitten, en het zou vereisen dat ze zich zeer diep onder mij zou moeten laten zakken. Natuurlijk heeft ze mijn aanbod afgeslagen.

Ik denk aan Cardan en de manier waarop hij zijn kroon schuin op zijn hoofd droeg, de manier waarop hij onderuitgezakt op de troon zat. Het gaf hem een onvoorspelbare uitstraling en herinnerde iedereen eraan dat hij machtig genoeg was om de regels te bepalen. Ik heb me voorgenomen om zijn voorbeeld waar mogelijk te volgen, inclusief de irritante zitgelegenheid.

'Het is dapper van jullie om hier te komen,' merk ik op.

'Uitgerekend jij zou wat moed op prijs moeten kunnen stellen.' De blik van Madoc gaat naar Vivi en Taryn, en keert dan weer terug naar mij. 'Ik heb om je gerouwd. Ik dacht echt dat je was gestorven.'

'Ik keek ervan op dat je je kap niet in mijn bloed hebt gedoopt.'

Grima Mog staat naast me en trekt haar wenkbrauwen op.

'Ik neem het je niet kwalijk dat je boos bent,' zegt hij. 'Maar we zijn al te lang boos op elkaar, Jude. Jij bent niet zo dwaas als ik had gedacht en ik wil jou niet kwetsen. Je bent opperkoningin van Faerie. Wat je ook hebt gedaan om hier te komen, ik kan er alleen maar voor applaudisseren.'

Hij wil me misschien niet kwetsen, maar dat betekent niet dat hij dat niet zal doen.

'Zij ís de koningin,' zegt Taryn. 'De enige reden dat ze daar in de sneeuw niet is gestorven is omdat het land haar heeft geheeld.'

Het Volk om ons heen fluistert tegen elkaar. Vrouwe Nore kijkt me vol openlijke walging aan.

Het valt me op dat zij noch haar man een fatsoenlijke buiging heeft gemaakt en ook niet mijn titel heeft gebruikt. Het stoort haar vast om mij op deze imitatie van een troon te zien zitten. Wat moet zij het vreselijk vinden dat ik aanspraak kan maken op de echte.

'Het ligt in de aard van het kind om te bereiken waar een ouder slechts van kan dromen,' zegt Madoc. Hij vernauwt zijn ogen tot spleetjes als hij naar Oriana kijkt. 'Maar laten we niet vergeten dat een groot deel van deze onenigheid binnen de familie is ontstaan door mijn poging om Eik op de troon te krijgen. Ik ben er altijd net zozeer tevreden mee geweest om via mijn kinderen te regeren als om de kroon zelf te dragen.'

Gloeiendhete woede borrelt in me op. 'En wee die kinderen als ze zich niet door jou laten regeren.'

Die opmerking wuift hij weg. 'Laten we over je volgende zetten nadenken, opperkoningin Jude. Jij en je leger, geleid door je formidabele nieuwe generaal, botsen op het mijne. Er komt een grote strijd. Misschien win je, en dan trek ik me terug naar het noorden om nieuwe plannen te maken of misschien ben ik dood en dan wat? Er is nog steeds een serpentkoning, een van wie de schubben harder zijn dan het hardste pantser, van wie het gif in het land dringt. Jij bent nog steeds sterfelijk. Er is geen Bloedkroon meer om het Volk van Elfhame aan jouw heerschappij te binden, en zelfs als die er wel was, zou jij die niet kunnen dragen. Vrouwe Asha heeft al een groep hovelingen en ridders om zich heen verzameld die haar allemaal vertellen dat zij als Cardans moeder tot zijn terugkeer regent zou moeten zijn. Nee, je zult je gehele bewind aanvallen van sluipmoordenaars en troonpretendenten moeten afslaan.'

Ik werp een schuine blik op de Bom, die vrouwe Asha niet heeft vermeld bij haar lijst van dingen die ik moest weten.

De Bom knikt licht.

Het is een somber beeld, en het is allemaal waar.

'Misschien houdt Jude ermee op,' stelt Vivi voor, die met pure wilskracht rechtop op de kussens blijft zitten. 'Ze doet afstand van de troon. Whatever.'

'Dat doet ze niet,' antwoordt Madoc. 'Je hebt altijd maar half begrepen waar Jude mee bezig was, misschien omdat als je dat echt begreep, je niet meer zou kunnen doen alsof er makkelijke oplossingen zijn. Ze heeft zichzelf tot doelwit gemaakt om te voorkomen dat dat met haar broer zou gebeuren.'

'Laat die preek maar zitten,' kaatst Vivi terug. 'Dit is allemaal jouw schuld. Dat Eik in gevaar verkeert. Dat Cardan is vervloekt. Dat Jude bijna is gestorven.'

'Ik ben er nu,' zegt Madoc. 'Om het goed te maken.'

Ik bestudeer zijn gezicht, herinner me de manier waarop hij degene van wie hij dacht dat het Taryn was had verteld dat als het haar zwaar viel dat ze haar man had vermoord, ze die last aan hem kon overdragen. Misschien is waar hij nu mee bezig is in zijn ogen hetzelfde, maar daar ben ik het niet mee eens.

Heer Jarel doet een stap naar voren. 'Het kind aan je voeten, dat is toch de rechtmatige erfgenaam van de Struikwinde-lijn?'

'Ja,' zeg ik. 'Eik wordt op een dag opperkoning.'

Gelukkig spreekt mijn broer me voor een keer niet tegen.

Vrouwe Nore knikt. 'Jij bent sterfelijk en zult er niet lang zijn.'

Ik besluit daar niet eens over in discussie te gaan. Hier, in Faerie, kunnen stervelingen jong blijven, maar die jaren komen er onmiddellijk bij zodra we voet in de sterfelijke wereld zetten. Zelfs als ik dat lot kan vermijden, is Madocs redenering overtuigend. Het zal geen pretje zijn om zonder Cardan te regeren. 'Dat is wat "sterfelijk" betekent,' zeg ik met een zucht die ik niet hoef te veinzen. 'Wij sterven. Zie ons maar als vallende sterren, kort maar hevig.'

'Poëtisch,' merkt ze op. 'En fatalistisch. Prima. Het lijkt erop dat je redelijk kunt zijn. Madoc wil dat wij je een aanbod doen. Wij beschikken over een middel om je serpentenechtgenoot te beheersen.'

Ik hoor mijn bloed in mijn oren ruisen. 'Hem beheersen?'

'Zoals je elk beest zou beheersen.' Heer Jarel schenkt me een dreigende glimlach. 'Wij hebben een magisch breidel in ons bezit. Het is gemaakt door Grimsen om werkelijk alles te beheersen. Het past zich zelfs aan het betreffende wezen aan. Nu Grimsen er niet langer is, is zo'n voorwerp waardevoller dan ooit.'

Mijn blik gaat naar Suren en haar littekens. Is dat wat zij heeft gedragen? Hebben ze het van haar afgesneden om het aan mij te geven?

Vrouwe Nore gaat verder waar haar man is gebleven. 'De riempjes zullen langzaam in zijn huid dringen en Cardan zal dan voorgoed de jouwe zijn.'

Ik weet niet zeker wat ze daarmee bedoelt. 'De mijne? Hij is vervloekt!'

'En als de woorden van Grimsen kloppen zal dat ook altijd zo blijven,' gaat ze verder. 'Maar mocht hij op de een of andere manier kunnen worden teruggebracht naar zijn voormalige vorm, dan zou hij nog steeds voor altijd in jouw macht zijn. Heerlijk, toch?'

Ik bijt op mijn tong om niet direct te reageren. 'Dat is een buitengewoon aanbod.' Ik kijk van haar naar Madoc. 'Daarmee bedoel ik dat het als een valstrik klinkt.'

'Ja, dat kan ik me voorstellen, maar we krijgen zo allemaal wat we willen. Jude, jij zult opperkoningin zijn zo lang als je dat wilt. Als het serpent aan je gebonden is kun jij ongehinderd regeren. Taryn, jij zult de zus van de koningin zijn en weer in de gratie zijn aan het hof. Niemand kan voorkomen dat jij het landgoed van Locke claimt. Misschien doet je zus er zelfs een titel bij.'

'Je weet het maar nooit,' zeg ik, wat gevaarlijk dicht in de buurt komt van in het beeld te worden meegezogen dat hij schetst.

'Vivienne, jij kunt terugkeren naar de sterfelijke wereld en daar alle lol beleven die je maar kunt verzinnen, zonder dat je familie zich ermee bemoeit, en Eik kan weer bij zijn moeder wonen.' De intensiteit van de strijd brandt in zijn ogen. 'De Levende Raad wordt opgeheven en ik zal hun plek innemen. Ik zal je begeleiden, Jude.'

Ik kijk naar het Hof der Tanden. 'En wat krijgen zij?'

Heer Jarel glimlacht. 'Madoc is ermee akkoord gegaan om je broer Eik met onze kleine koningin te laten trouwen, zodat als hij de troon bestijgt, zijn bruid aan zijn zij zal staan.'

'Jude?' vraagt Eik zenuwachtig.

Oriana pakt zijn hand stevig vast.

'Dat meen je toch niet?' zegt Vivi. 'Eik moet helemaal niets met dit volk of hun enge dochter te maken hebben.'

Heer Jarel werpt haar een woedende blik vol minachting toe. 'Jij, Madocs enige ware kind, bent wel de minst belangrijke hier. Wat een teleurstelling moet jij zijn.'

Vivi rolt met haar ogen.

Mijn aandacht gaat naar de kleine koningin. Ik bestudeer haar bleke gezicht en vreemd lege ogen. Hoewel we het over haar lot hebben, lijkt ze er niet bijster in geïnteresseerd. Ze wordt zo te zien ook slecht behandeld. Het is onvoorstelbaar dat ik haar aan mijn broer koppel.

'Laten we het nu nog niet over het huwelijk van Eik hebben,' zegt Madoc. 'Wil je die breidel, Jude?'

Het is monsterlijk, het idee om Cardan in eeuwige gehoorzaamheid aan me te binden. Ik wil hém terug, hem aan mijn zij hebben, dat hij om dit alles lacht. Ik zou zelfs genoegen nemen met hem op zijn ergst, als een wrede bedrieger, als hij maar hier was.

Ik denk aan wat Cardan in de grote zaal zei, voor hij de kroon kapotmaakte: 'Loyaliteit noch liefde moet worden afgedwongen.'

Hij had gelijk. Natuurlijk had hij gelijk. En toch, ik wil dat hoofdstel. Wanhopig graag zelfs. Ik zie mezelf zo op een gerepareerde troon zitten met het slome serpent naast me, een symbool van mijn macht en een herinnering aan mijn liefde. Ik zou hem nooit helemaal kwijt zijn.

Het is een verschrikkelijk beeld, maar tegelijk zo verschrikkelijk aanlokkelijk.

Dan zou ik in ieder geval hoop hebben. En wat is het alternatief? De strijd aangaan en de levens van mijn onderdanen opofferen? Jacht maken op het serpent en elke mogelijkheid opgeven om Cardan terug te krijgen? Waarvoor? Ik ben het vechten beu.

Laat Madoc via mij regeren. Of laat hem dat in ieder geval proberen.

'Zweer dat dat het enige is wat de breidel doet,' zeg ik.

'Verder niets,' antwoordt vrouwe Nore. 'Het laat je alleen het wezen beheersen waarvoor het wordt gebruikt, als je het juiste bevel geeft. Als je eenmaal akkoord bent gegaan met onze voorwaarden, zullen we je dat vertellen.'

Heer Jarel gebaart zijn bediende naar voren te komen, die de breidel uit het kistje haalt en het voor me neergooit in een goudkleurig, blinkend hoopje. Een verzameling fijn gevlochten riempjes, en een mogelijke toekomst waarin ik niet net datgene verlies wat ik nog heb.

Ik overweeg het. 'Ik vraag me af... als jullie zo'n machtig voorwerp in jullie bezit hebben, waarom hebben jullie het niet zelf gebruikt?'

Hij laat een net iets te lange stilte vallen.

'Ah...' Ik herinner me de verse krassen op de schubben van de slang. Ik durf te wedden dat als ik het hoofdstel bestudeer, er nog opgedroogd bloed op zit van ridders van het Hof der Tanden... en misschien ook van vrijwilligers uit Madocs leger. 'Het is jullie niet gelukt hem de breidel om te doen, hè? Hoeveel mannen zijn jullie verloren?'

Heer Jarel is niet blij met me.

Madoc geeft antwoord. 'Een bataljon, en een stuk van het Grillige Bos is afgebrand. We konden niet in de buurt van het wezen komen. Hij is snel en dodelijk en lijkt over een onuitputtelijke voorraad gif te beschikken.'

'Maar in de zaal,' zo gaat vrouwe Nore verder, 'wist hij dat Grimsen zijn vijand was. Wij denken dat jij hem naar je toe kunt lokken, net zoals vroeger maagden eenhoorns naar zich toe konden laten komen. Jij kunt hem de breidel omdoen. Mocht je tijdens je poging sterven, dan bestijgt Eik eerder dan gepland zijn troon met onze koningin aan zijn zij.'

'Pragmatisch,' merk ik op.

'Overweeg het,' adviseert Grima Mog.

Ik kijk haar aan.

Ze haalt haar schouders op. 'Madoc heeft gelijk. Het zal anders lastig worden om de troon te behouden. Ik twijfel er niet aan dat het je lukt om het serpent het hoofdstel om te doen of dat het een wapen zal zijn dat geen enkel leger in heel Faerie ooit heeft gezien. Dat is macht, meisje.'

'Of we kunnen ze nu omleggen en de breidel als buit inpikken,' zegt de Bom, die het gaas voor haar gezicht verwijdert. 'Ze zijn al verraders. Ze zijn ongewapend. Hun kennende zijn ze van plan je te misleiden. Dat heb je al erkend, Jude.'

'Liliver?' vraagt vrouwe Nore.

Het is vreemd om te horen dat ze wordt aangesproken met iets anders dan haar codenaam, maar de Bom is gevangene geweest van het Hof der Tanden voor ze spion werd. Zij kennen alleen de naam die ze toen droeg.

'Je herinnert je mij,' zegt de Bom. 'Weet dat ik me jullie ook herinner.'

'Je mag het hoofdstel dan al hebben, maar je weet nog niet hoe het werkt,' merkt heer Jarel op. 'Je hebt ons nodig om de controle over het serpent te krijgen.'

'Ik denk dat ik die informatie wel uit haar krijg,' zegt de Bom. 'Dat zou ik met plezier proberen.'

'Laat je haar zo tegen ons praten?' wil vrouwe Nore van Madoc weten, alsof hij daar iets aan kan doen.

'Liliver had het helemaal niet tegen jullie,' meld ik kalmpjes. 'Ze had het tegen mij. En aangezien ze mijn adviseur is, zou het dwaas van me zijn om niet goed over haar woorden na te denken.'

Madoc lacht. 'Ach, kom op, als je heer Jarel en vrouwe Nore eenmaal hebt ontmoet weet je dat ze haatdragend genoeg zijn om je te trotseren, ongeacht welke marteltechnieken je spion ook bedenkt. En jij wilt die breidel, dochter.'

Het Hof der Tanden heeft Madoc gesteund om dichter bij de troon te komen. Nu zien ze een manier om zelf over Elfhame te regeren, via Eik. Zodra Eik en Suren getrouwd zijn heb ik een schietschijf op mijn rug, net als Madoc.

Maar ik zal ook het serpent aan me gebonden hebben.

Een serpent dat het land zelf corrumpeert.

'Bewijs dat jullie te goeder trouw zijn,' zeg ik. 'Cardan heeft gedaan wat je met betrekking tot Orlagh van de Onderzee van hem vroeg. Verlos haar van het noodlot waarmee je haar bedreigt. Zij en haar dochter haten me, dus je hoeft niet bang te zijn dat zij me te hulp zullen schieten.'

Madoc fronst. 'Ik stel me zo voor dat jij hen ook haat.'

'Ik wil dat Cardans opoffering ook betekent wat hij wilde dat die zou betekenen en ik wil er zeker van zijn dat jij je niet aan elke overeenkomst die je sluit onttrekt.'

Hij knikt. 'Goed. Het wordt geregeld.'

Ik adem diep in. 'Ik spreek niets af met betrekking tot Eik, maar als je een oorlog wilt voorkomen, zeg me dan hoe de breidel werkt en laten we samenwerken om tot vrede te komen.'

Heer Jarel stapt het platform op.

De wachters versperren hem de weg met hun wapens.

'Heb je liever dat ik het hardop zeg in het bijzijn van iedereen?' vraagt hij geërgerd.

Ik gebaar de wachters aan de kant te gaan.

Hij buigt zich naar me toe en fluistert het antwoord in mijn oor. 'Trek drie haren uit je eigen hoofd en knoop die om de breidel. Jullie zullen met elkaar verbonden zijn.' Hij zet een stap naar achteren. 'Zo, ga je akkoord met ons pact?'

Ik kijk ze alle drie aan. 'Als de opperkoning het hoofdstel draagt en getemd is, zal ik jullie alles geven waar jullie om hebben gevraagd, alles waarvan het in mijn macht ligt om het jullie te geven. Daarvoor krijgen jullie helemaal niets.'

'Dan moet je het volgende doen, Jude,' vertelt Madoc. 'Morgen hou je een fuif voor de lagere hoven en nodig je ons uit. Leg uit dat wij onze verschillen opzij hebben gezet nu er een grotere dreiging is en dat wij je het middel hebben gegeven om de serpentkoning gevangen te nemen. Onze legers zullen zich op de rotsen van Insweal verzamelen, maar niet om te vechten. Jij neemt het hoofdstel en lokt het serpent naar je toe. Als je het ding eenmaal bij hem hebt omgedaan, geef je hem zijn eerste bevel. Hij zal dan bewijzen getemd te zijn, en iedereen zal je toejuichen. Dat zal je positie versterken en je een excuus geven om ons te belonen. En je zult ons belonen.'

Hij probeert nu al via mij te regeren. 'Het zal fijn zijn om een koningin te hebben die de leugens kan vertellen die jij je mond niet uit kunt krijgen, hè?'

Madoc glimlacht zonder enig venijn. 'Het zal goed zijn om weer een familie te zijn.'

Niets aan deze situatie voelt goed, op het gladde leer van de breidel in mijn handen na.

Op weg naar de uitgang van het paleis kom ik langs de troonzaal, maar als ik daar naar binnen ga, is er geen teken van het serpent, op de ragfijne flarden van gescheurde goudkleurige huid na.

Ik loop door de donkere nacht naar het rotsachtige strand. Eenmaal daar kniel ik op de stenen en gooi ik een verfrommeld propje papier op de golven. Mijn boodschap?

Als je ooit van hem hebt gehouden, help me dan.

25

Ik lig in mijn oude vertrekken op het kleed voor de open haard. Taryn zit naast me en plukt aan een gebraden kip die ze uit de paleiskeuken heeft gehaald. Er staat een dienblad vol eten op de vloer: kaas en brood, krenten en kruisbessen, granaatappels en wilde pruimen, samen met een kannetje dikke room. Vivi en Heather liggen aan de andere kant, hebben hun benen met elkaar verstrengeld en houden elkaars handen vast. Eik legt bessen op een rijtje en gooit die dan omver met pruimen, iets waar ik ooit bezwaar tegen zou hebben gemaakt, maar nu niet.

'Het is beter dan vechten, toch?' Taryn pakt een stomende ketel van de kookplaat en giet water in een pot. Ze voegt er blaadjes aan toe en de geur van munt en vlierbes vult de lucht. 'Een wapenstilstand. Een onwaarschijnlijke wapenstilstand.'

Niemand reageert. Er wordt over die vraag nagedacht. Ik heb Madoc niets concreets beloofd, maar ik twijfel er niet aan dat hij tijdens het banket vanavond van plan is een begin te maken met het naar zich toe trekken van de autoriteit. Hij begint klein, maar hij zal steeds verder reiken, tot ik niets meer ben dan een stroman zonder enige daadwerkelijke macht. De verleiding van deze strategie is dat je jezelf er altijd van kunt overtuigen dat dat lot onvermijdelijk is, dat je eventueel verlies kunt terugdraaien, dat je hem te slim af kunt zijn.

'Wat is er mis met dat meisje?' vraagt Eik. 'Met koningin Suren.'

'Ze zijn niet bijzonder aardig in het Hof der Tanden,' leg ik uit, terwijl ik recht ga zitten om een kop thee van Taryn aan te nemen. Ondanks het feit dat ik al zo lang wakker ben, ben ik niet moe. Ik heb ook geen trek, al heb ik wel wat gegeten. Ik weet niet wat ik ben.

Vivi snuift. 'Zo zou je het kunnen zeggen. Je zou ook een vulkaan "warm" kunnen noemen.'

Eik fronst. 'Gaan we haar helpen?'

'Als je met haar wilt trouwen, kunnen we eisen dat het meisje hier komt wonen tot jullie ouder zijn,' zeg ik. 'In dat geval kunnen we haar bevrijden. Dat zou een grote gunst voor haar zijn, maar ik vind nog steeds niet dat je dat moet doen.'

'Ik wil niet met haar trouwen... met niemand,' protesteert Eik. 'En ik wil niet de opperkoning zijn. Waarom kunnen we haar niet gewoon helpen?'

De thee is te heet. Bij het eerste slokje brand ik mijn tong.

'Het is lastig om een koningin te helpen,' merkt Taryn op. 'Ze horen geen hulp nodig te hebben.'

We zwijgen allemaal.

'En, neem je het landgoed van Locke over?' vraagt Vivi, terwijl ze mijn tweelingzus aankijkt. 'Dat hoef je niet te doen. Je hoeft ook niet deze baby te krijgen.'

Taryn pakt een kruisbes en laat de lichte citrienkleurige vrucht tussen haar vingers heen en weer rollen. 'Hoezo?'

'Ik weet dat kinderen in Faerie zeldzaam en waardevol zijn en zo, maar in de sterfelijke wereld bestaat er zoiets als abortus,' zegt Vivi. 'En zelfs hier zijn er wisselkinderen.'

'En adoptie,' stelt Heather voor. 'Het is jouw beslissing. Niemand zou je ervoor veroordelen.'

'Als iemand dat doet hak ik zijn of haar handen eraf,' bied ik aan.

'Ik wil dit kind,' zegt Taryn. 'Ik ben wel degelijk een beetje bang, maar aan de andere kant kan ik niet wachten. Eik, je zult niet langer de jongste zijn.'

'Mooi.' Hij rolt zijn gekneusde pruim naar het roomkannetje.

Vivi vangt hem op en neemt er een hap uit.

'Hé!' zegt hij.

Ze giechelt ondeugend.

'Heb je iets gevonden in de bibliotheek?' vraag ik aan Heather, en ik probeer te negeren dat mijn stem ietwat beeft. Ik weet dat dat niet het geval is, anders had ze me dat wel verteld. Toch stel ik die vraag.

Ze gaapt. 'Er waren een aantal wilde verhalen. Niet nuttig, maar wild. Een ging over een koning der serpenten die over alle slangen ter wereld heerst. Een ander over een serpent dat twee Faerieprinsessen vervloekt zodat ze slangen zijn... maar niet altijd.'

Ze werpt een blik op Taryn. 'En dan was er nog een over een baby willen. De vrouw van een tuinier kon niet zwanger worden. Op een dag ziet ze een leuk groen slangetje in haar tuin en doet ze heel raar over hoe zelfs slangen kinderen krijgen, maar zij niet. De slang hoort haar en biedt haar aan haar zoon te worden.'

Ik trek mijn wenkbrauwen op.

Eik lacht.

'Hij is wel oke als zoon,' vertelt Heather. 'Ze maken een gat voor hem in een hoek van hun huis en daar woont hij. Hij krijgt hetzelfde te eten als zij. Het gaat allemaal goed tot hij groot wordt en besluit dat hij met een prinses wil trouwen en dan ook niet met een adderprinses of een anacondaprinses. De slang wil met de menselijke prinses trouwen van de plek waar ze wonen.'

'Dat kan toch niet?' vraagt Taryn.

Heather grijnst. 'Paps gaat naar de koning en doet een aanzoek namens zijn slangenjong. De koning vindt het niets en daarom, zoals alle Faeries dat doen in plaats van gewoon te weigeren, vraagt hij de slang om drie onmogelijke dingen te doen: om te beginnen moet hij alle vruchten in de boomgaard in juwelen veranderen, dan de vloeren in het paleis in zilver veranderen en tot slot de muren van het paleis in goud veranderen. Elke keer als de vader verslag uitbrengt over een van deze opdrachten, vertelt de slang hem wat hij moet doen. Om te beginnen moet papa pitten planten waardoor in een nacht tijd vruchten van jaspis en jade opbloeien. Daarna moet hij met een afgeworpen slangenvel de paleisvloeren boenen om die in zilver te veranderen. Tot slot moet hij de paleiswanden insmeren met gif, wat ze in goud verandert.'

'Die vader is degene die al het werk mag doen,' mompel ik. Het is warm bij het vuur.

'Hij is een soort overbezorgde vader.' Heathers stem lijkt van heel ver weg te komen. 'Hoe dan ook, uiteindelijk biecht de koning wanhopig aan zijn dochter op dat hij haar zo goed als aan een slang heeft verkocht en dat ze met hem moet trouwen. Dat doet ze dus, maar als ze alleen zijn, trekt de slang zijn vel uit en blijkt hij een ongelooflijk lekkere kerel te zijn. De prinses is dolblij, maar dan komt de koning de slaapkamer binnengestormd en verbrandt hij het vel, denkend dat hij haar leven redt. Die slangenman schreeuwt het uit van wanhoop, verandert in een duif en vliegt weg. De prinses is radeloos en huilt ontroostbaar, maar besluit vervolgens dat ze naar hem op zoek gaat. Onderweg, omdat dit een sprookje is en letterlijk niets ergens op slaat, komt de prinses een roddelgrage vos tegen, die haar vertelt dat de vogels een prins afzeiken die vervloekt is door een vrouwelijke boeman en niet genezen kan worden zonder het bloed van een stel vogels... én het bloed van een vos. Dus jullie kunnen de rest vast wel raden. Die arme vos, hè?'

'Koud, hoor,' zegt Vivi. 'Die vos hielp haar.'

Dat is het laatste wat ik hoor voor ik in slaap val bij het geluid van vriendelijke stemmen die door elkaar heen praten.

Ik word wakker als de kooltjes nog slechts nagloeien. Iemand heeft een deken over me heen gelegd.

Slaap heeft zijn vreemde magie beoefend en heeft ervoor gezorgd dat de verschrikkingen van de afgelopen twee dagen zodanig zijn vervaagd dat ik iets helderder kan nadenken.

Taryn ligt op de bank met een deken om zich heen. Ik loop door de stille vertrekken en tref Heather en Vivi aan in mijn bed. Eik is er niet, maar ik vermoed dat hij bij Oriana is.

Ik loop naar de gang waar een ridder op me staat te wachten, een lid van Cardans koninklijke wacht.

'Majesteit,' zegt hij, met een hand op zijn hart. 'Fand is aan het rusten. Ze heeft mij gevraagd over u te waken tot zij terug is.'

Ik voel me schuldig dat ik er niet aan heb gedacht dat Fand te lang of te hard werkt. Natuurlijk heb ik meer dan één ridder nodig. 'Wat is je naam?'

'Artegoul, majesteit.'

'Waar is de rest van de koninklijke wacht?'

Hij zucht. 'Grima Mog heeft ons de opdracht gegeven het komen en gaan van het serpent in de gaten te houden.'

Wat een vreemde en droevige verandering ten opzichte van hun vorige taak, om Cardan te beschermen. Ik weet echter niet of Artegoul mijn gedachten op prijs zou stellen, of dat het gepast is dat ik die nu deel. Ik laat hem voor de deuren naar de koninklijke vertrekken achter.

Binnen tref ik tot mijn verrassing de Bom zittend op de bank aan, waar ze met een sneeuwbol schudt. Daar zit een kat in met de woorden GEFELICITEERD MET JE PROMOTIE, Vivi's cadeautje aan Cardan na zijn kroning. Ik wist niet dat hij dat had gehouden. Terwijl ik de glinsterende witte kristallen door elkaar zie dwarrelen, denk ik aan het nieuws dat het in de grote zaal heeft gesneeuwd.

De Bom kijkt me aan. Ze laat haar schouders hangen. De wanhoop op haar gezicht is het evenbeeld van de mijne.

'Ik had waarschijnlijk niet moeten komen,' zegt ze.

Dit is niets voor haar. 'Wat is er aan de hand?' vraag ik, terwijl ik de kamer in stap.

'Toen Madoc zijn aanbod kwam doen, hoorde ik wat Taryn over je zei.' Ze kijkt me verwachtingsvol aan.

Ik weet niet wat ze bedoelt en schud mijn hoofd.

'Dat het land je heeft geheeld.' Ze lijkt half te verwachten dat ik dat ontken.

Zou ze denken aan de hechtingen die ze hier in deze kamer heeft verwijderd of aan hoe ik een val van de spanten heb overleefd?

'Ik dacht dat je misschien die... die macht kunt gebruiken om de Kakkerlak wakker te maken.'

Toen ik me bij het Schaduwhof aansloot wist ik niets van spioneren. De Bom heeft me eerder zien falen. Toch is dit falen lastig om op te biechten. 'Ik heb geprobeerd de vloek van Cardan te verbreken, maar dat is me niet gelukt. Wat ik ook heb gedaan, ik weet niet hoe het me is gelukt en of ik het kan herhalen.'

'Toen ik heer Jarel en vrouwe Nore weer zag moest ik denken aan wat ik de Kakkerlak allemaal verschuldigd ben,' zegt de Bom. 'Zonder hem zou ik die twee niet hebben overleefd. Los van hoeveel ik van hem hou, daarvoor sta ik bij hem in het krijt. Ik moet hem beter maken. Als er ook maar iets is wat je kunt doen...'

Ik denk aan de bloemen die door de sneeuw heen bloeiden. Op dat moment wás ik magie.

En ik denk aan hoop.

'Ik zal het proberen. Als ik de Kakkerlak kan helpen, dan zal ik dat doen. Natuurlijk probeer ik het. Kom, laten we meteen gaan.'

'Nu?' De Bom staat op. 'Nee, je bent hierheen gekomen om te slapen.'

'Zelfs als de wapenstilstand met Madoc en het Hof der Tanden een stuk beter verloopt dan ik denk, is het nog steeds mogelijk dat het mij niet lukt het serpent de breidel om te doen. De kans bestaat dat ik dat niet overleef, dus dan kunnen we het maar beter zo snel mogelijk doen.'

De Bom legt haar hand zacht op mijn arm. 'Dank je.' De menselijke woorden klinken vreemd zoals zij ze zegt.

'Bedank me nog maar niet.'

'Mag ik je in plaats daarvan een cadeautje geven?' Ze haalt een masker van zwart gaas net als dat van haar uit haar zak.

Ik trek zwarte kleren aan, sla een zware mantel om mijn schouders en trek het masker over mijn hoofd. Samen stappen we de geheime gang in. Tot mijn verrassing is die aangepast sinds de laatste keer dat ik er was en is die verbonden met de rest van het gangenstelsel dat achter de wanden van het paleis loopt. Via de wijnkelder komen we in het nieuwe Schaduwhof uit. Dat is veel groter dan het oude en veel beter uitgerust. Het is duidelijk dat Cardan dit heeft bekostigd. Dat, of ze hebben achter zijn rug om de schatkamer geplunderd. Er is een keuken, vol servies en met een haard die zo groot is dat er een kleine pony in kan worden bereid. We komen langs trainingszaaltjes, kostuumkamers en een strategiekamer die niet onderdoet voor die van de Grootgeneraal. Ik zie een paar spionnen, van wie ik er een aantal ken, en een aantal niet.

De Schim kijkt op van een tafel waar hij aan zit, in een van de achterkamers, waarop hij kaarten heeft gespreid. Zijn zandkleurige haar hangt voor zijn ogen. Hij kijkt me achterdochtig aan.

Ik rol mijn masker omhoog.

'Jude,' zegt hij opgelucht. 'Je bent gekomen.'

Ik wil ze geen valse hoop schenken. 'Ik weet niet of ik iets kan doen, maar ik wil hem graag zien.'

'Deze kant op.' De Schim staat op en brengt me naar een kamertje waar overal gloeiende glazen bollen hangen.

De Kakkerlak ligt op een bed.

Ik schrik ervan hoe erg hij veranderd is. Zijn huid ziet vaal, is niet langer het rijke donkergroen van vijvers, en er ligt een verontrustend wasachtig waas overheen. Hij beweegt zich in zijn slaap en doet zijn ogen open. Die zijn bloeddoorlopen, ongeconcentreerd. Mijn adem stokt. Een tel later zakt hij weer weg in zijn droom.

'Ik dacht dat hij sliep,' zeg ik vol afschuw. Ik had me de sprookjesachtige slaap van Sneeuwwitje voorgesteld, had me hem in een glazen kist voor me gezien, behouden zoals hij was.

'Zoek iets waarmee we hem kunnen vastbinden,' zegt de Bom, die hem fysiek in bedwang houdt. 'Dit doet het gif soms met hem en ik moet hem in toom houden tot die aanval voorbij is.'

Ik begrijp waarom ze me heeft opgezocht, waarom er voor haar gevoel iets aan gedaan moet worden. Ik kijk om me heen. Op een kist ligt een stapel extra dekens.

De Schim scheurt die in lange repen. 'Begin maar vast,' dringt hij aan.

Ik heb geen idee wat ik moet doen, maar ik ga bij de voeten van de Kakkerlak staan en doe mijn ogen dicht. Ik denk aan de aarde onder me, dat de kracht ervan via mijn voetzolen omhoogtrekt, stel me voor dat die mijn lichaam vult.

Dan voel ik me slecht op mijn gemak, stom, en stop ik ermee.

Dit kan ik niet. Ik ben een sterfelijk meisje. Ik heb in de verste verte niets met magie te maken. Ik kan Cardan niet redden. Ik kan niemand helen. Dit gaat niet werken.

Ik doe mijn ogen open en schud mijn hoofd.

De Schim legt zijn hand op mijn schouder en komt net zo dicht bij me staan als toen hij me in de kunst van moord onderwees. Zijn stem is zacht. 'Jude, probeer het niet te forceren. Laat het over je heen komen.'

Met een zucht sluit ik mijn ogen weer. Opnieuw probeer ik de aarde onder me te voelen. Het land van Faerie. Ik denk aan de woorden van Val Moren. *Denk je dat een zaadje dat in koboldengrond geplant wordt tot dezelfde plant uitgroeit als in de sterfelijke wereld?* Wat ik ook ben, ik ben hier opgevoed. Dit is mijn thuis en mijn land.

Weer word ik me bewust van dat vreemde gevoel, alsof ik over mijn hele lijf word gestoken door brandnetels.

Word wakker, denk ik. Ik ben je koningin, en ik beveel je wakker te worden.

Er trekt een schok door het lichaam van de Kakkerlak. Hij schopt keihard met zijn voet tegen mijn buik. Ik bots tegen de wand en zak ineen op de vloer. De pijn is zo intens dat ik eraan word herinnerd dat ik niet zo lang geleden daar gewond ben geraakt.

'Jude!' zegt de Bom, die zijn benen vastgrijpt.

De Schim knielt naast me. 'Hoe erg is het?'

Ik steek mijn duim op ten teken dat ik in orde ben, maar ik kan nog niets zeggen.

De Kakkerlak slaakt weer een kreet, maar dit keer eindigt die in een deel van een woord. 'Lil...' Zijn stem klinkt zacht en schor, maar hij spreekt.

Hij is bij bewustzijn. Wakker.

Genezen.

Hij grijpt de hand van de Bom beet. 'Ik ga dood. Het gif... Dat was stom van me. Ik heb niet lang.'

'Je gaat niet dood,' zegt ze.

'Er is iets wat ik je tijdens mijn leven nooit heb kunnen vertellen,' gaat hij verder, terwijl hij haar dichter naar zich toe trekt. 'Ik hou van je, Liliver. Ik hou al van je vanaf het moment dat we elkaar hebben ontmoet. Ik heb vol wanhoop van je gehouden. Voor ik sterf wil ik dat je dat weet.'

De Schim trekt zijn wenkbrauwen op en kijkt mij schuin aan.

Ik grijns. Nu wij allebei op de vloer zitten, betwijfel ik of de Kakkerlak doorheeft dat wij er zijn.

Trouwens, hij heeft het te druk met naar het geschokte gezicht kijken van de Bom. 'Ik heb nooit...' Hij valt stil, vat de uitdrukking op haar gezicht duidelijk op als afschuw. 'Je hoeft niets terug te zeggen. Maar voor ik sterf...'

'Je gaat niet dood!' herhaalt ze.

Dit keer lijkt hij haar daadwerkelijk te horen. 'Aha.' Hij loopt rood aan. 'Ik had mijn mond moeten houden.'

Ik sluip naar de keuken, gevolgd door de Schim. Als we bijna bij de deur zijn hoor ik de zachte stem van de Bom.

'Dan had ik je nu niet kunnen vertellen dat ik hetzelfde voor jou voel.'

Eenmaal buiten lopen de Schim en ik terug naar het paleis. We kijken omhoog naar de sterren. Ik denk aan hoeveel slimmer de Bom is dan ik, want nu zij haar kans krijgt, grijpt ze die. Zij heeft hem verteld wat ze voor hem voelt. Dat is me bij Cardan niet gelukt en nu kan ik dat ook nooit meer doen.

Ik sla de richting in van de paviljoenen van de lagere hoven.

De Schim kijkt me vragend aan.

'Ik moet nog één ding doen voor ik kan gaan slapen.'

Hij stelt verder geen vragen, maar loopt met me mee.

We gaan op bezoek bij Moeder Merg en Severin, zoon van de Elzenkoning, voor wie Grimsen zo lang heeft gewerkt. Zij zijn mijn laatste hoop.

Hoewel ze me onder de sterren ontmoeten en me beleefd aanhoren, hebben zij geen antwoorden.

'Er moet een manier zijn,' hou ik vol. 'Er moet íéts zijn.'

'Het probleem,' zo begint Moeder Merg, 'is dat je al weet hoe je de vloek kunt beëindigen. "Enkel de dood", zo heeft Grimsen gezegd. Jij zoekt een ander antwoord, maar magie is zelden zo praktisch dat die zich gemakkelijk aan onze voorkeuren aanpast.'

De Schim staat vlakbij met een boze blik. Ik ben blij dat hij bij me is, vooral op dit moment, nu ik niet zeker weet of ik het kan verdragen om dit alleen aan te horen.

'Het zou niet de bedoeling van Grimsen zijn geweest dat de vloek verbroken kan worden,' meldt Severin. Met zijn gekromde hoorns ziet hij er angstaanjagend uit, maar zijn stem klinkt vriendelijk.

'Oké.' Ik laat me verslagen op een nabijgelegen boomstam zakken. Het is niet alsof ik goed nieuws had verwacht, maar ik voel hoe de mist van verdriet zich weer om me heen sluit.

Moeder Merg kijkt me met tot spleetjes vernauwde ogen aan. 'Dus je gaat die breidel van het Hof der Tanden gebruiken? Die zou ik graag willen zien. Grimsen heeft zulke interessante, verschrikkelijke dingen gemaakt.'

'Kom vooral kijken,' zeg ik. 'Het is de bedoeling dat ik mijn eigen haar eraan knoop.'

Ze snuift. 'Nou, dat moet je vooral niet doen, want dan ben jij net zozeer gebonden als het serpent.'

Jullie zullen met elkaar verbonden zijn.

De razernij die ik voel is zo groot dat alles even wit wordt voor mijn ogen, alsof er een bliksemschicht door de lucht is getrokken waar de donder ieder moment op kan volgen.

'Dus hoe zou dat moeten werken?' vraag ik, al beeft mijn stem van woede.

Ze haalt haar schouders op. 'Er is waarschijnlijk een bevel, al is het lastig om te raden wat dat zou zijn, en dat ding is nutteloos zonder.'

Severin schudt zijn hoofd. 'Er is maar één ding waarvan de smid wilde dat iedereen zich het zou herinneren.'

'Zijn naam,' zeg ik.

Niet lang nadat ik terug in het paleis ben brengt Tatterfell me de jurk die Taryn voor me heeft gevonden om naar het banket te dragen. Bedienden brengen eten en laten het bad voor me vollopen.

Als ik eruit stap, word ik geparfumeerd en borstelen ze mijn haar alsof ik een pop ben.

Op de zilverkleurige jurk zitten blaadjes van stijf metaal gestikt. Ik verberg drie messen achter riempjes om mijn been en een in een schede tussen mijn borsten. Tatterfell werpt een blik op de opkomende blauwe plekken waar ik ben geschopt, maar ik zeg niets over mijn ongelukje en zij vraagt er niet naar.

Doordat ik ben opgegroeid in het huis van Madoc ben ik gewend aan de aanwezigheid van bedienden. Er waren daar koks in de keuken en knechten om voor de stal te zorgen en een aantal huisbedienden die ervoor zorgden dat de bedden waren opgemaakt en dat alles redelijk netjes was. Ik kwam en ging grotendeels zoals ik wenste, was vrij om mijn eigen schema te bepalen en te doen wat ik wilde.

Nu met de koninklijke wacht, Tatterfell en alle andere paleisbedienden om me heen word ik altijd in de gaten gehouden. Ik ben vrijwel nooit alleen en zelfs dan niet lang. Al die tijd dat ik naar Eldred had gestaard, hoog op zijn troon, of naar Cardan, die nog een roemer wijn met een geforceerde lach naar binnen had geklokt op een fuif, had ik de verschrikking niet begrepen om zo machtig te zijn en tegelijkertijd zo ontzettend machteloos.

'Jullie kunnen gaan,' zeg ik tegen ze als mijn haar is gevlochten en er blinkende zilveren pijlpunten aan mijn oorlellen bungelen.

Ik kan een vloek niet misleiden en ik weet niet hoe ik het tegen een vloek moet opnemen. Ik moet het voor nu van me af zetten en me concentreren op wat ik kan doen: de valstrik vermijden die het Hof der Tanden voor me heeft bedacht en Madocs poging om mijn macht in te perken ontwijken. Ik geloof dat hij van plan is om mij aan te houden als opperkoningin, met mijn monsterlijke opperkoning voor eeuwig aan mijn zij. Als ik me dat voorstel, denk ik onmiddellijk aan hoe erg het voor Cardan zou zijn om voor altijd gevangen te zitten in het lijf van een serpent.

Zou hij nu pijn hebben? Hoe zou het voelen om het verderf zich via je huid te voelen verspreiden? Is hij zich nog dermate bewust van alles dat hij zich vernederd zou voelen om een halster om te krijgen in het bijzijn van een hof dat ooit van hem hield? Zou er haat groeien in zijn hart? Haat jegens hen. Haat jegens mij.

Het is mogelijk dat ik was uitgegroeid tot iets anders, een opperkoning die net zo monsterlijk was als Dain zou zijn geweest. Als dat zou gebeuren, als ik die voorspelling vervul, dan moet ik ook worden tegengehouden. En ik vertrouw erop dat jij dat zult doen.

Madoc, heer Jarel en vrouwe Nore zijn van plan om mij naar het banket te vergezellen, waar ik ons bondgenootschap hoor aan te kondigen. Ik moet mijn autoriteit vaststellen en die de hele nacht behouden. Dat wordt nog lastig. Het Hof der Tanden heeft zich zowel arrogant als spottend opgesteld. Als ik toesta dat ze die houding op mij richten dan kom ik zwak over, maar het zou onverstandig zijn om onze bond op het spel te zetten door me net zo te gedragen. En wat betreft Madoc, ik twijfel er niet aan dat hij vol vaderlijk advies zal zitten en dat hij mij de rol van nukkige dochter toebedeelt als ik zijn raad al te rigoureus afwijs. Maar als ik niet kan voorkomen dat zij de bovenhand krijgen, dan is alles wat ik heb gedaan, zijn alle plannen die ik heb bedacht, voor niets geweest.

Met dat alles in mijn achterhoofd recht ik mijn schouders en ga ik naar de plek waar ons banket wordt gehouden.

Ik loop met geheven hoofd over het mossige gras. Mijn rok zweeft achter me aan. De zilveren draden die door mijn haar zijn gevlochten schitteren onder de sterren. De bode met de mottenvleugels houdt mijn sleep van de grond. De koninklijke wacht omringt me op respectvolle afstand.

Ik zie heer Roiben bij een appelboom staan, zijn kromzwaard blinkt in een geboende schede. Zijn metgezel, Kaye, draagt een groene jurk waarvan de kleur de tint van haar huid benadert. Koningin Annet praat met heer Severin. Randalin drinkt beker na beker wijn. Ze komen allemaal ingetogen over. Ze hebben het verloop van een vloek bijgewoond, en als ze hier nog steeds zijn dan is dat omdat ze van plan zijn om in de ochtend te vechten.

Omdat maar een van ons hen kan voorliegen. Cardans woorden van de vorige keer dat we de heersers van de lagere hoven spraken schieten me te binnen.

Maar vanavond heb ik geen leugens nodig, al ga ik ook niet helemaal voor de volledige waarheid.

Als het gezelschap mij bij Madoc en de heersers van het Hof der Tanden ziet staan, valt men stil. Al die ronde inktzwarte ogen kijken mijn kant op. Al die gretige, prachtige gezichten keren zich naar mij toe alsof ik een gewond lammetje ben in een wereld van leeuwen.

'Dames en heren en inwoners van Elfhame,' zeg ik, maar dan aarzel ik. Ik ben totaal niet gewend aan het geven van toespraken. 'Als een kind aan het opperhof ben ik opgegroeid met wilde, onmogelijk wonderlijke verhalen... over vloeken en monsters. Verhalen die zelfs hier, in Faerie, te fantastisch waren om te worden geloofd. Maar nu is onze opperkoning een serpent en bevinden wij ons allemaal in zo'n wonderlijk verhaal. Cardan heeft de kroon kapotgemaakt omdat hij een ander soort heerser wilde zijn en een andere heerschappij wilde hebben. In ieder geval op één manier, en dat is hem al gelukt. Madoc en koningin Suren van het Hof der Tanden hebben de wapens neergelegd. We hebben tijdens een bijeenkomst de voorwaarden van een wapenstilstand vastgesteld.'

Er wordt geroezemoesd door de menigte.

Ik kijk recht voor me uit. Het zal Madoc niet bevallen dat ik dit bondgenootschap als míjn triomf neerzet, en heer Jarel en vrouwe Nore vinden het vast verschrikkelijk dat ik hun dochter behandel alsof zij het lid van het Hof der Tanden is aan wie men respect verschuldigd is.

Ik ga verder. 'Ik heb ze hier vanavond uitgenodigd om met ons te feesten, en morgen ontmoeten we elkaar allemaal op het veld, niet voor een gevecht, maar om het serpent te temmen en een eind te maken aan de bedreiging voor Elfhame. Samen.'

Er wordt hier en daar onzeker geapplaudisseerd.

Met heel mijn hart wens ik dat Cardan hier was. Ik zie hem bijna onderuitgezakt op een stoel zitten, waarbij hij me aanwijzingen geeft over het geven van een toespraak. Ik zou me daar kapot aan hebben geërgerd, maar op dit moment ben ik me bewust van een kil verlangen.

Ik mis hem, en de pijn daarvan is als een gapende kloof waar ik me dolgraag in wil storten.

Ik hef mijn roemer en overal om me heen worden roemers, glazen en hoorns geheven. 'Laten we op Cardan drinken, onze opperkoning, die zich voor zijn volk heeft opgeofferd, die de greep van de Bloedkroon heeft verbroken. Laten we drinken op die verbonden die net zo sterk zijn gebleken als het bodemgesteente van de eilanden van Elfhame. Laten we drinken op de belofte van vrede.'

Als ik mijn roemer aan mijn lippen zet, drinkt iedereen met me mee. Het lijkt alsof de sfeer iets is veranderd. Ik hoop dat het voldoende is.

'Een mooie toespraak, dochter,' zegt Madoc, 'maar ik heb niets gehoord over de aan mij beloofde beloning.'

'Om jou tot mijn belangrijkste adviseur te maken? En toch krijg ik nu al een preek.' Ik kijk hem rustig recht in de ogen. 'Tot we de breidel bij het serpent hebben omgedaan, hebben wij nog geen afspraak.'

Hij fronst.

Ik wacht niet tot hij er met me over in discussie gaat, maar loop naar een groepje leden van het Hof der Tanden. 'Vrouwe Nore.'

Ze kijkt verrast omdat ik haar aanspreek, alsof dat arrogant van me is.

'Je hebt wellicht vrouwe Asha nog niet ontmoet, de moeder van de opperkoning.'

'Ik geloof het niet,' beaamt ze. 'Al...'

Ik pak haar bij haar arm vast en leid haar naar de plek waar vrouwe Asha staat, omringd door haar favoriete hovelingen.

Vrouwe Asha lijkt te schrikken van mijn komst en ze schrikt nog meer als ik spreek.

‘Het is me ter ore gekomen dat je een nieuwe rol aan het hof zoekt,’ zeg ik. ‘Ik overweeg je tot ambassadeur aan het Hof der Tanden te benoemen, dus het lijkt me nuttig dat je vrouwe Nore ontmoet.’

Er schuilt totaal geen waarheid in wat ik zeg, maar ik wil dat vrouwe Asha weet dat ik heb gehoord dat ze complotten tegen me smeedt en dat als ze me dwarszit, ik ertoe in staat ben om haar weg te halen bij het comfort waar ze het meest op gesteld is. Het lijkt me trouwens een passende straf voor beide vrouwen om met elkaar te worden opgezadeld.

‘Zou je me echt dwingen zo ver van mijn zoon vandaan te gaan?’ vraagt ze.

‘Als je liever hier blijft en een bijdrage wilt leveren aan de zorg voor het serpent, dan hoef je dat alleen maar te zeggen.’

Vrouwe Asha kijkt alsof ze me het liefst een mes in mijn keel zou rammen.

Ik keer haar en vrouwe Nore mijn rug toe. ‘Veel plezier met jullie gesprek.’ Misschien gaat dat ook lukken. Ze haten me allebei, dus dan hebben ze in ieder geval iets met elkaar gemeen.

Er worden allerlei gerechten rondgebracht door de bedienden. Bijtgare varenstelen, walnoten in rozenblaadjes gewikkeld, flessen wijn met kruiden erin, piepkleine vogeltjes die in hun geheel met honing zijn geroosterd.

Terwijl ik naar het Volk staar lijkt het alsof de tuin om me heen draait. Een vreemd, onwerkelijk gevoel bekruipt me. Duizelig kijk ik om me heen of ik een van mijn zussen zie, iemand van het Schaduwhof of zelfs Fand.

‘Majesteit,’ zegt een stem.

Heer Roiben staat naast me. Ik krijg een drukkend gevoel op mijn borst. Ik weet niet zeker of ik op het moment overwicht kan uitstralen naar hem toe, juist naar hem.

‘Wat fijn dat u bent gebleven,’ zeg ik. ‘Nadat Cardan de kroon doormidden had gebroken was ik daar niet zeker van.’

Hij knikt. 'Ik heb nooit veel met hem opgehad,' vertelt hij, terwijl hij me aankijkt met zijn grijze ogen, zo licht als rivierwater. 'Jij bent degene die me ervan heeft overtuigd om trouw te zweren aan de kroon, en jij hebt de vredesonderhandelingen afgehandeld nadat de Onderzee zijn verdrag had verbroken.'

Door Balekin te doden. Dat is niet iets wat ik zal vergeten.

'En ik had wellicht toch wel voor je gevochten, al was het maar omdat veel wezens die me dierbaar zijn een sterfelijke koningin van Faerie geweldig vinden en veel wezens die ik niet mag zich daaraan ergeren. Maar na wat Cardan in de grote zaal deed, begrijp ik waarom je bereid was om gok na gok te wagen om hem op de troon te krijgen, en ik zou hebben gevochten tot mijn laatste snik.'

Ik had nooit een dergelijke toespraak van hem verwacht en ik sta als aan de grond genageld.

Roiben raakt een armbandje om zijn pols aan, waar groene draden door geweven zijn. Nee, dat is geen draad, dat is haar. 'Hij was bereid om de Bloedkroon kapot te maken en te vertrouwen op de loyaliteit van zijn onderdanen in plaats van die af te dwingen. Hij is de ware opperkoning van Faerie.'

Ik doe mijn mond open om antwoord te geven als ik een stuk verderop op het gras Nicasia in een glinsterende jurk van zilveren vissenschubben tussen hovelingen en heersers door zie lopen. Dan valt me op dat Roibens consort Kaye haar kant op gaat. 'Eh... je, eh, je vriendin staat op het punt om...'

Hij draait zich net op tijd om om samen met mij te zien dat Kaye Nicasia recht in het gezicht stompt. Zij botst tegen een andere hoveling aan en belandt op de grond. De pixie schudt met haar hand alsof ze haar knokkels heeft bezeerd.

Nicasia's selkiewachters rennen naar hun prinses toe.

Roiben begeeft zich onmiddellijk de menigte in, die voor hem uiteen wijkt.

Ik probeer hem te volgen, maar Madoc komt voor me staan en pakt me bij mijn schouder beet.

'Een koningin rent niet als een schoolmeisje op een gevecht af.'

Ik ga niet zodanig in mijn ergernis op dat ik deze kans mis. Ik trek me los en neem daarbij drie van zijn haren met me mee.

Een roodharige ridder duwt iedereen opzij tot ze tussen Kaye en Nicasia's selkiewachters in staat. Ik ken haar niet, maar tegen de tijd dat Roiben ze heeft bereikt, lijkt het duidelijk dat iedereen elkaar bedreigt.

'Aan de kant,' grauw ik naar Madoc, en dan ren ik weg, negeer iedereen die me probeert aan te spreken. Misschien zie ik er belachelijk uit, zo met mijn rokken tot op mijn knieën opgetrokken, maar dat kan me niets schelen. Ik zie er zeker belachelijk uit als ik iets in mijn decolleté duw.

Nicasia's kaak is rood en er is een blos te zien op haar keel.

Ik moet een totaal ongepaste lach onderdrukken.

'Je kunt maar beter niet die pixie verdedigen,' verklaart ze hautain.

De roodharige ridder is sterfelijk en is gekleed in de livrei van het hof van de Elzenkoning. Haar neus bloedt, wat volgens mij betekent dat ze al een aanvaring met de selkies heeft gehad. Heer Roiben lijkt op het punt te staan het zwaard dat hij bij zijn heup draagt te trekken. Aangezien hij het net nog heeft gehad over tot zijn laatste snik vechten is dat iets wat ik liever vermijd.

Kaye draagt een meer onthullende jurk dan de vorige keer dat ik haar zag en die onthult een litteken dat bij haar keel begint en over haar borst loopt. Het lijkt half een snee, half een brandwond, en duidelijk iets waarvan het logisch is dat zij er kwaad over is. 'Niemand hoeft me te verdedigen. Ik regel mijn eigen zaakjes.'

'Je mag van geluk spreken dat ze je alleen een klap heeft gegeven,' zeg ik tegen Nicasia. Haar aanwezigheid maakt me zenuwachtig. Onwillekeurig herinner ik me hoe het was om haar gevangene te zijn in de Onderzee. Ik richt me tot Kaye. 'Maar dit is nu voorbij. Begrepen?'

Roiben legt zijn hand op haar schouder.

'Dat zal wel.' Kaye beent weg op haar stoere laarzen.

Roiben wacht even, maar als ik mijn hoofd schud volgt hij zijn consort.

Nicasia raakt haar kaak aan en houdt me behoedzaam in de gaten.

'Dus je hebt mijn briefje gekregen,' zeg ik.

'Dus jij heult met de vijand,' kaatst ze terug met een blik op Madoc. 'Kom mee.'

'Waarheen?'

'Naar een plek waar niemand ons kan afluisteren.'

We lopen samen door de tuin, laten allebei onze wacht achter.

Ze pakt mijn hand vast. 'Is het waar? Is Cardan vervloekt? Hij is veranderd in een monster met schubben waarop de speren van jouw Volk zijn gebroken?'

Ik knik kortaf. Tot mijn verbijstering laat ze zich op haar knieën zakken. 'Wat doe je?' vraag ik vol afschuw.

'Alsjeblieft.' Ze buigt haar hoofd. 'Alsjeblieft. Je moet proberen die vloek te verbreken. Ik weet dat jij de rechtmatige koningin bent en dat je hem misschien niet terug wilt...'

Als iets mijn verbijstering had kunnen laten toenemen dan is dit het. 'Denk je dat ik...'

'Ik kende je niet, eerder,' zegt ze vol verdriet. Er klinkt een snik in haar stem die gepaard gaat met huilen. 'Ik dacht dat je gewoon een of andere sterveling was.'

Ik klem mijn kaken op elkaar, maar onderbreek haar niet.

'Toen jij zijn hofmeester werd, maakte ik mezelf wijs dat hij je alleen maar om je leugenachtige tong wilde. Of omdat je volgzaam was geworden, al was je dat eerder niet. Ik had je moeten geloven toen je hem vertelde dat hij nog maar nauwelijks iets had gezien van waar jij toe in staat bent. Toen jij verbannen was, heb ik meer van het verhaal uit hem losgekregen. Ik weet dat je dit niet gelooft, maar Cardan en ik waren vrienden voordat we minnaars werden, voor Locke. Hij was mijn eerste vriend toen ik hier vanuit de Onderzee kwam. En we zijn vrienden gebleven, zelfs na alles wat er is gebeurd. Ik haat het dat hij van jou houdt.'

'Hij haatte het ook,' zeg ik met een lach die brozer klinkt dan me bevalt.

Nicasia kijkt me lange tijd aan. 'Nee, hoor.'

Na die reactie kan ik alleen maar zwijgen.

'Hij jaagt het Volk angst aan, maar hij is niet zoals je denkt dat hij is,' zegt Nicasia. 'Herinner jij je de bedienden die Balekin had? De menselijke bedienden?'

Ik knik zwijgend. Natuurlijk herinner ik me die. Ik zal Sophie met haar zakken vol stenen nooit vergeten.

'Ze verdwenen soms, en geruchten deden de ronde dat Cardan ze pijn deed, maar dat is niet waar. Hij bracht ze terug naar de sterflijke wereld.'

Dat is inderdaad een verrassing. 'Waarom?'

Ze gooit een hand omhoog. 'Weet ik veel! Misschien om zijn broer dwars te zitten. Maar jij bent een mens, dus ik dacht dat jij het wel fijn zou vinden dat hij dat heeft gedaan. En hij heeft je een jurk gestuurd. Voor de kroning.'

Dat weet ik nog... De baljurk in de kleuren van de nacht, met de ongenadige omtrekken van bomen erop gestikt en kristallen als sterren. Duizend keer mooier dan de jurk die ik had besteld. Ik had gedacht dat die misschien door prins Dain was gestuurd, aangezien het zijn kroning was en ik gezworen had hem te dienen toen ik me bij het Schaduwhof had aangesloten.

'Hij heeft je dat nooit verteld, hè?' vraagt Nicasia. 'Zie je wel? Dat waren twee aardige dingen van hem waar jij niets van wist. Ik heb vroeger wel gezien hoe je naar hem keek als je dacht dat niemand je in de gaten hield.'

Ik bijt op de binnenkant van mijn wang, gegeneerd ondanks het feit dat we minnaars zijn en getrouwd, en dat het nauwelijks een geheim is dat we elkaar wel mogen.

'Dus beloof het me,' zegt ze. 'Beloof me dat je hem zult helpen.'

Ik denk aan de gouden breidel, aan de toekomst die de sterren hebben voorspeld. 'Ik weet niet hóé ik de vloek kan verbreken.' Alle onvergoten tranen wellen nu op in mijn ogen. 'Als ik dat wist, denk je dan dat ik bij dit stomme banket zou zijn? Zeg me wat ik moet doden, wat ik moet stelen, vertel me het raadsel dat ik moet oplossen of wijs me de kol aan die ik moet misleiden. Leg me uit hoe en ik doe het, het maakt niet uit hoeveel het me kost, hoe gevaarlijk het is of welke ontberingen ik moet doorstaan.' Mijn stem breekt.

Ze kijkt me recht aan.

Wat ik verder ook van haar mag vinden, ze geeft echt om Cardan en terwijl de tranen over mijn wangen rollen, beseft zij volgens mij tot haar verbijstering dat ik ook om hem geef.

Maar wat heeft hij daaraan?

Na ons gesprek keer ik terug naar het banket en zoek de nieuwe Elzenkoning op. Hij lijkt verbaasd mij te zien. Naast hem staat de sterfelijke ridder met de bloedneus. Een roodharig mens die ik herken als Severins consort stopt wat katoen in haar neusgat. De consort en de ridder zijn een tweeling, besef ik. Niet identiek, zoals Taryn en ik, maar toch zijn ze een sterfelijke tweeling in Faerie en ze lijken zich daar geen van beiden bijzonder ongemakkelijk bij te voelen.

'Ik heb iets van u nodig,' vertel ik Severin.

Hij maakt een buiging. 'Natuurlijk, mijn koningin. Alles wat van mij is, is van u.'

Die nacht lig ik in Cardans enorme slaapkamer in zijn enorme bed. Ik strek me uit, schop naar de dekens.

Ik kijk naar de gouden breidel die op een stoel naast me ligt, glanzend in het zachte licht.

Als het me lukt die bij het serpent om te doen, dan zou ik hem voor altijd bij me hebben. Met de breidel om zou ik hem hierheen kunnen halen. Hij zou zich zelfs op het kleed in deze kamer kunnen opkrullen, en hoewel dat mij misschien net zo'n monster maakt als hem, ben ik dan in ieder geval niet alleen.

Uiteindelijk val ik in slaap.

In mijn dromen torent Cardan als slang boven me uit. Zijn zwarte schubben blinken.

'Ik hou van je,' zeg ik, voor hij me verslindt.

26

'Je bent nog niet voldoende hersteld,' moppert Tatterfell, die met haar scherpe vingertoppen in mijn litteken port. De imp verzorgt me, al klagend, sinds ik uit bed ben gerold om me voor te bereiden op de confrontatie met het serpent alsof ik naar een ander feest ga. 'Madoc heeft je nog niet zo lang geleden bijna in tweeën gehouwen.'

'Zit het je dwars dat je hebt gezworen hem te dienen maar nog steeds hier bij mij bent?' vraag ik als ze de laatste hand legt aan de strakke vlecht op mijn hoofd. De zijkanten zijn naar achteren getrokken en de rest zit vast in een knot. Geen sieraden om mijn oren of mijn hals natuurlijk, niets wat kan worden vastgepakt.

'Hij heeft me hierheen gestuurd.' Tatterfell pakt een kwast van de tafel waar ze haar benodigdheden op heeft uitgestald en doopt het uiteinde ervan in een potje zwarte as. 'Misschien heeft hij daar spijt van. Ik zou hem toch op dit moment een veeg uit de pan kunnen geven in plaats van jou.'

Daar moet ik om glimlachen.

Tatterfell maakt me op, brengt wat schaduw aan rond mijn ogen en maakt mijn lippen rood.

Er wordt op de deur geklopt en dan komen Taryn en Vivi binnen. 'Jij gelooft nooit wat we in de schatkamer hebben gevonden,' verkondigt Vivi.

'Ik dacht dat schatkamers alleen vol juwelen, goud en andere zooi lagen.' Ik herinner me Cardans belofte van tijden geleden dat hij de inhoud van Balekins schatkamer aan het Schaduwhof zou geven als ze mij zouden verraden en hem zouden laten gaan. Het is een vreemde gewaarwording me te herinneren hoe erg ik toen in paniek was, hoe charmant hij was en hoe vreselijk ik dat vond.

Tatterfell snuift als de Kakkerlak binnenkomt en een kist achter zich aan sleept. 'Die zussen van jou zijn met geen mogelijkheid uit de problemen te houden.'

Zijn huid heeft weer zijn normale donkergroene kleur. Hij is mager, maar ziet er gezond uit. Het is een ongelooflijke opluchting dat hij weer op de been is en dat hij zich soepel beweegt. Hoe hebben mijn zussen hem zover gekregen om ze te helpen? Maar ik ben nog nieuwsgieriger naar wat de Bom tegen hem heeft gezegd. Hij straalt een nieuw soort vreugde uit, die te zien is aan zijn ietwat opgekrulde mondhoeken en in de heldere blik in zijn ogen.

Het doet pijn om naar hem te kijken.

Taryn grijnst. 'We hebben een harnas gevonden. Een fantastisch harnas. Voor jou.'

'Voor een koningin,' vertelt Vivi. 'En zoals je weet, is die er al een tijd niet meer geweest.'

'Het is goed mogelijk dat het nog van Mab is geweest,' gaat Taryn verder.

'De spanning stijgt,' merk ik op.

Vivi buigt zich over de kist om die open te maken. Ze haalt een harnas tevoorschijn, een elegant soort maliënkolder die zodanig gemaakt is dat die uit een verzameling piepkleine metalen klimopblaadjes lijkt te bestaan.

Mijn adem stokt. Dit is echt de mooiste wapenrusting die ik ooit heb gezien. Die is zo te zien eeuwenoud en het opvallende vakmanschap lijkt totaal niet op dat van Grimsen. Het is een opluchting om te beseffen dat geweldige smeden hem zijn voorgegaan en dat anderen zullen volgen.

'Ik wist dat je het mooi zou vinden,' zegt Taryn met een grijns.

'En ik heb iets wat je bijna net zozeer zal bevallen,' zegt de Kakkerlak. Hij reikt in zijn tas en haalt daar drie strengen uit, die zo te zien van zilverdraad zijn.

Die stop ik in mijn zak, bij de haren die ik bij Madoc uit zijn hoofd heb getrokken.

Vivi is druk bezig om andere dingen uit de kist te halen en merkt hier niets van. Laarzen bedekt met gekromde plaatjes metaal. Polsbeschermers met daarop een patroon van doornstruiken. Schouderplaten van meer blaadjes, die bij de randen iets opkrullen. Een helm die lijkt op een kroon van gouden takken met aan weerszijden een cluster van bessen.

'Zo, zelfs als het serpent je hoofd afbijt, ziet de rest van je lijf er goed uit,' zegt Tatterfell.

'Zo mag ik het horen,' antwoord ik.

Het leger van Elfhame verzamelt zich en maakt zich op om te marcheren. Graatmagere Faerierossen, druipende waterpaarden, rendieren met indrukwekkende geweien en enorme padden zijn allemaal gezadeld. Sommige dragen zelfs een pantser.

Boogschutters stellen zich op met hun elfenhagel, met slaapmiddel vergiftigde pijlen en enorme bogen. Ridders bereiden zich voor. Ik zie Grima Mog verderop op het gras staan, midden in een groepje scharlaakkappen. Ze delen een karaf bloed, nemen daar een slok uit en sprenkelen wat van de inhoud op hun kap. Zwermen pixies met kleine, in gif gedoopte pijltjes zoemen door de lucht.

'We zullen er klaar voor zijn,' legt Grima Mog uit, die naar me toe is gekomen, 'voor het geval dat hoofdstel niet werkt zoals zij beweren.' Ze neemt mijn harnas en het geleende zwaard dat met een riem op mijn rug is gegespt in zich op en lacht haar met bloed bevlekte tanden bloot. Dan plaatst ze een hand op haar hart. 'Opperkoningin.'

Ik probeer terug te lachen, maar ik weet dat het er zwakjes uitziet. Ik ben op van de zenuwen. Er strekken zich twee paden voor me uit en maar één ervan leidt tot de overwinning.

Ik ben Madocs protegé en Dains spion geweest. Ik ken alleen hun manier om te winnen. Dat is geen recept om een held te zijn, maar wel een recept voor succes. Ik weet hoe ik een mes door mijn eigen hand kan steken. Ik weet hoe het is om te haten en om gehaat te worden. Ik weet ook hoe ik moet winnen, als ik bereid ben om al het goede in me daarvoor op te offeren.

Ik heb gezegd dat als ik niet beter dan mijn vijanden kan zijn, ik erger word. Veel, veel erger.

Trek drie haren uit je eigen hoofd en knoop die om de breidel. Jullie zullen met elkaar verbonden zijn.

Heer Jarel wilde mij erin luizen. Hij wilde het bevel voor zichzelf houden, het pas gebruiken nadat ik het serpent de breidel om had gedaan zodat hij ons allebei in zijn macht had. Ik weet zeker dat Madoc zich niet bewust is van dat plan, wat doet vermoeden dat Madoc vermoorden daar deel van uitmaakt.

Maar het is een plan dat tegen ze kan worden gebruikt. Ik heb hun haar om de gouden breidel geknoopt, en ik zal niet degene zijn die aan het serpent wordt gebonden. Als het serpent de breidel draagt, zullen Madoc en heer Jarel mij gehoorzaam zijn, net zoals Cardan ooit mijn dienaar was. Zoals Cardan dat ook weer zal zijn als die gouden riempjes in zijn schubben bijten.

En naarmate het serpent toeneemt in monsterlijkheid en verderf, als het het land van Elfhame zelf vergiftigt, laat mij dan maar de koningin der monsters zijn. Laat mij over dat verschroeide land regeren met mijn vader de scharlaakkap als marionet aan mijn zij. Laat mij gevreesd worden en zelf nooit meer bang zijn.

Enkel uit zijn vergoten bloed kan een geweldige heerser verrijzen.

Laat mij alles hebben waar ik ooit naar heb verlangd, alles waar ik ooit van heb gedroomd, samen met eeuwigdurende ellende. Laat mij leven met een ijspegel door mijn hart.

'Ik heb naar de sterren gekeken,' meldt Baphen.

Heel even gaat mijn geest te zeer op in mijn eigen wilde verbeeldingen om me te concentreren.

Zijn donkerblauwe gewaad wordt door het vroege middagbriesje naar achteren geblazen. 'Maar ze willen niets tegen me zeggen. Als de toekomst wordt verhuld, geeft dat een gebeurtenis aan die de toekomst ten goede of ten slechte zal veranderen. Niets is zichtbaar tot de gebeurtenis tot een eind is gekomen.'

'Geen druk, dus,' mompel ik.

De Bom duikt op uit de schaduw. 'Het serpent is gesignaleerd. Vlak bij de kust van het Grillige Bos. We moeten gaan voor we hem weer uit het oog verliezen.'

'Denk aan de formatie,' roept Grima Mog naar haar troepen. 'We rukken vanuit noordelijke richting op. Madocs mannen zullen het zuiden verdedigen en het Hof der Tanden het westen. Blijf op afstand. Ons doel is om het wezen in de liefhebbende armen van onze koningin te drijven.'

De schubben van mijn nieuwe harnas klinken tegen elkaar en maken een muzikaal geluid. Ik word op een grote, hoge zwarte hengst getild.

Grima Mog berijdt een enorme hertenbok met pantser. 'Is dit je eerste strijd?'

Ik knik.

'Als er een gevecht uitbreekt, concentreer je dan op wat er voor je gebeurt. Vecht je eigen gevecht,' raadt ze me aan. 'Laat een ander zich zorgen maken over dat van hem.'

Ik knik opnieuw en zie Madocs leger vertrekken om zijn positie in te nemen. Eerst gaan zijn eigen soldaten, uitgezocht en weggehaald uit het vaste leger van Elfhame. Dan volgen de lagere hoven die zijn kant hebben gekozen. En natuurlijk het Hof der Tanden, waarvan de soldaten ijzige wapens dragen. Velen van hen lijken een laagje rijp op de huid te hebben, sommigen zien zo blauw als de doden. Het is geen fijn idee om tegen ze te vechten, vandaag of welke dag dan ook.

Het Hof der Termieten rijdt achter Grima Mog aan. Het is makkelijk om Roibens doffe witte haar te ontwaren. Hij zit op de rug van een kelpie, en als hij ziet dat ik naar hem kijk, salueert hij. Naast hem bevinden zich de troepen van de Elzenkoning. Severins sterfelijke consort is niet bij hem. In plaats daarvan rijdt hij naast de roodharige sterfelijke ridder die een bloedneus had gekregen van Nicasia's selkiewachters. Zij ziet er verontrustend opgewekt uit.

Vivi, Oriana, Heather en Eik zijn achtergebleven in het paleis om daar met een groepje wachters, het grootste deel van de Raad en vele hovelingen van lage en hoge hoven op ons te wachten. Zij houden alles vanaf de borstweringen in de gaten.

Mijn greep op de gouden breidel verstrakt.

'Kop op,' zegt Grima Mog als ze mijn gezicht ziet. Ze zet haar kap, stijf door de vele lagen bloed, recht op haar hoofd. 'Op naar de glorie.'

We rijden tussen de bomen door en ik denk onwillekeurig dat toen ik over het ridderschap droomde, ik me zoiets als dit had voorgesteld. Het opnemen tegen magische monsters, gekleed in harnas met een zwaard aan mijn zij. Maar zoals bij zo veel fantasieën hadden alle verschrikkingen ontbroken.

Een gil galmt door de lucht vanuit een dichtbegroeid stukje bos voor ons. Grima Mog geeft een teken en de legers van Elfhame verspreiden zich. Alleen ik rij door, ontwijk de ene dode boom na de andere tot ik de zwarte lussen van het lijf van het serpent zie op misschien tien meter afstand. Mijn paard deinst briesend achteruit.

Met de breidel in mijn hand stijg ik af en ik loop dichter naar het monsterlijke wezen toe dat ooit Cardan was. Het is groter geworden, is nu langer dan een van Madocs schepen. Zijn kop is zo groot dat als hij zijn bek open zou doen, een enkele giftand half zo groot zou zijn als het zwaard op mijn rug.

Hij is absoluut doodeng.

Ik dwing mezelf over het verwelkte zwarte gras te lopen. Achter het serpent zie ik de vaandels met het wapen van Madoc erop op de bries fladderen.

'Cardan,' fluister ik. Het gouden net van de breidel blinkt in mijn handen.

Als in reactie daarop heft het serpent zich op. Zijn hals buigt zich in een wiegende beweging alsof hij overweegt wat het beste plan van aanval is.

'Ik ben het, Jude.' Mijn stem barst. 'Jude. Je vindt mij leuk, weet je nog wel? Je vertrouwt mij.'

Het serpent komt abrupt in beweging en schiet over het gras mijn kant op, overbrugt de afstand tussen ons. Soldaten vluchten. Paarden steigeren. Padden springen de beschutting van het bos in, waarbij ze hun berijders negeren. Kelpies draven naar de zee.

Ik hef de breidel, heb verder niets in mijn handen om me mee te verdedigen. Ik sta op het punt om de breidel naar hem toe te gooien, maar het serpent blijft op iets van drie meter afstand liggen en krult zich op.

Hij neemt me in zich op met die goud omringde ogen.

Ik beef over mijn hele lichaam. Mijn handen worden klam. Ik weet wat ik moet doen als ik mijn vijanden wil verslaan, maar ik wil het niet langer doen.

Zo dicht bij het serpent kan ik alleen maar denken aan hoe de riempjes in Cardans huid zullen dringen, dat hij voor altijd een gevangene zal zijn. Hem in mijn macht hebben was ooit zo'n aanlokkelijke gedachte. Het had me zo'n kick gegeven toen hij me trouw had gezworen, toen hij me een jaar en een dag moest gehoorzamen. Het had gevoeld alsof ik alles en iedereen kon beheersen, alsof niets mij kon deren.

Ik zet nog een stap naar het serpent toe. Nog een. Van zo dichtbij ben ik opnieuw onder de indruk van de pure omvang van het wezen. Ik hef voorzichtig mijn hand en leg die op de zwarte schubben, die koel en droog aanvoelen.

Zijn goudkleurige ogen bieden geen antwoord, maar ik denk aan Cardan die naast me ligt op de vloer van de koninklijke vertrekken.

Aan zijn snelle glimlach.

Aan hoe verschrikkelijk hij het zou vinden om zo gevangen te zitten. Hoe oneerlijk het zou zijn om hem op deze manier bij me te houden en dat liefde te noemen.

Je weet al hoe je de vloek moet beëindigen.

'Ik hou echt van je,' fluister ik. 'Ik zal altijd van je houden.' Ik duw de goudkleurige breidel achter mijn riem.

Er strekken zich twee paden voor me uit en maar één ervan leidt tot de overwinning.

Maar op deze manier wil ik niet winnen. Ik zal misschien nooit zonder angst leven. Misschien zal de macht me uit de vingers glippen en misschien zal het verdriet om hem te verliezen ondraaglijk zijn.

En toch, als ik van hem hou, is er maar één keus.

Ik trek het geleende zwaard van mijn rug. Harttrouw, dat door alles heen kan snijden. Ik heb Severin erom gevraagd en het met me meegenomen de strijd in, want hoezeer ik het ook heb ontkend, ergens wist ik al waar ik voor zou kiezen.

De slang kijkt me rustig aan, maar er komen verraste geluiden van het verzamelde Volk.

Ik hoor de brul van Madoc. Het was niet de bedoeling dat het zo zou aflopen.

Ik heb mijn ogen dicht, maar ik zal ze toch moeten openen. Met één beweging zwaai ik Harttrouw in een blinkende boog naar de kop van het serpent. Het lemmet houwt door schubben, vlees en botten heen. Dan ligt de kop aan mijn voeten, worden de goudkleurige ogen doffer.

Er is overal bloed. Het lijf van het serpent krult zich met een huivering op en wordt dan slap. Met bevende handen steek ik Harttrouw in de schede. Ik beef over mijn hele lichaam, beef zo hevig dat ik me op mijn knieën laat vallen op het zwartgeblakerde gras, in het tapijt van bloed.

Heer Jarel schreeuwt iets naar me, maar ik versta het niet.

Het is goed mogelijk dat ik gil.

Het Volk rent naar me toe. Ik hoor het gekletter van staal en het sissen van zwaarden die door de lucht klieven. Het lijkt van heel ver weg te komen.

Het enige wat me luid in de oren klinkt is de vloek die Valerian over me uitsprak voor hij stierf. *Dat jouw handen altijd onder het bloed mogen zitten. Dat de dood jouw metgezel mag zijn.*

'Je had ons aanbod moeten aannemen.' Heer Jarel stoot met zijn speer mijn kant op. 'Jouw heerschappij zal heel kort zijn, sterfelijke koningin.'

Dan is Grima Mog daar op haar hertenbok. Zij vangt het gewicht van zijn speer op. Hun wapens stoten op elkaar met een oorverdovend kabaal. 'Om te beginnen zal ik je doden,' vertelt ze hem. 'Dan eet ik je op.'

Twee zwarte pijlen schieten tussen de bomen vandaan, dringen zich in de keel van heer Jarel. Hij glijdt van zijn paard af terwijl er een kreet opklinkt van het Hof der Tanden.

Ik vang een glimp op van het witte haar van de Bom.

Grima Mog draait zich in een soepele beweging om, om het tegen drie ridders van het Hof der Tanden op te nemen. Ze moet ze ooit hebben gekend, ze hebben geleid, maar ze gaat het gevecht zonder enige aarzeling aan.

Er klinken meer kreten om me heen. De geluiden van de strijd ebben weg. Het geluid van een hoorn klinkt nabij de kustlijn.

Voorbij de zwarte rotsen schuimt het water. Meervolk en selkies rijzen op uit de diepte, hun blinkende schubben vangen het zonlicht op. Nicasia is bij ze, zit op de rug van een haai.

'De Onderzee eert zijn verdrag met het land en met de koningin.' Haar stem draagt over het veld. 'Leg de wapens neer.'

Kort daarop bestormen de legers van de Onderzee de kust.

Dan staat Madoc voor me. Zijn wang en een deel van zijn voorhoofd zitten onder het bloed. Zijn gezicht straalt een vreselijke vreugde uit. Scharlaakkappen zijn hiervoor geboren, voor het vergieten van bloed, geweld en moord. Volgens mij geniet hij er ergens van dat hij dit met me kan delen, zelfs nu.

'Sta op.'

Het grootste deel van mijn leven heb ik zijn bevelen opgevolgd. Ik duw me omhoog, mijn hand gaat naar de gouden breidel achter mijn riem, waar zijn haar omheen zit, waarmee ik hem had kunnen binden en waarmee ik hem nog steeds kan binden. 'Ik ga niet tegen je vechten.' Mijn stem klinkt zo veraf. 'Hoewel ik er geen genoegen aan zou beleven om de riempjes in je huid te zien zinken, zou ik er ook niet rouwig om zijn.'

'Genoeg grootspraak,' zegt hij. 'Je hebt al gewonnen. Kijk.'

Hij pakt me bij mijn schouders beet en draait me om zodat ik kan zien waar het enorme lijf van het serpent ligt. Een schok van afschuw trekt door me heen en ik probeer me los te rukken uit zijn grip. Dan merk ik dat het gevecht is stilgelegd. Het Volk staart. Vanuit het lijf van het wezen schijnt een gloed.

En dan stapt daardoorheen Cardan naar buiten. Cardan, naakt en bedekt met bloed.

Hij leeft.

Enkel uit zijn vergoten bloed kan een geweldige heerser verrijzen.

Overal om ons heen knielen wezens. Grima Mog knielt. Heer Roiben knielt. Zelfs degenen die even daarvoor nog vastberaden hadden willen doden lijken overweldigd. Nicasia kijkt vanuit de zee toe terwijl heel Elfhame voor de herboren opperkoning buigt.

'Ik buig mijn hoofd voor jou,' zegt Madoc heel zacht tegen mij, 'alleen voor jou.'

Cardan zet een stap naar voren. Er verschijnen kleine barsten onder zijn voeten, scheuren in de aarde. Hij spreekt met een dreunende echo die door alle aanwezigen trekt. 'De vloek is verbroken. De koning is teruggekeerd.'

Hij is net zo angstaanjagend als welk serpent dan ook.

Het kan me niets schelen. Ik ren zo zijn armen in.

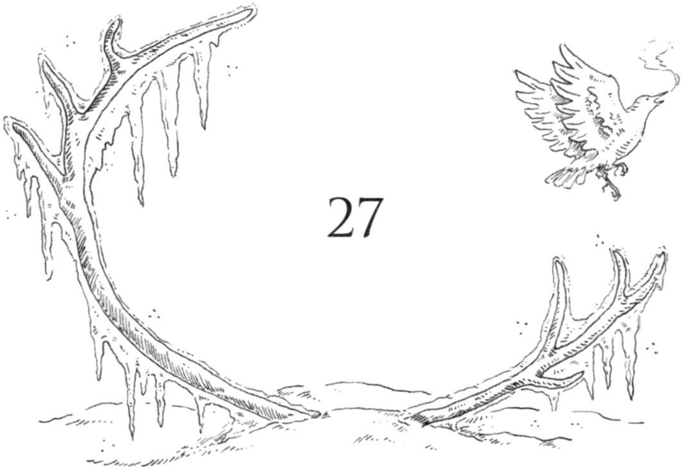

27

Cardan duwt zijn vingers in mijn rug. Hij beeft, en ik weet niet of dat door de wegvloeiende magie komt of door afschuw, maar hij houdt me vast alsof ik zijn enige houvast ben in deze wereld.

Soldaten komen dichterbij en Cardan laat me abrupt los. Hij klemt zijn kaken op elkaar en wuift een ridder weg die hem zijn mantel aanbiedt, ondanks het feit dat hij alleen in bloed is gehuld.

'Ik heb al dagen niets gedragen,' teemt de opperkoning. Als er iets broos in zijn ogen te zien is, dan is vrijwel iedereen te zeer met ontzag gevuld om dat op te merken. 'Ik zie niet in waarom ik daar nu mee moet beginnen.'

'Uit bescheidenheid?' pers ik eruit om het spelletje mee te spelen, verbaasd dat hij grapjes kan maken over de vloek, over wat dan ook.

Hij schenkt me een oogverblindende, onbekommerde glimlach. Het soort waar je je achter kunt verschuilen. 'Elk deel van mij is een lust voor het oog.'

Ik voel een steek in mijn hart als ik naar hem kijk. Het voelt alsof ik geen lucht krijg. Ook al staat hij voor me, de pijn om hem te verliezen is nog niet vervaagd.

'Majesteit,' zegt Grima Mog tegen mij. 'Geeft u mij toestemming om uw vader in de boeien te slaan?'

Ik aarzel, denk aan het moment dat ik hem met de gouden breidel confronteerde. *Je hebt al gewonnen.*

'Ja,' zegt Cardan. 'Doe dat.'

Er wordt een rijtuig voorgereden. De wielen kletteren en botsen over de rotsen heen. Grima Mog roept bevelen. Twee generaals bevestigen boeien om de polsen en enkels van Madoc. De zware ketens rinkelen bij de minste beweging. Boogschutters houden hem onder schot terwijl hij wordt weggeleid.

Zijn leger geeft zich over, legt een eed van onderwerping af. Ik hoor het zoemen van vleugels, het gekletter van harnassen en de kreten van de gewonden. Scharlaakkappen verfrissen de kleur van hun hoofddeksels. Een aantal leden van het Volk doet zich tegoed aan de doden. Er hangt rook in de lucht, die zich vermengt met de geuren van de zee en bloed en mos. De nasleep van de korte strijd is een en al afnemende adrenaline, verzorgen van de gewonden en het vieren van de overwinnaars.

Het feest zal in het paleis al zijn begonnen en zal veel langer duren dan het gevecht.

Eenmaal in het rijtuig ontspant Cardan zich en zakt hij iets in elkaar.

Ik staar naar hem terwijl het bloed in getijdelijnen op zijn lichaam droogt en als kleine granaatsteentjes in zijn krullen tot korstjes stolt. Ik dwing mezelf in plaats daarvan uit het raam te staren.

'Hoelang ben ik...' Hij aarzelt.

'Nog geen drie dagen. Het was zo voorbij.' Ik vertel hem maar niet wat een eeuwigheid dat leek. Of dat hij met breidel en al voor altijd in het lijf van het serpent gevangen had kunnen zitten. Of dat hij dood had kunnen zijn.

Dood.

Het rijtuig komt tot stilstand en we worden geholpen bij het uitstappen. Bedienden hebben een enorme fluwelen mantel voor Cardan meegenomen, en dit keer neemt hij die aan, slaat die om zijn schouders terwijl we ons door de kille ondergrondse gangen begeven.

'U wilt wellicht baden,' stelt Randalin voor, een begrijpelijke suggestie.

'Ik wil de troon zien,' zegt Cardan.

Niemand heeft zin om hem tegen te spreken.

De grote zaal ligt vol rottend fruit en omvergegooide tafels. Er loopt een scheur door de vloer naar de in tweeën gespleten troon met zijn verwelkte bloemen. Cardan spreidt zijn handen en de aarde heelt langs de breuklijn. Gesteente borrelt omhoog om die op te vullen. Dan maakt hij een vegend gebaar met zijn vingers en de kapotte troon groeit aan elkaar, doornstruiken bloeien, en die splitst zich dan op in twee aparte tronen waar er eerst maar één stond.

'Vind je die mooi?' vraagt hij me, wat een beetje is alsof je iemand vraagt of ze de sterrenkroon mooi vindt die net voor haar uit de hemel is getoverd.

'Indrukwekkend,' pers ik eruit.

Ogenschijnlijk tevreden staat hij Randalin eindelijk toe ons naar de koninklijke vertrekken te leiden, waar het wemelt van de bedienden, generaals en het grootste deel van de Levende Raad. Er staat een bad klaar voor de opperkoning. Er wordt een karaf wijn gebracht, samen met een overdadig versierde kelk vol cabochons. Fala zingt een lied over de koning der slangen en Cardan lijkt zowel gecharmeerd als verafschuwd door alles.

Ik ben niet bereid mijn harnas uit te trekken in het bijzijn van het Volk, maar ik plak van al het bloed, dus glip ik de gang op en ga naar mijn oude onderkomen, waar ik Heather op de bank aantref.

Ze staat op met een enorm boek in haar handen. Het roze in haar haar is vervaagd, maar verder straalt ze. 'Gefeliciteerd, als dat tenminste gepast is. Ik weet niet hoe ik over gevechten moet praten, maar ik heb gehoord dat jullie hebben gewonnen.'

'Wij hebben gewonnen,' bevestig ik met een glimlach.

Ze plukt aan een dubbele ketting van onhandig aan elkaar geregen lijsterbessen om haar hals. 'Vee heeft deze voor me gemaakt. Voor de afterparty.' Voor het eerst lijkt mijn uiterlijk haar op te vallen. 'Dat is toch niet jouw bloed...'

'Nee. Ik mankeer niets. Ik zie er alleen niet uit.'

Ze knikt langzaam.

'Cardan mankeert ook niets.'

Het boek glipt uit haar hand, zo op de bank. 'Hij is geen grote slang meer?'

'Nee, maar volgens mij ben ik aan het hyperventileren. Zo noem je dat toch? Als je te snel ademt... duizelig bent.'

'Niemand hier lijkt iets te weten over menselijke gezondheidszorg, hè?' Ze komt naar me toe en maakt mijn harnas los. 'Laten we dit uittrekken. Eens kijken of dat helpt.'

'Praat tegen me. Vertel me nog een sprookje. Het maakt niet uit welke.'

'Oké...' Ze probeert te bepalen hoe het harnas in elkaar zit. 'Ik heb je advies opgevolgd en met Vee gesproken. Eindelijk. Ik heb gezegd dat ik niet wil dat mijn herinneringen worden gewist en dat het me spijt dat ik haar dat heb laten beloven.'

'Was ze blij?' Ik help Heather met een van de gespen.

'We hebben een enorme ruzie gehad met veel geschreeuw over en weer. We hebben ook veel gehuild.'

'O.'

'Herinner jij je dat sprookje met de slang met overbezorgde ouders die met de prinses trouwt?'

'Hè?' Ik ben aan het eind in slaap gevallen, dus misschien heb ik dat deel gemist.

'Nadat het slangenvel van de jongen is verbrand moet de prinses hem terugwinnen door op een queeste te gaan. Nou, ik heb tegen Vee gezegd dat ze op een queeste moet gaan. Ze moet me helemaal opnieuw ontmoeten en het dit keer goed doen. Ze moet me vanaf het begin de waarheid vertellen én me ervan overtuigen dat ik haar mijn liefde kan toevertrouwen.'

'Verdomme.' Het laatste onderdeel van mijn harnas valt met een bons op de vloer en ik besef dat ze me zodanig heeft afgeleid dat ik weer normaal adem. 'Dat is behoorlijk serieus sprookjesgedoe. Een queeste.'

Heather pakt mijn hand vast. 'Als het haar lukt, krijg ik al mijn herinneringen terug. Maar zo niet, dan is vanavond de laatste keer dat ik je zie.'

'Ik hoop dat je onze kelders leegdrinkt tijdens de fuif.' Ik geef haar een stevige knuffel. 'Maar meer dan dat hoop ik dat Vee goed genoeg is om je opnieuw voor zich te winnen.'

De deur gaat open en Oriana komt binnen. Als ze me ziet raakt ze in paniek. Ze buigt onmiddellijk zo diep dat ze bijna haar voorhoofd tegen de vloer duwt.

'Dat hoef je niet te doen.'

Ze werpt me een scherpe blik toe.

Ik merk wel dat ze er de nodige ideeën op nahoudt over mijn gedrag als opperkoningin en even voel ik enorme voldoening dat ze daar niets over tegen me kan zeggen zonder haar eigen fatsoensregels te overtreden.

Ze gaat rechtop staan. 'Ik hoop dat je genadig zult zijn voor je vader. In het belang van je broer, en in je eigen belang.'

'Ik heb al genade getoond.' Ik raap mijn harnas op en vlucht naar de gang.

Ik had de koninklijke vertrekken niet moeten verlaten. Dat was een oude impuls, om Cardan te laten regeren terwijl ik mijn werk vanuit de schaduwen deed. En het was een opluchting om weg te zijn van al die starende ogen. Maar ver bij Cardan vandaan komt alles me onwerkelijk voor, en ik ben bang dat de vloek eigenlijk nooit is verbroken, dat dit allemaal een fantasie is van een door koorts bevangen geest. Ik haast me terug en ga naar binnen in enkel de gewatteerde wambuis en maillot die ik onder mijn harnas droeg.

Cardan is weg, net als alle hoogwaardigheidsbekleders. Het badwater is nog warm en er branden nog enkele kaarsen, maar de kamers zijn leeg.

'Ik heb het opnieuw gevuld,' zegt Tatterfell, die ergens vandaan komt.

Ik schrik.

'Stap erin. Je ziet er niet uit.'

'Waar is Cardan?' Ik trek de laatste kledingstukken uit.

'De grote zaal. Waar anders? Jij bent degene die te laat is. Maar als de heldin van vandaag is dat alleen maar positief. Ik ga een schoonheid van je maken.'

'Dat klinkt alsof het een hele klus voor je wordt.' Ik klim gehoorzaam in de kuip, waarmee ik de sleutelbloemblaadjes op het water verstoor. De hitte voelt goed aan voor mijn zere spieren. Ik laat me onder het oppervlak zakken. Het probleem met iets groots en verschrikkelijks meemaken is dat je naderhand wordt overweldigd door alle emoties die je hebt onderdrukt of van je af hebt gezet. Dagenlang ben ik doodsbang geweest en nu, nu ik me geweldig zou moeten voelen, wil ik me alleen maar samen met Cardan in de grote zaal onder een tafel verstoppen tot ik mezelf er eindelijk van kan overtuigen dat hij in orde is.

En misschien om daar met hem te zoenen, als hij daar zin in heeft.

Ik kom boven en veeg het haar voor mijn ogen weg.

Tatterfell geeft me een wasdoek aan. 'Schrob het bloed van je knokkels,' beveelt ze.

Weer vlecht ze mijn haar tot hoorns, dit keer doorregen met goud. Ze heeft een bronskleurige fluwelen tuniek voor me. Daaroverheen trekt ze me een bronskleurige leren jas aan met een hoge, omgekrulde kraag en een sleep die veel wegheeft van een cape die met het lichtste zuchtje wind opblaast. Tot slot geeft ze me bronskleurige handschoenen met een brede manchet.

Zo prachtig gekleed zou het moeilijk zijn geweest om onopgemerkt de grote zaal in te glippen, zelfs als er bij mijn binnenkomst niet werd getrompetterd.

'De opperkoningin van Elfhame, Jude Duarte,' kondigt een bode met dragende stem aan.

Ik zie Cardan aan de kop van de hoofdtafel zitten. Zelfs vanaf hier voel ik de intensiteit van zijn blik.

Er zijn lange tafels opgesteld voor een groots feest. Elke schaal is gevuld met voedsel: grote stukken fruit, hazelnoten, brood gevuld met dadels. De geur van honingwijn vult de lucht.

Verschillende zangers nemen het tegen elkaar op om de tekst van hun nieuwe liederen precies goed te krijgen, veel ervan zijn ter ere van de serpentkoning. Maar zeker één ervan gaat over mij.

> *Onze koningin stak haar zwaard in de schede, sloot haar ogen en sprak: 'Ik dacht dat de slang groter zou zijn. Iemand heeft gelogen.'*

Een nieuwe groep bedienden verlaat de keuken met dienbladen vol licht vlees dat op verschillende manieren is bereid: gegrild en gepocheerd in olie, geroosterd en gestoofd. Het duurt even voor ik het herken. Het is serpentvlees. Vlees dat van het lichaam van het enorme serpent is gesneden dat hun opperkoning was geweest en ze misschien een greintje van zijn magie zou geven. Ik kijk ernaar en ben me bewust van de verpletterende desoriëntatie van het sterfelijk zijn. Sommige Faeriegewoonten zullen altijd een verschrikking voor me blijven.

Ik hoop dat Cardan zich er niet aan stoort. Daar lijkt het niet op, zoals hij lacht terwijl hovelingen hun borden volladen.

'Ik heb altijd al vermoed dat ik heerlijk zou zijn,' hoor ik hem zeggen, al valt het me op dat hij zelf niets van het vlees neemt.

Weer stel ik me voor onder de tafel te duiken en me daar te verbergen, zoals ik als kind deed. Zoals ik na die bloedige kroning had gedaan, samen met hem.

In plaats daarvan ga ik naar de hoofdtafel en zoek ik mijn plekje, dat natuurlijk aan de kop aan de andere kant is. We staren elkaar aan over de afstand vol zilver en laken en kaarsen.

Dan staat hij op en valt er een stilte in de zaal.

'Morgen moeten we verwerken wat ons is overkomen,' zegt hij, waarbij hij een kelk hoog heft. 'Maar laten we vanavond onze triomf, ons vernuft en ons plezier in elkaar gedenken.'

Daar proosten we allemaal op.

Er zijn liedjes, een schijnbaar eindeloze verscheidenheid daaraan, en zo veel gerechten dat zelfs een sterveling als ik haar buik rond kan eten. Ik kijk naar Heather en Vivi die tussen de tafels door slalommen om te gaan dansen. Ik zie de Kakkerlak en de Bom, die in de schaduw van de opnieuw vormgegeven tronen zitten. Grima Mog bespreekt iets met heer Roiben. De helft van haar bord ligt vol met slang en de andere helft met een andere vleessoort die ik niet herken. Nicasia zit op een ereplek, niet ver van de hoofdtafel, met haar onderdanen om haar heen. Taryn staat in de buurt van de muzikanten. Ik zie ook de Schim, die haar in de gaten houdt.

'Pardon,' zegt iemand.

De minister der Sleutels, Randalin, staat naast Cardan.

'Raadslid,' antwoordt Cardan. Hij leunt met zijn achterwerk tegen de tafel met de ontspannen loomheid van iemand die al aangeschoten is. 'Hoopte u op een van deze honingcakejes? Ik had ze door kunnen laten geven.'

'Er is nog de kwestie van de gevangenen... Madoc, zijn leger en de restanten van het Hof der Tanden,' zegt Randalin. 'Er zijn vele andere zaken die we met u willen bespreken.'

'Morgen,' maant Cardan. 'Of de dag daarop. Of misschien volgende week.' Met die woorden gaat hij recht staan. Hij neemt een flinke teug uit zijn kelk, zet die op de tafel neer en komt naar mij toe. Hij steekt zijn hand uit. 'Dans je met me?'

'Misschien herinner je je nog dat ik daar niet bijzonder goed in ben,' zeg ik, terwijl ik overeind kom. De laatste keer dat we samen hebben gedanst was de nacht van de kroning van prins Dain, vlak voor alles verkeerd ging. Hij was toen ontzettend dronken geweest.

'Je haat me echt, hè?' had hij gevraagd.

'Bijna net zo veel als jij mij haat,' had ik teruggekaatst.

Hij trekt me mee naar waar violisten iedereen steeds sneller en sneller laten dansen, om te draaien en te cirkelen en te springen. Zijn handen bedekken de mijne.

'Ik weet niet waar ik het eerst mijn excuses voor moet aanbieden,' zeg ik. 'Omdat ik je hoofd eraf heb gehakt of omdat ik daar zo lang mee heb gewacht. Ik wilde het beetje dat er nog van je over was niet kwijt. Ik kan nog steeds niet bevatten hoe geweldig het is dat je leeft.'

'Je weet niet hoelang ik heb gewacht om die woorden te horen. Je wilt me niet dood hebben.'

'Als je hier een grap van maakt dan ga ik...'

'Mij vermoorden?' Hij trekt allebei zijn zwarte wenkbrauwen op.

Misschien haat ik hem dan toch.

Cardan pakt mijn handen vast en voert me weg van de andere dansers, naar de geheime kamer die hij me eerder heeft laten zien, achter de verhoging. Die is precies zoals ik me die herinnerde, de wanden dik begroeid met mos, een lage bank onder zacht gloeiende champignons.

'Ik kan alleen wreed zijn of lachen als ik me slecht op mijn gemak voel,' zegt hij, terwijl hij me loslaat en op de bank gaat zitten.

Ik blijf staan. Ik heb mezelf beloofd dat ik dit zo snel mogelijk zou doen, als ik daar ooit nog de kans voor zou krijgen.

'Ik hou van je,' zeg ik, de woorden komen er in een onverstaanbare waterval uit.

Cardan kijkt onthutst.

Misschien heb ik het zo snel gezegd dat hij me niet goed heeft gehoord.

'Je hoeft het niet uit medelijden te zeggen,' zegt hij uiteindelijk, heel weloverwogen. 'Of omdat ik vervloekt was. Ik heb je in het verleden gevraagd tegen me te liegen, hier, in deze kamer, maar ik smeek je om dat nu niet te doen.'

Mijn wangen voelen warm aan als ik daaraan denk.

'Ik heb het je niet makkelijk gemaakt om van me te houden.'

Ik hoor de echo van de woorden van zijn moeder in die van hem. Toen ik erover fantaseerde hem dit te vertellen, had ik gedacht dat het zou zijn alsof ik een pleister verwijderde: pijnlijk en vlug. Maar ik had niet gedacht dat hij aan me zou twijfelen. 'Ik begon je leuk te vinden toen we met de heersers van de lagere hoven gingen praten. Je was grappig, wat heel vreemd was. En toen we naar Heulhuis gingen, bleek je sluw te zijn. Ik moest steeds denken aan het feit dat jij ons na de kroning van Dain uit de grote zaal had gekregen, vlak voor ik dat mes op je keel zette.'

Hij probeert me niet te onderbreken, dus er zit niets anders op dan verder te gaan.

'Nadat ik je erin had geluisd om de opperkoning te zijn dacht ik dat als jij me eenmaal haatte, ik jou ook weer kon haten. Maar zo werkte het niet. Ik voelde me zo dom. Ik dacht dat mijn hart gebroken zou worden. Ik dacht dat het een zwakte was die je tegen me zou gebruiken. Maar toen redde je me van de Onderzee, terwijl het zo veel makkelijker zou zijn geweest om me daar weg te laten rotten. Daarna begon ik de hoop te koesteren dat jij ook iets voor mij voelde. Toen werd ik verbannen...' Ik adem sidderend in. 'Ik heb denk ik ook veel verborgen gehouden. Ik dacht dat als ik dat niet deed, als ik mezelf van jou liet houden, ik als een lucifer zou opbranden. Als het hele doosje lucifers.'

'Maar nu heb je het uitgelegd,' merkt hij op, 'en je houdt wel degelijk van me.'

'Ik hou van je,' beaam ik.

'Omdat ik "sluw" en "grappig" ben,' zegt hij met een glimlach. 'Je hebt niets gezegd over hoe knap ik ben.'

'Of hoe heerlijk. Hoewel dat allemaal positieve dingen zijn.'

Hij trekt me naar zich toe, zodat we samen op de bank liggen. Ik staar naar zijn zwarte ogen en zachte mond, veeg een vlekje gedroogd bloed weg van een puntig oor. 'Hoe was het om een serpent te zijn?'

Hij aarzelt. 'Alsof ik gevangenzat in het donker. Ik was alleen en het was mijn instinct om aan te vallen. Ik was misschien niet helemaal een dier, maar ik was ook niet mezelf. Ik kon niet logisch nadenken. Er waren alleen gevoelens: haat en doodsangst en het verlangen om te vernietigen.'

Ik wil iets zeggen, maar hij snoert me de mond met een gebaar.

'En jij.' Hij kijkt me aan en zijn lippen krullen op tot iets wat niet helemaal een glimlach is, maar meer en toch ook minder. 'Verder wist ik vrij weinig, maar ik herkende jou altijd.'

Als hij me kust is het alsof ik eindelijk weer vrij kan ademhalen.

Epiloog

Mijn kroning volgt een week later, en ik sta er versteld van hoeveel heersers van de lagere hoven samen met onderdanen van die rijken komen om die bij te wonen. Interessant genoeg doen velen bijzonder veel moeite om stervelingen als gasten mee te nemen: wisselkinderen, menselijke kunstenaars en geliefden. Het is onwerkelijk om deze poging te zien om een wit voetje te halen, maar tegelijkertijd geeft het ook voldoening.

Cardan heeft drie Faeriemakers gekozen die worden opgenomen in het huishouden van Elfhame. Een van hen is Moeder Merg. De tweede is een ontzettend oud ogende gnoom die zich lijkt te verschuilen achter een enorme baard vol vlechtjes. Tot mijn verrassing heeft nummer drie, een menselijke smid, gecorrespondeerd met mijn sterfelijke vader. Als ik Robert van Jersey ontmoet, bewondert hij Nachtval lange tijd en hij vertelt me een grappig verhaal over een conferentie waar ze tien jaar eerder allebei waren geweest.

De makers hebben het druk gehad sinds ze in het paleis wonen.

De ceremonie begint bij het vallen van de nacht en vindt plaats onder de sterren op het nieuwe eiland Insear. Vuurpotten branden en de zware zilte geur van de zee en die van wierook vullen de lucht. Op de grond onder ons groeien de onder de maan bloeiende vlambloemen.

Ik draag een donkergroene jurk met ravenveren op de schouders en mouwen, terwijl Cardan een wambuis aanheeft die versierd is met felgekleurde kevervleugels. Baphen, in een van zijn lange blauwe gewaden en met vele hemelse versiersels in zijn baard, zal de ceremonie leiden.

Eik gaat gekleed in wit met gouden knopen. Taryn kust hem op zijn voorhoofd, om hem moed te schenken, want hij zal bij ons allebei de kroon op het hoofd plaatsen.

'De Struikwinde-traditie is lang bewaard gebleven aan het opperhof,' vertelt Baphen. 'Bloed kroont bloed. Hoewel de kroon is verdwenen en daarmee ook de geloften van gehoorzaamheid, zullen we deze traditie toch volgen. Opperkoning, accepteer daarom uw nieuwe kroon van Eik, uw bloedverwant en uw erfgenaam.'

Het lijkt Eik niet lekker te zitten dat hij de erfgenaam wordt genoemd, maar hij tilt de kroon van het kussen, een gouden exemplaar met negen punten in de vorm van bladeren. Als opperkoning hoort Cardan voor niemand te knielen, dus Vivi tilt Eik op. Met een lach plaatst mijn broer tot het genoegen van de menigte de nieuwe kroon op Cardans hoofd.

'Volk van Elfhame...' Baphen gebruikt de rituele woorden die Cardan eerder niet kreeg, omdat de vorige ceremonie zo gehaast verliep. '... accepteren jullie Cardan van de Struikwinde-lijn als jullie opperkoning?'

'Ja!' wordt er alom geroepen.

Dan is het mijn beurt.

'Het is ongebruikelijk voor een hof om twee heersers te hebben. Maar u, Jude Duarte, opperkoningin, hebt ons bewezen waarom dat een voordeel kan zijn in plaats van een nadeel. Toen het opperhof werd bedreigd, hebt u standgehouden tegen onze vijanden en de betovering verbroken die onze ondergang had kunnen betekenen. Stap naar voren en accepteer uw kroon van Eik, uw broer en erfgenaam.'

Ik loop naar voren en recht mijn rug als Vivi onze broer opnieuw optilt. Hij zet de kroon op mijn hoofd. Die is identiek aan die van Cardan en het verbaast me hoe zwaar die is.

'Volk van Elfhame,' zegt Baphen. 'Accepteren jullie Jude Duarte als jullie koningin?'

Even blijft het stil en denk ik dat ze me zullen verwerpen, maar dan klinkt het rituele antwoord uit vele monden: 'Ja!'

Ik grijns breed naar Cardan. Hij glimlacht een beetje verrast terug. Het is goed mogelijk dat ik niet vaak zo lach.

Cardan richt zich tot de menigte voor ons. 'Nu zijn er gunsten te verdelen en is er verraad om te belonen. We beginnen met de gunsten.'

Hij gebaart naar een bediende, die Madocs zwaard brengt waarmee de oorspronkelijke troon van Elfhame is verwoest.

'Voor Grima Mog, onze Grootgeneraal,' zegt hij. 'Jij ontvangt de laatste creatie van Grimsen en draagt die bij je zolang je bij ons in dienst blijft.'

Ze neemt die met een gebalde vuist tegen haar hart en een buiging aan.

Hij gaat verder. 'Taryn Duarte, ons tribunaal is nooit formeel afgerond, maar dat gebeurt nu en pakt in jouw voordeel uit. Het Hof van Elfhame is je niet kwaadgezind. We kennen jou en je kind al Lockes woningen en land toe.'

Er wordt gemompeld.

Taryn komt naar voren en maakt een diepe knicks.

'Tot slot,' meldt Cardan, 'vragen we onze drie vrienden van het Schaduwhof naar voren te komen.'

De Schim, de Bom en de Kakkerlak lopen het tapijt van witte bloemen op. Ze zijn gehuld in mantels die hen van top tot teen bedekken, zelfs hun gezicht gaat schuil achter fijn zwart gaas.

Na een gebaar van Cardan komen boden naar voren met ieder een kussen in de handen. Op elk ervan ligt een zilveren masker dat geen geslacht verraadt, slechts een neutraal gezicht van metaal met een ietwat ondeugend trekje om de mond.

'Jullie die in de schaduwen verblijven, soms zal ik willen dat jullie bij ons in het licht komen staan,' zegt Cardan. 'Aan ieder van jullie geef ik een masker. Als jullie die dragen, zal niemand zich jullie lengte of de klank van jullie stem herinneren. Met dat masker op mag niemand in Elfhame jullie weigeren. Elke deur zal voor jullie opengaan, ook die van mij.'

Ze buigen en brengen de maskers naar hun gezicht, waarna hun silhouetten lichtjes worden vervormd.

'Dat is heel vriendelijk, mijn koning,' zegt een van hen.

Ik ken ze goed, maar zelfs ik kan niet raden wie dat zegt. Maar wat geen enkel masker kan verbergen is dat, nadat ze een buiging hebben gemaakt en zich hebben omgedraaid, een gemaskerd figuur de gehandschoende hand van de ander pakt.

Of dat de derde zijn glimmende metalen gezicht naar Taryn toe keert.

Dan is het mijn beurt om een stap naar voren te doen. Ik heb vlinders in mijn buik. Cardan stond erop dat ik degene ben die het oordeel velt over de gevangenen.

'Jij hebt ons gered,' was zijn redenering. 'Daarmee heb je ook het leeuwendeel van het zware werk verzet. Jij bepaalt hun lot.'

Welke straf ik ze ook toebedeel, van executie tot verbanning tot een vloek, die zal als rechtvaardig worden gezien... des te meer als die ook nog eens gevat is.

'Breng de klagers,' zeg ik.

Eik staat nu tussen Taryn en Oriana in.

Twee ridders komen naar voren en knielen. Een van hen neemt het woord. 'Ik heb de opdracht gekregen te pleiten namens degenen die hetzelfde verhaal hebben als ik. We werden afgescheiden van het leger van Elfhame, maar we zijn willens en wetens met generaal

Madoc naar het noorden gegaan toen we vrij waren van onze gelofte. We hebben de opperkoning verraden en...' Hij aarzelt kort. 'We hebben geprobeerd een eind te maken aan zijn bewind. Dat was verkeerd van ons. We willen boete doen en bewijzen dat we vanaf vandaag loyaal kunnen en zullen zijn.'

Dan spreekt de tweede ridder. 'Ik heb de opdracht gekregen om te pleiten namens al diegenen die hetzelfde verhaal hebben als ik. Ooit maakten we deel uit van het leger van Elfhame en we zijn willens en wetens met generaal Madoc naar het noorden gegaan toen we vrij waren van onze gelofte. We hebben de opperkoning verraden en wilden een eind maken aan zijn bewind. Wij wensen geen boete te doen. Wij zijn onze leider trouw gevolgd, en ook al zullen we gestraft worden, we zouden dat zo weer doen.'

Ik werp opnieuw een blik op de menigte, op de inwoners van Elfhame die hebben gevochten, hun bloed hebben vergoten, op degenen die hebben gerouwd om verloren levens, levens die eeuwen hadden kunnen duren als die niet voortijdig waren afgekapt.

Ik adem diep in. 'In het jargon van het opperhof worden soldaten valken genoemd.' Tot mijn verrassing klinkt mijn stem heel kalm. 'Voor degenen die geen boete willen doen: jullie zullen daadwerkelijk valken worden. Vlieg door de lucht en jaag zo veel je wilt. Je zult echter pas je ware vorm terugkrijgen als je gedurende een jaar en een dag geen enkel levend wezen verwondt.'

'Maar hoe komen we aan eten als we niets mogen verwonden?' vraagt de ridder.

'Jullie zullen op de vriendelijkheid van anderen moeten teren,' zeg ik zo kil mogelijk. 'Degenen die boete willen doen? We aanvaarden jullie eed van loyaliteit en liefde. Jullie zullen opnieuw deel uitmaken van het opperhof, maar jullie zullen worden getekend door jullie verraad. Dat jullie handen altijd rood mogen zijn, alsof ze bevlekt zijn met het bloed dat jullie hadden gehoopt te vergieten.'

Cardan schenkt me een bemoedigende glimlach.

Randalin lijkt geërgerd dat alleen ik afkondigingen doe. Hij schraapt zijn keel, maar hij durft me niet daadwerkelijk te onderbreken.

De volgende klager is vrouwe Nore van het Hof der Tanden. Koningin Suren volgt haar. Surens kroon is nog altijd aan haar hoofd vastgenaaid, en hoewel ze niet in bedwang wordt gehouden door middel van een leiband zit er altijd nog een gat in haar pols. De huid daaromheen is rauw.

Ik zeg een bediende naar voren te komen met de breidel.

'We zouden je hebben gevolgd,' zegt vrouwe Nore, die knielt. 'We hebben je een aanbod gedaan, en jij bent degene die dat heeft afgewezen. Laat ons terugkeren naar het noorden. Zijn we nog niet genoeg gestraft?'

'Heer Jarel heeft geprobeerd me tot slaaf te maken. Wist jij dat?' Ik gebaar naar de breidel.

Aangezien ze niet kan liegen, zwijgt ze.

'En jij?' vraag ik aan Suren.

Het meisje lacht, een kort en angstaanjagend ruw geluid. 'Ik ben op de hoogte van alle geheimen die ze voor mij denken te verbergen.' Haar stem is ijl en klinkt schor doordat ze die niet vaak gebruikt.

Er wordt aan mijn mouw getrokken. Tot mijn verrassing zie ik daar Eik staan. Hij gebaart dat ik me moet bukken zodat hij in mijn oor kan fluisteren. Randalins frons wordt dieper als ik dat doe.

'Weet je nog dat je zei dat we haar niet konden helpen,' zegt hij. 'Dat kan nu wel.'

Ik ga recht staan en kijk hem aan. 'Dus je wilt bemiddelen namens koningin Suren?'

Hij knikt. 'Ja.'

Ik stuur hem terug naar Oriana, iets optimistischer dat hij op een dag de troon van Faerie zal willen bestijgen. 'Mijn broer heeft om clementie gevraagd. Koningin Suren, zweer jij trouw aan de troon?'

Ze kijkt vrouwe Nore schuin aan, alsof ze haar om toestemming vraagt.

Vrouwe Nore knikt.

'Ja, opperkoningin,' zegt het meisje. Haar blik verschuift. 'En aan de opperkoning.'

Ik richt me tot vrouwe Nore. 'Ik zou je graag trouw willen horen zweren aan je koningin.'

Vrouwe Nore kijkt verrast. 'Natuurlijk beloof ik je trouw...'

Ik schud mijn hoofd. 'Nee, ik wil dat je háár trouw belooft. Jouw koningin. De koningin van het Hof der Tanden.'

'Suren?' Ze kijkt wild om zich heen alsof ze op zoek is naar een uitgang. Voor het eerst sinds vrouwe Nore voor me is verschenen lijkt ze bang te zijn.

'Ja,' zeg ik. 'Beloof het haar. Zij is jouw koningin, toch? Je kunt die gelofte afleggen of zelf de gouden breidel dragen.'

Vrouwe Nore klemt haar tanden op elkaar, maar mompelt dan de woorden.

Er verschijnt een vreemde, afstandelijke uitdrukking op het gezicht van koningin Suren.

'Mooi. Het opperhof houdt de breidel in bewaring in de hoop dat die nooit gebruikt zal hoeven worden. Koningin Suren, omdat mijn broer namens jou tussenbeide is gekomen laat ik je gaan met slechts de volgende straf: het Hof der Tanden bestaat vanaf nu niet meer.'

Vrouwe Nore hapt naar lucht.

Ik ga verder. 'Jouw land behoort het opperhof toe, je titels zijn opgeheven en er wordt beslag gelegd op je bolwerken. En mocht jij, Nore, proberen dit bevel te trotseren, herinner je dan dat het Suren is aan wie jij trouw hebt gezworen en dat zij jou op de in haar ogen gepaste wijze zal straffen. Vertrek nu en wees dankbaar voor de tussenkomst van Eik.'

Suren, die niet langer koningin is, glimlacht wreed.

Het valt me op dat haar tanden tot scherpe punten zijn gevijld. De uiteinden zijn verontrustend rood gekleurd. Voor het eerst overweeg ik of Suren misschien in bedwang werd gehouden uit angst voor wat ze zou kunnen doen als dat niet het geval was.

De laatste die voor ons verschijnt is Madoc. De boeien om zijn polsen en enkels zijn van een zwaar metaal. Gezien de pijn op zijn gezicht ben ik bang dat er ijzer in zit.

Hij knielt niet. Hij smeekt ook niet. Hij kijkt alleen van de een naar de ander en dan gaat zijn blik naar Eik en Oriana. Er trekt een spiertje bij zijn kaak, maar verder is er niets aan hem te zien.

Ik probeer te spreken, maar het voelt alsof mijn keel wordt dichtgeknepen.

'Heb je niets te zeggen?' vraagt Cardan aan hem. 'Je had eerder zo veel te melden.'

Madoc knikt naar mij. 'Ik heb me overgegeven op het slagveld. Wat valt er verder nog te zeggen? De oorlog is voorbij en ik heb verloren.'

'Wil je zo stoïcijns naar je executie gaan?' Ik hoor vlak in de buurt Oriana naar lucht happen.

Madoc blijft grimmig, terneergeslagen. 'Ik heb je opgevoed om genadeloos te zijn. Het enige waar ik je om vraag is een goede dood. Snel, vanwege de liefde die we voor elkaar hebben gekoesterd. Weet dat ik geen wrok koester.'

Sinds het einde van de strijd heb ik geweten dat ik een oordeel over hem zou moeten vellen. Ik heb eindeloos nagedacht over een gepaste straf, met in mijn achterhoofd niet alleen zijn leger en zijn uitdaging, niet alleen ons duel in de sneeuw, maar ook de oude misdaad die altijd tussen ons in heeft gestaan. Moet ik de moord op mijn ouders wreken? Is dat een schuld die moet worden vereffend? Madoc zou dat begrijpen, dat liefde geen voorrang heeft op plicht.

Maar ik vraag me af of wat ik aan mijn ouders verplicht ben niet een meer flexibele opvatting van liefde en plicht is, een die zijzelf misschien zouden hebben omarmd. 'Ik heb je ooit verteld dat ik ben wat jij van mij hebt gemaakt, maar ik ben meer dan dat. Je hebt me opgevoed om genadeloos te zijn, maar toch heb ik geleerd om genade te tonen. Ik zal jou iets als genade schenken als jij me kunt bewijzen dat je die verdient.'

Hij heft verrast en wat behoedzaam zijn blik.

‘Majesteit.’ Randalin is het duidelijk beu dat ik steeds het laatste woord heb. ‘U hebt toch zeker wel iets te melden over alles...’

‘Stilte,’ zegt Cardan scherp. Zijn houding is plotsklaps veranderd. Hij kijkt naar Randalin alsof het lot van de minister der Sleutels het volgende is wat zou kunnen worden bepaald. Dan knikt hij naar mij. ‘Jude kwam net bij het interessante deel.’

Ik kijk Madoc strak aan. ‘Om te beginnen zweer je dat je de naam vergeet die je weet. Je zet die uit je hoofd en zult die nooit meer spreken of schrijven.’

‘Zou je die eerst willen horen?’ vraagt hij met een lichte glimlach om zijn lippen.

‘Nee.’ Dit lijkt me niet de plek om hem te vertellen dat ik die al weet. ‘Ten tweede moet je ons trouw en gehoorzaamheid zweren. En ten derde moet je deze beide dingen doen zonder de straf voor je misdaden te weten, waartoe ik je hoe dan ook zal veroordelen.’ Ik zie hem worstelen met zijn waardigheid. Ergens wil hij als de soldaten zijn die hebben aangegeven geen boete te willen doen, ergens wil hij met rechte rug en geheven hoofd naar zijn graf gaan, maar er is ook een deel van hem dat helemaal niet naar zijn graf wil.

‘Ik wil genade,’ zegt hij uiteindelijk. ‘Of, zoals je zei, iets wat daarop lijkt.’

Ik adem diep in. ‘Ik veroordeel je ertoe de rest van je leven in de sterfelijke wereld door te brengen en nooit meer een wapen in de hand te nemen.’

Hij perst zijn lippen op elkaar. Dan buigt hij zijn hoofd. ‘Ja, mijn koningin.’

‘Vaarwel, vader,’ fluister ik terwijl hij wordt weggeleid. Ik zeg het zachtjes, en ik denk niet dat hij me hoort.

Na de kroning besluiten Taryn en ik met Vivi en Eik mee te gaan, die terugkeren naar de sterfelijke wereld. Nu de oorlog voorbij is kan Eik terugkomen naar Faerie en naar de paleisschool gaan net zoals Taryn en ik dat hebben gedaan, maar hij wil nog wat langer tussen mensen leven, niet alleen omdat hij daar het grootste deel van het afgelopen jaar heeft doorgebracht, maar omdat Oriana heeft besloten met Madoc mee te gaan... en Eik mist zijn ouders.

Vivi is de afgelopen week een aantal keer op en neer gereisd, is op dates gegaan met Heather, aan wie ze zich net opnieuw heeft voorgesteld. Maar nu ze voorgoed vertrekt, verzamelt ze rozenbotteljam, jasjes van spinnenzijde en andere dingen die ze uit Faerie mee wil nemen. Terwijl ze daarmee bezig is, gist ze naar alle aspecten van de sterfelijke wereld die ze aan pap zal moeten uitleggen. 'Zoals mobieltjes, of het zelf afrekenen bij de supermarkt. O, dit wordt geweldig. Serieus, zijn verbanning is het beste cadeau dat je me ooit hebt gegeven.'

'Je beseft toch wel dat hij zich zo verschrikkelijk gaat vervelen dat hij zal proberen zich met elk detail van je leven te bemoeien,' zegt Taryn. 'Of dat hij de invasie van een van de nabijgelegen appartementengebouwen gaat plannen.'

De glimlach verdwijnt van Vivi's gezicht.

Eik moet er daarentegen om giechelen.

Taryn en ik helpen Vivi vier zadeltassen in te pakken, ook al groeit er zat jakobskruiskruid in het bos bij Vivi's appartementengebouw en kan ze wanneer ze wil terugkomen voor meer spullen. Grima Mog geeft Vivi een lijst met dingen die ze graag in Elfhame wil ontvangen, die voornamelijk uit oploskoffie en tabasco lijkt te bestaan.

Wat ik niet verwacht is dat Cardan aanbiedt om met ons mee te gaan.

'Dat moet je zeker doen,' zegt Taryn. 'We kunnen een feestje geven. Jullie twee zijn getrouwd en niemand heeft ook maar iets gedaan om dat te vieren.'

Ik sta versteld. 'O, dat is niet nodig, hoor. We hoeven geen...'

'Dat is dan geregeld,' meldt Vivi, zoals altijd de oudere zus. 'Ik durf te wedden dat Cardan zelfs nog nooit pizza heeft geproefd.'

Eik lijkt gechoqueerd door dat idee en begint aan een uitleg over verschillende toppings, van ananas en worst tot aan ansjovissen toe. We zijn niet eens in de sterfelijke wereld en ik word nu al bang. Cardan zal het er waarschijnlijk verschrikkelijk vinden en de enige vraag is of hij zich daarnaar zal gedragen.

Voor ik iets kan bedenken om het hem uit zijn hoofd te praten, hangen we de zadeltassen over de ruggen van de kruidrossen en dan vliegen we over het water. Binnen niet al te lange tijd landen we op een stukje gras nabij ons gebouw, maar niet zo dicht bij het appartement dat Vivi's buren haar zouden kunnen herkennen.

Ik stijg af en de doffe kleur van het gras en de stank van uitlaatgassen vallen me op. Ik kijk afwachtend naar Cardan, bezorgd dat hij zijn neus zal rimpelen, maar hij lijkt slechts nieuwsgierig te zijn. Zijn blik gaat naar de verlichte ramen en dan in de richting van het gebrul van de nabijgelegen snelweg.

'Het is vroeg,' zegt Vivi. 'En die pizzatent ligt op loopafstand.' Ze neemt ons in zich op. 'Maar we kunnen beter eerst naar binnen gaan om ons om te kleden.'

Ik snap haar wel. Cardan ziet eruit alsof hij net van het podium in een schouwburg is gestapt, en hoewel hij zichzelf kan betoveren, weet ik niet zeker of híj weet wat hij in de illusie zou moeten dragen.

Vivi laat ons binnen en zet koffie, waarbij ze kaneel aan de gemalen bonen toevoegt. Eik verdwijnt naar achteren, haalt een of ander spelapparaat en gaat daar op de bank onmiddellijk in op, terwijl wij de kledingsituatie regelen.

Cardans strakke broek en laarzen kunnen ermee door, en hij vindt een T-shirt dat is achtergelaten door een menselijke vriend waar hij zijn chique wambuis voor kan inruilen. Ik leen een jurk van Vivi die haar te groot is. Mij zit die eigenlijk als gegoten.

'Ik heb Heather over jullie verteld,' zegt Vivi. 'Ik ga haar bellen en vragen of ze ook komt en wat spullen meeneemt. Dan kunnen jullie haar ontmoeten, alweer. Eik zal jullie ondertussen de weg wijzen naar de pizzeria.'

Mijn broertje pakt met een lach mijn hand vast en trekt Cardan en mij mee de trap af.

Vivi komt ons achterna om ons wat geld te geven. 'Dit is van jou. Van Bryern.'

'Wat heb je gedaan?' vraagt Cardan.

'Ik heb Grima Mog bij een duel verslagen.'

Hij kijkt me ongelovig aan. 'Hij had je in goud moeten uitbetalen.'

Daar moet ik om grijnzen terwijl we over de stoep lopen. Cardan lijkt zich helemaal niet slecht op zijn gemak te voelen. Hij fluit en kijkt zijn ogen uit naar alle mensen die we passeren. Ik hou mijn adem in, maar hij geeft ze geen staart zoals die van hem, verleidt ze niet met immerappels, doet niets van wat een verdorven Faeriekoning zou kunnen doen.

We gaan het restaurant binnen, waar Eik drie belachelijk grote pizza's bestelt die zijn bedekt met een bizarre verzameling toppings waarvan ik bijna zeker weet dat hij die nooit eerder heeft mogen bestellen: half gehaktbal en half garnaal, knoflook en tomaat, geitenkaas en zwarte olijven, champignons en bacon.

Als we met onze stapel dampende kartonnen dozen terugkeren, hebben Heather en Vivi een zilverkleurig vaandel opgehangen met daarop de tekst PAS GETROUWD, GEFELICITEERD! in felle kleuren. Daaronder staan op de keukentafel een ijstaart waar winegegumslangetjes op zijn gestrooid en een paar flessen wijn.

Ik ga naar Heather toe en omhels haar. 'Het is zo leuk om je te ontmoeten. Ik weet nu al dat ik dol op je zal zijn.'

'Ze heeft me wat wilde dingen over jullie verteld,' zegt Heather.

Vivi blaast op een toetertje. 'Alsjeblieft.' Ze geeft ons papieren kroontjes die we moeten opzetten.

'Dit is belachelijk,' klaag ik, maar ik zet het mijne op.

Cardan kijkt naar zijn weerspiegeling in het deurtje van de magnetron en zet zijn kroon wat schuin op zijn hoofd.

Ik rol met mijn ogen.

Hij schenkt me een snelle grijns.

Mijn hart doet een beetje pijn omdat we allemaal veilig bij elkaar zijn en dat is iets waarvan ik niet zou hebben geweten hoe ik ernaar had moeten verlangen. Cardan lijkt een beetje verlegen te worden door al deze blijdschap. Hij is daar net zomin aan gewend als ik. Er zullen moeilijke tijden komen, dat weet ik zeker, maar op dit moment ben ik er net zo zeker van dat we daar doorheen zullen komen.

Vivi klapt de pizzadozen open en trekt de kurk uit een fles wijn.

Eik pakt een punt vol garnalen en neemt een hap.

Ik hef een plastic glas. 'Op familie.'

'En Faerie.' Taryn heft dat van haar.

'En pizza,' zegt Eik.

'En verhalen,' zegt Heather.

'En een nieuw begin,' zegt Vivi.

Cardan glimlacht terwijl hij mij aankijkt. 'En op het smeden van grootse plannen.'

Op familie en Faerie en pizza en verhalen en een nieuw begin en het smeden van grootse plannen. Daar kan ik op proosten.

Dankwoord

Het afronden van dit boek zou ontzettend moeilijk zijn geweest zonder de steun, hulp, kritiek en thematische waaghalzerij van Sarah Rees Brennan, Leigh Bardugo, Steve Berman, Cassandra Clare, Maureen Johnson, Joshua Lewis, Kelly Link en Robin Wasserman. Bedankt, mijn guitige bende!

Dank aan alle lezers die me zijn komen opzoeken terwijl ik op boektournee was, die me boodschappen hebben gestuurd, Faeriekunst hebben gecreëerd en/of zich hebben verkleed als een van de personages. Dat betekent allemaal meer voor me dan ik onder woorden kan brengen.

Een enorm bedankje aan iedereen bij Little, Brown Books for Young Readers voor het steunen van mijn rare visie en dan in het bijzonder onder anderen mijn geweldige regisseur Alvina Ling en Ruqayyah Daud, Siena Koncsol, Victoria Stapleton, Bill Grace, Emilie Polster, Natali Cavanagh en Valerie Wong. En in het Verenigd Koninkrijk: dank aan Hot Key Books en dan vooral aan Jane Harris, Emma Matthewson, Roisin O'Shea en Tina Mories.

Verder wil ik bedanken: Joanna Volpe, Hilary Pecheone, Pouya Shahbazian, Jordan Hill, Abigail Donoghue en iedereen bij New Leaf Literary omdat ze moeilijke dingen makkelijker hebben gemaakt.

Bedankt, Kathleen Jennings, voor al haar prachtige en tot de verbeelding sprekende illustraties.

Het meest dankbaar ben ik voor mijn man Theo, omdat hij me helpt de verhalen die ik wil vertellen tot leven te brengen, en voor onze zoon Sebastian, omdat hij me eraan herinnert dat spelen soms het allerbelangrijkste is.